光景

文清丽 著

广西师范大学出版社
GUANGXI NORMAL UNIVERSITY PRESS
·桂林·

图书在版编目（CIP）数据

光景 / 文清丽著. —桂林：广西师范大学出版社，
2020.6

ISBN 978-7-5598-2784-5

Ⅰ．①光… Ⅱ．①文… Ⅲ．①长篇小说－中国－
当代 Ⅳ．①I247.5

中国版本图书馆 CIP 数据核字（2020）第 058608 号

广西师范大学出版社出版发行

（ 广西桂林市五里店路 9 号　邮政编码：541004 ）
网址：http://www.bbtpress.com

出版人：黄轩庄

全国新华书店经销

广西广大印务有限责任公司印刷

（桂林市临桂区秧塘工业园西城大道北侧广西师范大学出版社
集团有限公司创意产业园内　邮政编码：541199）

开本：889 mm × 1 240 mm　1/32

印张：12.125　　字数：300 千

2020 年 6 月第 1 版　　2020 年 6 月第 1 次印刷

定价：52.00 元

如发现印装质量问题，影响阅读，请与出版社发行部门联系调换。

第一章

1

爷升天的当儿，姑姑正在离他不到一玉米秆远的窑洞里跟戏班子里的画师耍欢喜。

农历三月是黄土塬上一年里顶好的时月，温润的气象使人浑身酥软，扬花孕穗的麦子散发的气息酷似乳香的味道，路边田头的桃花杏花给庄稼人的日子增添了些许诗意，粉的粉，黄的黄，万物都可着劲儿展示着自己的饱满与丰盈。

庄稼地里热闹了，农民就坐不住了。不忙不行呀，眼看小麦上场，家里多少劳力都不够。爷这阵老咳嗽，咳出的全是深黄色的痰，到了晚上，咳得全家都睡不了个舒坦觉。第二天早上收拾屋子的姑姑总要皱着眉头不停地说，爹，你不能再吐到地上了，书上说了，随地吐痰要得病的。爷只管眯着眼睛笑，姑的话只当迎面吹来一阵风，抓不住，又摸不着。爱清洁的姑姑不知从哪捡来一只墨水瓶，每天晚上放到爷睡觉的砖头跟前。爷枕不惯里面塞着荞麦皮的布枕头，他嫌烧。姑姑看着那个既脏又凉又难看的砖头摆在炕上，眼睛不舒服。抓到手里，就全身不舒坦了。一次她趁爷出去的当儿，在家里找了半天，才找到一张麻纸，把个砖头包得四方四正。爷枕了麻纸包的砖头，直夸姑姑手巧。可这次，爷很不情愿地拿着墨水瓶转了一圈，对着瓶口开始吐，吐了半天，可能是痰受不得这份尊贵，咋都折腾不出半星东西。爷嘟囔着，我给你早说过了嘛，这玩意儿不顶用。你还是用这给咱做个煤油灯吧。说着，真就四处去找可以做灯眼的铁皮了。姑望着爷的背影，叹了口气。姑每天起床的第一件事，就是把爷吐得油光发亮的地，用层薄土盖住，轻轻地用铁锨铲，然后扫干净。日子久了，那地方就比其他地方凹下去那么一点儿。爷只要望见，总要叹气，说，看来我再不把痰吐到墨水瓶里，咱家窑里满地都是坑了。姑姑说，你以为呢？除非你不让我进屋。爷说你这娃说瓜话哩，你是我女子，不进我的门，进谁家门他也得我应承呀。话虽如此说，爷还是一遍遍地把痰往瓶里吐，终于吐进一团，兴奋得像个小娃娃样端到姑姑跟前，不停地说，吐进去了，吐进去了，我的娃呀，你这死女子可把你爹给阴治得要吐血了。

妈下地时，叮嘱爷不要让姑姑往远处走，一会儿她和爹回来还要吃饭哩。爷很不耐烦，他认为是妈对姑姑在家不下地干活有意见，故意拿这话堵自己心口，便没好气地说，老二媳妇，你急啥？我还在人世上哩，玉墨的事还轮不到你操心。世道真是变了，儿媳妇竟敢以这样的口气给公公说话！

妈知道爷领会错了自己的意，还要解释，看肩上扛着锄头的爹脸已经拉得老长，就不再吭声，把摊开在当院的麦草踢松散。前阵下雨，麦草粘成一块了。爷眯着小眼睛，立在当院，手搭凉棚，望了望晒得正艳的日头，心想，一会儿就会把麦秆晒得发软。

爷本想出门的，村中大榆树下人稠，老年人爱坐那儿扎堆谝传。他眼瞧着画师进到姑姑屋里，那扇吱吱叫的门关上的瞬间，他就决定不出门了。

姑姑模样俊，到镇上看戏，全戏场的人都盯着她看，连戏台上的演员都不看了。从去年始，爷不再让她下地，已经给她订婚了，亲家是鹑觚镇同和大药铺的刘掌柜。说起鹑觚镇，那可是我们全县最大的镇，鸡鸣三省，又是百年古镇，逢集，人挤得水泄不通。提起镇上的针灸名医刘掌柜家的大药铺，全镇无人不晓。儿子在省城读医书，将来要继承家业的。姑姑瞧不上药铺的刘少爷，却迷上了镇戏院里的画师，这让爷很恼火。爷知道姑姑性子倔得很，当时一听说爷把她许给药铺老板家，二话没说，就往马坊水库跑。爷一听说，立马就瘫了。水库离家不过一里地，不知淹死了多少娃娃小媳妇。自己生的闺女，咳一声就知道她想干什么，她当然不是当耍话讲的。一边立马派爹去追姑姑，另一边找叔。他知道爹去了，也只是制止姑姑跳水库，人，是叫不回来的。

他扯着嗓门叫：三——来——嗷三——来——！

长长的声音响了半天，也没有人应，他生气地嘟囔道：肯定又听说书去了，不上进的，听书，听书，整天听书，有啥听的，越听心里越长毛，毛多了，就不安稳过日子了。

爷背着手，急步往沟底的水库奔。

我家在塬上，塬下有三个沟。南沟不算深，因有水库，库边还零星住着人家，比其他两个沟显得稍稍有点人气。

死女子，怎么就想着跳水库呢，都不体谅做大人的难处。爷边走边想，因走得急，撞在了一个挑菜筐的人身上，那人说，撞啥呢？老汉，着急上火赶集呀。

3

爷背着的手松开，看不认识，双手往前挥了挥，说，对不住了，乡党，你看我这穷人，能有钱逛集？闺女，给咱闹事儿哩。

挑筐人笑着摇摇头，担着两筐还泛着水光的萝卜白菜大步往前走了。爷知道他去的是鹁鸪镇，离家不远，就五里路，可再近，没钱，去了只能盯着好东西流涎水，平添一份惆怅！

姑姑在水库边站着，爹拉着她的手。四周站满了挑水的、砍柴的、洗衣服的人。姑姑说，哥，你松手，让人笑话咱呢。

爹不说话，手只紧紧地抓着姑的手。

姑姑说，哥，你真的以为我要死吗？我是等着爹来，爹来了，我要提条件。我死了，还怎么提条件！还怎么活人？

爹想了想，说，妹子，刘家的过活好，爹是为你的将来着想的。

姑姑低头瞧绣花鞋，半天才抬起头，半歪着脑袋撒娇道，哥，我鞋好看不？这花样可是刚学会的，是刘画师画，我照着绣的。

爹望了望四周的人，回过头说，妹子，哥也想让你过上好日子，到了财东家，你就不用自己绣花了，绣花的事有丫鬟哩，干活还有长工呢。刘家可是咱们鹁鸪镇数一数二的财东！穿绸戴金吃肉喝酒，全镇人谁不眼热。

姑姑把绣花鞋往地上跺了几脚，埋怨道，四处都是土，脏了我的鞋。爹这才认真地望了鞋子一眼，说，鞋子哪有土？又骗哥不是。

姑姑咯咯地笑了两声，清脆的声音像小鸟叫，让爹的心情好多了，说，妹子，给哥来段秦腔戏吧。

姑姑清了清嗓子，说，那我就唱了。嘴刚张开，一句"月光下把少年观看"还没唱完，粉脸瞬间煞白，哥，不好了，你快拉住我，爹来了，我装着跳，你一定要拉住我，我可舍不得绣花鞋踩进泥里。

爹觑了眼姑姑，朝爷大声喊，爹，爹你快走几步嘛，我都拉不住我

4

妹了，玉墨把我胳膊都咬烂了。姑姑在爹的诱导下，真的要咬爹的胳膊。爷跑到爹和姑姑跟前，上气不接下气地说，玉墨，听爹话，爹有话要给我娃说哩。

姑姑没法往水边移步，爹死拽着她的手。爷确信姑姑不挣扎了，这才朝四周看热闹的人一挥手，很不耐烦地说，往远走，往远走，忙你们的事去么，我跟我闺女说话，又不是唱戏，描红挂绿，披金戴银的，咋看咋养眼。穷人家，吃了上顿没下顿的，有啥好看的？

脸皮薄的观众嘴里嘀咕着忙自己的事了，脸皮厚的，仍然袖着手站着。一个不怀好意的小伙子说，我们又不是看你个死老汉，浑身上下像沟里的地，坑坑洼洼的。我们看你闺女呢，脸嫩得都能掐出水来，这么俊的闺女咋生的？给大家介绍一下经验。大家想不想听？说着，朝身旁围观的人挤挤眼，众人哄堂大笑，有人就挤眉弄眼道，对，快说，快说，老汉。

他们说的没错，姑姑是个生动的女人，眉眼俊俏咱就不说了。再加上那一身不像村里其他姑娘穿红着绿，绰约的身子上着白洋布衫子，脚着一双红色绣花鞋，像幅画，挂在了金光闪闪的水边。

爷笑得脸挤成了菊花瓣，不过，是朵老菊花。说，我老婆没了，我老婆要是现在还活着，你们一看她那样子，就知道我女儿为啥俊了。回头望了望女儿，把腰里的烟锅取出来，边装旱烟边道，闺女，给爹点烟。说着，拿出一盒洋火。

姑姑头一摆，又作势要往下跳。

爷一把把姑姑拉到自己跟前，拽着坐在地上，吸着没点着的烟，嘴里吧嗒着。

爹要给点，爷挡开了他的手。他故意把烟锅举到姑姑的耳朵前，嘴里仍然吧嗒个不停。

姑嗔怪道，爹就会欺负我。说着，又得意地笑了，从爹手中接过洋火，给爷点上了烟，说，是不是我点的烟香？

爷美美地吸了口烟，手摸着姑姑黑且亮的头发说，到底是我女子，心里有她爹呢。

姑姑噘着嘴，拉着爷的胳膊不停地摇着说，爹，我不嫁刘家，我喜欢画画的张画师。

爹知道，爹怎么不知道我女子的心思呢？说实话，爹也喜欢张画师的画，他画的花鸟我看比真的还好看，那偷吃粮食的麻雀可恶，可张画师把它眼睛画得水灵灵的，哎哟哟，好像个大姑娘。

姑姑的眼睛瞬间睁大，爹，你说的是真话？

傻女子，爹又不是瞎子。你妈眼瞎了，手一摸花，都说好看，死时，还要穿她的绣花鞋呢。

姑姑往爹跟前挪了挪，搂着爷的肩膀，把脸贴在他身上。爷幸福地哈了一口烟，说，走，回家，地怪冰的。

我不回，你不说清楚，我咋能回么？我死都不嫁刘家，我一想起整天要闻中药味，就一天都不想活了。跳到水里，身上干干净净的，还能整天听到小鸟唱歌。爹想我了，就到水边来看我。

胡说啥么？年纪轻轻的。爷站起来，又把坐着不动的姑拉起来，说，爹想了半天，也当着你哥的面，给你透个底，你可以跟张先生画画、识字，年底，刘家儿回来了，你先看看，婚事咱慢慢议，这样总行了吧。

姑姑一高兴，忘记了脚下，一脚踩到了泥里。爷说，你看你看，多巧的手呀，爹怎么能不心疼你。看到你绣的花，就想起了你死去的娘呀！咱回家，到你娘坟前去跟她说说话，现在兵荒马乱的，谁知道明天会出啥事呢，听驿马关来的人说，那边正在打仗，一眨眼就可能打到咱

6

们这儿了。二福，你回去还要把地窖往深里挖。你哥可怜，要不是让国民党抓去当兵，你妈能把眼睛哭瞎？她那么早就不管咱们了，一个人躲到阴间过自己的好日子去了。还有你大妹子，好好的一个人，早上还给我装烟锅呢，后晌就喊肚子疼，晚上人就没气了，你说，留下你们三个，还不好好活着，老气我。看把我气死了，谁给你们撑腰。

爷说着，老泪纵横。

爹一向不善言辞，想了半天，嘴动了动，却没有发出任何声音。

姑姑拉着爷的手，说，爹，你又来了。是不是也要像我妈，哭瞎了你，才心甘。

为这我要烧香哩，你们也要烧，咱家人口少，你们兄妹三个要好好地活着，等着好光景。我听画师说了，马上就太平了，解放军快打过来了呢！

姑姑扶着爷的胳膊，爹跟在后面，朝家方向慢慢走去。

姑姑指着水库说，爹，咱要是住在水库边上多好呀，有山有水，小鸟不停地飞来飞去，还有野花红红绿绿地开，多漂亮！

爷冷着脸道，那我就得每天把你的腿拴住，要不，你早让鱼儿吃了。

快到村口了，叔满头大汗地迎面走来，咋了，你们这是干啥去了？听说镇上正唱戏呢，走，咱看戏去。

看你娘个脚，小兔崽子的，整天像只野马四处奔，不知道你妹子差点就跳水库了。

叔嘿嘿地笑了两声，然后看姑姑，一眼不眨，好像不认识。姑姑没好气地说，看什么看，我脸上长花了？

我说玉墨呀，你真的是脑子抹了糨糊，嫁到镇上是多少姑娘的念想，我要是个女子，削尖脑袋也要嫁到镇上，哪怕嫁个瘸子瞎子。只要嫁过去，看着不顺眼，把他们一个个收拾了，这家产就你独占了。最差，也能混个镇上人。

闭嘴，赶紧回去跟你哥起粪，我就知道你听书听得脑子都长毛了，天爷爷呀，你啥时像你哥一样，踏踏实实种庄稼，我死了心也安了。

整天就是种庄稼，种庄稼，这年头，天又不下雨，庄稼能有多少收成?!

农民不种地就像树不长叶子，拿啥过活。咋，想变驴!

叔还要争辩，爹瞪了他一眼，他就耷拉着脑袋边走边踢着石子，一只小石子呼呼呼地飞到一个背柴人背上，好在落在了木柴上，虽嘭嘭了两声，动静不小，却没人理会。姑紧张地吐了一下舌头，轻轻地朝叔叔肩上推了一下，说，小心爹捶你。

爷对着叔叔的屁股就是一脚，你找金元宝是不是，鞋踢烂了哪有布给你做!

叔收了脚，拉着姑的手说，妹子，晚上哥带你去村头听书去，好不好？听说今晚是《穆桂英大破天门阵》，可好听了。

你出门试一下，看我不打断你的腿。今晚，推磨，没面吃了。爷说着，吐了一口痰，清了清嗓子，又说，穆桂英?《穆桂英挂帅》的戏，我看过，美，美得很，不过，没我女子美，哈哈哈。玉墨，晚上，给爹和你哥哥们唱一曲秦腔戏，咱就唱《穆桂英挂帅》。

姑姑的这次战果是，此后，爷不再在她面前提跟药铺老板儿子的亲事了，但背地里却对药铺老板说，闺女我给你留着，啥事都宜早不赶晚。

用姑姑的彩礼娶了妈，并且还给十六岁的叔叔订了婚，爷知道钱花了，说啥也退不回去了。

药铺老板的儿子正在省城上大学，年底毕业，这就给姑姑和爷赢得

8

了时间，爷想反正年底就让姑姑出嫁，至于嫁谁，那就看刘家少爷的本事了。

说心里话，爷钟意画师，模样好，人也知书达理，就是家里穷得揭不开锅。穷是次要的，爷爱听戏文，非目光短浅者，得知画师经常跟山里的游击队在一起搅事，心里就凉了半截，这可是要掉脑袋的，于是就半宿地睡不着觉，经常给姑姑明说暗示，姑姑不听，还说，爷要再不让他们来往，她就不活了。

得知大伯牺牲后，爷更加疼爱家里的三个子女了，啥事都依着他们。一想起大伯，他就难过得说不出话。

叔比爹小十岁，却比爹高半个头，魁梧得把一件夹衣勒得紧紧的。他与河滩里的徐家姑娘订了婚，爷放话了，十八岁就让他们成婚。

离十八岁还有两年呢，叔有些等不住了。叔早上起来一看到爹在挖地窖，就说，哥，别挖了，咱这塬上，一马平川，哪是打仗的地方。土匪都在深山老林里呢！

爹说叫你挖你就挖，说那么多废话干什么。

叔不情愿地挖着，说，哥，要不咱当兵去，当解放军去。

爹不理他，只管挖。

挖这破玩意干什么？

埋萝卜、粮食呀什么的，急难时，还能藏人。

哥呀，你老听爹的话，咋就没自己的见识，成不了大器。爹也不理叔，只管一镢头一镢头挖地窖。

一天晚上，西北风呼呼地刮着，石子树叶满天飞，爹跟娘刚关门躺下，忽听院外一阵狗吠，爹问，狗怎么老叫，还有人哭？怕是来生人了，让娘点亮煤油灯。

刚点着，就听到爷在院子说话，快，玉墨，你们都下地窖。

没事儿吧。爹声音里有了颤音。

爷答，我左眼跳个不停，情况不对，你们躲了再说。

爷让姑姑第一个进去，叔小，让他第二个进去。窨窄，两人进去已满了。爹说，我不进去了。说着，就往上面盖高粱秆，边盖边说，你们在里面别吭声，那脚步声不像咱庄户人的，你听，步子刷刷刷，像是队伍进村了。

行了，赶紧进屋。

叔忽然揭开高粱秆爬了上来，说，哥，你下来，嫂子快生了，娃没爹咋行。说着，一把把爹推了下去。这时院外吵声一片，人在喊，狗在叫，女人小孩在不停地哭。爷说快，躺到炕上。妈和叔各自回窑。爷把柴草往高里再堆了一层，掸了掸身上的土，进了屋。

门砸个不停，爷刚拉开门关，一伙穿土黄色军衣的国军就冲进了院子。

他们直奔中窑，叔还没来得及穿上鞋子就被推出了门外。叔说我跟你们走就是了，总让我穿上鞋吧。官兵不睬，爷双手提着叔的鞋，边跟着跑边求情，我大儿子已经让你们打死了，你们放过我小儿子吧，官爷。官兵也不理，边走边骂，爷就跟着走，走了二里路。一个脸上有伤的高个子士兵让爷回，爷还要跟，士兵举着枪托狠狠地砸到爷的腰上，爷惨叫一声，半月没有起得炕来。

想起往事，爷心如刀剜。又瞅了身后的偏窑，门紧闭，纸糊的窗子，啥都瞧不见。暗怪奶奶怎么给自己生了个犟女子，长得赢人，可脾气像老虎的屁股，谁都不敢摸。爷成天把心在嗓子眼上提着，好在，再有一个月，药铺刘家少爷就要回来了，只要轿子一抬进门，就由不得姑姑了。爹妈疼你，人家婆家还能把你再顶到头上？爷允许姑姑跟画师先

10

生在家里偷偷玩，当然要背过媳妇，儿子就不用了。爷给姑天天唠叨，女子，你无论哪个啥，不能给爹乱来，要不人家娶进门，发现是个二手货，再给休回来，我就吊死在你跟前，你可不要以为我吓你呢，我说的可是一句顶千句。姑姑头一扭，说，爹，你把我当成啥人了，画师教我识字呢。

皇天、后土，水金贵。像是教字。两人念字的声调也正常，可青年男女谁知道他们关着门在里面干什么。只要妈他们一去地里干活，爷就往当院一坐，姑就知道她可以跟画师放心地说话儿了。

这不，爷刚坐进麦草上就咳嗽不止，每咳嗽一下，坐在屋子里的姑姑和画师就心跳加快好几秒，他们当然不只是识字画画，年轻人嘛，在一起少不了干些偷偷摸摸的让人心跳加快的事情。当然，姑姑是严格控制在上半身。

姑姑认了一会儿字，就烦了，长叹了声，全身懒洋洋的，让画师回。画师又提议打牌，长条子的花牌打了几下，姑姑又没心思了，压低声音说，眼看刘掌柜少爷要回家了，她不能再跟画师来往了。画师一听这话，把牌往炕席一扣，说，算了，我走了。

就在他要出门的当儿，姑姑忽然拉住他的手，说，干脆你带我跑吧，咱们跑到西安去，平凉也行，听说那儿有解放军，婚姻自主。

画师说我妈经常病着，她就我一个儿。

姑姑喃喃地说，你先坐下，咱们慢慢商量。说着，那双漂亮的眼睛忽闪一下，画师就感到浑身无力，一把抱住了她。

姑姑也回应了他，画师借此摸到了姑姑的腰上，姑姑紧张地说不行不行，我爹还在院子里。被欲望折磨得脸已变形的画师说，咱不管他，咱不管他，咱欢喜喜，就轻轻地，碰一碰，碰一碰，我保证你一点儿事都没有。

11

爷坐了一会儿，瞧太阳落到了当院，想着抽完这锅烟，就让画师走，让姑姑做饭，地里干活的人一会儿就回家吃饭了。爷点着一锅烟，猛猛地吸了一口，头靠墙，半躺在麦草上，倾听来自屋内的一切动静。

就在画师刚脱掉姑姑的上衣，姑姑忽然听到了一阵声音，好像是爷惨叫，画师正是欲罢不能的地步，抱住姑姑还要深入，姑姑挣脱不掉，一头撞开画师，往窗外一瞧，说，妈呀，快，着火了，哪着火了？外面咋烟雾缭绕？

姑姑裤子还没有系紧，就往外冲。她呆了：院里的麦草已是一片灰烬，墙面黑灰，旁边铁丝上晾的衣服也烧成了片。

爹！爹！爹！

姑姑看到半躺着成黑人的爷时，吓呆了。她手一抓爷的棉袄，满手全成了黑末，而黑末下是成片的血泡。

爷动了下眼珠，看了看画师，又瞅了眼姑姑，嘴不停地翕动着，手乱抓，姑姑却听不清楚爷说啥，手里又指啥，爷就没气了。

爷被大火活活地烧死了！

后来远在八里之外的算命先生雷富贵，大家都叫他雷神仙，对爹说，你爹升天了。我的卦相说，今日有人要升天，只没想到是你家，穷得叮当响，哪有那好命！

爹气得举手要打，雷神仙说，别，别，我话还没说完呢，你们家后代要出人物的，而且是两个大人物。要不出人物，你抓把马粪封住我的嘴，从此我就洗手不干了。

爹没言语。

妈说爹可怜呀，脚没洗，头没剃，烧得不成样子了，连老衣也没来得及换上，就草草埋在太爷的旁边。我们要遭报应的。

爹说没法洗呀，爹疼！

12

妈挺着大肚子咬牙瞧着哭得不成个样子的姑姑。

埋完爷，爹才有时间审问姑姑。问姑姑爷被大火烧着时，她在哪？

姑姑低着头说，哥，我在屋里做针线哩。

爹说听人说你是提着裤子跑出来的，后面还有红头涨脸的画师，你的第二个衣服纽子扣到第三颗上了。

姑的声音更低了，说，哥，你要相信我。

爹端起桌上爷的灵牌，立到姑姑面前，说，跪下，当着爹，说实话。

姑姑扑通一声直直跪了下去，开始哭，哭得昏天暗地，反反复复只有一句话，爹，我对不住你。

此后，姑姑像变了个人，家里的活争着干，不再怕到地里晒黑了脸，也不再怕柴草弄糙了小白手。顶顶让爹妈放心和高兴的是，姑姑再也不跟画师来往了。她跟画师说从今以后，咱们没有针眼大的关系了。

可怜的张画师一会儿送书，一会儿送画，姑姑在，眼睛连睃都不睃他一眼。他仍来。姑姑不在，他也来。来了就蹲在姑姑窑门口，一张张把他的画塞进门槛底下。姑姑不理画师，却收了画，还照着绣牡丹，绣月季，还绣一些连她自己都不知道那叫什么的鸟儿，这些鸟儿都长着红嘴唇。那是她在梦中经常见到的。妈曾戏笑说，你姑姑可能就是那鸟变的，要不，怎么她绣的鸟儿都是红嘴，咱这除了灰丢丢的麻雀，就是叫得让人心里瘆得慌的黑老娃（乌鸦）。

村人第一次看到往地里挑粪的姑姑，都摇着头说，唉，没爹妈的娃就是可怜，在哥嫂手里讨生活，气不长。

妈听到这话很不舒服，在油灯下纳鞋底时，跟已躺下的爹埋怨，你看玉墨张狂的样子，干活时手上还缠块手帕，好像爹不在了，我们就让她干重活，把手都弄烂了，搞得全村人都说咱当哥嫂的虐待妹子。你是

13

亲哥，那不就是说我这个嫂子么。爹瞪着妈，半天才吐出一句，我爹妈
没了，你要是敢说我妹子一句不是，你试试，看我不拿鞋底抽烂你的
嘴巴。

妈不再言语。

爹突然起来穿衣服，妈问他干什么去，爹也不接话，下炕，趿着鞋
拉开门，玉墨，玉墨，你睡了吗？

哥，咋了？你进来。

妈从窗户里看到爹走进了姑住的偏窑里。

爹好半天才进屋，妈问她怎么了，爹背过身去。三天没跟妈说过一
句话，且不再让姑姑出门干活。妈说，刚开始干活，谁手不起泡？可爹
说，妹子手起泡，就是当哥的不好。

此后，爹坚决不让姑姑在地里干活，只让做饭洗衣，妈更憋气。同
样是女人，姑姑比她小几岁，却像个小姐一样，自己连个丫鬟也不如。
她听说姑姑是跟别人胡搞，爷没脸见人了，才把自己烧死的。烧的是公
爹，按说，难受的不该是她，可她心里堵得慌，又不敢再跟自家男人嘀
咕，就当闲话说给邻居五娘，让她保证别跟人说。五娘的侄女正做梦都
要嫁给刘掌柜家少爷，于是就添油加醋地逢人便说姑姑让野男人破
了瓜。

2

这话不久，就传到了离我们香野地村五里路的鹌鸪镇刘掌柜的耳
朵里。

刘掌柜的药铺五间阔气的门面房直对大街，雇了两个伙计。店面不
是很大，老远就闻着一股中药味。后院是八间平房，住着一家老小。刘

掌柜大名刘安平，粗通医术。有一对儿女，刘掌柜偏心儿子，让儿子在省城读医科，将来子继父业呢。儿子性格柔，听戏照相，啥都能说出个一二三，只是不喜欢当医生。

年底就毕业了，亲事也定了。刘掌柜对这门亲事不太满意，王家太穷了，可是姑娘漂亮，只要到镇上来跟集，就能把全镇男人的眼神捉走。这样的媳妇将来娶进门怕日子安稳不了。古语说得好，妻贤夫祸少，丑妻家中宝。可是儿子愿意。自从两年前在镇戏院看戏，瞧见那个叫玉墨的姑娘后，儿子就望着一大堆他照的那姑娘的照片发痴。他不同意婚事，儿子就在省城不回家。省城太乱，还是在镇上天高皇帝远，撑起家业稳当。于是他请人说了媒，送了彩礼，只等着儿子毕业。王家，他一次都没去过，听说穷得叮当响，去，他以为自降身价。

小镇每旬二五八逢集，今儿就是集日，街上人来人往。刘掌柜喝了杯伙计煮的茯茶，吸着水烟，出门逛集，盼着有宗大生意，听说，山里面有部队，药品肯定是需要的。

他刚走进戏院，香野地村的查媒婆忽然蹦到他眼前，吓了他一跳。查媒婆五十多岁，涂脂抹粉的。一见他，那张大嘴就像只老母鸡似的呱嗒个不停。

查媒婆先是跟他聊生意，说戏文，最后好像是无意中说，刘掌柜呀，您那个儿媳妇怕是不能要了，我给您说门新的，好不好？姑娘家在县城开布店，生意红火得很，跟你们家也门当户对。

那女子咋了？

您不知道王老头是怎么死的？

刘掌柜不屑地说，你说这话不是放屁嘛，王老头是让火烧死的，我们还随了礼呢。

查媒婆走近刘掌柜，望了望四周，说，这是其一，其二可就关涉到您家的名声了呀，我的刘掌柜，刘老太爷。

刘掌柜面无表情地问什么事。

查媒婆笑了，说，我这看戏，站了快一个时辰了，听说坐到您家铺子二楼，看戏美得很。

刘掌柜想了想，说，走。

一听说儿媳妇还未进门，就让儿子当了王八，刘老爷子当下气得哆嗦，立马带着伙计去退亲。

查媒婆跟在后面，抽着烟说，刘掌柜，我跟王家是一个村的，您不能说是我说的。我保证给你儿子说门赃配的亲事！

当刘掌柜一行人坐着马车赶到我们村时，是上午九点多钟，村里静悄悄的，除了老人娃娃，全都下地干活了。刘掌柜思忖着没人时的对策。

爹妈的确不在，爹到沟里砍柴去了，妈回了娘家。

姑坐在院里桃树下绣花。阳光从树叶的缝隙中漏下来，金子般，闪在地上。姑那天穿着一身月白色斜襟掐腰上衣，长长的辫子垂在屁股上。听邻家娃娃跑来说有个老头坐着大马车来了，她没有到大门口去迎，仍然目瞧着膝盖上的一幅画，在画布上一针一针地绣着。眼看端午节到了，她要做香包，编系在手腕脚踝避邪的花绳绳。头顶的铁丝上，挂满了从染缸里捞出的一条条黄绿蓝紫嫣粉的丝线。丝线在微风吹拂下，飘来荡去，不时触到姑姑的脸上、脖颈里，她也不恼，由着它们，好似挠痒痒。

刘掌柜一进院，就看到了这一幕。心想怪道儿子喜欢了，这女娃娃有风情。但看到对方无视自己存在，只淡淡问声来了，坐着却不动，就满脸阴云密布，居高临下问道，你们家里人呢？

姑红唇微启，轻轻捻了捻手中一条绿色的丝线，待线穿进针鼻眼

16

后，才不紧不慢地反问道，我不是人？

刘掌柜一看这架势，心里就咯噔了一下，他久经沙场，女人搭眼一瞧就知道如何对付。而这个眼神清亮而冷漠的姑娘，让他一时不知如何开口。

站在他身后的伙计气呼呼地说，你看你这个姑娘，你知道给你说话的人是谁不？他可是咱鹁鸪大名鼎鼎的同和大药铺的刘掌柜。快，叫你家的大人出来说话。

姑姑慢条细理地说，我不管他是谁，到我家来，就要先报他姓啥名谁。

刘掌柜气得说不出话来。镇上男女老少，只要一说他是药房的刘老板，马上就笑逐颜开，好像要送自己一块金元宝，可这闺女，小小年纪，家贫如洗，可一身傲骨，让他又高看几眼，想着也好，跟她聊聊，也好等她哥回来。于是摆摆手，说，我是鹁鸪镇同和大药铺的刘安平，你找你哥来，我有要事跟他相谈，说着，看了看四周，没有坐的地方，只好往桃树一靠，几片叶子纷纷落下。

姑姑拿起绣花架子，扑扑地吹飞几瓣落叶，刘掌柜感觉她那鼓起的双唇像只元宝。他饶有兴致地望着那一闭一合的元宝，一个柔得像杏汁儿似的声音，灌进了他的耳中：我哥到沟里砍柴去了，我们这沟沟坡坡多得像树叶。大沟有彭公沟，鸦儿沟。小沟有柳湾沟，孝席沟，马槽沟。还有坡，桃树坡，李家坡，罗家坡，而这坡又分很多洼，你让我给你说，估计一天也说不完，想必你也没空闲听。反正只要有柴的地方，我哥都可能去。你说，我怎么知道我哥今天到坡里去了，还是到了沟里？即便我知道去了哪个沟，真要找，还是找不到的。沟路多得像线头，一会儿往东边拐，一会儿又往西绕，我怎么能知道我哥到底在哪条沟里的哪条道上？

进屋说话。刘掌柜瞧了眼大门口不时闪现的人影，还有院子里来回跑着的娃娃，给姑姑下着命令。

姑姑坐久了，腰有些酸，她抬了下屁股，伸了伸脖子，说，有话就在这儿说。你看外面阳光多好，花这么艳，人看着喜庆。话虽如此说，人还是起身进屋了。

刘掌柜这才细细打量起院落来：正面三孔窑洞，上面的漆掉得都看不出是啥色了，却干净。墙钉挂着发着亮光的镰刀粗绳，门角立着镢头铁锨。一只猪，毛发油亮地在院子里东嗅嗅，西闻闻。刚洗的衣服，晾在粗绳上，还滴着水，每件衣服，虽是粗布，却平整整的。

坐吧。姑姑说着，把两把凳子放在来人前面。刘掌柜选了把三成新的木凳，刚坐下，身子晃了一下，他吓得出了一身冷汗。姑姑扑哧一声笑了，可能又感觉这时候笑不合适，忙用手绢掩住嘴，说，凳子结实着呢。

刘掌柜望着这个目无尊长的女子，没好气地说，我是来退婚的，啥原因估计你知道。说完，他一眼不眨地望着姑姑。姑姑又吹落绣花布上的几片落叶，说，退吧，我巴不得呢！我到镇上，离你家药铺还有几里路，就闻着药味了，头晕得像谁打了一拳，吃啥东西都是中药味。亲事我本来就不愿意，是我爹收了你家的钱。我爹没了，我不能让他在那边还背着言而无信的罪名。正好，你提出来了，那就散。

刘掌柜又是吃了一惊，身后的伙计要骂人，他拦住了。掏出水烟，吸了一口说，你爹拿了我家钱的，还有粮食。

那你到天上跟我爹要去。

刘掌柜气得站了起来，姑姑也站了起来，说，你们回吧，退婚的事我跟我哥说一声，我要去做饭了。说着，扭着屁股就进了对面的灶房，那背影就像在水中漂着一样，刘掌柜望着她进了门，才觉得院子好像一

18

下子失去了刚才的亮堂，寂淡了许多。

姑姑进去，再也不见出来。

掌柜的，这婚事得退！谁家要是娶这么个主儿，等于把公主请进门了，那可真没安生日子过了。伙计说。

刘掌柜望望从烟囱里冒出的缕缕青烟，再瞧铁丝上五彩的丝线，又端详了那放在椅子上的绣的大红牡丹，对伙计说，回家。

爹在路上听说刘家来人，就急着往家赶。在门口，发现地上只留下几道马车胶轮辙印，想着姑姑的婚事指定吹了。背着柴进到院里，还没开口，一股扑鼻的饭菜香直面而来，心里不禁叹道：这是妹子心里有愧呢！

婚事吹了就吹了，爹妈不在了，自己就是妹子最亲的人，不能屈了她，若遂了妹子的心，收的人家彩礼怎么办？

还有那么好的日子，过了这个村就没这个店了。

爹也傲气，他不会主动去的，去了就被动了。

结果一直到月底，刘家也再没有人来。

一进腊月，家家喜气洋洋地洗衣扫屋准备过年时，刘家少爷刘书朋提着衣服和彩礼，随着媒人来我家商定婚期了。

刘书朋西装革履的刚一出现在村头，大人小孩都像看西洋景，追着瞧。在这些人群中，就有画师。画师的家跟我们一个村，只不过在村东。他硬着头皮跟着我的几个叔伯走进了我家的院子。爹和妈一看到他，脸色就很不好看，他也不理，只管往中窑走。

姑姑却表现得很冷淡，刘书朋问十句，她才答一句。而这一句还是在爹的催促中才回答。这让画师张文正心里冒出些许的希望。他巴望着刘书朋能看穿姑姑不喜欢他的心思，提出退婚。可是刘书朋好像一点儿也不顾忌姑姑的态度，而是一一说着他们家对婚事的安排。送多少衣料，多少担粮食，还有，要摆多少桌酒席……张文正为了显示自己的存在，抢着给客人倒水，还用热辣辣的眼神瞧姑姑，好让刘家少爷看到，可是，没有一个人注意他，人们都以为他跑堂倒水应当，他倒的水只管喝，却不问他到底是谁。

刘书朋走后，张文正又磨蹭了半天，迟迟不回家。他一直盼着姑姑至少在他走之前，给他说句话，毕竟他们已经好了几年。可是姑姑一直到娶亲的马车停到大门口，也没有给他再说一句话，只是让人给了他一只绣花的手绢，那上面绣着几根稀疏的枝条，上面长着几片将凋而未落的黄叶，枝条上立着一只红嘴鸟儿，周身丰硕而饱满。鸟儿望着树叶，神态凄婉而忧伤。张文正怀揣手绢，很是神伤。

妈说人比人气死人，你姑是个妖精，人都说她已经不是黄花闺女了，可她就是有本事让刘家老小稀罕她就像她是颗亮闪闪的夜明珠。

妈说姑姑三天回门的那天，真是给家里人长足了脸，是坐着马车回来的，里面装了满满一车东西，有吃的，穿的，还有一色儿新新的铺盖。姑姑回婆家时，对妈说，嫂子，那铺盖就留家了。以后镇上唱戏，你跟我哥只管在我家歇脚，住多久都成。

3

从坐上刘家接亲马车的那刻起，姑姑想她现是刘家媳妇了，要好好过日子，让在那个世界里的爹妈放心。一想起爹妈在那个看不见摸不着的地方，姑姑心里就酸酸的。

结果刚一进门，就发生了一件事，让公婆极为不悦。

说起这事，就要先说说我们老家婚礼上的习俗。

新娘子到婆家的时候，随着新娘子进门的，还有她的陪嫁。这些陪嫁都要放在婆家的当院儿，供来来往往的客人——过目。爹给姑姑的陪嫁是一床红牡丹面、白洋布里子的被子，一只杨木箱子。这在农村一般家庭中还说得过去，而在小镇，在刘家，就寒碜了。就这，还是爹给人家当泥瓦工挣来的，爹妈和大哥三人一直盖着一条枣红布打着黑布丁的被子。陪嫁放在两张并排的桌上，被子叠着，箱子关着，这些是不需要仔细看的。仔细看的是新媳妇的手艺，说具体点，就是新媳妇的针线活。新媳妇要给公公婆婆丈夫小叔子小姑子做鞋纳鞋垫，而这些东西通常搁在桌上，供来人评头道足。新媳妇最难过的就是这一关，搞不好，就会让人耻笑。不少女孩为了过好这一关，在订婚的那天起，就四处拜师学做针线。要是让别人替自己做了这些活计，婚后日子不吉祥。轻些好日子三天就会过完，重则得大病，生儿生女不是横着下来就是生下来十有八不成。

姑姑是方圆百里的巧手姑娘，针线活全村闻名，绣的织品爷爷都曾拿到县里卖出好几幅。按说，不会出什么问题，可偏偏就出了，这事是刘书朋的妹妹刘书英惹出来的。

刘书英相貌丑，嘴巴又不饶人。二十岁了，还没找到女婿，刘掌柜急得坐卧不安。媒人东家求情，西家承诺，最后终有一家提出，如果刘掌柜家那片在塬上的五亩良地可以作陪嫁的话，可以娶她。刘掌柜不太悦意这门亲事，因为小伙子形象虽好，但游手好闲。刘书英一见，死活要嫁。刘掌柜眼看姑娘年龄大了，就咬着牙，同意了亲事。

这对小夫妻婚后，三天一吵，两天一打。原因是丈夫老爱跟漂亮女人有扯不完的花花事，刘书英心里窝火。所以看到骚情的女人，就想起了那些缠着丈夫的贱货，心里就恨得要死，姑姑还没进门，她就跟她较上劲了。姑姑跟画师张文正相好的事，她老早就听她妈说了，实指望婚事告吹，可是她爹知道了，去退亲，竟然没退就回来了。她哥知道了，

21

没出息的说过去的事我不管，只要你嫂子跟我结婚了，跟我一条心过日子，往事不咎。

现在婚结了，她仍不甘心。手里摸着她嫂子做的鞋子和鞋垫，她用最挑剔的眼光一一搜索着，渴望找出些让嫂子丢丑的蛛丝马迹。可是她失望了，鞋子做得漂亮。鞋面是看不出功夫的，鞋底的针脚横竖都是一条线，全梅花针。还有给爹绣的烟锅袋，跟别的媳妇不一样，一朵粉色的荷花上面站着一只小蜻蜓。就在她失望的时候，一只鞋垫映入眼帘，用的针脚是"乱屧"：绣了第一层，第二层的针脚插进第一层的针缝，颜色就由深到淡，使图案成了复杂的画中画，两种花交织在一起，却不会你夺我的枝，我碰着你的条，花鸟清晰，枝条绰约。

太漂亮了，刘书英千寻万搜，终于找到了嫂子丢丑的证据。谁都没发现，在这个鞋垫背面的下面，也就是一只花骨朵上，绣了两个米粒大的字：文正。不细看，还以为是花与枝，上过三年学堂的刘书英细细一瞧，就断定文正是姑姑的相好。她把鞋垫装在口袋直奔屋里时，她还不确定要把这件事先告诉给谁。

她找到在灶房里指挥后厨的妈，把她拉到一边，如此这般说了。她妈不耐烦地说，行了行了，没看到有多少人想趁着事乱，顺手牵羊。说完，又告诉做饭的人肉要少切，菜不能浪费。刘书英走出门，撞到了她爹身上，她爹黑着脸说，你跑什么跑，还不去招呼客人。她本来是想给爹说的，一看这架势，就咽下了将要出口的话语。

哥哥穿着马褂戴着红花跟嫂子在席间不停地敬烟，她想了想，是无法叫的，就想等到晚上吧，晚上一定要告诉哥哥，让新婚之夜成为战争之夜，好惩罚那些不学好的贱女人。

可是婚礼太漫长了。早饭吃的菜是凉拌豆芽，喝的是血条汤泡蒸馍，客大多是散客，塬上的，沟里的，坡里的，骑马的，走路的，坐车

22

的，抱孩子的，挑着菜肉来的，直到记礼单的人也坐下喝汤时，还不到十一点。唱秦腔的，吹唢呐的，一直忙活到晌午坐席吃完八拷五。所谓八拷五就是先一次次地上够八盘菜喝酒，再上五盘菜就着馒头吃。这十三个菜全吃完了，客人散了，婚礼还没有结束。新娘新郎要吃喜饭，也就是饺子，饺子里有些包着硬币，吃到硬币的传说有好运。

三个包钱的饺子，姑姑全吃到了，围观的人连声喝彩，刘书英气得肚子疼，心里咬牙切齿地说，晚上有你好看的。

晚上闹洞房，因为是小镇，闹的人大都是有文化的人，洞房闹了一阵，加上刘书朋极为不配合，叫他咬拴在他跟新娘中间的红苹果，他不咬。叫他亲新媳妇的脸，他不亲，搞得闹房的人一点儿兴致也没有了，就早早散了。

刘书英好不容易等到闹洞房的人走了，怀里揣着绣花鞋垫找爹妈时，老两口房间黑了。她回身瞧了眼扫院的嫂子，又朝房间望了望，她哥正在铺床。她走到嫂子跟前，大声说，嫂子，你把这个东西收好，要不是我看到，就丢大脸了。说着，把鞋垫晃到嫂子面前。

姑姑望了一眼，接过鞋垫，没有说话。

刘书英想你还想装，于是故意说你这不是给我哥做的吧，这文正是啥意思？是不是原来喜欢你的那个野男人？

姑姑的回答让她大吃一惊，姑姑说是的，这本来就是我给他做的。你还有事吗？

刘书英气巴巴地望向她哥，她哥背对着她，没有转头，只说天不早了，书英，早些睡吧。

哥，你真窝囊。

书英，回来睡觉。娘在上房催她，她只好快快地离开。躺到炕上，心想这一夜哥哥嫂子不定怎么吵呢！想着，就心满意足地睡去。

姑姑关上门，发现刘书朋已经把炕收拾干净了。她往脸盆倒了半盆水，说，洗洗脚吧。刘书朋望了她一眼，坐了下来。姑姑蹲下身子，刘书朋刚开始没反应过来姑姑要干什么，当姑姑握着他的脚时，他才知道她要干什么，说，不用的，我自己洗，你站起来。

姑姑边洗脚边说，你是我的丈夫，伺候你是我的本分。

手刚一触到刘书朋的脚丫子，他就感到浑身像触了电，麻而酥软。但刚才让妹妹闹得不愉快，使他还没消气，对妻子的体贴仍表现得冷淡。

刘书朋先躺下，姑姑把他脱的衣服提着展了展，挂到椅子上，这才上了炕。关了灯后，才自己脱起衣服来。

两人都静静地躺着，姑姑面朝里，刘书朋脸朝她，中间隔着足能躺一个人的距离。刘书朋虽说在省城念过书，但对男女之事很陌生，他想这事肯定是男人主动的，可这主动他还摸不清章法。就在这时，姑姑忽然说，你妹妹说的没错，我是喜欢过张文正，他画的画漂亮得很，能动，就像真的。

刘书朋没有说话，他无论如何没有想到新婚妻子在洞房说出的第一句话是这么一句。他以为只要不问，她就不会说，一切就当没有发生。可她竟然说了，说得是那么的轻描淡写，让他这个做丈夫的心里受到了极大的刺激。他本来要伸过去的手收了回来，并且转了身，面朝窗外。

姑姑又说从进你家门的那一刻起，我就是你媳妇了，我在心里给自己说以后一定要忘掉这个人。你知道，这感情上的事是最说不清也道不明的，我现在不能给你保证。我只是想给你说，你是我的丈夫，你肯定能帮我忘掉他。如果你想帮我，咱们就好好地过日子，你不想帮我，嫌弃我，明天就休了我，我立马回娘家，咱谁也不认识谁。

刘书朋感到自己再不说话就不合适了，转过身说，你到我家，就是我的妻子，我会对你好的。说着，伸出了胳膊，说，来，离我近些，咱们说说话。

姑姑往外靠了靠，刘书朋朝里挪了挪，两人总算能清晰地听到对方的出气声，都是紧张的，不确定的，还都有些微微的战栗。刘书朋笨拙地把姑姑搂在了自己的怀里，悄悄说，知道我为什么喜欢你吗？你的嘴唇好看，圆润饱满，像只草莓。

姑姑摇摇头，啥叫草莓？

刘书朋想了想说，草莓深红，肉嘟嘟的，味道酸甜。你看我也说不清，明天我给你看照片，对了，你照过相吗？我有照相机，我要给你照很多照片，让咱娃娃看你年轻时有多么美。

啥是照片？

照片就是把你真人照下来，你就可以看到了。

是不是跟画的一样？

刘书朋一下子心里又不是滋味了，想自己不能显得太小气，便大声说，照相当然比画像漂亮了，你没有看到外面的照相馆，明天我带你去看看，照片能把人脸上的一个黑痣呀纹路呀什么的都清晰地照下来。

真的？明天你让我看看你照的照片吧。姑姑一高兴，更紧地靠近了丈夫的胸前。

这举动，刘书朋当然感觉到了，心想，这女人没错，跟其他女人不一样。心里当下喜了，道，当然是真的了，我要把你全部的美都拍下来，给我们的儿女们看。

姑姑说我真的漂亮吗？你可是从省城里回来的。

当然漂亮了。

我哪儿漂亮？

你全身都漂亮，身条高高的，漂亮。脸白白的，漂亮。眼睛像清

25

水，漂亮。还有你的嘴唇，红红的，肉乎乎的，漂亮。

姑姑笑了，说，还有呢？

其他我就不知道了，不过，我现在想知道。说着，就要脱姑姑的衣服，姑姑没想到他转眼就转到这个问题上，心里有些紧张，但一想到这人已经是自己的丈夫，就半推半就地顺从了。

姑姑的衣服全被脱光了，第一次全身赤裸在一个陌生男人跟前，她有些紧张，她知道张文正一直想做的事，马上就要发生了。

就在刘书朋要压到她身上时，她起身从炕柜上拿来一块白布铺好，躺在了上面。

刘书朋脸红了，说不用了，不用。

姑姑好像已经看穿了他的心思，说，我的身子当然是留给我丈夫的。

刘书朋好像战士听到了进军的号角，虽然有些紧张，但仍是义无反顾地冲上了战场，这是他的阵地，他要在上面插上表明是自己占领地的红旗。

当刘书朋气喘吁吁地躺倒在一旁，姑姑起身拿了布，望着那块酷似梅花的血迹，说，我是你的人了，你要对我好。你对我好，我就对你好。你对我不好，我就会喜欢上别人。

刘书朋大笑着说，那当然。姑姑起来倒水洗，又让刘书朋洗，刘书朋说太累。姑姑却说我不累，我帮你洗。

当两人再次躺下时，刘书朋说结婚这么好，我就是死了也值了。姑姑一把捂住他的嘴，说，别胡说，我要跟你过一辈子呢。对了，你刚才说，我还有哪漂亮？

刘书朋搂着她，全身抚摸道，你全身的肉也漂亮，摸起来舒服，看起来养眼，用起来实惠。

26

姑姑撒娇道，到底是文化人，专门骗我这个没文化的。

刘书朋说，那你也让文化人高兴高兴嘛。只要你高兴，我每天都说。好听的话我学得太多了，比树叶还多。说着，刘书朋给姑姑讲起了故事，一讲完，姑姑则不停地说着自己女子时候的事情，说了半天，听到对方没反应，一看，人已睡着了。

张文正，别恨我，好好过你的日子吧。姑姑在心里说。

4

姑姑一觉醒来，窗户纸已发白，窗外传来刷刷的扫院声，心想糟了，嫂子在家里叮嘱了好几遍，新媳妇第二天要早早起来给公婆倒尿盆。千叮咛万嘱咐，还是睡过头了。姑姑急着要起来，推了半天刘书朋箍着自己的腿，刘书朋也不松开，她着急地说，快，爹妈要生气。边说边使出浑身的劲，总算把那山般的肉体推了下去，开始手脚并用地穿衣服。当她急呼呼地出去时，小姑子已经扫完院了。姑姑不好意思地点点头，就往公公婆婆的屋子走。让她没想到的是，公公婆婆也衣着整齐地坐在炕上，尿盆正理直气壮地蹲在地当中，好像说，你不端走，我就要臭你。姑姑蹲下去，尿满得都快溢出了，盆边全是尿渍。婆婆双眼定定地看着她，不容她再想别的，她心一横，端着尿盆小心地走出门来。

当院有个小花园，西厢房小姑子住，对门就是自己的房子。一棵石榴树，一棵核桃树，现在光秃秃的。一想起石榴开花的情景，她就淡忘了昨晚的不快，爱上了这个家，想着开春了，她要给花园里种上月季，撒些菜籽，让满院都香喷喷的。

刘书英看到嫂子满脸红光，就知道自己昨天晚上的计划破产了。她是已婚女人，当然知道这满脸红光意味着什么，扫把一扔，就往她爹妈

27

屋里冲。脚还没落进门槛就说，你说有这样的儿媳妇吗？心里记挂着一个男人，却跟另一个男人睡到半早上才起来，真不要脸。

看爹面无表情，刘书英又把鞋垫的事给爹妈说了一遍，这一次她说得很仔细，不过还是省略了已经给哥嫂说过的细节。做妈的这才想起了昨天的事，说，吃饭时当面说。

刘书朋起来的第一件事，就是把那块留下一团血迹的白布挂在了院里的铁丝上。小姑子第一个发现了，她已出了嫁，现在有了嫂子，还有妈，无论如何是轮不到自己去下灶房做饭了。她就在爹妈屋里一会儿扫地，一会儿擦桌子。就在做这些的时候，她发现了那块白布。婆婆是第二个发现的，因为是新媳妇第一次做饭，她为了考察她的茶饭技术，把新媳妇叫到厨房，一一交代了细面在哪，高粱面在哪，小米在哪，醋缸又在哪。烧火的时候怎么省炭；下米的时候，下多少才能让熬出的米汤稀稠得当。

她是坐在灶房的炕上说的，说了一会儿她就不说了。她发现新媳妇点火很老到，这是考验新媳妇的第一关。有很多新媳妇这一关就过不了。点个火，搞得满屋子都是烟，还生不着炭火。这个长得像花一样的儿媳妇，怕也是只中看不中用。婆婆这么想着，心里就隐隐不快，这时候，她希望儿媳妇点不着火，然后由她一步步地教她，一步步地让她成为刘家合格的儿媳妇。可是，婆婆失望了，灶火里几乎没冒多少黑烟，火就着了，红红的炭火闪烁着，让婆婆一时不知说什么。

蒸馍的面已经和好，正在案板上醒着。姑姑拿着一团在灶边烤熟的小馍，递给在炕上盘腿坐着的婆婆，说，妈，你尝尝，碱面放得是否合适？婆婆慢腾腾地接过小馍，用鼻子闻了闻，说，蒸吧。

看着两屉揉得光而圆的馍蒸到锅里，婆婆这才下了炕，心想，这个儿媳妇还是能干的，以后我就不用进灶房了。走出屋，她看到晾在铁丝上的布，好心情瞬间就没了，回到灶房，看儿媳妇在拉风箱，看她进来，微笑了一下，复低头添柴。

婆婆说，你啥意思？把那么脏的东西挂在那儿，让店里的伙计看见多伤体面！姑姑怔了一下，没明白婆婆的意思。早上进了灶房，她就再也没有出去。

妈，什么东西？

你出去看看，成何体统，让你爹看见，又说我这个婆婆不会指教儿媳了。姑姑给灶火里加了几块炭，走出屋，她一看到挂在铁丝上的白布，脸红了，一把抓了下来，想拿进灶间直接洗了，又觉得不合适，略一沉思，拿着进了自己房间。刘书朋拧了一下她屁股，她一把打开，你挂这东西干什么？丢死人了。

刘书朋涎着脸笑说，妈说你了？我就是要让他们都看到。说着抱住姑姑就亲，姑姑急忙把白布扔到桌底下的盆里，回到灶房。

刘安平知道儿子的心思，在吃饭前叮嘱老婆不要再给儿子堵心，两口子过日子，闲话少传。

老婆哼了一声，再无言语。

饭端上桌，人都到齐了，刘书朋正要拿馍吃，他妈说，先别吃饭，我有话说。刘安平踢了老婆一脚。姑姑紧张地望了望丈夫，刘书朋在饭桌下拉着她的手，在手心轻轻捏了捏。

玉墨，听说你还识几个字，怎么行事没规矩？一、婚都结了，还跟我儿子两条心。二、不该睡懒觉不孝敬公婆。三、不该把脏布挂在当院儿给我们示威。

妈，你这说的啥话？刘书朋生气地说着，拿起馍狠狠地咬了一口。

说的是人话。昨天要不是你妹子发现，这写着野男人名字的鞋垫让全镇的人都看到了，我们刘家脸面放哪儿？女人就该守妇道。新媳妇结婚第二天就睡到太阳照到当院儿，我要不说以后指不定还要上房揭瓦。玉墨，我可说得有错？

姑姑嘴张了张，说，妈，我错了。

错了？错在了什么地方？

妈，你不要再说她了，都怪我，是我晚上跟她说话的，是我不让她早早起来的。

我没有跟你说话。玉墨，你自己说说，是不是心里还记挂着那个野男人？

听说结婚的前一天晚上，那个男人到她家里待了一夜。刘书英抢着说道。

书英，你不要煽风点火，我媳妇是什么人，我最清楚。

哥，你真是书呆子，这个女人骗人的把戏多了，她随便一个眼神就能把你骗得卖了，你还帮她数钱呢。

都够了，吃饭！刘安平拳头往桌子上一捶，一只碗掉到了地上，稀饭倒得满炕都是，姑姑要去收拾，刘书朋挡住了她。刘安平清了清嗓子，说，从今天起，玉墨过去的事谁都不要再提。她现在是我们刘家的儿媳妇，只要她真心跟我们过日子，我们就不能再说她半个不是。谁说谁就给我从刘家的大门里滚出去。吃饭！

第二章

5

　　叔叔回家时，是离家两年后的农历十一月。塬上成排的树光杆杆地竖着，地里也惨淡淡的。庄稼人地里农活刚忙完，家里一大堆活又等着呢。扫树叶、编筐、修理保养农具，最累人的就是把挂在屋檐下、树枝间，堆在窑里的玉米棒收进屋，一粒粒搓下来，晒干，装进囤里。

　　这天吃过早饭，爹盘腿坐在炕上搓玉米棒。搓玉米是技术活，笨人拿着玉米棒就搓，手搓得烧痛，玉米还没搓多少。爹是村里出名的干活把式，他先拿改锥把玉米棒划出几道沟，然后再拿一块玉米芯往已露缝隙的玉米棒上一搓，玉米粒就哗哗地往下掉，不一会儿，面前盛玉米粒的簸箕就冒尖了，腿上，炕上都是玉米粒。妈在爹旁边给去世的老人做寒衣。妈把麻纸折成衣服形状，中间夹裹棉絮，棉衣就成了。她说这是太爷、太奶的棉衣；那是爷爷奶奶的棉衣，他们个子高；最后这两件大的，是爹妈的棉衣。今儿黑了，你带娃娃给过世的先人把棉衣送去，要到十字路口烧。记着，烧之前，划个圆圈，叫上老人的称呼，防止野鬼抢了。天冷了，咱们都穿上了棉袄，他们在地下，更冷。爹不说话。妈看到掉得满炕都是的玉米粒和粉色的屑，说，你慢点搓嘛，玉米屑都钻到席缝里了。爹不理，搓玉米的手仍没停。妈叹了口气，说，我就不知道你咋跟你妹子不一样，你看她多干净。也不跟你弟一样，一天乐呵呵的，嘴就吧嗒个不停。一娘生的，真是个个不一样。

爹仍不吭声，只顾干着手中的活计。

这时，大门吱的响了一下，开了，一个穿着土黄色军衣的男人进来了，边走边喊：爹，爹，我回来了！

爹从窗户朝外一瞧，手里的玉米棒子就扔到了炕上，跳下炕边往外跑边说，快，弟回来了，我弟回来了！啊呀呀，弟呀，你咋成了这样子。说着，就不停地抹眼泪。

这是那个英俊的弟弟吗？下嘴唇到下巴间有条蚯蚓长的伤口，都能望着里面白瘆瘆的牙床。身上穿着怕有一月没洗的军装，头发长得就像从牢里刚放出来。爹眼泪就流下来了，一把拉住叔的手，说，弟，进屋，快，上炕。

叔叔进到窑里，四周瞧了眼，问，爹呢？

你走后不久，爹就没了。

叔叔这才望见镜框里放着爷的画像，跪在了地上。说，哥，有纸吗，我给爹妈敬炷香。

吃完饭再说，先上炕，暖暖身子。你嫂子做饭去了。

叔叔对受伤的事情，讲得很少，只说他是团长的警卫员，一次打仗时，忽觉下巴凉飕飕的，战场上嘛，哪顾得上这些。还是团长最先发现的，一看到他，说了声，三来，天呀，你挂彩了。说着就从衣襟上撕了

32

块布帮叔包住了伤口。

爹说你受苦了，咱明天就到河滩里的徐家去提亲。你十八了，婚事该办了。

叔叔摇了摇头，哥，我想先去看看，婚事还要听人家的。哥，我怎么心里七上八下的，要是人家退婚，咋整？

婚事是三媒六证定好的，徐家看起来人还实诚，估摸着不会吧。徐姑娘家爹和妈都死了，现在是她奶管着她和她弟，她奶好说话，就是不顶事。听说她二叔不是个善茬，虽然分了家，大小事还是她二叔撑着。村里人都知道，我怕再给咱来个二上坡，再要一回彩礼，你说咱家穷成这个样子，折腾不起了。先是爹的后事。再是妹子结婚，怕婆家瞧不起人，又花些钱做箱子做衣服，现在日子过得紧巴巴的。

爹跟妈商量了半夜，妈说干脆先别去徐家，看玉墨能否想出更好的法子，万一去了，把事搞砸了，想弥补都难了。想周全些，没错处。

叔叔一听说妹妹结婚了，就急着要去看她，爹说咱们一起去，跟玉墨好好合计一下。

叔叔走出院子，拿笤帚扫净了裤腿上的土，妈给他穿上了新做的黑老布棉袄。他周身伸展了两下，小心地把一根线头取下来，捏在手里，朝四周望了望，最后抹到了墙上。

妈说你是去见你妹子，又不是去相媳妇。

嫂子，妹子家在镇上，咱不能给她丢脸，对不。叔说着，脱下黑布鞋，两只面对面地互拍了几下，随着啪啪的响声，一团尘土随风而逝，鞋面鲜亮了许多。

此时姑姑正在婆家院子里洗衣服，刘书朋举着相机不停地说，笑一个，再笑一个。看我，把嘴唇抿抿！姑姑说别闹了，快，到药铺去，爹一会儿找不见你又该骂了。就照一张，最后一张，媳妇，给我递个媚眼嘛。好，很好，像明星，对，头稍往右侧歪下，瞧我，好，真棒。

咚咚咚。正在这时，有人敲门。姑姑看到进门的叔叔和爹，眼泪就擦不完，说，三哥，你可回来了。叔叔看到姑姑比在家时脸更白净，更漂亮，就知道姑姑在婆家过得挺舒心，心里也宽慰了许多。两人说了好半天话。姑姑看到哥哥成这样子了，当下就让刘书朋想办法。刘书朋沉思片刻，说，除非到西安去做整容手术。

叔说不做，花那钱干啥！我要有钱，就把家搬到镇上来，几年不见，镇上变得多好看！说着，就不停地朝着姑姑家的瓦房上下看，满眼写满了艳羡。爹说不要瞎看，来，咱们合计正事。

妹子，爹妈知道你嫁到刘家过活这么好，到那边过得也踏实了。叔说着，又摸了摸姑姑房中的大红柜面，这才提到了正事。

兄妹三人合计半天，最后决定第二天就到河滩里的徐家去商量婚事。姑姑为了给叔叔撑门面，让赶着自家的马车，被叔叔一口回绝了。叔叔说，打肿脸的事我不做。姑姑只好给带了一大堆吃的，还有些布料。爹和叔出门走时，姑姑看了半天叔叔伤着的下巴，说，这样不行。

叔脸一下子吊下来了，不说话。

书朋，你给我哥想个法子呀。

姑父拿纱布把叔叔伤口贴了。姑姑把胶布往紧地按了下，说，这下中看多了。记着，去一定要好好说话，现在是咱们求人家。说着，又把姑父的绸棉袄给叔叔穿上，端详片刻说，小伙子还是挺精神的。这才送爹和叔叔上路。爹和叔叔没走多远，姑又追上来说，他们要是问起伤来，就说能治好的，肯定能治好。

两人走得急，下到河滩，浑身湿透，叔叔擦汗时，忘记贴在唇边的纱布，手一使劲，一条胶布奋拉了下来，爹粘了半天，也没粘住湿透的纱布。叔干脆一把抓掉棉纱，露出嘴角白森森的牙床。爹说，你这干什

34

么？叔回答，咱不能弄虚作假，看上看不上，也得这么办。

爹双手紧紧抱着装有棉花、布匹的蓝布包袱，走在前面，叔叔提着点心，跟在后面。进了村，人一多，叔就用右手捂住自己的伤嘴。谁知道都走进大门里了，徐家也没一个人出来迎接，爹悄悄对叔说不要瞒了，人家肯定知道了。叔没有说话，自顾往院子走，后面跟着一个小娃不停地喊，快来看，豁豁嘴！有个豁豁嘴来了，真好玩。

叔伸手就要扇他耳光，爹瞪了他一眼，两人坐到就近的一条长凳子上。屋里坐着徐姑娘的叔叔，脸吊着，不吭声。

爹说明了来意，徐姑娘的叔说，先坐先坐，端着热水瓶倒了两杯水，就走出了门。

叔和爹坐了冷板凳半天，才见徐姑娘的叔回来，说，她奶和姑娘一会子就来，你们先喝口水。

叔端着水就喝，水从伤口流到下巴，姑父的新黑绸棉袄不一会儿前襟就湿了。爹想让叔别喝了，嘴张了张，没有说出来，又踢了踢叔的脚，叔这才放下了杯子。

要成为我婶子的女子一进门，就看叔，看了一眼，惊恐地背过身去，也不说话，只管手里来来回回扯衣襟。她奶坐在她旁边，回头一看叔，天爷，你这嘴咋了？

叔要搭话，爹制止了，陪着笑脸，说，让子弹打的。到外面去了嘛，啥罪都受了，活着回来，托老天爷的福了。

让奶看看，娃真可怜。你说那些坏人好好地不在家里守着老婆娃娃，打什么仗呢，月蓉她爹妈好好地在地里干着活，招谁惹谁了，稀里糊涂就挨了一阵黑枪，两人命就没了。老太太说着，哭了起来。

妈，你别哭了，说正事。徐姑娘的叔叔说着，不满地望了他妈一眼。

老太太说好好好，不提伤心事了，我说娃回来了，咱就把事早些办了吧。

叔一听这话，脸上马上就有了笑容。爹看着徐姑娘二叔那张阴沉沉的脸，小心地说，是呀，今天来，我们给叔、奶和弟都扯了新衣服，还买了做被子的被面、棉花，还有点心什么的，都带来了。我们的意思是年前就把婚事办了。

徐姑娘二叔咳嗽了两声，看了眼老太太说，是这个，我们找人算了，他们属相不合，我侄女是属牛的，你是属马的，老话不是说"自古白马怕青牛，十人相伴九人愁，匹配若犯青牛马，光女家住不停留"，这属相不对，过不到头呀。这是我侄女的生辰八字，你看，咱不能违了天命。妈，你说是不是？

老太太呆了一下，瞧着儿子脸色，马上说是的，是我找人的，属相不合，过不到头，生儿死儿，生女死女。种玉米，玉米结不出棒子；种小麦，麦抽不出穗。你们年轻，不知道。我老太太经的事多，比你们清楚。属相就是命，人抵不过命。阎王爷叫你三更去，你就活不过五更。

叔听老太太说话一会儿东一会儿西的，就知道是徐家老二在主事。一把抢过上面写得奇形怪状的黄纸，拿起来就要撕，爹眼疾手快，夺过来，把纸展平，重新放到炕上，说，我明白你们的意思，我弟受伤，兵荒马乱的，这不由人。

你不能这么说话，属相的确是真的，不信你去调查一下，过不到头硬拉到一起害人害己。人强不过天。有什么话我们会给媒人说的。徐姑娘二叔说着，一偏腿下了炕。

爹知道人家这是送客了，忙把棉花和衣服放到姑娘跟前，却被她轻轻推到叔的面前，说，你再找别人家的闺女吧，说完，揭开门帘走了出去。

叔不想走，还想说话，爹拉开了门。哥，咱不能这么让人欺侮，不行，我得去找他们理论。

走，回家，咱们好好商量商量。

叔和爹还没到家，媒婆就背着我们家刚送的衣服来了，说，徐家要退亲，他们说不能跟属相不合的人过一辈子。

爹说这下麻烦了，怎么办？

叔冷笑一声，对媒人说，你去告诉徐家，我杀过很多人，杀人就像杀鸡一样容易。说着，做了一个掐鸡的动作。

爹跟叔到镇上找姑商量，姑说问他们要多少钱，我来想办法，婚事是不能退的，听说那家姑娘什么都会，能干着呢。

你又没有当家，你公公啬皮得恨不能把一升面当二斗用，这全镇人都知道。

姑娘人长的模样倒是没说的，耐看，听说会过日子。要是不跟我三哥了，人心里还挺舍不下的。

就是没情意。良心让狗吞了，都订婚两年了，说退就退？她像个木偶一样，一个屁都不敢放。哪像咱妹子有烈性。她要是不跟我结婚，我就一刀杀了她，他们不让我好过，我也不让她好活。

你就知道杀人，杀人！你以为杀人像喝水？出去几年了，还没改改你的脾气。你没看到村里坟头已经堆了多少死人？看把你还能成的不行，你今天杀了人，明天别人就要杀了你。姑说着，抹了抹眼泪。停了一会儿，又说，他们不是说是生辰八字有问题吗？咱们就要证明给他们看。

咱可以说清自己人，人家的人还不由他们去说。

那你说怎么办？反正不能让老三做糊涂事。

哥，你让媒人去问他们要多少钱同意结婚。

37

爹跟媒人好话说了半天，又给了一块布头，媒人这才答应前去试试。

徐家还是不松口，媒人最后亮出了底牌，给一百块银圆，外加一身衣服。徐家说，什么时候钱送到，什么时候娶人。

姑姑当然是没有钱的，虽然姑父喜欢她，但他也不是管事的。姑姑想了半天，决定去找公公刘安平。

随着时间的推移，刘安平对儿媳妇的感情越来越复杂。倒不是说儿媳妇不好，儿媳妇勤快、节俭，对两位老人、妹妹敬上礼下的。虽然小姑子刘书英老爱找事儿，她也能忍气吞声，这让他这个做公公的也不禁对儿媳妇高看几眼。只是让刘安平心里不得劲的是，结婚一年了，小两口好得就像锅和锅盖。儿子儿媳过得好，做父母的按说该高兴，可是让他失望的是儿子，整天跟着老婆转不说，对家里的生意三心二意。本来自己年纪大了，坐堂的事该让儿子干，一方面多实践实践，再一方面也为将来接手生意做好准备。卖药没有药品来源怎么做生意？进货渠道，成本核算什么的，都得懂。儿子却整天脖子上挂着相机，带着老婆四处逛荡。这些都罢了，年轻人嘛。他想过了新鲜期，儿子自然会转变的。的确如他所料，儿子终于收下心，可烦心的事又来了。小两口结婚一年多，儿媳妇肚子里一点儿动静也没有。他配了无数服药，屁事都不顶。刘掌柜真后悔当初没有把婚事退掉。不孝有三，无后为大，他怎么到那边给先人交代哩。

正泼烦着，儿子进来了，吞吞吐吐地总算说清了缘由，这又让刘掌柜的气增加了几分。钱，又是钱，没想到一向不爱钱的儿子竟然为了媳妇现在也张口向自己要了。你以为钱是天上掉下来的？再说还给她娘家，那是个无底洞。当下就说没有钱，店里的赊账还没收回来。

姑父没能要来钱，姑姑决定自己出面。姑姑先是采取了哭诉法，这一哭，哭得在场的人无不落泪。公公却说，我知道你心里有你哥，可是我手头没钱呀！咱家如果像过去的生意，帮肯定的，现在好多外账都要不回来，兵荒马乱的，生意难做呀！

姑姑知道这等于把她要说的话全给堵了回来，现在她在刘家日子也不好过，漂亮有什么用，没生下一男半女，人家没有休了自己，也就不错了，还指望其他？

失意地回到屋子里，直望着房顶发呆，吃不下饭，睡不着觉。刘书朋看在眼里，急在心里。跑去跟妈要，妈也一口回绝了。刘书朋第一次感觉到钱的重要，在屋子里转出转进，突然马的叫声点醒了他。

趁父亲不在，刘书朋把马大摇大摆地牵出家，说让马到外面晒晒太阳。瞒过家人，把马直接拉到了骡马市。

刘书朋第一次走进骡马市，他不知道卖马要找经纪人，经纪人跟买马人谈话都很有策略。说钱的时候，从不用嘴说出来，而是两人把手指藏在袖子里，用手指比画着出价。这样，就有许多的钱可以挣到。刘书朋急急呼呼地牵着马往里走的时候，心里还有那么一种读书人的难为情，不敢开口喊，也不敢跟旁边人打招呼。拉着马，只顾在人堆里钻，走了两圈，谁也不知道他是卖马的。

就在他满头大汗着急上火时，有个中年男人围着马转了一圈，才说你是不是要卖马？刘书朋立即点头说，是，是。

对方把马又从上到下看了一遍，掀开马的皮毛瞧了半天，然后抬起头来问，多少钱？

你给多少钱？刘书朋心里没底。

对方打量了刘书朋一眼，说，这样吧，我给你一百个大洋，怎么样。

刘书朋想到了姑姑哥哥媳妇家要的彩礼，怯怯地说，二百个怎么样，我是急需用钱。

对方笑了，这马少说也值五百个大洋，但仍然以生意人的精明说，这样，我看你这小兄弟是真的急着用钱，我就豁出老本，给你一百五十个大洋。

行，牵走吧。

对方忽然又多问了一句，你这马要是有问题我找谁？

刘书朋大声说，我家开药铺，我爹是刘安平。

买马的说你是刘老板家的公子吧，好，很好，我走了。好像怕刘书朋要变卦似的，一转眼就消失在人流中。刘书朋笑笑，摇了摇头。猛想起家里还有急事等着，立即三步并作两步跑回家，把钱给了姑姑。

姑姑着急地说要是公公知道怎么办？

先过了这一关再说。

姑姑拿着钱，立即找爹。爹一听说刘书朋把马卖了，吓出一身冷汗，可是徐家定的最后期限到了，也不容多想，想等把人娶进门再说。

叔一听刘书朋卖了马，眼泪就出来了。

兄弟两人数了半天，叔说哥呀，我一辈子都没见过这么多的钱，咱给他们了，多可惜。说着，把大洋一个个拿到耳朵跟前倾听。

你呀，快包起来。咱现在就走，要不刘家发现马没了，说不上就撵来了。

哥，这银圆多沉呀，能买多少东西呢。咱再想想法子，能不能不给？

你呀，不是哥说你，你就爱当谝山，只能胡说。上次到徐家，吓得半天都不说话，还见过世面，都不如我这在家里蹲着的。咱庄稼人，图的是实在，你是不是到外面逛野了？等有了家，你就知道说大话，谝世事，屁事都顶不了。只有种好庄稼，有了粮，吃饱了肚子，啥事才能把它摆平。

叔不再说话。

爹手里握了一个棍子，跟叔出了门。

哥，你拿这干什么？

干什么？好看。爹生气地说，还说你见过世面呢，连这都不懂。出门带这么多的钱，你说拿棍子干啥。

叔摸了摸胸前，爹说你把钱装好。

我知道。

他们出门时，整个村子还在一片薄雾中。进了山，日色已过午，庄稼地空荡荡的，四周静得能听见两人的喘气声，不知什么鸟儿在头顶呱地叫一声，再呱地一声，听得人心里怕怕的。爹瞧叔鼓鼓的胸前，说，咱进那个洞里，把钱放进筐里，上面搁上菜。

爹的筐里装着地里种的时鲜菜。

哥，胆放大走，我是打过仗的，你不要以为我是个谝山。我知道村里人都说我是谝山，那是他们狗眼看人低，世界上哪个行当，只要干精了，就能成气候。这话我今放到这，哥，你瞧着。

行了行了，走吧。爹不耐烦道。

两人又翻过一个山头，叔突然不再说一句话，爹虽然不爱说话，可爱说话的叔不说话了，爹心里就有些发毛。他怕静，特别在这荒无人烟的山里。他是当哥的，不能让兄弟看出他紧张，于是看了看叔，叔仍然没有说话的意思。便用胳膊肘儿捅了捅叔的胳臂，说，怎么了，咋不言喘了？

叔好像才从梦中惊醒，说，哥，我在想人说书看多了，就变聪明了。我虽然不识字，但书听多了，脑子也就灵光了，跟一般人不一样了，是不是？

你呀！还谝。爹摇了摇头，朝四周望了望。

你还不信，我就是要让你看看你兄弟是怎么用自己的聪明来跟人打交道的。

爹又摇了摇头，说，看着脚底下的路，不要光说大话一脚踩空掉到山崖了。

到徐家时，两人背上已经湿了一大片。

徐姑娘的叔叔听说钱已拿来，就假装说，也没办法，我真以为是属相问题。后来再三细问，我侄女还是生在白天的。鸡叫了，就算第二天了。既然这属相没问题了，咱婚事立即办。

吃了饭，抹了嘴，爹看叔还没掏钱的意思，便用眼睛示意，叔不理，仍在喝水，一口接一口。爹又踢了叔的脚，叔把脚往里收了收，装作不知。爹只好说，弟，钱快拿出来呀。叔说，好。说着，却从腰里掏出一把亮闪闪的东西，徐姑娘的二叔惊叫一声，说，你……你这是弄啥？

弄啥？我的确有钱，你看，这是什么，这是货真价实的银圆。可是这银圆不是我的，这是我妹夫卖了他家的马得的，现在我妹子可能在婆婆家正挨打呢，你们要是不愿意婚事，今天我也不活了。反正不想活的人什么事都能干得出来。以后有人可能说我是让人逼死的。我死的时候，拉个人给我到那边做伴，也不是没有这个可能。他说着，把刀握得紧紧的，吓得未来的婶子尖叫了起来：妈呀！三来，别胡来。

放下刀子，有话好好说！徐姑娘二叔的脸瞬间苍白，把侄女拉在身后。

我当然有话说。我先问你月蓉，你真的只是因为我的嘴成这样了，就不想跟我结婚了吗？

徐姑娘没有说话，转过头去。

叔叔抹了抹伤口上的口水，继续说，你真以为我找不着媳妇？才让你们家再三折腾我家。说实话，你长得不漂亮，美人我们家不缺，你知道我除了有位漂亮的妹妹，还有个姐姐。我姐得病，没钱治，年轻轻就没了。我不能再对不住我妹。你也没有我妹妹手巧，她看花就能绣，听戏就能唱。那么我喜欢你什么？因为你曾经告诉过我，你至死都要跟着我，哪怕上刀山下火海。就为了这话，我在子弹穿脖过的战场上比谁跑得都快；就为这，我从死人堆里爬着回来了。我以为你就是那古戏中的王宝钏，为了嫁给叫花子薛平贵，放弃在相府里当千金小姐，跑到寒窑里守了整整十八年；我以为你就是那痴情女子祝英台，就是死了变成蝴蝶子，也要跟梁兄在一起。没想到你变心了。上次从你家回去后，我几宿没睡觉，我不相信你变了心，不相信你不是那些戏上的好女子。可能有人煽风点火，让你一时没了主意，我要给你时间。你肯定能想通的。我只不过伤了一下，其他什么都没少。我会过日子，会讲故事，会疼老婆，会将来教育好儿女。你是我长这么大，喜欢的第一个女人，所以我不想放弃你，就又来了。你好好想想，人一辈子，对上眼的能有几个？你要是嫌我的嘴受伤了，经不住这么点事，也就不值得我为你要死要活了。你给句痛快话。当着我的面，说出来，我就死了心，再也不看你一眼，大男人，说话驷马难追。

徐姑娘没有说话，低着头，流下泪来。

你伤心了，证明你还有情意，并没有因为我受伤就不喜欢我，对吗？

徐姑娘仍低着头不说话。她叔叔这时黑着脸出去了。

那就是因为你家穷，需要钱？

这时姑娘的奶奶连声附和道，对对对，我们也没办法呀，家在河滩里，她弟将来得找媳妇，你们塬上的姑娘谁肯到我们这？彩礼要比你们塬上多好几倍。月蓉死了爹妈，我们也没法子呀！

你们说真话，我也给你们不来虚的，这钱我不会给你们的，我爱我妹，我心疼我妹夫，这钱我要还给他们。我再最后说一遍，如果这辈子月蓉死心塌地跟我，只要有一口吃的，我也先会尽着她，给她一辈子做牛当马都心甘情愿。我是男人，如果说假话，就像这麻雀。叔叔说着，抬手把手中刀往院外一抛，嗖的一声，在人们惊惶之中，刀已扎在一只在院子里觅食的麻雀身上，麻雀瞬间倒地。

哎，小子，小子，你想干啥？吃了豹子胆，还跑到我家来撒野？徐姑娘的二叔说着，急步走了进来，后面跟着四个人高马大的小伙子，其中一个把带血的刀子踢到叔叔脚下，爹一看这架势，忙从椅子上站起来，握拳道，亲家亲家，亲事不成仁义在，咱好好说话。

赶紧给我滚！

叔叔怒目还要说什么，爹拉住叔叔说，三来，把钱拿出来。听哥的话。语调明显强硬了。

叔叔腾地从椅子上站起来，用拳头敲了敲胸前的钱，银圆相碰发出好听的声响，说，我才不会拿钱买不讲信用的人哩，这种人，给我，我还不要了。哥，走！回家。

兄弟俩刚走出大门，徐姑娘忽然追上来说，你可太小看我了，三来，回去准备结婚，不过，要给我二叔和奶奶做件新衣服，衣服做好了，咱就高高兴兴地办婚事。

你还反了？徐姑娘叔叔抢步上前，要拉姑娘回去。

现在兴婚姻自主，这婚你不让结，我就去找政府。你是我爹，还是我妈？不要因为我叫一声叔，你就真以为给我做主了，你今天同意也罢，不同意也罢，都由不得你。

徐月蓉，冲你这话，我一辈子对你不好，就不是人。叔叔想上前拉

44

徐姑娘的手，被她奶奶拦住了，说那好，我认了，再给她二妈送块布料，婚事我就同意了。

月蓉这次是送叔叔出门的，村里站满了人，月蓉一点儿也不顾忌人们的指手画脚，把叔叔送过了河，在叔叔再三劝说下，才返回。

爹高兴地把钱塞进裤裆里，说，弟，你行呀！我可是差点吓死了。

哥，我说过，我是见过世面的人，还有《三国演义》《水浒传》我白听了？不用计谋，怎么能打赢仗。就她二叔那样的人，能把我治了？没门。叔得意地说着，望了望天，又接着说，快点走，到妹家。咱妹家不定都翻天了！

月蓉女婿，记着拿布料。走了三里路，才发现婶子的二叔站在山顶还不断地高声喊着提醒他们。

6

刘掌柜在堂屋的八仙桌前坐着，呼哧呼哧直喘气。

刘书朋跪在当屋的地上，低着头。

你个败家子，让你好好当坐堂大夫，你却整天脖子上挂个相机，四处跑着照那些破玩意，不能吃不能喝的。也就罢了，可你竟然还敢卖马，我值五百块大洋的马，你只卖了一百五十块大洋，就为个不生养的女人？你把你爹我的老脸都丢尽了，去，马上给我把马钱要回来，等到晚上喝汤，还要不回来，我就把你个败家子赶出家门。权当我没生养你。说着，就要起身。

爹，与他没关系，是我出的主意，我为了我哥，才出此下策。爹，你让他起来，你打我骂我都行。姑说着，跪了下来。

刘掌柜本来要走，这下子又重重地坐下来，说，你有什么资格来求情！就因为你脸长得好看？说实话，要不是你这张脸，怎么可能进我家的门呢！可是你不能给脸不要脸，你生养不出儿子，我们已经够容你的了。可是你不该给我儿吃迷魂药，让他整天跟在你屁股后面，没个男人样。

爹，不是她的错，是我，我自己要卖马的，咱们是亲戚嘛，帮帮也是应该的。

胡说，这事绝不能轻饶，你让我的脸往哪放？

爹！怪我，都怪我，你让他起来，他跪了一天，我来跪。

晚上喝汤的时候，钱还要不回来，明天一大早你们俩就全给我滚出去。刘掌柜说着，起身走出堂屋。

就在他气呼呼地到院子里，跟人撞了个满怀，一看到那个豁豁嘴，他就知道是谁了。扭头就要走，对方却叫住了他。

姨父，我把钱给你带来了！

钱，什么钱？刘掌柜一下子眼睛放光了。

你们家的马钱我还回来了，我妹呢，我妹夫呢！

是吗？刘掌柜忙说书朋媳妇快出来，你娘家来人了。说着，拿着钱就往堂屋走，摸着还散发着体温的钱，他感到心里的石头总算落了地。进得门来，看见两口子还在地上跪着，忙说，快起来，给客人沏茶，上好的茶，要招待好娘家人！

姑一看到爹和叔叔，就急急地问，婚事吹了？

没有，婚事如期举行。妹，他们打你了没，骂你了没？说着，就关切地望着姑。姑说，没有的事。就是你妹夫……说着，拉起了已经不能走路的丈夫，走出了屋。

刘掌柜数钱的哗哗声让叔叔觉得很是刺耳，说，快些数，我还要回家呢。

不急不急，你先喝茶，我数完你再走。

放心，钱不会少你一厘的。只是你没有闻到一股什么味。叔叔恶作剧地问。

钱是香的嘛！

我刚才怕人偷了，一直放在我裤裆里，姨父，小心那臭味钻到你鼻子里！

胡扯什么呢？爹朝叔头上打了一把，陪着笑脸看着刘掌柜。

一十、二十、三十，刘掌柜不知是没有听到还是装作没有听到，反正他仍在数着钱。虽然钱要回来了，可马没了，气得刘掌柜少不得又把儿子一顿臭骂。直到刘书朋答应以后一定要好好经营药铺，父亲的气才慢慢地消了。

晚上，姑姑一边给姑父揉着疼痛的腿，一边说，我对不起你。

姑父说你这话是什么意思，你对我多好。

姑姑没有再说话，只是柔情地给姑父洗脚。

你对我真好！

你是我丈夫，我当然要对你好。

今晚上除了洗脚你还有什么内容？

姑姑望着姑父，一双如水般的眼睛望着他，姑父感到一股力量涌上心头，一把抱住了她。

姑姑说别急呀，我得洗一下，你知道我爱干净的。

那你快些回来。

等着我。

姑姑再进来的时候，姑父闻到一股幽香。说，你抹什么了？

姑姑说没有什么呀。姑父拉着她的手闻，是香的，又把鼻子贴到她的耳朵闻，也是香的。最后干脆脱了她的鞋子袜子闻，更香。这一股香

47

味在姑父看来跟西安城里的大家小姐一个样，于是迫不及待地脱起裤子来。

下身更是香的，他手一摸，已是一摊春水，姑父情不自禁地亲起来。

这是他们结婚以来第一次最幸福最甜美地做爱。姑父说你真好，真好，你把我伺候得真畅快。

姑姑哭了，姑姑说我一定要给你生儿子，生一大堆儿子女子，我要跟你好好过日子。

姑姑心里话还没说完，姑父就睡着了，睡梦中还紧紧地握着姑姑的手。

姑姑轻轻松开他手，起身洗了身子。打开闺女时期的东西，把画师的画全部看了一遍，然后压在了柜底，她想从今以后她要学着闻药味，要帮着姑父做生意，要识药方子。要给爱照相的姑父洗片子。要像爱画师那样爱姑父。然而让姑姑心里内疚的是不知为什么迟迟怀不上娃。吃草药，西药，神药，吃得满屋都是药味，然而姑姑的肚子仍然平平的。姑姑恨不能画个娃娃。

7

解放军捷报频传，但国民党的残余部队仍在附近村庄抢粮。

情场失意的画师张文正在同事的介绍下，当了交通员，白天在镇戏院画画，晚上跟进步青年讲革命道理，从事秘密活动。

他识字，会写文章，在游击队里，威信极高。

出事的那天是个大晌午，穿着旗袍的姑姑从婆家回到娘家，正跟妈做饭。姑姑从婆婆家带来了细面，妈好久没看到白面是什么样子了。哥哥们一见到白面，更是馋得就要抢着吃。姑姑说不要急的，你们先去耍，一会儿回来吃白面好不好？

张文正这天刚好回家，一听父母说姑姑回娘家了，就心急火燎地来到我家。

姑姑看他瘦了，心里就有些难受。但不作声，继续揉着手中的面团。张文正坐到灶房的炕边，望着姑姑也不说话。他发现姑姑胖了，更加漂亮了，还有那副拒他千里之外的表情，就知道姑姑生活得并不像自己渴望的那样不幸福，心里酸酸的，想走，却又舍不得，只管看着她，一声不吭。

这时，忽然听到外面大呼小叫，说，匪兵来了！匪兵抢东西啦！

张文正说，二哥三哥，娃娃在外面耍哩，你们赶紧把娃找回来，这儿有我呢。

姑姑关了门，妈边往脸上抹锅灰边说，妹子，快，你也抹上。

姑姑天生爱清洁，皱着眉头说，我不抹。说着，还把自己旗袍上的几根柴草取了下来。妈二话没说，拉住姑姑就往脸上抹黑灰。

单扇柴门砸得快要倒了，张文正示意姑姑进屋子，自己上前开门。

姑姑进到厨房看到刚擀好的白面条，舍不得让匪兵抢走，拿盖面布一裹，藏进了灶间的柴草底下，继续拉风箱。一个当官模样的人闯进来本想抢吃的，看到姑姑那凹凸有致的身条还有那漂亮的脸蛋，立马就抱住了姑姑。姑姑急得说，快放开我，放开我！

妈大叫来人，被另一个匪兵堵在了院里。

这时张文正手里提着铡刀大喊一声："王八蛋，看老子不收拾你。"一个匪兵吓得边跑边吹哨，另外一个正要开枪，被妈抱住了腿。但是手里的枪还是响了。姑姑这时跑了出来，张文正抢先一步，挡在了她前面，子弹打进了他的前胸。

49

这时村人听到枪声，操着家伙冲了进来，几个匪兵这才溜走了。

姑姑把张文正抱到架子车上，说，嫂子，我直接到县医院，你到我家找刘书朋，让他拿着钱，赶紧来。说着，拉着架子车边跑边说，张文正，你要坚持住，我对不起你呀张文正！妈说你快松手，让你哥去，你男人看见，像什么话呀！

妈告诫姑姑记住自己的丈夫是刘书朋，姑姑说人家为我都不要命了，我的心又不是石头长的。

你光图嘴劲，没钱，能救人的命吗？

妈的一句话提醒了姑姑。刘书朋一来，她就扑到他怀里抽泣着说，他是为我受伤的，要不是他，死的就是我呀！书朋，你对我好，就救救他吧。说着，哭声越来越大。

刘书朋起初听到受伤的是张文正，脸一下子就阴了。看妻子对病人除了感激，再无暧昧，心又热了，说，所有住院的钱，咱家出，你不要担心。我会给找最好的医生给他治伤，我先去交费。

姑父一走，姑姑就伏在张文正病床前，一会儿给盖被子，一会儿擦汗。就在她又要给擦背的时候，妈夺过她手中的毛巾，说，你已经结婚了，知道不？一会儿就跟你男人回去！

嫂子！他还昏迷着，我放不下他。姑姑说着，眼泪又哗哗地流了下来，她也不擦。

听嫂子的话，这儿有我！

姑仍不说话。

你是驴脾气呀？给你说了多少遍了，记住你是结了婚有男人的人。回去，该干啥就干啥！

姑望了望门外，又瞧瞧病床上昏睡的人，哭着说，嫂子，你一定要替我照顾好他，我一会儿让我哥来换你。他跟前不能离人。他流了那么

50

多血。他醒不了，我这一辈子都过得不安生。嫂子，拜托了。说着，又望了望外面，从自己的手袋里掏出一叠钱，说，给他买些好吃的，别疼钱，过几天，我再送些来。

妈接过了钱，说，我知道，你走吧。

姑姑又摸了摸张文正盖着的被子，说薄了些，我让人再带一床被子过来。

妈大声咳嗽了一声，姑姑直起腰，刘书朋进来了。刘书朋皱着眉头看了张文正一眼，又看了姑姑一眼，没说话。

妈打了姑姑一下，说，快回去呀。姑姑闭了下眼，使劲把流出的眼泪挤回去，转向姑父的是一张阳光灿烂的脸：书朋，咱回吧。

你们家药铺你爹一个人也忙不过来，你们都回去，这有我。妈催促道。

姑父给妈少不了说些费心之类的话，跟姑姑两人来到大街上，心情大好，对姑姑说我带你去下馆子。

姑姑哪有心思吃东西！她脑子里全是躺在病床上的张文正。难道他在试探我的心思？姑姑这么一想，说，好呀，好呀，今天我要放开肚子吃。

刘书朋带着姑姑进了一家饭馆，点了青椒炒肉丝、鸡蛋炒西红柿、尖椒土豆丝。姑姑为了让姑父相信自己对张文正已经没有多少感情，就可着劲儿吃，结果吃得肚子疼得半夜没有睡着觉。

事后她给妈说，嫂子，我那天把所有的菜都当作那个打张文正的坏蛋，恨不得一口把那个坏蛋吞进肚子里。

在张文正养伤的日子里，姑姑发现她还是爱着他的。她发现这种爱不同于对刘书朋的那种。对姑父，她总在感动中爱他，在说服中对他更体贴。而对张文正，她是发自内心的，由不得自己的，只要一看见他，心就跳得不行。

她不敢去医院看张文正，刘书朋去时，她总说你去吧，自己则在药铺里算账，招呼客人。刘书朋回来不主动说张文正的病情，她也不问。对刘书朋更加好了。刘书朋放了心，跟张文正也少了敌对情绪，相反两人经常说古论今，评析当时局势。张文正让刘书朋参加游击队，刘书朋说他对政治不感兴趣，他只是医生。

张文正伤好后，安顿了去世的母亲后，进山投了游击队。

8

春末夏初，金色的阳光照得半个院子都是亮堂堂的。刘书朋从药铺出来，看姑姑在浇屋门口一畦开得正艳的月季，心情大好，说，我前两天巡诊的时候，发现了个好地方，想不想去？

咱不做生意了？

今天事少，我已经交代伙计了。走吧，穿上你最漂亮的衣服，我给你照相去，把你照得像电影明星一样美。离咱们这儿二十里路的胡家河，有条泾河，边上长满苇子，树映在水里，比电影里还漂亮。

听张……我们村张爷爷说过，咱塬上靠天吃饭，胡家河水多，年年收成好，苇子编筐糊顶篷，美得很。姑姑情急之中，说漏了嘴，好在，她马上圆了破绽。

我是出诊时偶然发现的，河水清澈，小鱼儿游来游去的。两边开满了数不清的山花儿。现在天也热了，你去好好洗一下澡。那儿没有多少人，我给你放哨。

爹知道又要骂你了，还有，咋给妈说？

放心，我已经想好了。我就说我打听到一个专门治妇女不孕的郎

52

中，在山里住着。他们只要听说去给你看病，肯定同意，催了我好几次。

那要是去了，万一……

听我安排，快去换衣服，打扮鲜亮些，我给我妈说。刘书朋说着，亲了她一下，走了出去。

院里太阳晒得正艳，一想起可以看到河，姑姑的心就动了，怕婆婆不同意，只把新衣服从柜里取出来放到外面，没敢往身上穿。

不一会儿，婆婆进来了，说，看病我早就说了，要抓紧看。今天去了，问仔细，钱多少咱都得花，我就一个儿，不能断了香火。

姑说，嗯，妈。

姑拿着衣服就要穿，婆婆本来已经出去了，又返了回来，脸阴着，说，一个女人，穿得花哨招蜂引蝶的，换上素淡的。

姑姑刚拿起衣服往柜里放，姑父夺过，悄声说，带着，出去了再换。

两人穿过吵吵嚷嚷的集市，走进两边种着庄稼的小路，地里有人在锄草，有几个小娃娃提着筐在挖野菜。路上不时有一两株野花，在微风中摇曳着，淡淡地散发着清香。

站到树下，我给你来一张。

快走，快走，我只想到小河里去。

刘书朋还是照了一张，看没有熟人，就要拉姑姑的手，姑姑打落他的手，说，不要这样，人看见笑话。

我拉我老婆的手，谁笑话就不懂事了。刘书朋笑着，拉住姑姑的手。

河在沟里，两人顺着弯曲的小路一会儿上，一会儿下，走得后背都湿了，才看到一条弯弯曲曲的河在远处闪着光，像片片碎金，晃得人眼都睁不开。

河边除了苇子还有小野花，水也不深。刘书朋只穿着裤头，钻到水里。说，你敢不敢脱？姑姑说不敢。

大中午的，不会有人的，你不是想洗澡吗？

姑姑摇摇头，挽起裤腿，下到水里，真舒服。看着干干净净的水，说，真好。从小到大，我从没见过河，我们村中，有个涝池。那是下雨积的水，大人小娃都在里面洗澡耍水，女人只能在水边洗衣服。我妈有天晚上想洗身子，让我爹带着去。当时都半夜了，刚一进到水里，不远处忽然钻出一个男人，差点吓死了。虽然那人没给人说，我妈再也不敢去洗澡了。

你们村女人真可怜，以后我会让你到县上的大澡堂美美地洗澡，还让人给你搓背。

也有快乐。夏天晚上，我跟小伙伴在涝池边洗着衣服，听着青蛙呱——呱——的叫声，闻着水里沤麻的清香，还挺留恋的。刚下过雨，涝池水涨得都漫到了地面，水面上飘着蛤蟆，我们就去抓，蛤蟆跳得快，落得远。小时，我也跟着我哥下水。我们把裤子两条腿扎紧，充饱气，趴在上面游水，可安全了。我一回家，我妈就问我是不是下水了，我说没有，我妈说还说谎，头发都是湿的。

我说呢，你那么爱水。一天恨不能得洗三四遍。现在水这么多，你脱了衣服，痛痛快快地洗洗，我给你看着人，大晌午的，没人到这野地来。

姑姑望望四周，说，那可不敢，我把衣服撩起来洗洗身子就行了。你到那边去，别看我。

我看着你洗嘛。

人家不好意思嘛，你去给咱摸条鱼，我好长时间没吃鱼了。

好，那我游远些。

小心，里面水深。

刘书朋游远了，姑姑看四下没人，把裤腿往上卷了卷，往水深处走了几步，真舒服呀，她闭上了眼睛。

就在这时，她忽然听到刘书朋叫了声，没听清，把衣服赶紧放下，循着声音跑去。

姑姑边跑边叫人，终于不远处来了一个老头，老头跟着姑姑往河边跑。

他们到的时候，小河风平浪静，刘书朋的遗体已经漂起来了，姑姑死劲地抱着刘书朋哭，可是他再也听不见了。

刘书朋溺水了。

明知没有多少希望，姑姑还是跟人把刘书朋送到了诊所。无论她如何哭得死去活来，刘书朋再也没有醒过来。

婆婆看到儿子没有了，朝姑姑脸上就是一巴掌，说，你这个贱货，不是说去看病么，怎么会掉到了水里？是不是你有二心，暗害了他？

公公没有说话。

有好心人劝，先处理后事吧。

刘书朋因为年轻，进不了祖坟，就在村后野地里埋了。爹和叔提着香纸到刘家来吊唁，叫了半天，刘家的大门关得紧紧的，只好把香和纸钱放到门口回去了。

埋完刘书朋的当晚，刘家大门小门紧关，公公婆婆坐在八仙桌两边，表情凝重。小姑子刘书英坐在妈下首，摆出一副审犯人的架势。姑姑人还没说话，腿一软，就跪在了当屋。

公公眼睛里是泪水，好半天，才说，怎么回事？

姑姑望着公公，小声说看病的路上，书朋不小心掉到了小河里。

你们要到哪个村找谁看病?

姑姑说我不知道,我只跟着书朋走,他不让我管。

你说这话连小孩都骗不过!再说哥能不给你说去哪儿?刘书英踢了姑姑一脚,还要踢,被刘掌柜喝住了。

姑姑很想把真话全说出来,又怕违背了丈夫的心愿,自己受苦,他在九泉之下也难以闭目,心里七上八下的,极力使自己镇静些。

他一个男人掉到水里了,你一个女人却好端端的?骗谁呢,爹,别信她,说不上她跟相好的合伙把我哥害死了,咱明天把这事交给县里。一命抵一命。

公公没有理女子,说,书朋最近在干啥?

背药方子。

背的啥药方子?

治胃的,还有一种好像是治偏瘫的,书朋多次给我说过。姑姑知道公公的意思,是想从他们夫妻感情上来调查丈夫死因。姑姑觉得很难受,但是她站到公公婆婆的立场上想,觉得他们有这种想法,能理解。谁让自己在大家心目中是个作风不正派的女人呢。谁让自己跟着丈夫一起去的,回来的却是自己一个人。有了这种心理,她更加怀念丈夫。

公公说,病看了没?

没有,我们发现了小河,我说去洗一下手,书朋就跟过来了,他说天热,洗一把脸。他背着相机,给我照相。照了一会儿相,他说天热,去游一会儿泳。听到叫声,我赶紧去叫人,回来就不见他了。爹,真的,他是我的丈夫呀,他走了,我怎么办呀!姑说着,放声大哭起来,她不相信公公婆婆还有小姑竟然认为她会害丈夫,丈夫对她多好,她怎么能害他呢!在这种心理下,她说得越来越接近事实。

公公站了起来,说,你先回去,好好想想。明天我再审你。

第二天公公又问细节，姑姑跟第一次回答的一模一样。公公拿着照片，说，你说的没错，但是我问了很多人，那附近村里根本就没有医生。你再回去好好想想。

第三天，公公又叫姑姑来问话。姑姑感到自己崩溃了，她怀里揣了把剪刀。走进公公的屋子。公公还没开口，她就说，爹，别问了，让我死吧，书朋没了，我也不想活了。

公公说你这是干什么，有话就说嘛！不要跟我编谎。我已经把四周的情况都调查清楚了，只等着你说实话哩。

既然你已经知道了，就不要再问我了。姑姑说。

你还嘴硬，我们要是查出证据，你想赖也赖不成，你得给我哥赔命。

不用查了，我也不想活了。死很容易，不过，在我死之前，我还是想说我跟书朋感情很好，我不可能谋害知我疼我的丈夫，守寡。他为了我能把马卖了；为了我，给我买衣照相。你们既然已经调查清楚了。想必也看到他照的相片了。一个那么爱我的丈夫，我能去杀他？就算我想杀他，也该有理由。就像你们说的，可能是为了某一个男人。可是你们想想，自从我进了你们家的门，就一心一意跟书朋过日子。如果你们认为是张文正，可以去调查他现在哪儿。一个想杀自己丈夫的女人，把丈夫带到小河里去，而且是一个人，你们认为这可信吗？他是那么强壮的小伙子，而且他还会水。

那我要问你他会水，怎么会淹了？小姑刘书英说。

他可能是水呛着了，或者是腿抽筋了。我跟人到时，他已经没气了。

公公仍然没有说话。

姑姑突然站了起来，说，我反正也不想活了，不用你们费心，我要

57

去找他，

公公睁开眼，说，你胡说什么呢，难道我儿子没了，我们不能问问，我们总要弄清原因吧。

爹妈，与你们无关，我就是想书朋，他走了，我去陪他。

你让她死！我们什么没有见过?!婆婆冷笑道。

姑姑从衣襟里拿出剪刀，就往自己脖子上戳，公公手疾眼快，一把把剪刀打落地上，姑姑的手上，全是血。

你这是干什么，我也不相信你能害书朋，你害他，书朋变成鬼也饶不了你。这些相片，拿走吧。说着，公公把刘书朋给姑姑照的照片扔到了地上。我这个娃呀，人家算命先生早就说了，他的命里犯水，我给他说了多少次，他怎么就不听呀。老婆子，难道你忘了这事？你说咱就这么一个儿，以后让我老两口咋活人呀！公公哭起来，这是儿子没了后，他第一次放声大哭。

婆婆也抽泣起来，边哭边说，儿呀，你丢下我们老两口咋活呀？姑姑一会儿安慰公公，一会儿安慰婆婆，自己也跟着哭起来。

药铺关门三天，人们都说这老两口不知能不能挺过来呀！到了第四天，刘安平像没事儿似的坐到了药铺，人瘦了，眼圈红了，给人看病也没有过去利索了，有时候一句话能说半天，有时候又号半天脉，还是确定不了病情。人说，唉，没法子呀，命里叫你干什么，你人再能成，也顶不过命！有人有命无运，有人有运无命，还是好好过日子吧。谁知道明天会发生什么。

盼着大风大浪快些过去，大风大浪真过去了，姑姑却觉得自己心里空空的。她发现公公审她的时候，她心里虽憋屈，至少还有人骂她，还有人觉得她是这个家里的一员，现在所有的人都不理她了，她发现自己成了多余人。她像木头人一样做饭，洗衣，像木头人一样睡觉，成宿睡

58

不着。有时候，她想她连只狗都不如，狗还有人骂几声，踢几脚，或者叫几声，她却什么也干不了。自责像一轮又一轮的酷刑开始折磨她。她想要不是她喜欢水，刘书朋就不会带着自己去河边。她不要鱼，刘书朋就不去深水区，就不会年轻轻没了。

她想回娘家，可回去除了让哥嫂操心，又能有什么用？

这年，姑姑十七岁，结婚才一年半。姑姑哭了好几天，她认为就是因为自己心里老放不下张文正，老天爷才这么惩罚自己的。先让爹走了，又让丈夫年轻轻的走了，留下了自己。越想心里越害怕，于是盼着张文正走得远远的，再也不要回来，最好到平凉，到西安，干大事业去。自己好好守着丈夫的家，替他把两位老人养老送终，然后进山当尼姑去。本来她不喜欢闻药味，但还是硬着头皮进进出出，为顾客包药递水，里里外外打理得像一个会过日子的真正的少奶奶了。

公公渐渐对她有好脸色了，婆婆时好时坏。她想一切都会过去的，一切都会好起来的。

公公有天说，好好过吧，走的狠心地走了，再叫也叫不回来啦，咱们活着的要帮衬着把日子过下去，是不是？老太婆！

婆婆跟她说话了，但也时不时夹枪带炮，说，干了坏事的人，人不收拾她，老天爷可是长着眼睛的。姑说是的，我要是干了坏事，我出门会撞上车，睡觉会碰上鬼。两个可怜的女人都发着誓，以此寄托着她们心中的哀痛。可是日子总在往前走，无论你顺心还是不顺，天还是要黑，第二天还要亮，老天爷不会因为你们家里少了一个人，就少过一天，或者永远是黑夜。老天爷也不可能让全世界的人为你哭，为你流泪。镇上仍有人娶亲，仍有人抱子，秦腔戏还在咿咿呀呀地唱着，各种叫卖声仍此起彼伏，这就是生活呀！

时间是治愈一切痛苦的良药，公公有一天，脸上难得有了笑容，因

59

为生意又好些了；婆婆也穿新衣服了，要做外婆了。只有姑姑，眼睛红红的，穿着旧衣服，像个木头似的，还在刘家大院走着，走着，她不知道等待她的命运会是什么。她想无论是什么，都要坚强地去面对，哪怕是明天死，今天也要把家里的活干完，把老人伺候好。她现在感觉自己不再像刘家的儿媳妇了，好像变成了刘家的女儿，这么一想，她对刘家对她的态度就不埋怨了。做儿女的能计较父母对待自己的态度吗？

有一天，街上响起了枪声、炮声，还有飞机的轰炸声，公公第一个喊道，玉墨，快进地窖来。来呀，快些。为了这句话，她觉得一辈子都要对公公好。

她，婆婆，公公，三个人，真正像一家人，缩在地窖里，听着地面上陆续的枪炮声，想他们要死，也死在一起，这是公公说的话，婆婆没说，但婆婆把她的手拉在了一起，说，要是书朋在，多好呀！你就给妈当闺女吧。

姑姑自从刘书朋死后，第一次体会到家的温暖。她在心里对去世的丈夫说，你放心地在那边好好生活吧，我们会好好的。

半年后，解放军攻占县城，全县解放，游击队整编，组织安排张文正到镇政府工作，他说坐不惯办公室，仍选择他的老单位镇戏院当画师。前不久，结了婚，妻子在县百货商店工作。

镇不大，他见过几次姑姑，姑姑也不跟他说话，起初，他感觉别扭，后来，有了女儿，他的心就放在孩子身上了，觉得姑姑做得对，于是就躲着走。

第三章

9

解放后，刘掌柜药铺生意暗淡，心境愈发复杂，只是衣服和做派还保持了过去的样子，从不穿中山服，仍然穿着自己的中式对襟衣服，那些布料虽然从原来的绸子换成了棉布，但仍穿得笔挺，说起话来还像过去一样，直视着来人，没有一点儿夹着尾巴做人的谦恭。倒是对儿媳妇的态度变了许多。虽然老两口不再像战争时期对姑姑那么依恋，但消除了怨恨，又恢复到了儿子在世时那份说亲不亲、说好又不好的境地里了。

日子一天天过着。叔叔因为负伤，又当过马夫，当上了生产队的饲养员，跟十几头牲口长年住在青砖瓦房里，每天不用像爹妈起早贪黑地在地里干活，除了吃饭，都住饲养室。叔叔经常睡到半早上，喂牲口反正没准时。一直到农村包干到户之前，叔叔一直过着这种皇帝般的生活。除了不干农活拿全工分外，还吃得饱，这在三年困难时期，尤为重要。任何时候，生产队的牲口都是有吃的，玉米、豌豆，总是堆满了饲养室炕后的大囤里。我们一放学就跑到叔叔的饲养室去玩。

饲养室靠窗盘了一面大炕，我们五六个小孩都能坐得下。我们趴在炕上写作业。叔叔则把玉米、豌豆炒得香香的给我们放到课本上，我们边做题，边抓着吃，满屋子都是咬豆子的咯崩声。叔叔开心地笑着，拿着课本让我背课文。他听得不时点点头，不停地说，好好念书，肚子饿了就来叔这儿。生产队里十几头牛马就在我们对面的槽里吃草，它们一个个毛发油亮，膘肥体壮，跟我们很友好，好像很欢迎我们吃它们的粮食似的，时不时哞的叫几声。

好了，我们言归正传，继续回到五十年代吧。

姑姑还是一个人。不是没人喜欢姑姑，姑姑家的门槛踏断了，姑姑却不松口。刘老板认为是姑姑怕他跟老婆有想法，跟姑姑说了半夜的话，一句话姑姑想干什么，就干什么。现在新社会了，过去什么烈女节妇老一套不时兴了。

姑姑擦着八仙桌说，爸，妈，我要给你们养老的，书朋走了，我就是你们的女儿。刘掌柜特感动，于是对姑姑就比以往更亲了。

老婆却说唉，媳妇什么都好，就是没有生养，七宗之罪，无后为大。

要生养了人家就不会待在咱家了！可能就这个原因，她不迈出咱家门。

咱儿要有个一男半女，咱就有后了，她是赎罪哩！

话也不能这么说，只要好好过，人勤快，咱的光景总归越过越好。

刘掌柜是男人，熟悉他的人都说他是个怜香惜玉的男人，他比老婆心细。每天晚上，他都睡得晚，儿媳妇的窗前一直亮着的灯，让他心里很不好受，好像自己做错了什么事。他知道儿媳妇为了生活做绣花的活计，他更确信儿媳妇是用自己的活计来打发漫漫长夜的孤寂日子。他不相信儿子不能生养，也不相信儿媳妇能跟他们过到老。自己的姑娘都不一定行，还别说媳妇呢。现在新社会了，政策好了，人又不愁没饭吃。再说自己家也不像以前了，这媳妇图的是什么。他一辈子跟形形色色的人打了不少交道，还是摸不透儿媳妇的心思。

还是花骨朵样的年纪呀，刘掌柜想着年轻的媳妇，男人的本能常常让他不能自已。但是他知道儿媳妇的脾气，那可是个老虎，老虎的屁股能摸吗？想当年儿媳为了给娘家哥哥娶亲，他差一点就把钱给了，当然他是生意人，不会白干，他希望占有她。他同样知道儿媳妇不是那种爱钱的女人，他曾经暗示过她，但是儿媳妇一口一个公公，臊得他再没脸面想其他了。

现在儿子没了，媳妇青春年少，他想有必要好好跟儿媳妇谈谈。可是老婆在，没有机会。

终于等到丈母娘生日的时候，老婆回了娘家，说晚上不回来了，要跟娘家妈叙叙旧。刘掌柜决定夜深人静大门一关，就跟儿媳妇谈心。

吃饭时，儿媳端来一碗长面，一盘炒得红红绿绿的菜，上面还放了几片肉，没吃就闻到香味。吃饭前，他喝了几盅烧酒。他说，来，玉墨，坐炕上，陪爹喝一盅。姑姑说爹，我是不会喝酒的。你将来是要当家的，当然要多喝些。姑姑抿了一小口，立即呛得眼泪都出来了。刘掌柜大笑，递给她手绢，姑姑没接，从口袋里抽出一块手绢，一股香味马上飘得满屋都是。刘掌柜说上炕来吧，天冷。

爹，我就在地下坐着。姑姑说着，把椅子往炕前拉近了些。

刘掌柜没再坚持，又倒了一盅酒，说，晚上不要熬夜，女人经不得熬的，就像中药，熬一夜汤难喝，色难看，药性就淡了。

姑姑没想到公公这么说话，这让他想起大火中的爹，眼泪就流下来了。

刘掌柜说爹知道，你年纪轻轻的，整夜守着冷被子，日子难熬呀！

姑姑的眼泪更多了，她没有说话。

来，坐到炕边。

姑姑右腿朝炕沿上挪了挪，另一只腿仍踩在地上，扭过头说，爹，少喝些，面凉了。

刘掌柜看了眼媳妇，试着想拉她的手，那是一双细长而温润的手。就在他手要伸出的时候，他发现姑姑蓝底碎花的上衣袖子已经磨得很薄，隐约瞧见血管。

他转身把炕头柜打开，摸出一根金条放到姑姑的手里，说，给你扯块布做件衣服吧。说着，拉住了姑姑的手，姑姑要挣脱，他更紧地拉住，说，爹欢喜你，很长时间了。

姑姑右腿从炕边腾地跳下去，说，爹，我是你儿媳妇，你喝多了。说着，把金条放到炕上。

刘掌柜没想到儿媳妇反应这么强烈，他说，没有人知道的。

姑姑说，爹，我不是那种人。

刘掌柜望着姑姑，他确信她的确不是那样的人。他就这么望着姑姑，慢慢地说，爹心疼你，想让你欢喜，年纪轻轻的，守着漫漫长夜，不易。

姑姑睁着那双泪盈盈的眼睛，说，爹，像我亲爹一样伺候你是我当小辈最大的欢喜。说完，拉门而去。

刘掌柜朝自己的脸抽了一巴掌，端碗吃了一口，才发觉面早凉了。

他无论如何不好意思再叫儿媳妇了，自己走进厨房，想把饭热一下。正当他要蹲下点火时，姑走了进来，说，爹，你歇着，我来。

刘掌柜站了起来，慢慢地看着姑姑点火，热饭。

两人一时无语，只听见灶膛里的柴火毕毕剥剥响。

锅冒气了，刘掌柜总算开口了：爹不是坏人。

我知道。

爹就是看着我娃过得可怜，想让我娃欢喜喜，好有精神头过光景。

爹，我知道。

今天的事就咱俩知道！

我知道。

我娃心眼好，爹知道，你看不上爹，你喜欢谁你就跟谁，走，留，都行。刘掌柜说完，不等姑接话，急步走出门。

他一夜没睡，他发现儿媳妇落在他堂屋的手绢真香，上面是两只鸟儿，随手放到枕边，想着明天让儿媳妇拿走。

谁知第二天，就把这事给忘了，老婆回家看到手绢，又是跳又是蹦，非说刘掌柜跟儿媳妇有不正当关系。刘掌柜劈头就是一巴掌，说，你脏我可以，怎么能脏那么好的娃娃？

从此，婆婆对姑姑就更不待见了，整天发动所有认识的人给姑姑说媒，她想要尽快把姑姑嫁出去。要不，自己的日子没法过了。刘掌柜坚持不同意，她就亲自出马，首先想到了要找我爹。

10

婶子月蓉在门口的坡前坐着纳鞋底，心里生着闷气，她刚从娘家回来。自从她出嫁以后，奶奶就把父母留给自己和弟弟的东西不停地偷拿给她叔叔。这次她回家，找姑娘时穿的衣服，柜子翻了个底朝天，也没找到几件像样的。问奶奶，奶奶开始装糊涂，后来当婶子看到堂妹穿的正是自己的衣服时，生气地说奶奶，我叔都不管你了，你怎么还心里老牵挂着他们。奶奶却大喊道，嫁出去的姑娘，泼出去的水。别说我送件衣服，就是把这家当全给你叔，也是应该的。你跟你弟要不是我带着，不定还能不能活下来呢！

婶子一下没话了。回家时，在门口碰上了刚上小学的弟弟，穿着只剩一只扣子的衣服，眼泪就下来了。弟弟说，姐，你咋了？是不是奶奶又骂你了？

婶子摇摇头，说，奶还打你不？

弟弟没开口，眼泪淌得停不下。婶子抱住弟哭了起来。弟弟握着拳头说，姐，没事，等我长大了，我要把奶奶杀了，给你和我报仇。

胡说，好好念书。

正想着，听到脚步声，一抬头看到来客人了，是姑姑婆婆，起身连衣服上的土都没掸，就卷起针线活往自家跑。

结婚后，婶子就不想再跟哥嫂一起过了。跟我叔叔提出分家，我叔叔问：为啥？

婶子说吃亏呀，你看大嫂又怀上了，活又得我们干。他们马上五口人了，咱老被他们拖累着，啥时能过上自己的好日子。我娘家是指望不上了，还有弟弟需要我管，不存些钱不行呀！

我叔叔自从婶子嫁给他后，凡事都让着婶子。

于是不久院子中间就起了一堵墙，一家成了两家。我叔叔是老小，分到了后院，爹是老大，分了前院的三孔窑洞，叔叔家人少，两孔。爹想得开，说，你成家了，过自己的日子我也放心。分了家，叔叔用杨木做了一对黑门红边大门，很是气派。门楣上的字，他找村小学的老师写了好多个，摇头。又到全村转了一圈，什么延寿祥瑞、德福鸿厚、碧宇

66

生辉、厚德传家，瞧半天，也不满意。看着我家的那个耕读传家，也摇头，让爹改成花好月圆。爹说，他最不喜欢那些轻飘飘的花草祥云什么的，觉着还是耕读传家实在。最后叔叔家的门上写的是龙凤呈祥。村人讥笑，叔叔不屑，对牛弹琴，白费工夫。

现在婶子知道姑姑婆婆肯定不到她家里去，爹是长子，姑每次也是先到我家，然后才到叔叔家。婶子跑回家，看着叔叔在茅厕起粪，说，快，你妹子她婆家妈来了，大背小包的，你快去打个招呼。

叔说她家成分不好，咱还是少惹他们。

你呀，中农又不是富农，再说在哥家呢。我看她步子急急的，可能有事，你先去，我换件衣服，马上过去。

叔叔就听话地到前院里来了。

爹一听姑姑婆婆的话心里就很内疚，心想姑姑对自己和弟弟这几年没少帮衬着，小至一包洋火、一包青盐，大至一口瓦盆、水瓮，全是姑姑从婆家送来的。而自己作为哥哥，只顾过自己的日子，把守寡的妹妹忽视了。当下答应尽快给妹妹说个好婆家，让姑姑婆婆放心。

姑姑婆婆不愧是刘掌柜的婆娘，一开口就说姑姑茶饭好，对他们老两口如亲爹妈，模样俊气，只可惜不会生养，所以爹再给找人的时候，不要太挑剔，离婚的，死了老婆的，都可以考虑。有孩子的更好，老了也有个依傍。不用牵挂他们老两口，他们不能拖累媳妇朝前走，有闺女照应着呢！

叔一听这话脸就阴了，说，我妹的事我们会操心的，她愿意不愿意，得由她说了算。

她碎哥你把这块花布拿回去，给你媳妇做件衣服。姑姑婆婆把布给叔叔后，又转过头对爹说，那是，那是，我只是随便说说，随便说说，咱们都是玉墨的亲人，要为娃的将来着想，对不对，年纪轻轻的，总不

67

能就一直这么守着，我们这当老人的，心里也过意不去。

给儿媳哥哥说话，不能使姑姑婆婆把内心的愤恨发泄出来，离了香野地，她又到女儿家给女儿把事情的经过连猜带蒙地说了，包括姑姑的那条手绢怎么会放在公公的枕边，听得女儿不停地边唾唾沫边说，猪，猪，全是一窝猪。

姑姑婆婆原以为女儿会说妈没事儿的，是你想多了，我爹不是那种人，劝劝她，心里好受些。没想到女儿这一举动，使她心里好生后悔，悔不该把这丢丑的事说给女儿。女儿嘴巴不牢，平时又对嫂嫂心怀不满，于是千叮咛万嘱咐，直到女儿保证此事烂到肚子里，这才放心回家。

刘书英等丈夫回来，又如此这般把妈告诉的事全告诉了丈夫，丈夫说不会吧，你嫂子心比天高，能勾引你爹那个老货？要出问题，也是你爹主动的。

当然只能说嫂子的坏话，怎么能说自己爹呢！刘书英从嫂子年轻时跟野男人搞破鞋把自己的爹烧死说起，说得丈夫睡着了，心里的气还没消。

爹第二天就提着姑姑婆婆提来的点心找到查媒婆。查媒婆本身对姑姑有成见，就说现在难呀，又二婚，又不能生养，再漂亮也没用呀。

爹把提的东西放到炕上，又给查媒婆说了一箩筐好话，查媒婆说行吧行吧，我打听打听。

爹又怕查媒婆靠不住，顶着烈日又提着一块瑰子红洋布到了邻庄的另一个媒婆家。

这块细布还是姑姑婆婆送的，一块叔叔拿走了，这一块妈打算给自己做件上衣的。她结婚时爹给她扯的红上衣已经烂了好几处，她找了半天补丁，也没有找到同色布，就用一块黑粗布补了，惹得回门的姑姑老笑话她。她嘴上没说，心里特别不服气，还不都是因为你哥穷，要是你哥富，我愿意这么补着穿？好说我爹还是开糖坊的，要不是你哥在驿马关救了我爹，我爹能把我嫁到你们家？

现在妈梦想中的瑰子红终于有了，她已盘算好了，给自己做一件衣服。到晚上睡觉时，她把布摸了摸，真是好布呀，柔软光滑，多少年再没有穿过这样的了，整天穿着自己织的老粗布，穿着回娘家都丢人。

第二天，当妈兴致勃勃地打开柜子找布时，布却不翼而飞。

她以为柜子没来得及锁，婶子进来拿走了，就在院子里大骂起来。爹进屋的时候，她还在骂，爹一听来由，冷冷地说我送媒婆了！

人家是给我们的。

人家为啥要给我们？还不是为了妹子。为了给妹子说媒，我送媒婆了。

你妹子，你整天就是你妹子，你弟弟，你眼里啥时有我？

爹不再说话，往里屋走。妈跟着后面，还要喊，却发现爹的脸变成黑铁了，拳头也握起来了，就不再大声叫，挺着大肚子，嘀咕道，我要回娘家，娃娃想吃我家的糖了。

爹不吭声，等妈把出门的衣服穿好，包袱收拾停当，才说，把两个娃都带上，我要到我妹子家去。妈生气地抱着二哥，领着大哥要出门时，爹又说，别忘了给我妹子说婆家。

妈小声说，谁要呀，二婚，还不会生养，长得漂亮顶啥用。说着走出门，狠狠地把门摔了一下，又有些心疼，怕把门碰坏了，关门时，细细看了下，门好着，便放心地锁好，回了娘家。

11

　　姥姥家也在塬上，离我家不过三里路。妈走在回娘家的路上，心里渐渐敞亮起来。当看到家里用砖箍的一排排窑洞时，兴奋地给大哥二哥指着说快看，姥姥家到了。

　　说起姥姥家，我要唠叨几句。因姥爷早年开过糖坊，日子比我们家殷实，他勒着裤腰带让三个舅舅相继上了四年私塾，这让妈很是伤心，说姥爷偏心，不让她进学堂识字。

　　姥姥站在大门口正跟一个老太太拉呱，一见妈来了，迈着三寸金莲当当当地就走过来，接过女儿手中的娃娃，快，进屋，我还说呢，杏黄了，一树树的黄，我就整天念叨着你们快来吃杏哩。说着，到门口拿起一根竹竿就往树底下走。

　　庄稼地高低不平，妈扶着姥姥的胳膊，说，妈，你走慢些，小心脚底下。

　　姥姥一对金莲走得轻快而利落。到了树下，妈拿棍子的手迟迟举不起来，担心地说，妈，我嫂子在不在，人家会不高兴的。姥爷去世后，姥姥跟三舅生活在一起。

　　你打，多打些，挑黄的大的打，我给我女子我外孙吃杏，又不是给旁人吃。姥姥说着，拾起一个黄杏就给大哥往嘴里塞，二哥也要，姥姥就笑着说，我娃，嘴张开，奶给你吃，给我娃吃又黄又甜的大杏子。好吃不？好吃，那就再吃一个。往饱里吃。你看把娃吃得香的，可怜呀，你看一个个胳膊瘦得像柴棍子。

　　三妗子可能听到说话声了，或是听到打杏声，走出屋来，妈朝她笑笑说，三嫂在家呢。

　　妹子来了，进屋吧。来，我打，你喝口水去。

姥姥撩着一大襟黄黄的杏说不打了，把杏都打糟蹋了，等你哥回来，让他上树给你摘。

这么多！三妗子说着，往嘴里放了一个，真甜呀，我今年还没吃呢。

谁吃了？杏才黄的嘛！姥姥说着，把大哥的手擦干净，又说，你看吃成个啥了么？人家还说你能成大人物呢，姥姥不知能不能盼到那一天，享我外孙的福。

妈，你也信那话？

当然信了，给我和你爹打墓的时候，打墓的人说跑出来两只小白鼠，端端地向你家那个方向跑了。我把这话记到了心里，还问雷神仙，雷神仙说，大姨，你们家的好脉气全跑到女子家去了，你女子家要出两个大人物哩！

三妗子在一边逗着哥哥们玩。

姥姥说，你快回去，和面，咱们吃臊子面。

臊子面不但是白面，还有好几块肉丁，大哥吃了一大碗，二哥也吃了多半碗，还要吃，妈不让再要，姥姥说让娃吃，让娃尽饱地吃。走的时候，再给你们带一升白米，你爹把你嫁到王家，我咋说也不愿意呀！

妈，我到我爹墓前去烧纸了。

妈跟你一起去，娃放到屋里吧，娃还小，去那儿不好，让你嫂子看着。

不了，天晚了，我去看眼我二哥，他在家不？

姥姥叹了一声，说，别去了，去了你心里添堵。

妈说，我给我二哥做了双黑条绒鞋。姥姥抹了抹眼角的泪水，说，那你去吧。二舅家在大舅家的屋后的地洞里，下到地洞里，妈大声叫着"二哥，二哥"，二舅从灶房里出来了，身上系着围裙，笑着说，妹

71

来了。

我二嫂呢？

病了。

妈看了二舅一眼，就要撩中窑的花门帘，二舅一步抢先挡在门前，说，你二嫂刚睡着，咱到灶间说话。

妈腾地一脚踢开门，二妗子正在炕上半躺着吸旱烟，一看姑来了，马上从嘴角取下烟锅，说，妹子来了，坐。妈忍着怒气说，嫂子，你哪不舒服？二妗子呻吟了两声说，浑身痛，没力气，刚吃了药。妹，你坐。

妈把给二舅的鞋子扔到炕上，气呼呼地走出门来。二舅跟在后面，说，妹，再坐一会儿。

哥，你说你咋不像个男人？把个女人惯得都不成个样儿，俗话说麦子上场，秀女下炕，你看看，地里你忙，家里你还忙，你真娶了个公主。

二舅低着头，抱着二哥，拉着大哥的手，一句都不跟妈解释。

二舅对二妗子关怀备至，二妗子病得瘫在床上时，也是他在跟前递水端饭，可二妗子一直到死，也没有喜欢过二舅，一直闹着要离婚。二舅经常鼻青脸肿地到我家，我妈看不过眼，多次劝二舅跟二妗子离婚，二舅起初说孩子太小，凑合着过。后来孩子都相继成家立业了，二舅又说年纪大了，怕人笑话，仍是吵吵闹闹地过着，到我们家，开口左一个你二妗子爱吃这，右一个你二妗子爱吃那，不知情的人还以为他们两口子感情深着呢，就像妈说的，鞋大鞋小只有脚知道。有一年两人吵得实在无法，二舅跑到我家，刚好那段时间，我们家盖房子，办事心细如发的二舅帮着爹进砖运瓦，很是在行，人人都说二舅能干。可偏这时，二妗子让人捎话来说她摔了跤，髋骨骨裂，让舅舅回去。妈说不回去，她

72

心里根本就没有你，现在病了，想起你了，不理她。二舅低头无语，人还在我家里，心却早飞回家了，晚上不是做梦喊二妗子的名字，就是白天在工地上失魂落魄，妈只好让他回去了。二舅给病床上的二妗子一天三顿地做饭，二妗子嫌不可口不吃；二舅每天给二妗子擦澡洗脚，二妗子一会儿嫌水烫，一会儿又说没把脚缝里的水擦干净，不是踢翻了脚盆，就是抓烂了二舅的头，二舅骂不还口，打不还手。

你说他窝囊吧，可在村里识文断字，能说会道，小日子过得也风生水起，在村里第一个买了小四轮，第一个盖起了瓦房，也算村里的能人之一。唯独在婆娘面前，好像一下子就矮了半截，让人百思不得其解。我懂事后，见到的二妗子除了白外，一点儿也不漂亮。按我妈的话说，世界上最难说的就是夫妻之间的事，既然说不清，咱就不说它了，反正万物生长凋落自有它的规律。

每次去舅舅家，我最喜欢看二舅套麻雀，他在筛子底下撒把小米，用木棍撑着筛子，等麻雀进去，一拉系着木棍上的绳子，就能套住一窝麻雀。他用泥把麻雀全身糊了，拿火烧得焦黄焦黄，然后会第一个给他的媳妇，接着给我，自己则不吃，看着我们吃，一副很陶醉的样子。

妈到墓地，给姥爷烧纸，两个哥哥往坟茔上爬。姥姥一手拉一个，说，好了，好了，你姥爷看见外孙了，听话，娃娃，别把你姥爷的屋子弄坏了，他可厉害了，吹胡子瞪眼，可神气了。姥姥说着，脸上露出孩子般的微笑。

是三舅送妈回家的，两人手里都提得满满的，有吃的，也有穿的。三舅原来赶马车，主要是跑县城到西安一片，后来，解放了，在汽车站守大门，这天刚好回家，跟妈说了不少贴心的话。能望到我们的村子了，才让妈一个人走，走时，给妈塞了五块钱。

结果当天晚上，大哥就发起烧来，啥都不吃，也不说话。妈拿湿毛巾敷在大哥额头，说，我娃怕是魂没了，你守着，我得去叫魂。爹守着大哥，妈让二哥拿竹竿挑着大哥的衣服跟在她后面，她在前面不停地叫尚文回来！尚文回来！二哥跟在后面，把衣服挑到头顶，不停地应道，回来了，回来了。两人从村头叫到家，已夜半了，哥的烧还没退。妈在一边抹着泪，爹责怪道，谁让你把娃抱到坟上去了？真是吃屎长大的。

是他姥爷疼了一下他外孙嘛。

有这么疼的吗？爹说。

你说这话一点都没良心，我到我娘家带回了一升细面，两口袋黄灿灿的杏子，我哥还给了我五块钱。

爹不再说话，但脸色比骂人还难看。妈就识趣地闭了嘴，停了一会儿仍不甘心，又小声说，兴许是昨风大，娃受凉了。

爹不理她，摸摸哥的额头，摸摸自己的额头，停一会儿又再摸哥的额头。妈不看爹，只看墙上的影子。昏暗的油灯下，坐在炕上的爹的影子，好像一只卧着的老虎。第二天上工的时候，哥烧退了，妈怕哥再发烧，抱着哥到地头干活。哥病好了，妈才长长地舒了口气。以后再也不敢带娃娃到姥爷坟地里去了，即便非过不可，也要绕道而行。后来有了我，妈也不让我去姥爷姥姥坟地。

可让我不明白的是不知爹怎么想的，反正去爷奶坟地时，他一定要带哥哥们去，他说，他们是亲亲的孙子，不会让得病的。

哥哥们得没得病，妈没给我说，我就不知道了。

12

媒婆给姑姑说了好几个对象，有煤矿工人、军人、教师、开拖拉机的，条件都不错，爹再三合计，最后选中了说话文绉绉的县文教局的郭局长。郭局长妻子去世三年了，儿子已经上小学，长年岳母带着，家里没什么负担。爹跟媒人和郭局长一起到了姑姑家，刘安平听到来意，一直黑着脸不说话，姑姑婆婆很热情，说，无论谁，他们都同意，只要儿媳没意见。

事先没有给姑姑说，姑姑还以为郭局长是来找公公的，很是热情，又是倒水又是递烟。当看到郭局长一直瞧着自己不住地点头时，才估摸出事情的缘由。

爹解释了半天，姑就是不理。最后爹只好先让媒人和郭局长走了。到了姑的房子里，姑才说，除了他，我不会喜欢任何一个人的。

爹说他姑父已经没有了，你还得活人呢！

姑说我不是说他。

爹朝外望了眼，看没有人，问，你是不是说画师？

姑不吭，眼泪哗地就流出来了。

听说他调到镇上了，你千万不要再跟他扯不清。人家已经有家了，咱不能干缺德事，让人家指着脊梁骨骂咱先人。妹子，哥今天把心里话说到当面，你的事，闲话听得哥都不好意思给你说，人要脸，树要皮，听哥劝一句。

姑望着远处，不吭声。

哥知道你的心思，可人家已经结婚了，咱不能做不道德的事。

姑仍不说话。

爹站起来了，说，我走了，你不要再认死理，好好思量思量。

爹等到姑点头，这才放心地出了门。走了几步远，看姑进门了，这才又转回来，往戏院走。院里静悄悄的，传达室的老头问他找谁，他说张文正，老头说回家了，回他丈人家了。

张文正的丈人家在县城，爹看天色已暗，只好回家。

过了一周，爹给娘说他到集上去买几只猪娃，再次来到集上。只是他没有心情逛集。穿过人流，他再次来到戏院，戏院已经下班，张文正在，不是一个人，还有姑姑，姑姑坐在画师的床前，显然刚哭过。

姑一见到爹，叫了一声哥，就说不出话了。

爹挥了挥手，说，你回家，我要跟他谈。

姑不走，张文正说走吧，我会跟哥好好谈的。姑这才走。

爹不说话，他想了一路的话因为姑姑在，忘记了。现在姑姑不在了，话也想不起来了。

张文正给爹抽烟，爹不接。张文正把烟递到爹手里，说，哥，你放心，我有老婆孩子了，知道自己怎么做。

爹一听这话就明白再说什么都没必要了，拍拍张文正的肩膀，说，有你这话我就放心了，你要让她死心，不能给她麻雀蛋大的念想。我自己的妹子我知道，给根火柴棍，她当棒槌使呢，心眼太实。

哥，我知道。我以为他们会过一辈子的，没想到她命这么苦。

你调到县剧团去吧，别在这儿待。整天见，日久自然生情。

哥，我知道，明天就给单位写请调报告。

爹听了这话才满意地出了门，没想到姑姑还在戏院门外的大槐树下站着，爹一把拉住她说你疯了，站这不怕人说闲话。

我等我哥怕什么，走，到我家吃了饭再走。

不了，我还要买猪娃子哩！

哥，我跟你去。

两人边走边聊，爹说不要再想了，人家已经成家了，给我也说痛快话了，听哥话，往远处看，好男人多得是。那个郭局长人就不错。

哥，你别说了。

爹望着姑姑满脸的不悦，不再说话。

76

两人来到猪交易市场，爹东瞧西瞧，总算挑中了一只，要交钱时，姑已经交了。姑说，哥，你等我一下，说着，挤出了人群。

爹这时发现给妹妹介绍的那个郭局长过来了，他想着是否打个招呼。对方显然也看到他了。两人说了一会子话，爹说女人就怕缠，缠着缠着自然就像缠线，不觉间就缠密实了。郭局长对姑看起来相当满意，说，他会的。过几天，县上要唱秦腔戏，他到时再来接姑姑。正说着，姑姑低着头过来了，手里抱着两包热腾腾的油条。走到爹跟前，说，哥，带给侄儿嫂子吃，多的那包是你家的！

妹子，你看这是谁？

姑这才抬眼瞧了旁边的人一眼，就认出了郭局长，仍低着头说，你们聊，就要走。郭局长追上她，两人边走边聊。姑姑一直低着头，走在前面。郭局长走得快，她就更快。看着郭局长的表情，爹心里美滋滋地回家了，他告诉妈和叔叔，妹妹的将来有靠了。

叔叔一听郭局长看上了妹妹，不信任地说，哥，是真的吗，郭局长真的看上咱妹了？咱妹运气咋真这么好呢？从镇上又要走到县城，咱妹子真是芝麻开花，节节高呀。提着油条边往家里走边说，以后怕是咱天天能吃上这油条了。哈哈哈！

13

张文正家在县城，每周回去一次。妻子身体不好，常年不离药，一进家门，就闻着一股中药味，让张文正对生活充满了绝望。只有在戏院，在集市上偶然见到姑姑，他才感觉生活里还是有些美好的东西的。这么多年了，他忘不了她，姑姑出嫁后，他才匆匆结婚的。

前两天，他从姑姑家门前经过，又遇上了姑姑。其实每周都经过，姑姑家在正街，从家到单位，总绕不过去。那天合该有事。张文正正骑着自行车，链条忽然掉了，他下来往上套链时，发现姑姑提着菜篮刚出门。躲来不及了，他只好低下头，继续装链子。姑姑走过他身边，也没说话，一直往前走，走得很慢。他想她要跟他说话呢，便推着车子，追上去。他以为姑姑会说很多话，姑姑却只说了一句，文正，我婆婆逼着我改嫁，你说咋办？

他看着来来往往的人，小镇上，也就那么些人，低头不见抬头见的。便说，那你晚上到我单位来吧。

就这么他们又有了接触，但他告诫自己，把她只当妹妹。

一看到姑姑的泪脸，他的心就乱了。姑姑没要求他什么，只是一望那脸，他就害怕自己管不住自己。于是硬撑着冷脸回了她，他是男人，枪林弹雨都经过了，还能有什么打动他的？爹一找他，他就知道他做得对。他没有资格，让姑姑一生幸福，那个郭局长他见过，也偷偷打听过，人不错，姑姑嫁了他，好日子就有了。他寻思着啥时到姑姑的药铺去一趟，给老婆抓些药，找机会劝劝姑姑，她还年轻。跟自己没有什么奔头，自己不可能离婚，一离婚，这画师就当不成了，再说自己还是党员，是戏院里的积极分子，男女作风问题，千万沾不得。

天黑了，他画了几幅画，都是花，紫薇、荷花、木芙蓉，都是姑姑喜欢的鲜亮色，他想把这些送给她。姑姑喜欢画，他这一辈子只画给她一个人看，心里也是美的。

他收拾了水粉和笔，正要起身，蓦然闻到一股香味，就知道谁来了。

姑姑从饭盒里端出一碗热腾腾的饺子，说，还没吃饭吧，趁热吃。说着，取出一半壶汤，四处找了找，说，你有碟没有。他说没有，只有碗。说着，从桌子底下拿出一只大老碗。姑姑笑了，说，这碗这么难看，明儿我给你拿些过来。

张文正边吃边问，听说你报了识字班？

是的，多学些东西，总归是好的。再说晚上也睡不着。

他不知道说什么了，就闷着头吃饭。

吃完了，要用手抹嘴，姑姑递给他一条手绢，雪白的手绢，上面是两只站在树枝上的鸟儿。他不忍心擦，还是用手抹了一下，说，我想调到县剧团去。

姑没说话，眼睛望着他，停了停，说，娃几岁了？

快五岁了，她妈身体不好，现在不在商店工作了，图书馆工作闲些，我回去能帮着点。

回去把娃带好。

他没想到她如此平静，略有失望地说，你也保重。

她收拾了碗筷，要洗，他说放下，一会儿我洗。

我给你洗衣服吧，我闻到满屋都是汗味。姑姑说着，就从桌子底下端出脸盆，取出脏衣服，卷起来又说，我回去洗了给你送过来。

不用。

反正我没事儿干。

听说你哥给你说了门亲，是郭局长，那人不错，生活也没负担。

叫我到县上去看戏，我还没答应呢！

县剧团最近唱《西厢记》，崔莺莺是咱镇戏院最有名的大青衣杨凤莲唱的。那个演张生的更牛，人长得俊朗，扮相好，唱腔也美得很。张文正还没说完，姑姑就抢着问是不是叫尚明晖，我听我公公老提他。

是的。

姑站了起来，他也跟着站了起来。走到门边了，姑又一回头，红了脸道，我有个心愿，你得答应我。

我答应你，为你我什么都能做，只要不离婚。

姑一下子搂住张文正的脖子，说，你欢喜一次我，行么？我不想担着虚名。说着，眼泪哗哗地流了下来。

张文正感到脑子里的血忽地往外涌，以前他多次渴望，姑姑都不答应。

就一次，今天从你的门里出去，我就再也不见你，嫁那个郭局长，从此，咱就谁都不想谁，行么？说着，扬起了脸，满脸都是泪水。

别这样，这样不好。张文正说着，挣脱开姑姑，坐到床边。

姑姑仍然站着，双手在空中抱着，好像在抱着一团空气，仍然在说，村里人都说，连我哥都相信，可是只有你知道，我没有让你欢喜一次。现在新社会了，人有追求自己幸福的权利，我有这个胆量，可我理解你的难处，我只要这一晚上的欢喜，你真的就不想给我么？

张文正感到自己浑身躁热，但强忍住自己没动，说，我没资格。玉墨，我真的没有资格。我不能毁了你的后半生，你婆家是大户人家，我怎么能让你在婆家抬不起头来？

姑姑这才放下手，坐到他旁边喃喃道，我婆家，我婆家与我有什么关系。我丈夫要是能回来，我守着也行。可是他一辈子都回不了啦！这么多年了，我那么想你，你真的就一点儿也不想让我欢喜一次？

张文正，他躲开姑的眼神，望着房顶，在心里给自己说，你要沉得住气，你一定要沉得住气，你是男人，你不能因为一时痛快，就坏了一个女人的名声。

刘书朋走了三年了，来求我的人比你画的画还多，只想让我欢喜他们一次，我没有。还有，我的公公，看我可怜，夜夜守空房，给了我一根金条，想让我欢喜一次。我，也没有。今天，我却求自己心爱的男人，没有脸面地让欢喜我一次，他却看不起我。

我没有，我不配。

什么叫配，什么叫不配。我丈夫家里有药铺，到西安读过书，按说配，可我不爱他，只是感激他，感激他为了我哥哥娶媳妇，不顾爹妈的阻挠把马卖了，我尽最大的力欢喜了他一年多。这欢喜是我自己做出来的，不是心里想的。就像我的绣花针不是别人让我绣什么就绣什么的，那一个个针脚都是我的心跳。

张文正捂住了脸道，你走吧，算我对不起你，你想怎么骂就怎么骂，反正我不会胡来。

姑姑望了望张文正，这时房间很静，静得落根针都能听到。姑一直望着张文正，张文正仍然捂着脸，他的全身都在哆嗦。

姑姑拉长了声音，说，好吧，我不逼你了，我走就是了。你给我端盆水来，我这个泪脸怎么回去见公婆？

张文正感到自己都站不起来了，他还是忍着站起来去外面端水。

张文正进门的时候，门关着，他双手端着水盆，用脚尖轻轻踢了一下门，门开了，他发现姑姑躺在了自己的床上，盖得严严实实的，他很想扑过去，可马上让自己冷静了下来。

快起来！快起来！让人看见。张文正说着，放下盆子，准备去拉姑姑起身。

姑姑撩开被子下了床，通体一丝不挂。

你这是干什么？快穿上衣服。张文正说着，背过身让姑姑穿衣服，姑姑一把把衣服扔到了一边。

帮我洗下澡。

只是洗澡？

当然，就洗澡。姑说着，坐到了盆里。

张文正满头大汗也顾不得擦，赶忙拉起窗帘，蹲到脸盆前。盆子太小，姑姑已经坐得满满当当了。他手只要够水，就碰着姑姑白花花的身子。他的手不停地打着哆嗦，说，你自己洗行不行？我求求你。

姑姑不理他。姑姑坐在盆子里边给自己身上打香皂边唱着新学的秦腔戏：

> 月光下把相公仔细观看
> 好一个奇男子英俊少年
> 他必然读诗书早有识见
> 能打死帅府子文武双全
> ……

张文正只好尽量地够着水洗，姑姑的身子干干净净的，搓出的也是白条，他说洗完了，姑姑一伸胳膊，还有这儿，张文正就搓胳膊。还没完，姑姑又伸腿，还有这儿。张文正的手只好放大腿上搓。姑姑笑得咯咯的，脆生生地说，今天累坏了人民的大画家，你就把我当作你的画伺候吧。

张文正满头大汗地说，这下总算完了吧。

姑姑说，还有呢，这儿。说着胸前那坚挺的东西直逼张文正的眼睛：上面也洗洗，这儿你没看到它想让你来洗呢，红得那么好看，硬挺挺的，等着你呢，等你多年了呀，我的亲哥。姑说着，一把抱住了张

82

文正。

张文正不是圣人，张文正是个血气方刚的男人，两人就做了应该做的事。

第二天醒来的时候，他发现姑姑还在，说，快走吧，一会儿人就都起来了。

姑姑搂着他的脖子说，真不想走，真想一辈子就这样让你欢喜着我。说着，哭了。

张文正搂住姑姑温热而绵软的身子，说，我这一生值了。

我也值了，从今后，我们就谁也不招惹谁了。

张文正一把抱住姑姑，叹息道，你要是我的女人该多好！

我已经是你的女人了。从今后，我们不交往了，但是我忘不了你，忘不了啦。我即便跟那个郭局长结婚，也忘不了你。从此，我也不遗憾了，咱都好好过。姑姑说着，穿起鞋，就要开门。

先别急，等我开门看看有没有人。

姑姑一把把他推开，就要开门，张文正道，小声点，你忘了我是有家室的人。姑姑捂住嘴，小声说，嗯，天还早，你再睡会儿。

当姑姑悄悄走出戏院大门时，天还没有完全亮，她想着要是门卫问她说什么。张文正给她出主意了，若问，就说是妹子。守门的老头正在屋里烧水，姑姑加快步子走出来，感觉心扑通扑通地跳个不停。街上没有人，家大门却开着，她想肯定是公公给自己留的门，就轻手轻脚关上。一回头，发现小姑刘书英正在怒视着她。刘书英昨天回娘家来，不是说，当天就要回去吗？

她心一哆嗦，但想了想，还是强作镇定，问，书英来了？

你干啥去了？昨夜一夜没有回来？

谁说我没有回来？我早上出去了趟。

你胡说，我在你屋子里睡了一夜，我要关门的，爹不让，爹说你会回来的，可你一夜都没回家，到哪鬼混去了？

这时公公出来了，对女儿说，喊什么，进去！进去！

爹，你不要再惯她了，她是个破鞋，让她从咱家滚，滚，滚！滚回她娘家去。

叫你进去你就进去。公公说着，对姑姑扬了扬手，说，进屋吧。

刘书英骂了许多难听话，婆婆始终没有露面。

姑姑进屋，果然被子在炕上乱卷着，枕头上还有几根刘书英黄软的头发，用手指捡起来团好扔到灶膛里，又扯下枕巾，扔进水盆。

这时她的心还在跳着。奇怪的是一直到吃饭，婆婆没有询问此事，公公也没有，刘书英回家了。她长长地舒了口气，以为一切都过去了。

晚上喝完汤，姑姑正要端碗出门，公公叫住了她。公公回头对身后的婆婆说，你去洗碗。

婆婆这才开口说话，你难受了吧，你以为她是看上了你个老不死的？她是看上你的钱了。这样的人还配叫人？连猪狗都不如。

滚！滚！滚！公公说着，拿一个馒头砸到了婆婆身上。

婆婆端起碗就走，出了门在地下啐了一口。

姑姑本来想给公公跪下的，婆婆的举动让她少了内疚，于是一句话也不说。

公公低声说，把门闭上。

姑姑看了眼公公，她估计婆婆就在房外不远处，想着公公不会对她怎么的，就关上了门。

婆婆的确就在房外的核桃树下站着，一看到门关了，心里忍不住骂道，真是猪，一窝猪，老老少少全是一窝猪。她朝四周望了望，紧盯着院墙上挂着的镰刀，她想只要灯一灭，她就抓起镰刀进屋逮谁砍谁。

灯一直没有黑，从纸窗户上的人影看，老头还是一个人坐在炕上，她就往门前移了移，听到了里面的说话声。

你到哪去了我知道！我不怪你，这是你的自由！

公公这样的开头，让姑姑吃了一惊，心一下子感到愧疚起来，扑通跪倒在地。

真是吃了屎。婆婆想骂，里面又有声音了，她把耳朵贴在了门上。

你不要跪，起来吧，年轻轻的，守寡不容易。书朋三周年也过了，你朝前走吧。要说错，得怪我们做老人的。说实话，我舍不得让你走，可思前想后，你叫我们父母，我们就不能不为你的将来合计。我跟你妈商量好了，你喜欢谁，咱就找个媒人，体体面面嫁过去，或者让他上门来，撑起家业，我们总归有一天要死。

爹！姑啜泣着说不出话来。

起来，坐着说话，爹想跟你好好唠唠。

姑姑这才站起来，并倚着炕角双手在胸前相交搓着，说，爹，我错了，我不该出去一夜不回。

这当然是你的错，晚上我跟你妈担心得一夜没睡踏实，虽然现在太平了，可是坏人是什么时候都有的。你到了我们家，把我们叫父母，我们就得为你的一切操心。你说你要是碰到坏人怎么办？还有，你住到哪里我不问你，你干了什么我也不问你，爹知道你是一个有主意的人，不会稀里糊涂就跟男人在一起，你看上的人，爹没意见，只要你喜欢。但是，你不能乱来。一个女人，名声很重要，你还要活人呀。

姑叫了声爹就再也说不出话来。

爹和妈都不是坏人，也非旁人，咱们一起过了好几年，有什么话尽管跟我们说，咱们齐心把光景往前推，把日子过得结结实实的。好了，你要是没话说就回去吧。

爹，我想跟郭局长处处，我妈知道。

好！慢慢来，把人认准。我儿子没好命呀！回吧。

婆婆立即闪到不远处的桃树下，儿媳出来径直朝自己屋走去。

婆婆觉得自己错怪了老头和儿媳，心里有些不安，但又想就是这样，儿媳目无公婆，找野男人也不行。必须让她快些改嫁！让女儿回来，她的日子太穷了。儿子在，儿媳妇是一家人；儿子不在了，儿媳妇跟自己就没有关系了，虽然她在家里伺候他们没说的，家里家外啥都干，可是跟女儿比起来，谁亲谁疏明摆着。家当虽然不多了，可是这房子还是留给自己的女儿妥当。

郭局长又到姑姑婆家来了，提着两包鸡蛋糕，两条羊群烟，一瓶西凤酒。刘掌柜觉得此人实在，不像一般当官的，再说自家做生意，跟当官的结亲，总归是好事。他心里这么想，嘴上不说，儿媳非一般的女人，心思多着呢。几天前一夜未归，到底啥情况，他摸不透。他是学中医出身的，要闻、切、问、号，既然什么都不知道，就不要管它，静观其变。

郭局长是坐着吉普车来的，他说要请姑姑到县剧团看戏。姑姑知道县剧团比镇戏院气派大，不像镇戏院，只搭个戏台子，观众都在露天看戏。县剧团有容几百人坐的剧场，风吹不着，雨淋不着，还有皮椅子坐着，她没有去过，她听丈夫说过。于是犹豫了半天，又征求公公婆婆意见，公公一般不轻易表态，婆婆这次的态度却积极得让公公极为不舒服，婆婆说去吧，去吧，现在都新社会了，看戏、逛街，不要急着回家。

郭局长先带着姑姑到大街上转了一圈，到了商店门口要拉着姑姑进去，姑姑死活不肯。郭局长又拉姑姑进饭馆，姑姑也不愿意，说你实在要去，就到剧院去吧。

进了剧院，姑姑看到一个座位跟一个座位隔着，心里长长地舒了口气。可是戏要开场时，大幕一拉上，所有的灯都黑了，她心跳加快了，问，这是唱的什么鬼戏？黑灯瞎火的。

郭局长笑了，说一会儿就习惯了。戏唱的是姑姑没有看过的戏，也不是老戏，是现代戏，男人穿着长袍屁股后面吊着长长的辫子，女人呢，衣服全是黑乎乎的，一点儿也不好看。姑姑看了半天，大体知道戏讲的是一个茶馆里发生的事。郭局长在戏唱到一半的时候，把手伸了过来，姑姑像受惊的鸟儿一样躲开了。

郭局长手再没有伸过来，头却移过来了，不时地与她耳语几句。满嘴的大蒜味搞得姑姑胃里特难受，就稍稍离开了他些。

戏快结束的时候，郭局长又拉住了姑姑的手，姑想躲，没挣开。她尽力克制自己不要表现出难受的样子。她感觉那手像是刚从腌菜缸里捞出来，又进了刚洗过汗衫的水里，难闻还罢了，最让她受不了的是，郭局长握她的手真使劲，骨头疼了半天。

她心里说能跟这样的人过到一起吗？她决定在回去的路上跟他摊牌。

就在车快到她家门口的时候，郭局长忽然掏出一个像砖头厚的东西，用布包着，笑道，拿上吧，你一定喜欢的。

姑姑不要。郭局长说打开看看，要是不喜欢再给我也不迟。姑姑狐疑地打开，这一开，呆了，竟然是一台玫红色的收音机。公公家原来也有这么一台，每天公公把收音机放到院子里，她做饭时都能听到，后来收音机不响了，公公还舍不得扔掉，放在柜盖上，不时拧拧旋钮，总想着它哪天说不定会忽然响了。

有一阵子她感觉没了收音机，好像到了街上却听不到秦腔声，心里寡淡得很。

姑姑想他知道我喜欢这个东西，看来还是对我用了心的。这样想着，就又细细地打量了郭局长一番，发现他的五官还是比较耐看的，那就再接触接触。

有了收音机，她听歌曲，听广播剧，听小说连播，感觉每天好有盼头。怕公公婆婆知道，她就每次等到夜深人静，然后把收音机放到被窝里，贴到肚子上，声音开得小小的，收听各种台。听着，听着，她感觉心里有了一个广阔的世界，个人的孤独就淡了。

第四章

14

妈快要临盆了，爹到县城籴粮的次数更勤了。

妈挺着大肚子经常半夜起来推磨，又增加一口人了，不赶紧做，生娃后就顾不上了。

磨房跟住人的窑不一样，窑面没抹腻子，墙面不平不说，里面的麦秸清晰可见。

妈睡了一觉，就悄悄起身一个人推磨。爹干了一天的活，她不想吵醒他。

胳膊困，腿也困，肚子里的娃娃不停踢踏着，她想八成又是儿子，心里就很不得劲。她想要个女娃娃，此后，就不想再生了。娃娃太多，张嘴就要吃饭，养活不过来。

父亲起来的时候，妈已经箩完了一斗细面，细面要卖到县里，麸子留着自己吃。什么都要钱，没钱怎么行？天旱，庄稼地里也打不下粮。

爹帮着妈箩面，让妈歇会儿，妈说不了，你再睡会儿，还要挑到县里去，十几里路呢。你说要这么多的娃干啥？

生时叫玉墨来服侍你几天。

他姑能来？咱家过得这么凄惶。姑姑自从三天回门依规必须在家住外，婚后从没在娘家过夜。妈想姑是不习惯住娘家不铺褥子的炕了，可能也闻不惯满炕的尿臊味。爹只要一说妈脏，妈就说你妹子不生养，当然干净。我要是她那样，一天到晚，大门不出，二门不迈，又不下地干活，整天描眉画眼，把自己打扮得比她还漂亮十分呢。

妈还要说，爹已出门请姑了。

没想到姑一听，就爽快答应了，说，哥，你放心，到时我指定回。

妈生三哥的时候正在地里收玉米，忽觉肚子疼，看成片的玉米只砍了一半，便让爹忙着，双手托着肚子往家赶，不敢跑，怕生到路上让人笑话。总算坚持到家门口，松了一口气，只觉哗的一下，娃就出来了。

婶子一听到娃的哭声就往出跑，边帮着边说，嫂子你生娃咋就像尿尿，我怎么就像怀金子，怀一个掉一个，怎么也存不住？

妈强忍着痛说，那多好，掉一个金子我就拾起来，掉一个我就拾起来，攒下给娃娃们做新衣服，买肉吃。

婶子不高兴地说，我这次肯定会生一个大胖小子，雷神仙说了，咱家要出两个大人物的。

出人物是不假，我娘家妈也说了。只是不知出在咱哪门？

婶子意味深长地笑笑，没说话。

我盼着你家出大人物，跟着好沾光呢！你快些扶我进去。这次你怀上了要小心一些，啥活都别干了。把我扶到偏窑里，土我已经摊到炕上了。

90

姑姑一到家，看妈坐在热热的土里，婶子跟接生婆忙活着，急着问，怎么能在土里生？脏，不卫生。

妈解释道，咱农村人都是这么过来的。热土，比什么都干净。婶子附和道，就是的，比不得人家城里人。说着点火做饭。

爹回来一听说又是个儿子，连看也没有看，说，又生了个要娶媳妇的。就黑着脸，杵到一边吸烟去了。

大哥、二哥耍回来了，大哥在前面跑，二哥在后面追，都开裆裤露着屁股，大哥的鼻涕吸溜着，红红的屁股上沾满了土的。大哥一见姑姑，喊着就要糖吃。姑姑摸着两个哥哥冻红的屁股，说嫂子，你也不给娃穿暖些。说着，就真的掏出两块糖来，要往两个哥哥的嘴里放时，一看到两人的脏鼻子，假装生气道，谁干净我给谁吃。大哥马上往衣袖上抹了一把，二哥也跟着抹，袖子上明光光的。

姑姑叹了一口气，掏出手绢，上面还是绣着两只小鸟，只是小鸟不再站在树梢，而是浮在水上，水面波纹一圈环绕一圈，特好看。

小鸟真好看。大哥说着，就要抢。

姑姑说不行，现在不行，等姑姑走的时候，给你们一人一个，好不好，不过，你们以后要干净。

大哥问，这鸟叫啥名？长得怪怪的。

姑姑说这叫鸳鸯，它们成双成对地游。

鸳鸯，咱们这儿有吗？我怎么没见过？

姑姑说南方才有，你长大了，到外面做大事，就会见着好多东西。

爹不屑地说他呀，别干什么大事了，能到咱镇上摆个摊子我就知足了。现在你不知道都愁死我了，这个要穿衣，那个没鞋了，费钱得很。

哥，你是饱汉不知饿汉饥，我要有这么可爱的儿子，一辈子都值了。

妈欣慰地说那当然，儿子是将来的盼头！

哥，将来你干脆给我一个？

三个，随你挑，要哪个，立马领走，省得我还要给吃管穿，生儿子费事。

哥，此话当真？嫂子你也听见了。

妈靠在被子垛上，抱着小娃娃说，我求都求不来呢，谁给你当儿子，可真是掉到福窝里了。

姑姑在的日子里，哥哥们，不，我们全家就像过年一样，哥哥穿上了包裆裤，妈也吃上了鸡蛋，还有，家里干干净净的，闻着有股清水的味道。姑姑一刻都不闲着，一会儿扫地，一会儿擦桌子，连桌上瓶瓶罐罐都擦得亮晶晶的，能照出人影。

姑姑变着花样给妈做好吃的，高粱面做的饼子里，她放了苜蓿菜，一下子好吃多了。洋芋，她一会儿给我们烤着吃，一会儿又蒸着吃。反正我们经常吃的东西，都让她变了味道。我们吃得香，妈吃得香，姑姑却不怎么吃。妈说是不是吃不下去，粗粮就这样，姑摇摇头，说，我这几天不知咋搞的，胃酸，老不想吃东西。说着，又一阵恶心，她急忙跑了出去。

妈心里说，德行，不就是闻不了我儿子的屎尿味嘛，我看你想闻还闻不了呢！这么一想，脸上就不痛快了。

跑出院子的姑姑强揳着嘴，心里纳闷极了，这样的情况最近好几次了。

胃好好的，怎么了？难道……姑姑不敢往下想，急着回家，爹和妈拦不住，就让自便。

姑姑出门的时候，婶子正提着一只瓶子来借煤油。姑姑一看到油腻腻的瓶子，又吐起来，婶子惊叫道，她姑，你咋了？

姑摆摆手，捂住嘴，说，胃痛，回去吃些药就没事儿了。

姑姑走了一路，琢磨了一路，不敢深想。快到家门口，拿包巾遮住脸，只露一双眼睛，就要往镇卫生院走。快到门口了，她又折了回来，准备到县医院。

第二天一大早，姑姑就给公公婆婆说，要到县里去帮哥枭粮，然后把自己脸捂得严严实实地进到医院，报了个假名字。

女医生检查完，笑着说，你怀孕了。

姑姑一听，就像惊天响起一声炸雷，盼了多少次，可真的怀了娃娃，她羞愧得拔腿就往医院外面走。

不觉间就走到了马坊水库，她起初想一跳了之。一个没有了丈夫的女人，忽然怀娃，这让她无法再有脸活着。可立在水库边，她就不想跳了，她想起了爷，想起了爷生前的话，看到天上漂亮的云朵，她就舍不得死了，想要好好地活着，把爹和娘没有经历的好光景有滋有味地过下去。

怎么过下去，肚子里的娃娃怎么办？

姑姑走到大路上，太阳忽然间暗了，被云遮住了，天空黑乌乌的，绿绿的庄稼也变成了黑色的。过了一会儿，天又亮起来了，树叶又绿了，一切又金灿灿的。路上不断有人跟她打招呼，她也没看清是谁，胡乱应着。

乱着心回到家，从包里往外掏东西时，才发现给公公婆婆买的饼干不知扔哪儿了。水库，还是医院？她只能内疚地给公婆说，不知丢哪了。

公公看着她，表情是温和的，婆婆却吊着脸说，好了，好了，我们也不是没有吃过那东西，做饭去。

一上灶，姑姑又一次恶心起来，她怕公公婆婆看见，晚上汤也没喝，装着到街上给猪拣菜叶子，出得门来，就往戏院走。走到门口了，才知道张文正明天才到单位，今天是星期天。

姑姑拣了一筐烂菜叶，放到猪圈里，发现堂屋灯亮着，悄悄往门边一望，公公一个人靠在被子垛上，闭目养神。她想进又不敢进，思了思，又准备回自己屋子，公公眼睛睁开，你有事？

没，没，没！爹，我妈呢？

你妈到隔壁串门了。

姑姑把门闭住，背倚在门后，声音低低地说，爹，我……我想跟你说件事。

公公从被子垛上坐起来，装了一锅烟，姑姑忙走上前给点着，又退回门边。公公吸了一口烟，睃了姑姑一眼，啥事？

爹，我……我怀……怀娃了！今天到县医院检查，医生说的。

公公吸烟的嘴巴不动了几秒钟，又开始吧嗒吧嗒吸起来。

姑姑扑通一声跪到地上，说，爹，我以为我不会生养，夜太长，一个人日子好难熬。你打死我，我也没二话，我给咱家丢人了。说着，朝自己的脸左右各扇一掌。

公公没有说话，烟锅里的烟灰高高的，掉到了炕上，他也不睬。姑姑跪了半天，看公公不说话，拿起炕上的小扫把，就要扫炕，公公严厉的眼神制止了，她只好放下小扫把，重新跪在地上。

医生说的？县医院？

嗯。

起来说话。

姑站起来，复靠到门边，低着头。

你中意那个人？

姑觉得自己脸烫得像发高烧，半天说不出一句话来，就只点头。

94

那人是不是不想娶你，或者跟你只是耍耍？

姑眼泪出来了，点点头又马上摇摇头。

公公忽然提高了声音，到底是前因还是后果？

他有家。

这时大门响了。

你回吧。

爹，先别给我妈说。

回！

姑看了看爹，抬起一双绝望的眼睛，说，爹，我对不起你们。

回！！

姑姑出门的时候，顺手端起炕后一簸箕小麦，看婆婆回来了，让开路，勉强笑了笑，说，妈回来了，我晚上睡不着，把麦里面的石子捡捡，面没多少了，我一会儿就去磨面。

婆婆怀疑地朝屋内望了望，公公仍然闭着眼睛，婆婆没有说话，径自进门。

姑姑一夜没有睡着，她不知道公公会怎么办。

公公一天没有说话。

第二天公公还是没有开口。

姑姑的心慌得不行，想到戏院去，又觉得还是等公公发话后再说。自己已经说过了，这一切都与人家没关系。

第三天吃过早饭，公公忽然说玉墨，一会儿跟爹到县上去进药。

姑姑知道公公肯定有主意了，便把自己收拾利索，往架子车上铺了褥子，公公坐好后，她拉着架子车，一路准备挨骂。在家里骂，没事儿。可大庭广众之下，上县的人那么多，路人听见脸往哪搁？装着朝后看景，偷眼睃了眼公公，老头面瞧庄稼，神色安然。

95

快到县里时，公公忽然说到医院去吧，打了。

姑姑拉架子车的脚步停了，回过头来。

公公仍然闭着眼，说，我在纪念碑下等你。

爹，你为什么不骂我？

公公不说话，就在姑姑转身要走时，公公忽然说，你不容易，把……把那东西打了吧，跟郭局长不要提这事，此事，别跟任何人说，咱就当这事没发生过。

医生检查完，问，为什么不要？是第一个吧。

姑姑不敢说话。

医生是个女的，性格和气，说，做了以后恐怕就不能再生养了。

姑姑打了一个冷颤，说，真的？

你要是没有孩子，怀个不易，建议留着。

姑姑到纪念碑时，公公在架子车辕上坐着，一箱药已经进好了。公公看了看她，问事办完了？

姑姑点点头，公公说你坐上，我拉车。

我可以拉的。姑姑说着就要弯腰驾辕。

公公看着她，双眼一瞪，你没做掉？

姑姑不说话，站到车前，肩上搭着绳子，拉车就走。

公公坐到车上，娃，你想好，这一步错了，你以后要再嫁人就难了，人唾沫星子都能把你淹死。

姑姑拉着架子车只管走，她走得飞快，公公好像要从架子车上往下掉。公公跳了下来，蹲到路边，吸了一口旱烟道，你说清楚，不能就这么回去，你嫁到我家，我就得管你。

姑姑这次哭了，把架子车放到一边，只哭不说话。

公公吸着烟，也不说话。

街上人来人往的，有人跟公公打招呼，有人只望着这两个人，望一眼，走过去了，再回头望一眼。

公公在鞋底磕了一下烟灰，说，我再问你一次，你想好了？

姑姑点点头，公公说，好吧，回家。

姑姑怀娃的事是婶子逛集时发现的，当她得到姑姑确认时，一回到家里，就把这天大的事说了出来，爹和叔叔大吃一惊。

你不会看错了吧，咱妹子可能胖了？叔不信。

我又不是瞎子。至少有四个月了。丢死人了，这让咱们怎么见人呢？

走！爹冷冷地说完，就要关门，婶子这才回家。

叔叔说我去问玉墨，我要把那个嫖客日的张文正打死，他不是生生坏了我妹子跟郭局长的婚事吗？

爹冷冷地说你打死了他咱妹子娃就没了？

哥，那你说咋办？这事传出去，咱还咋活人嘛？人家郭局长还要咱妹子？

你不要再左一个郭局长，右一个郭局长了，想想咱妹子咋办？你别瞪了，算了，你不要管了，照顾好家里，我去处理这件事。

爹心里乱透了，他真不想管这事，可是他不管又有谁管呢，那是他亲亲的妹妹呀！爹去找的是张文正。

张文正正在上班，爹在外面一直等着，直等到下班，说，跟我到屋里说话。

爹一进屋，朝胸先给了张文正一拳。张文正说，哥，我打算过完年就调县城了，也就个把月了。

我妹怀娃了。

怀娃了？

97

她不是不能生吗？

你是医生？

张文正一下子坐到床上，说不出一句话来。

是你的吧？

张文正点点头。

你还算是个男人，现在你肯定知道怎么做了，告诉你，我妹妹已经怀了三四个月了，你看着办吧。

张文正在屋子里坐了一下午，日头落山，他提着一包点心一包红糖来到刘掌柜家。

刘掌柜从儿媳惊惶的脸中，就明白是怎么回事了。他把急得乱骂的老婆拉进屋，说，你不要管嘛，让他们自己解决。

不是你的，你走吧。别在这添乱。姑姑说。

肯定是我的。

你走吧，我不想见你。姑姑说着，把他推出了门。

姑姑在屋内哭了，张文正在屋外怎么喊，她既不应声，也不开门。

张文正明白姑姑的心思，姑姑怕他为难。他真的为难了。当他提着东西来的时候，他心里还是一片空白。无论怎么样，他都认为必须来，在这个时候，他就是这个女人最后的靠山。

可这个女人把他推开了，毫不留情地一把推开。他昏头晕脑地回到住处，想下一步怎么办。

张文正刚走，郭局长就到姑姑家来了，他手里提着一网兜水果和十斤猪肉，姑姑一看到他，心里暗想，收音机该还人家了。

刘掌柜跟郭局长说了一会儿话，就让他到姑姑屋去。

天爷呀，这是咋回事，娃到底是谁的？

把你嘴闭上。刘掌柜拿起枕头朝老婆扔过去。

郭局长一听说姑姑要跟他分手，急着问为什么。姑姑说，以后你就知道了，我配不上你。郭局长还要说话，姑姑把收音机塞到郭局长怀里，关上了门。

可到吃晚饭的时候，公公把收音机又给她了，说，人家郭局长说了，他已经送给你了，就是你的。姑姑拿着收音机，把自己恨了半天。

第二天，她就找到郭局长，把自己怀娃的事讲了，郭局长半天没有再说话。姑姑感到一阵轻松，说，我说出来了，心里就踏实了，你是个好人，我这种作风不正派的女人配不上你。

15

快过年了，爹到镇上置办年货，顺脚来到姑姑家。他给姑姑带了妈腌的萝卜干、韭菜，这是姑姑最爱吃的。无论他说什么，姑姑都不说话，他不知道张文正到底是如何解决的，还有妹妹的心思，他一时摸不透。他一直等姑姑收拾完家务，坐在她屋子里，才说，你想好了吗，怎么办？

把娃生下来。

张文正来过了吧。

你让他来的？

我是你哥。

姑姑不说话了，停了半天，摸着肚子说，我想好了，把娃生下来，并且拉扯大。

爹说你疯了，带着个没爹的孩子，你还怎么嫁人？还有婆家如何容你？妹子，脑子放清醒些好不好？

姑姑还是不说话。

你要是还认我这个哥，赶紧把肚子里的娃娃解决了，寻自己新的过活。

姑姑不说话，只低头绣花。

爹一把夺过她手里的活计扔到一边，说，妹子，一辈子太长了，也太难了。你还年轻。给哥说实话，哥帮你想法子，爹妈走了，只有哥能明白你的心思。

姑姑忽然放声哭了起来，说，哥，医生说我这次不要，可能就再也生不了了。

爹睁大了眼睛，一时无言以对。

哥，我想要个自己的孩子，哥，我是女人，一个女人没娃，没男人，她咋过嘛？

爹搓了搓脸，站了起来，说，我走了，你好好想想。好话跟你说了一百遍，你不听我就没办法了，横竖路是你走的，选哪条你自己掂量好。

爹走的时候，小姑子刘书英进门了，她跟爹一句话也没有说，爹后脚刚迈出去，她就哐地关上大门，径自往她爹妈屋里走，边走边喊：玉墨，你出来！我有话问你。

姑姑坐在自己的屋子里，没有吭声。

刘书英站到门口大骂起来：你真是个破鞋，竟然偷男人偷了个野种，你让我们刘家丢尽了脸。你有本事搞破鞋，就没胆量出来说话？

公公不在，婆婆在屋子里坐着，不说话，女儿的漫骂，使她的心里也解恨了许多。这时，公公走进来，听到女儿骂人，黑着脸说，喊什么，喊什么，有话到屋里说。都出门的人了，还这么不顾脸面。整天说自家男人对你不好，你就不想想自己身上的毛病？

爹，你又说我了，你就知道说我，不说你那不要脸的儿媳妇。现在

100

全县都知道你有个好儿媳妇了。

闭嘴，儿媳妇好坏是我跟你妈说了算，嫁出去的闺女，泼出去的水，不要再搅和咱家的事了，我们还没死，还轮不上你说话。好好想想怎么把你男人拉回身边，好好想咋把日子过好，这才是本分。

爹！刘书英还要说什么，这时，姑姑掀起门帘走了出来，头发油亮，衣服齐整，往公公的屋里走，刘书英冲上来就要打，公公喝住了。

姑姑走进屋子里，扑腾一声跪到了地上，说，爹妈，我想好了，我辱没了你们家的门风，我是个不正经的女人，我走！

公公上炕倒在被垛上，闭着眼睛。

婆婆看了公公一眼，也没有说话。

刘书英脸上有了惊喜的神色，说，你还算有种，带着你的野种从刘家滚出去，滚得远远的。现在就滚！说着掀起门帘，走呀！

姑姑双手伏地，磕了一个长长的响头，说，谢谢几年教育之恩，媳妇有错，就此告别。家有难事，我会全力以赴，以效父母之恩。爹妈，我走了。

姑姑说着，站了起来，公公这才睁开眼，慢条斯理地问：你去哪？

回娘家！

你说走就走，眼里还有我们这做长辈的吗？我们同意你走了吗？

姑姑转过了身，眼泪出来了。

公公清了清嗓子，说，大家都给我听着，以后无论是谁，都不要再说玉墨肚子里娃娃的事，玉墨是我儿媳妇，只要我没写休书，就是我儿媳妇，生的娃就是我孙子。我都写好遗书了，将来这娃娃就是我们刘家的孙子，唯一的孙子。我们过世后，家产就全是我孙子的。除非玉墨嫁人了，或者她自愿走，我们不拦她。但是我们家里任何人不能说她，特别是你，嫁出去的闺女，泼出去的水，我们家的事你不要管，也用不着你管。别说我还在世呢，就是我死了，还有你侄儿顶着门呢！外姓人，休想住到我家来，就是我亲闺女，也休想。

爹，你糊涂。让人卖了还帮人家数钱呢！刘书英望着爹，她不能确定爹到底跟这个女人是不是有什么事，如果这个娃是爹的，为啥那个画师还要死要活地说这娃是他的。同样是女人，为什么姑姑就有那么多的男人喜欢，而自己连自家的男人都泼烦。长得好看？那顶屁用，灯一吹，还不都是一样的。莫不是她玉墨那地方抹着香油？男人老远闻着，就像猫闻着了腥味，争着往上凑？

书英，这儿还轮不到你说话。就这么定了。玉墨，回屋去。公公说完，往炕上一躺，闭上了眼睛。

婆婆难过地看着丈夫，不敢再说话。

姑姑走出屋时，又给公公婆婆磕了个头，说，爹妈，我会给你们养老的。

郭局长差媒人来正式提亲，姑姑对媒人说，告诉郭局长，我想好了，这辈子不嫁人了。只要刘家不赶我走，我就生是刘家的人，死是刘家的鬼。

第五章

16

爹从姑姑家回来，哥哥们正在打泥仗。大哥把泥揉成团，往对方身上扔。二哥的泥巴还没扔，就散了，他急得拉爹的手要爹帮他，爹正拿浸了水的瓦片磨铁锨上的铁锈，右手一推，二哥头撞在院墙上，大哭不止。妈听到哭声，从厨房里跑出来，说，咋啦咋啦，谁欺侮我娃了？爹也不理，扔下手中活计，气呼呼地走进中窑，鞋子也没脱，就上炕头朝里躺在了叠成一团的被子垛上。妈左手沾着面，用胳膊肘儿把背上的三哥往背袋里托了托，用那只干净的手在二哥的脸上抹了一把眼泪珠子，说，出去耍，让你爹睡会儿。

妈你手里有啥东西，我眼睛辣。二哥说着，用手边抹眼睛边哭。

妈这才想起来了，说，我忘了刚才切辣子了。说着，叹了一声，你说我这是活啥人呢。

爹没睡，他眼睛睁着。大哥说。

走吧，你爹睡觉也睁着眼哩！妈哄着孩子们出去后，望了望爹，说，我就知道你是个死心窟窿，别憋出灾枝病叶来，出啥事了？

爹这才叹息了一声，说，话说了一簸子，玉墨还是要生。她就这么个驴性子，爹活着的时候都没办法，你说我一个当哥的能咋着？说重了，怕她听了对我有意见，说轻了屁事都不顶。再说都出嫁的人了，人家有公公婆婆罩着，我也没法子管呀！

你妹子又不是平地窝的兔，你想让她咋她就咋？要不，叫你弟一起来，三个臭皮匠合成一个诸葛亮嘛。

爹朝窑顶望了望，抹了把脸，坐起来说，都愁死我了，也好，大家合计合计兴许就能想出法子。

天黑透，猪进圈，鸡上架，娃娃们也睡着了。

这是一次真正意义上的家庭会议。

爹和叔蹴在炕上，煤油灯光昏暗地照着他们粗糙而赤裸的脚上，脚稍一挪，上面的席片上就浮起一层土。妈在炕边坐着，抱着三哥，三哥只要放下，就醒来哭。抱着，就睡得很香。大哥二哥侧卧着，一张补着好几块补丁的被子才勉强盖住了脚丫子。

婶子在炕的另一头靠墙坐着，挺着大肚子。叔叔可能是怕婶子太累，在她的脚下放了把小凳子，说，你把腿伸直，这样舒展些。母亲撇了撇嘴，让爹瞪了一眼，就扭过头去，继续哄三哥入睡。

大家都没有说话，窑里静得人的出气声都听得清楚。

爹望了望大家，说，三来，你说说，怎么办？咱不能眼睁睁地看着妹子受罪。一个寡妇带着个没有名分的娃娃，要过一辈子呢，现在知道的人少，还来得及，肚子大了，想遮掩都没法子了。

叔叔叹了一声，擦了擦嘴角伤口流下的口水，没有说话。

婶子抢着话说，玉墨是疯了，怀了不清不白的娃，本来就没脸，现在还不做，丢的就不是她一个人了。

爷们在这说话，你一个婆娘家插啥嘴？有你说话的份儿吗？爹冷冷地说。

不要我说话，叫我干啥？婶子双眉一蹙，下炕就要走。

坐下！

哥，让她回去吧，她怀着娃。

我说坐下就坐下。爹表情威严得没有一丝商量的余地。

婶子只好坐着，但是狠狠地瞪着叔叔。叔叔虽然怕婶子，但在爹面前，还是装得一点都不怕的样子，扭头对婶子说，哥叫你坐你就坐。说着，把自己的棉袄脱下来往婶子的身背后垫上，说，你靠后坐，舒坦些。

玉墨跟我说贴己话了，医生说这次娃要是没了，往后就不能生了。一个女人没娃，这辈子怎么能算是活过一次人？爹说着，望了望大家。

是那个画画的吧！

爹说八成是的，玉墨不说，我知道，那个画师倒不否认，算是个能担事的主儿。

那就好办了，哥，你不要操心了，交给我办。叔说着，跳下了炕，又说，哥，我回了，我明天肯定会给你一个交代的。说着，就要扶婶子。

爹说三来，你不要胡来。

我知道，走，月蓉。

叔走后，爹想了半天，也不知道叔叔会想出个什么好办法，还没理出个头绪，就被一阵瞌睡袭来，不一会儿就打起了呼噜。鸡一叫，爹很不情愿地醒来，发现妈在油灯下做针线，说，你说三来会咋办？

105

你弟我怎么知道？不过，依他那火暴脾气，说不上会惹事的。

爹一听这话，披衣就要下炕，妈扑哧一声笑了，说，我只是顺嘴说的，他呀，没那个胆，现在让月蓉收拾得服服帖帖的，撑死，也就是吓吓玉墨，让她把肚子里娃做了。

爹边穿鞋子边说，那也不行，吓着了肚子里的娃娃咋行？

妈说那不是更好吗，省得再想办法。

爹说不行，我得给他提个醒儿。他行事太莽撞。

妈一扔手里的活计，说，你疯了，现在才啥时候，鸡刚叫头遍，天还黑着哩，等亮了再说。

爹打开门朝院子里望了望，月亮照得天地都是亮的，又关上门，说，唉，我就不知道玉墨咋这性子，既不像咱娘也不像咱爹，就更不像我跟三来了。

妈一听这话，压低声音神秘地说，我听说，你们家先辈不是一般人，是皇帝家的后人。

又胡说了。

真的，我听那个画师说的，他在给玉墨画画的时候说的，好像是说一个什么叫唐的朝代，我想一想，对，是杨贵妃那朝的人。女的都长着红脸蛋，俏身材，很招人，你妹子就是这样的。你妈肯定年轻时候也是这样的。

胡说八道，睡觉。

你睡吧，娃明天还要穿衣服哩，你说一个比一个费事，整天烂裤裆，我连布都找不着，好容易找了这一块，不补明天穿啥！

爹两只胳膊交叉放在头下说，你要不去给玉墨说说，你们是女人，兴许能说到一块儿，把她说服。

妈说行，我还真想到玉墨家去呢，那房子真大。你说玉墨也真是，

106

放着那么好的日子不过，非要跟个画画的在一起搅和，人家又不可能离婚，你说万一婆家不要了，她到哪去！

我想了，妹子要是没有路去了，就住咱家。

住咱家？咱家哪还有地方？

我们住到磨窑里，把咱屋腾出来，让妹子住。

妈一把扔下衣服，说，要去，你去。你心里只有你妹子。

你这人没有良心，要是没有我妹子，咱现在连吃的都没有，我妹子给了咱多少东西。你把家里里里外外都看一遍，哪些东西不是我妹子给的？

那也不能让她住咱家，再说，还有你弟弟家呢。

月蓉那脾气你不是不知道，把养大她的奶都不放在眼里，还能让我妹子住到她家？

我也不是那么好惹的。

反正我已经想好了，我妹子没路走了，就住到咱家。

那我回娘家。

爹没有再说话，妈气得说不出一句话来，她这才明白爹已经把姑姑的后路全想好了。的确，爹已经想了好多遍了，而且他还想，明天他就把磨窑里的墙泥光，还要开一扇窗子。爹妈没了，自己就是妹子的娘家。当哥的把妹子拒之门外，那真良心让狗吃了。

妈则想，真的接来姑姑，家里要花多少开销。

两人虽睡在一张炕上，却有着不同的想法。不觉间，窑里高窗上就透出了亮光，爹起身穿衣，妈没有说话，她知道他肯定找叔叔去了。

不觉间想起舅舅，她要是像姑姑现在这样，舅舅们会不会也接她回去。她想起在县汽车站上班的三舅，每次见到她，都要给她钱，心里就暖乎乎的，可现在爹做了，她心里却这么难受。那么，嫂子是不是心里也难受？这么想着，她就不生气了，她想，万一姑姑来了，她怎么才能不生气。是呀，生气有什么用呢？爹在家里就是皇上，什么都是他说了算。还不如不生气，车到山前必有路！

17

叔走到半路，天上飘起了雪花。他前额冰冷，双手交叉缩进袖筒，摸着胳膊肘儿，才感觉身上有些热气。他的裤腰里别着那把曾吓唬丈人家的刀子，已经磨得闪闪发光。即使装在牛皮套里，仍能感觉到阵阵寒气直渗腰间。

叔瞧不起爹处理事情的方式，他觉得许多事情根本就没必要费那么多的口舌。

那个画画的他不喜欢，男人嘛，整天拿着笔在纸上乱画有什么意思，要么像他，满县跑着收花椒、药材，做些小本买卖。要么像爹，种地营生。而这个耍笔杆子的，怎么就像个鬼样缠着姑姑，从婚前一直到婚后，竟然还怀了他的娃娃。他怎么那么胆大，都不打听她是谁的妹子？谁欺负他哥，他妹，他老婆，他的儿女，他就对谁不客气。

雪花落得更密了，叔加快了步子。

几年过去了，他嘴上的伤口已经愈合，留下半指长的豁口，仍然像条小河一样，吃饭就往下流口水。现在，他已经不觉得丢人了，相反他觉得这是他英雄时代的标志。

一个英雄怎能让自己的妹子受人欺侮，那人指定是不想活了。

戏院在镇中心，前边是戏台，后面是化妆间，他虽然看过好多次戏，可一次都没在后台来过。他想画画的张文正应该上班了，在后台肯定能找着。听妹妹过去老说，画家常常在后台给各种戏画布景。

前台是用水泥和木头盖的戏台子，后台放布景、化妆、演员换衣服、候场等。现在一个人都没有。叔走进里面一间小屋，里面放着一大堆布景，都是画的，画上有花园，有小桥，有柳树，但不像是家门口种的那种，而是柳丝垂到下面的，树梢间还有一轮月亮，看起来不像真的，但挺好看。再往里看，有一幅图吸引住了他，那是一个中间写着"帅"的画，中间画着一只大老虎，旁边还有铁矛红缨枪之类的，画得很逼真。他忽然来了兴趣，卷了根旱烟，杵在一旁慢慢地看起来，越看越觉得那个画画的不简单，要不，怎么能把识文断字的妹子的魂给勾走了。

干什么的，离远些！甭把画弄坏了。一个手里拿着扫把的老太太朝他喊道，他抬起头来，那老太太快速地看了他一眼，脸马上变得煞白，说话也不利索了，说你……你可以看，别……把画给弄坏了，要不，会扣我的钱的，我挣点钱，也不容易。

我难道是那种无知的人吗？叔感到比说自己穷还让他恼火，便指着画给她讲道，你知道这上面写的字叫什么吗？不是师，叫"帅"，这布景就是放在头插野鸡翎，身着护心甲，腰别宝剑的武将大帅帐里的。还有，文官官服绣禽，武将官服绘兽，你懂不懂？

老太太一对小眼睛上下打量了叔叔一番，哟，你懂的还不少嘛，我只喜欢听戏。

叔觉得自己给牛弹了半天琴，说，算了算了，给你说一天你也不懂。说着，又细细看起大大小小的画来。老太太在一旁扫地。老太太看他太投入，说，你专门是来看布景的吧，是不是要买？

叔这才醒过神，想起了此行的目的，说，我来找一个人，就是画布景的那个姓张的。

老太太说他平常是在另外一间屋子画呢，这几天在这儿忙事呢。你看笔还在这儿放着呢。天没亮就走了，不知道哪去了。

难道是知道我要来，溜了？镇就这么大，一条正街，两条偏巷，你就是藏到老鼠洞里我也要把你揪出来。

叔叔来到街上，朝东望了望，东面是镇派出所、镇政府、邮电所、卫生院、信用社之类的，西边是自由市场，已经有不少小贩开始摆摊，有卖水果的，卖豆腐脑的，卖油条的。他这才觉着饿了。他选择了到西街，他想画画的说不定就在西街的自由市场待着，你就是长十双眼睛都不一定能找到。

太阳出来了，虽然还下着雪，人们该干什么还干什么，小摊上一缕缕烟火让他感到一阵温暖。他靠着这些火走，就不感到冷了。不到一根烟的工夫，西街已转完了，又开始走东街。

东街静悄悄的，除了邮电所有几个人，也没有发现他要找的人。

在商店门口，他停了一下，想也许画画的在商店买东西呢。他走进去，看到眼里的是一大堆布，花花绿绿的，真好看。他想该给婶子扯件衣服了。摸了摸口袋，又想不能扯，等生了儿子以后再说。现在扯了新衣服也穿不成。

走过卖衣服的柜台，走到卖纸笔的柜台，画师的影子也没有。

他估摸着该是吃饭的时候了，肚子的咕咕声提醒他该回家了。出得商店，他往西街走。走着，走着，想不行，自己已经夸口了，无论如何不能这么回家。不回家去哪儿呀？

到吃饭的时候了，画画的也该回去了。他再次来到戏院。现在后门也锁了，前台空荡荡的，几只鸡在上面不停地咕咕叫着，在土里拨拉着找吃的。

会不会鸡把蛋下到里面？他这么想着，从旁边的台阶上几步跨上去，在四处找了找，他希望能找到一些麦草，只要有麦草，就可能有鸡

110

蛋，有了鸡蛋，他就不必急着回家了。

可是台上扫得干干净净的，他失望地站在台上，回过头来，台下虽然空荡荡的，他仍然感觉好像坐满了观众，等着他演戏似的，慌忙跳下台子。

叔叔在院子碰到一个老头，问他知不知道姓张的画师在哪。

老头说他出去了，还没回来。

你怎么知道他一直没有回来？

老头看了看他，说，你知道我是干什么的吗？我是看大门的，门里飞进一只雀雀都逃不过我的眼睛，还别说一个大活人哩。

叔来了兴致，他想跟着看大门的老头坐到屋子里说一会儿话，再等等画画的，今天见不到他，他觉得自己没脸回去。

于是他说：你是看大门的，就没看到我进来？

我怎么不知道你进来？你已经来了两次，我盯着你已经很久了。你腰里可能还有家伙，老实交代，偷了啥？

叔叔一听这话，肺都气炸了，这不是在侮辱他的人格吗？他看看不时出入的行人，压低声音说，你要想知道我是干啥来，就到屋子去，我给你细细地说。

看门的老头又把叔叔上下打量了一番，说，把你想得美的，我早就知道你肚子里跑着啥虫子了。你想把我骗到屋子里阴治了，你说的比唱的还好听，好像我是个瓜呆子。我是啥人，我是政府的人。

叔叔觉得自己再也没必要跟老头胡扯了，走到老头跟前说，我腰里别着刀子，不信你摸摸。说着，把老头的手按到腰里的刀子上，老头吓得后退了好几步，说你走，你走，我啥都没看见。

叔叔朝老头冷笑道，我又没疯，杀好人干什么？我是专门为民除害的。

老头说你快走，来了人你就走不脱了，我只当没瞧见。

叔昂起头，不屑地说天王老子来了，我都不怕，我又没干坏事。

老头一直站在院中心，只要看到一个人，他就高声跟人家打招呼。叔叔看老头一把年纪了，觉得不能再吓他了，于是笑了笑，说，我办事去了，你守好门，别让坏人再进来。

叔叔回到街上，他不停地朝西街那高高的门楼望，那是妹妹家。自从上次给妹妹还钱去过，就再也没去过，虽然梦里不知去了多少次。

他是一个有自尊的人，怕别人说他穷，更怕人家说他是豁豁嘴，他怕漂亮的妹妹因他在众人面前抬不起头来。

他要是有钱，他会理直气壮地去，哪怕他长得没有嘴巴，只要有钱，人家都会高看他一眼。可是他没有钱，而且还是个豁豁嘴。

再说他现在还没有吃饭，在吃饭的当儿去妹妹家，他相信妹妹不会看不起他，可是妹妹婆婆家的任何人，都会嘲笑他。他是男人，让人嘲笑没什么，但是他怕因这嘲笑而让妹妹直不起腰，这在他是不能允许的。

在小镇中心街道的一座青砖瓦房里，是他妹妹家，妹妹风吹不着，雨淋不着，像城里人一样生活着。

她是他们家的脸面，是他们子孙后代进入城里的介绍人。她让人瞧不起了，就没法在城里待，他们家子孙进城的念想就断了。他当然分得清何轻啥重。

挨着姑家的一条街就是小吃街，一家接一家，里面全是叔叔爱吃的。现在他旁边就是一个锅盔摊，摞成半人高的锅盔，香，真是香。

我们鹁鸪镇的锅盔全省闻名，直径尺五，厚约八分。外皮微黄透红，干而酥；内里洁白如雪，绵而松。用刀一切，香气扑鼻；吃到嘴里，越嚼越香甜，越嚼越可口；泡在羊肉汤、水豆腐里，耐煮耐泡，还耐嚼。

锅盔摊不远处是水豆腐摊。叔叔看着做水豆腐的人，将掰好的锅盔倒到浆内煮沸，加盐、味精舀入碗内，放上油泼辣子。香得口水又要流出伤口，忙转过头去。

叔叔已经在街上走了三个来回了，他觉得离家家洗锅还有一阵子。因为他看到镇子后街人家，烟囱里还冒着缕缕炊烟，不是一点，是一团团的烟，他好像还听到风箱一下一下地拉着，拉着。

我怎么饿得这么快，这么说还没到吃饭的时候？可能是闻到街上的饭香引起了食欲。叔叔昨天就没有吃饱。他从嘴里省下一个白馒头，给了婶子。婶子现在肚子里有娃，要先尽着她吃饱。整天种粮，却填不饱肚子，不能再这么过日子了。将来，妹妹在婆婆家站稳了脚，他一定要到镇上来做些事，做些小生意，让老婆娃娃过上好日子。

他来到背街的一个土坎上，蹲了下来，装了一锅旱烟，慢慢地吸起来。边吸边畅想未来，心中的喜悦慢慢地驱散了身上的寒气。

18

姑姑此时在灶房烧锅，她没精打采地拉着风箱，心里乱极了。屋门口站着一个人，这个人从早上到现在就一直站在雪里，公公、婆婆也不理，他们坐在自己屋里，关着门。

这个人正是叔叔满街寻找的画师张文正。

张文正这次来，是做了充分的思想准备的。他这几天经过反复思索，昨天晚上，回了趟县城的家。

他给妻子煎好药，看着她喝完，等妻子心情好了，他开口说出了自己的决定：他要离婚。因为人家已经怀了自己的孩子了，还有，打掉孩子，人家就生不成娃了。人家生了娃娃他要是不认，这女人就要被婆婆家赶出门。这女人没工作，没有家，到哪去？而妻子有工作，他还会每月给生活费的。

他就是这么说的，说得简洁而清楚，一口气说完后，他望了望妻子，又强调，我什么都不要，我还养着咱女子，我只要你离婚。我一直不喜欢你，想必你早看出来了，我跟你就是过日子。我跟那个女人在婚前就好上了，人跟你过着，心里想着别人，不道德，也对不起你。

他说完，再次望了望妻子，说，你还年轻，再找个人吧，我走了。

妻子这才好像从梦中醒了过来，问，你要离婚？

是的，离了婚，你也找个喜欢你的人好好过！

怀了你娃娃的那个婊子就是香野地村的那个？

你不要把话说得那么难听，人家可是正经人。

她当了寡妇？

是。

你把我半路上蹬了，我以为你会找个黄花闺女，你却找了个烂货！

你说啥都行，反正婚离了就成。

告诉你，我不会离的。

你不离我就不回家。

你一辈子不回家我也不离婚。我为啥要离婚，丢死人了。你让我爸咋在县上混？让我以后咋活人，让咱娃一辈子恨你？

我对不起你们，可是这婚一定得离。张文正说着，把几件衣服往提包里一塞，就出了门。

玉墨婆婆清晨出来倒尿盆的时候，听到门响，一开门，怔了一下，她认出了这个曾经跟儿媳好过的画师，吊着脸说，你来干啥？

我想跟玉墨结婚，她肚子里娃娃是我的。

114

婆婆冷笑了一声，说，是你的？那就好，把你的女人野种带走，省得脏了我刘家的门户。说着，从张文正身边走过，端着的尿水星星点点洒到了地上，有几滴洒到了张文正身上。

张文正也不擦，站在院子里，雪花纷纷扬扬落在他头上、身上、眉毛上，一层化了，又落下一层，不一会儿，人就浑身湿了。

姑姑听到门响，马上也起来了。她听到了婆婆跟张文正的对话，心里既高兴又发愁。高兴的是这个男人自己没看错，有责任，能担当，而不是把自己一个人扔到火堆上就不管了。张文正在公婆屋前站着，她先不管，看公婆怎么处理。她边做饭边想。

刘安平是好一会儿才起来的。

刘安平起床的时候，雪更大了。他打开门，看到了站在雪中的画师，身上全是雪花。

他拉了把椅子坐在火炉前，侧对着张文正吸着烟，一声不吭。

张文正想进去，可对方不叫他，他只好仍站在门口说，刘掌柜，我是来请罪的。

刘安平吸了半天烟，才说，你这人好怪，大清早的跑到我家，来请罪，我们认识吗？何罪之有？

玉墨肚里的娃是我的。

刘安平在鞋底掸掸烟锅，看了张文正一眼，说，是吗？你龟儿子还说得这么面不改色心不跳的，你把我刘安平当成什么人了？想骑在我头上拉屎撒尿，你走错门了。滚！马上给我滚！小心我把公安的人叫来，让你龟儿子吃不了兜着走。

玉墨没了丈夫，我喜欢她，她也情愿我，我要娶她。现在讲究婚姻自由。你不信，可以去问她。张文正不卑不亢地说。

刘安平心里的火呼呼地直往外冒，大声问，你离婚了吗？你这是要流氓，这是知法犯法。懂不懂？我要告了你，你就没脸在戏院里干了！也没法活人了！你信不信？你到全镇去打听打听，我刘安平是受人欺负的人吗？

我信。叔，你放心，我做事我负责，我跟我妻子已经说过离婚的事了，我会尽全力尽快解决好此事。

刘安平又吸了一口烟道，张文正，你把耳朵竖起来，给我听清楚，我明确地告诉你，我儿媳妇肚子里的娃姓刘，是我孙子，你不要满嘴喷屎。赶紧滚，待会儿你还不走，我就叫公安，告你个私闯民宅！说完哐的一声关上了屋门。

张文正面对着厨房门又站下了。姑姑没有想到公公把这难题推给了自己，一时无措，只好拉着风箱，不说话。

婆婆边扫院子里的雪边骂，做下了不要脸的事，不打你算便宜了你。要是我儿子活着，把你剁碎了都不解恨。说着，眼泪就流出来了。又朝自己的屋里喊道：老头子，你不是能人吗？怎么让人欺负到家里来了，连个屁也不敢放。听屋里半天没有动静，又朝着张文正说，不要脸，你跟那个贱货都不要脸，真个儿的男盗女娼，不要脸。"呸"一口痰唾到了张文正脸上。张文正也不去擦，由着它们随着雪花慢慢地往下流。

姑姑做饭的时候，他站着。姑姑洗完了锅，他还在雪里站着。

姑姑心疼他，但是她不能嫁给他，他有妻子，而且还是一个有病的妻子。她是女人，她知道没有丈夫的日子是怎么过的。她必须硬着心肠来解决这件事情。可是怎么解决呢？她心里像装了一锅的开水，直冒泡，却不知道如何才能把它们倒出来。

就在这时，有人敲门。叔叔已经把身上的雪掸干净了，衣服有些湿，但除了嘴上的伤，人还是蛮精神的，个子高挑，浓眉俊目。他仍不自信地用手整了整衣服，把头发用手指往顺地理了理。确信不会给妹妹丢人，这才轻轻地拉了拉大门上的铁环。

婆婆开的门，一看是叔叔，脸就阴了，没好气地说，你来了，正好把你那个不要脸的妹子和野男人带走，省得把我刘家的脸丢尽了。

叔叔陪着笑，叫了声"姨"，跟在姑姑婆婆后面走进院子，发现了他一直想要找的人，已经在院子里站成了雪人。他气得一把揪住张文正的衣领，一拳打得他栽倒在地上。哥，你打得好，我错了。张文正抹了一把脸上的血，要站起来，叔叔上前又朝屁股上踢了两脚，张文正坐到雪地上，半天才爬起来，说，三来哥，你放心，我要离婚的。

滚，给我滚，你还害得我妹子不够。叔叔还要打，姑姑把叔叔拉进了屋里，对张文正说，你走吧。张文正说，玉墨，你等着，我回去就离婚。

张文正，这娃与你没关系，你走吧。

那以后人知道了，怎么说你？叔问。

我就那么怕人说？今天说明天说，半年一年还有人说吗？时间长了，谁还操心别人家的事？好了，你们都回去吧。再惹我不高兴了，小心我真的去跳马坊水库。

当着咱哥的面说的话，我再说一遍，我的娃我会照顾的，我肯定这辈子要跟你结婚的。

你们都回吧。

我肯定要跟你结婚，玉墨。哥，放心。张文正说完，浑身是泥地走了。

姑姑端着饭走了进来，说，快吃，哥。

我吃过了。叔头朝外，大声说，好让堂屋里姑姑公婆听见他不是来蹭饭的。

哥，你就别说假话了。

姑姑太了解叔了，把门闭了，把一个雪白的馒头递到叔手里，叔一口就咬了一半。吃得太猛，呛得咳嗽起来。喝了一口姑递上来的米汤，缓过劲后，开口道：妹子，哥以为张文正是个软蛋，想要收拾他，找了一早上，没想到他根本不用我的刀子逼，就主动来认错了，看着还是个实诚人。哥想了一早上，咱不能要这个娃，哥带你到医院，把这娃做了，跟郭局成亲。

姑不说话，但眼泪一串串地往下流，止也止不住。

叔环顾四周，屋子窗明几净，小饭桌下，是蓝底黄花的床单，靠炕放着红色的木箱，地上挨墙立着大红色的衣柜。一切井然有序，根本不像自家啥东西都乱放。没找着让姑姑擦眼泪的东西，便想掏自己的手绢，刚一掏出来，发现又黑又皱的，自己都不好意思给姑姑了。只好瞧着那些眼泪珠子说，你不要哭，有话就说，有哥哩，哥在，谁都别想欺侮你。说着，把腰里的刀子掏出来，"当"的一声扔在炕上。

哥，你干啥呀？别吓我呀！快收起来。

叔不收，姑就把刀子拿布包了，插进了叔腰里的牛皮套里。

几个月了？

四五个月了。

打掉，抓紧点。郭局长我那天到镇上见到了，坐着小汽车，沿路人都给打招呼，可威风了，当官口碑也好。妹子，嫁了他，你就是局长夫人了，全县有几个局长夫人？妹子，听哥一句话，赶紧把肚子里的娃打掉，到死都不要跟郭局长提一个字。一个字都可能压得你这辈子翻不了身。

我不会嫁给他的。姑说。

为啥？

反正我不同意。

玉墨，你不跟郭局长结婚，还想跟张文正好？

哥你别担心，我自有主意。

你不答应把娃打掉，哥就不走。

叔叔坐在炕边，吸着烟。姑姑一边做着针线，也不说话。雪仍在下，天黑了，叔叔还坐在炕边给姑姑畅想她嫁了郭局长如何好，家里跟着沾啥光，娃娃们将来上学工作都怎样地方便。姑姑瞧瞧院外说，哥，天快黑了，你走吧。我答应你，把此事处理好。

叔叔一听这话，跳下炕，说，你这么说，哥就放心了。妹子，一定记着，人要么有钱，要么有权，啥时，这话都是对的。你赶紧把肚子里的娃处理掉。我回去了，哥嫂肯定在家担心呢，你嫂子这几天也要生娃了。

姑姑从柜子里取出一块手绢，打开拿出五块钱，说，给你们两家各称一斤肉。

叔果然说得没错，当他走到村口时，一眼发现了爹，爹跟他一样身上沾着雪花，看他回来了，急切地说，你把我等得急死了。

急有啥用，没事儿了，全摆平了，我全给咱妹子摆得平平的了。叔骄傲地说，张文正担了责任，她婆家人也通情达理，一点儿都没有为难她。不愧是见过世面的，当时我都害怕刘家把咱妹子休了，那就丢人丢大了，村上人还不扭屁股笑死咱。笑话，咱可以不理，可把咱到镇上发展的路堵死了，那就害了几辈人啦。

爹给叔掸掸身上的雪花道，你处理得好，走一步说一步。

叔到门口了，拿出肉给爹，说，玉墨给的。

爹提着肉，大哥二哥喊着说我要吃肉，我要吃肉。爹说，好，回去，让你妈给你们做成肉臊子，挂到窑顶上，吃他娘的几个月。

叔晚上又给婶子吹了自己如何把张文正打得鼻青脸肿。他知道丈夫在妻子面前，一定要是个英雄。虽然他没有真正见过敌人，可在村里人面前，在妻子面前，他就是英雄，一个顶天立地的英雄。

他把刀子掏出来锁进柜子里，然后对婶子说，来，我要给我儿子说说话，我儿子将来肯定是英雄，是骑马挎枪走天下的英雄。说着，哼了起来：

一匹马踏破了铁甲连环，

一杆枪杀败了天下好汉。

你唱的啥？婶子问。

叔叔不说话，更紧地搂住她，亲了一下说，给我儿子唱的，让我儿子听听，接着继续唱：

一碗酒消解了三代的冤情，

一文钱难住了盖世的英雄。

姑姑婆婆一直瞅着画师和叔叔走后，隔窗朝姑姑屋里大喊：玉墨！王玉墨，你给我进来！

姑姑进屋，看到公公闭着眼，不知是否睡着了。婆婆坐在炕上，阴着脸，姑姑就叫了声妈，倚在门边，低着头，双手扯着衣襟，半天不语。

你让人闹了一天，总得给我们老两口有个说法吧。婆婆恶狠狠地说。

姑姑不说话。

姑姑婆婆看了老汉一眼，老头仍闭着眼，就又回过头对儿媳说，怎

120

么办？你是跟那个王八蛋结婚呢还是回娘家？痛快点。

姑姑说爹和妈觉得我在家丢你们的人了，我就走。

姑姑婆婆知道她不是儿媳妇的对手，儿媳妇如此逞能，是因为老汉在后面给撑着腰，就摇老汉，刘安平这才装着醒来，咋了，啥事？

她问咱们留她还是让她走？

儿媳妇，是我们赶着马车娶人家进门的，怎么能说一句话让人家回去就回去呢？再说我说过了，我儿媳妇生的娃，就是我孙子，他当然要姓我们刘姓，我要教他识字，教他做生意，将来重新把咱家的药铺再办起来，开得比咱原先的还大。

姑姑婆婆还想说什么，被老头挡住了，他又道，无论谁来闹，这娃都是我孙子，这点是变不了的。其神态让姑姑婆婆的心一下子掉进了冰窖。

难道这娃娃真是老头子的？她暗自思付。那为什么那个画画的，非说是自己的？

姑姑婆婆感到自己的头都大了，但又无法发泄，只好不耐烦地对儿媳说，出去，快出去把那只不要脸的老母鸡关进鸡窝，省得咯咯叫得人烦心。

19

张文正揉揉发痛的屁股，走出姑姑家大门，走得很快，生怕背后有人捅自己一刀。走进戏院时，守大门的老头急乎乎地跑了出来，先是打量了他半天，又看他全身湿了，问道，你没事儿吧？

没事。

今天有人一直找你，是个豁豁嘴，腰里别着刀子，妈呀，吓死我了，一看就是个生生。

他找到我了。

他把你没怎么着吧？

他能把我怎么着？！

好了，你好好的，我就放心了。

张文正好几天上班无精打采的，回到家，再次跟妻子提出离婚，妻子说，休想。张文正一气之下，好几天不回家，也不敢去见姑姑，在屋子里闷头画画。

过了一周，岳父来把他骂了一顿，让他赶紧回家，说妻子让车撞了，刚送医院。

真的？张文正吓出了一身冷汗，说，好好好，我这就回去。虽然离婚不光彩，但妻子心性高，颇有姿色，再加上老丈人是县财政局局长，怎会如此想不开。骑上自行车，飞般地从集市上经过。越急，越出错，撞倒了一个男孩，蹭破了人家膝盖，又是给道歉又是说好话，大人总算放了他，他心急火燎地往家赶。

今天逢集，镇上人特别多，有挑着水果的，有手里提着鸡蛋筐的，还有些架子车拉着菜，人们看着他骑着车朝相反的方向走，交头接耳，这人怎么回事？有个青年说，保不齐是老婆跟人睡了？

张文正想老婆跟人睡了倒好了。伤重不重？幸亏玉墨没有答应嫁给他，否则出了这事儿，自己咋能开口。

张文正的老婆的确不是自己故意的，她嫁给他就后悔了，整天只管画画，对她很是冷淡。当张文正提出离婚的时候，她有一丝庆幸，她想自己还年轻，在县里工作，说不定还能嫁给一个可心的人，一个至少比张文正能干心里有自己的男人。后来就是面子上感到过不去，她想即便离婚，也应是我先提。又是周末，张文正上周就没回家，她收拾好东西，想回娘家，跟父母商量对策。

一路想着，恍惚间来到街上，没想到被迎面开来的手扶拖拉机撞了。

妻子大腿骨折。张文正又要照顾病人，又要带孩子，不觉间一月就过去了。他知道错在自己，再也不敢去找姑姑了。有天在集上他看到姑姑挺着大肚子，人们在背后指指点点。还有一次，他亲眼看到几个小娃娃在往她身上扔石子，扔烂菜叶，恨不得跑上前去，挡在她前面，护着她，向大家向全镇所有的人宣布，那漂亮女人肚子里的娃娃是他的。

当然是他的，那一夜他们几乎一夜没有睡着，一直是在进行欢喜的事中陶醉着。他是男人，他从小就在地里种庄稼，他知道久旱的庄稼渴望雨水滋润的滋味，他知道一个女人一直守空房的滋味。那夜姑姑被他欢喜时那种欢快，那种舒展，那种渴望喷发的情景，在他以后的脑海里，经常出现。

在他画布景的时候，这种情景再次涌入他的笔下。这时候，他发现笔不听使唤了。他感觉到春天来了，百花盛开，蜜蜂欢叫。就在这样的思绪中，他尽情地画着，他画下小桥，画下流水，画下柳树，画下小鸟儿，画下了那穿过冰峰流淌的小河，还有石缝中的小草。这些当然在戏上许多是用不上的，但是他就是喜欢画，画他心中荡漾的情怀。

而那娃娃，就是那一切美好的结果，是他种下的，怎么能说不是自己的呢？

可是他不能走上前去，他扶着为自己受伤的妻子，他已经伤了一个女人，再不能伤了另外一个。

但他不甘心呀。他不敢回头望，他的心在流血，他希望这一切快快地过去。

然而这又怎么能很快过去呢？

第六章

20

姑姑肚子渐渐变大，姑姑婆婆不敢见人，可出门即街，想躲人都躲不开。上街匆匆忙忙，买完东西就往回赶。

这天，买了菜，刚要回家，碰到邻居卖日用品的张老太太。张老太太平常话就多，一见她就笑，一会儿东，一会儿西，姑姑婆婆随声应付着，往家走。张老太太还不识趣，笑嘻嘻地把姑姑婆婆拉住，朝门里瞧了一眼，耳朵凑到姑姑婆婆耳边，小声问，你儿媳妇，儿媳妇是不是得病了？

姑姑婆婆装没听见，继续往回走。

老太太不依不饶，听说你家掌柜的要留下这个不知从哪里来的孙子？我跟你说，你千万不能同意，我听我家老汉说，那孙子，哈，不是孙子，是……

我有事，先走了。姑姑婆婆说着，加快步子，把对方甩得远远的，哐地关上门。

一回到家，就冲老头发火：你出去听听，人家都在说啥？说那野种是你的，要不是你的，你就让她带着滚，滚得远远的。

老头不理她，只顾端着杯子喝茶。

婆婆气呼呼地冲进姑姑屋子，姑姑正在镜前梳头。看着姑姑挺着那个恶心的大肚子，姑姑婆婆一把把她推到院子，说，你咋还有脸待在这，你出去听听，听听外面的人咋臊我刘家的脸皮哩？你不要脸，我还要呢。

刘安平从屋里披着衣服出来，制止道，松开，松开，有话好好说嘛。我已经找人写了遗嘱，太阳就是从西边出来了，那也是咱孙子，这房产是留给孙子的。

嗨，我说刘安平，你越老越不要脸了。想孙子想疯了吧，把儿子说成孙子，就不怕雷轰电击？

她话还没说完，刘安平朝她脸扇了一巴掌，说，给你说过，你脏我可以，怎么能脏咱儿媳妇？婆婆朝四周望了一下，拿起扫把要打老汉，姑姑忙往开的拉，肚子被婆婆打了一拳，疼得一屁股坐在了地上。

刘安平、王玉墨，今天我把狠话说到你们当面，这房是留给我女儿的，你们想都不要想。怀了野种，就不是我刘家的人了，趁早给我滚。刘安平，今天我也给你说句实话，你欺负了我半辈子，从今天起，不，从那不要脸的怀上野种的那天起，我就再也不怕你了。

刘安平没想到老婆现在这般不讲理，自己解释又不听，刚好这时有人叫他出去打牌，便想出去躲躲也好，回来再细细跟她讲理。

让他没想到的是，晚上他进门时，是老婆做的饭。儿媳门已上锁。

别看了，那个不要脸的走了。

你把她赶走了？

是她自己走的。

刘安平走到老婆跟前，狠狠地扇了她一巴掌，说，给我叫回来，三天之内，你不把儿媳叫回来，你看我怎么捶死你！

姑姑在大雪天提着娘家陪嫁的那只木箱，来到镇后面的一个空窑里，过起了生活。公公拉着婆婆来求她回去，无论怎么说，她都不回去。公公还要坚持，姑姑的一句话让他死了心：爸妈，你们回吧，我还年轻，想过自己的日子。

一月后，姑生下了儿子。当时正是半夜，她肚子疼得一阵紧似一阵，跑到卫生院，羊水已经破了。爹知道后，让叔跟他立即到卫生院。叔叔说他没那个不懂事的妹妹。爹只好一个人来到卫生院，让姑姑回娘家坐月子，姑姑坚决不同意。

第二天早上，他们踩着积雪抱着孩子回家时，发现门口站着满身雪花的姑姑公公，一个月不见，老人竟然拄上了拐杖。手里提着一只老母鸡，脚边放着一个蛇皮袋。一见爹，说，她哥，对不住了，真的对不住，流言是刀子，杀人不出血。

爹不理他，径自把门口的蛇皮袋子提进了窑。

公公趁爹出去抱柴烧锅的当儿，给姑姑的手里塞了根东西，沉沉的，凉凉的，姑姑一看，是一根金条。

姑姑说我不能要的。

我不是给你的，是给我孙子的，将来我死了，你让娃姓刘，续上我刘家的香火，我就有脸见祖宗了。

姑姑哭了，说，爹，我不能伺候你了，你要多保重。

你妹子搬回来住了。她丈夫太操蛋，整天赌，我也活不了几天了。爹今天来，只想看我孙子一眼，把娃教育好，养他成人，给咱刘家争口气。上次你哥借钱，爹没给，是爹不好，爹苦日子过怕了。爹今天来跟你说说贴己话，这一生也就足了。书朋死得早，我最疼他，也对他最抱希望。他走了，把爹的心生生掏空了。

姑哭得说不出话来，爹扶着老人坐下。

你能给我做碗血条汤吗？好长时间爹没有吃你做的饭了，馋得狠。

姑连连点头，给爹说，哥，你去街上割两斤肉，我爹爱吃肥肉。

公公像个孩子似的笑着指指门口的口袋，说，你看那是什么？

爹打开，至少有十斤肉，一大块豆腐，一塑料袋晒干的血条。还有一袋子白面。爹闻着醇香的面味，舍不得起身。

血条汤是我老家过红白喜事时才吃的，平时在街上绝少有卖的。想要品尝它，得看哪家过事才能吃上一碗，就算不相识，只要路过，主人也会招呼你入座。农村过事，要饭的闻风而去，主人会一视同仁，摆上一两桌供他们享用。血条汤的制作方法没有人能说清沿袭了几百年还是更久的年月。过事要杀猪。在猪案下放一盆，随着尖刀插入猪颈，鲜血流入盆中。趁猪血未凝固时，拌上面粉、食盐，搅拌匀实。以前用手工，再后用压面机压成细条。四尺的大锅烧煎一锅水，放入大油、臊子、油泼辣子，倒入血条。一锅味美的血条汤就做成了。吃时一般泡入馒头或锅盔，撒上香菜蒜苗，就上有名的"三大王"菜（红白萝卜、葱丝凉拌而成）。血条汤油大汤汪，肉肥味浓，一派红火热情。吃者大汗淋漓，辣得吸溜不止，仍叫再来一碗。

传说隋末唐初，李世民率军征战至此。正逢腊月，天寒地冻。将士疲倦。当地又鲜有青菜。随军伙夫发现，百姓杀猪宰羊，血都不用。便用猪血和面制成面条，入热汤泡着干粮吃。将士吃后，血脉通畅，精神焕发。后来这种食品慢慢地演变，汤内加入肉臊子、豆腐等，成为当地百姓重大宴席上不可缺少、最有代表性的食品。

姑姑把肉切成块，倒上大油，炒得肉变色了，再倒上红红的辣油，做了一大盆肉臊子。

可以吃到明年二三月了，那时这世上怕就没我了。

姑姑听到这话，再看公公黄蜡蜡的脸，说，爹，你好好的，说这话干什么嘛，让人听得心里酸酸的。仍然手里做着饭，小锅里烧着水。水烧开了，她放进臊子，下进血条，水开了，再撒葱花，搁豆腐条，还打了一个鸡蛋。

公公端上热腾腾的血条，泡了一个馒头，喝了一口汤，说，真香呀，你看我媳妇多能干。一会儿就吃完一碗，说，来，给爹再来碗。

油汪汪的血条汤把公公吃得满头冒汗，当然也让爹结结实实解了顿馋。

爹让人在省城给你买了一台缝纫机，以后你就靠给人做衣服养活娃吧，机器过几天就送过来了。你生活安置好了，爹就没牵挂了，到那边也给书朋好交代了。

姑姑哭了。

天塌不下来，娃，好好过。你，长得好，别吃了男人的亏，心要硬。记着爹的话。

后晌，姑姑公公回去，爹要送，公公摆摆手说，她哥，你再帮着把家收拾一下，外面的活她不能干，还在月子里呢，以后你得常来。

爹给姑姑砍了一堆柴，放到窑后面。姑姑说，哥，用布盖住。爹给姑姑挑满了一大缸水，盖上高粱秆做的盖子。又在炕前挂了面碎花布帘子，姑说那上面全是星星，金灿灿的星星。爹原来在食堂干过活，他给姑姑蒸了一笼馒头，说以后你热下就能吃几天了。收拾停当，说，妹子，我回去了，明天你嫂子来照顾你。

不用了，哥。

瞎说。

姑姑装了四个白馒头，递给爹，说天快黑了，哥，你快走吧，一会儿路上就没人了。

爹走出姑姑家的小屋，来到镇上，他站在戏院的大门口犹豫了半天，最后还是决定进去。就在这时，他发现张文正骑着自行车过来，后面坐着他老婆。抱着穿着漂亮的女儿。他心里酸酸的，喝住了张文正。张文正的老婆跳下了车，走路一拐一拐的。张文正给老婆说了些什么，老婆点了点头，张文正跟着爹走到一个背人的地方。

爹话说得干净简洁，他说你到后街去，玉墨生了个儿子。说毕，扭头就走。张文正在后面叫他，他也不理，心里说你叫什么叫，没有你，我妹妹就不可能住到那个破窑里去。那儿没火盆，没大门，没院落，没老人经管着。窗子，一拳就砸开了，刮风下雪，日子难过！你他妈的，要是个男人，就想想怎么办吧。

妈第二天就去照顾姑姑。妈觉得去伺候姑姑这种不要脸的女人真丢人，但是肉臊子实在好吃。妈回来的时候都胖了，还白了。妈说到底是镇上好呀，我要供我娃一个个上学，他们将来都到镇上做生意去。

姑姑说嫂子，你要看远点，听说西安好得不得了，有汽车，还有火车，咱们的娃娃将来要到更远的地方去干大事的。

妈长叹一声，说，你娃肯定是能去的，你们是财东家嘛，我娃能到咱这小镇有个活我就烧高香了。妈知道娃娃只有一个蛋，爹回去给她说了，让她不要在姑姑面前表现出来。如果姑姑不说，她就不要问。还说只他们俩知道就行了，别告诉叔叔一家。

天呀，是不是报应？

你是不是想挨抽了！爹说着，脸铁青，妈再也不敢往下说了。所以在姑姑家，妈哄娃时，看着那地方，望着姑姑消瘦的脸，心里禁不住想，可怜的女人呀！也真不容易。又想我要是像她长得那么好看，是不是二福就不会再打我？妈想着，发觉自己更可怜。于是就更加精心地照顾那个躺在炕上她认为可怜的女人。

婶子不能来照顾姑姑，不是她不想来，她也生娃了，生了个闺女。这是梦想生儿子的叔叔没有想到的，他的情绪坏到了极点。

爹安慰他，第一个嘛，这次顺利了，下一次说不上就是儿子了嘛。

叔笑着说，那当然，我听人说爹升天时，一股青烟从咱家屋子里冒了出来，雷神仙说咱家要出两个大人物哩。

都是胡说的。

哥，怎么能胡说呢？雷神仙看风水算卦全县闻名。哥呀，咱好日子就到了。

我可不那么想，我只想着你大侄儿该上学了，老二也就差一岁，这钱从哪来呀！

21

北风狂吼，沙石乱飞，行人如逆水行舟，皱着眉，蒙着脸。张文正提着大包小包来到姑姑的门前时，姑姑正在做自己平生第一次接的活，给个小娃做四个口袋的军上衣。

张文正听到扎扎扎的声音，吃了一惊，一推开门，看见姑姑正在一台缝纫机前做衣服。

心里就有些不高兴，一个女人家怎么那么有钱买这玩意？估计全县都没几家有。本来想给姑姑赁间房子的念头即刻淡了。

姑姑一见到张文正，眼睛亮了一下，又熄灭了，低头继续做着活说，你来干什么？

130

看我儿子呀!

谁说是你儿子?

谁又能证明他不是我儿子!张文正抱起孩子,亲着脸说。

我说不是你儿子。

你凭什么说不是我儿子?你看这小眼睛,厚嘴唇,跟爸爸像不像?说着用额头轻轻碰了碰娃娃的头。娃娃哭了,姑姑从他手中接过孩子,放到炕上,边换尿布边说,我是寡妇,过去有公公婆婆,现在可是独门,人会说闲话的,你走吧。

张文正不理她,拿着尿布要洗,被姑姑一把抢过来说,你快走吧,我还要赶活呢。快到年根了,大人小娃都急着穿新衣服呢。

谁给你买的这玩意?想必很有钱吧,咱县上怕没有几台。张文正打量着这台上海产的缝纫机,心里很不得劲。

我公公。

我说呢,你公公对你可真好。对了,今天我看到他家门前挂起了白色的纸幡,一问人,说你公公没了。

姑一听这话,立马穿外衣就要出门。说你看一会儿娃,我去见公公最后一面。

你还没出月,外面风大,月子落下了病,难治。

姑姑不理她,头上系了个粉色的包巾就要出门,走了半路,又折回来,重新换了一条黑色的围巾。

远远的姑就看见婆家里的房顶上插着用白纸剪成长练状的引路幡子,这是家里丧了人的标志。红漆大门檻下没了大红灯笼,门楣上系着一条黑绸带,两边贴着白纸黑字的对联。上联:音容笑貌宛在。下联:驾鹤西去福地。

姑姑感到往日熟悉的家陌生而凄凉。她恍惚发现公公正拄着拐杖朝

131

自己微笑着。

婆婆一见她进来，阴着脸没有说话，低着头招呼着人搬桌子，挪椅子。小姑子刘书英冲上前把她朝门外边推边说，你咋还有脸来，你把我爹都气死了。

姑姑挣开小姑子，径自走进灵堂后面公公的遗体前，公公已躺在了门板上，一张黄纸盖面。她取下来，看到公公安详的脸，心里欣慰了许多，把纸重新盖上。

公公的棺材里有些尘土，她拿着扫把要扫，婆婆说，算了，马上就来人要盛殓了，来不及了。

妈，很快的，我娘家爹去世时的一套程序我还记着。你取块红布来，还有取条红线，系上麻钱。再拿个口袋，里面装上粮食，放在枕边，这样生死有禄。

婆婆竟然听话地出去了。

婆婆拿了一块红布进来，她裁了三块，一面铺棺底，另两边用图钉钉到了两边。众人说，图钉按不进去。

她说有锤子。

当毛毛糙糙的棺材全部盖上红红的细布后，里面一下子温暖亮堂了。

这时众人到齐了，道人念经，孝子哭。在这哭声和念经声中，老人被众人抬进了棺木里。公公看起来面容安详，戴顶瓜皮小帽，身着一身黑色绸衣。棺木大且宽，公公却瘦而小。两边空空的，就在众人要盖时，姑姑挡住了，在里面放了一团团棉絮，这样，即使抬棺不平的时候，遗体也不会倒过来倒过去。

布里包着粮食，她听人说过，这是将来预示着交好运气。还有红线系的麻钱是希望将来公公在那边有钱花。

棺材盖严实了，管事的说女子给老人糊棺材缝。

小姑子可能是有些害怕，不敢往前走，她一直躲在人后面，这时听到人叫，说，我去上茅房。

婆婆说，算了吧，人死如灯灭。

那不行，要糊严实，我爹才能走到天堂。姑姑说着出去了，进来的时候，端着一碗糨糊，跪到棺材前，剪了一张张窄纸条，一张张接起来，把棺材缝全糊严密了。

糊完了，她又把棺材上的土擦了一遍，对婆婆说，对了，咋没见守灵的鸡？婆婆一拍手说，天，我咋连这么重要的事都忘了，公鸡守灵引路，要不你爹到不了地府呀，得去鸡舍逮鸡。婆婆说着，就叫女儿书英，书英却不知哪去了。姑姑把鸡绑到灵前后，说明天我再来。

婆婆说不用了，我为什么不告诉你，就是怕别人再给你公公身上泼脏水。你走吧。

姑姑跪下来，眼泪哗的流个不息。敬了三炷香，烧了自己带来的一沓纸钱，怆然离去。

她回到家里时，炕已经烧了，孩子也睡了，张文正在洗尿布。她说，你回去吧。

张文正说我洗完再走，你明天就不要去了吧，天下这么大的雪。

我要去的。

张文正洗完衣服，打开门，望了一下外面，说，雪真大，里面真暖和。

她没有说话，低着头。

张文正说我不想走。

她抬起头说，你明天还能来吗？我想最后再送送我爹。

张文正答应了声，极快地拉开门，外面一股西北风像狼似的乱嚎，吹得屋子里的布帘发出啪啪的声音，一团雪粒扑的飞了进来。他想留下，可他知道她要是有了主意，谁的话也听不进去。

第二天，雪还在下，四周冰天雪地的，姑姑穿着孝衣，腰系麻绳，头顶孝布，来到棺材前，扶着棺木前行。刘书英推她，她不走，骂她，她也不走。还要扬手打她，忽听阴阳师走在前面开道，边走边说，属蛇、龙、猴、马的人，远远避开，才是吉祥。

刘书英一听这话，立马松开了手。

姑姑属猴，她巴不得姑姑交噩运呢。

姑姑当然听到了阴阳师的话，小时，村里埋人，小伙伴们抢着看热闹时，奶奶会告诫她，你是属猴的，犯冲了，千万别靠近棺材。可她不能不送像亲爹一样的公公。

直到把公公埋进土里，看着坟堆慢慢积起，她才发现自己浑身是泥。别人都走了，她才放声大哭，她想儿子一满月，就要抱着来哭爷爷，一个世界上最好的爷爷，孙子却没见过他。

张文正三天两头地来，再一次来时，带了一本学裁剪的书，衣服样式可多了。姑姑翻着，翻着，眼睛亮了。她说你的衣服脏了，脱下来我给你洗洗。

又一次来时，张文正给她带来了一本小说，说，没事儿的时候可以看看，书分上下集，名《红楼梦》。

二月二那天，张文正带来了三件衣服，说，别人的，只是要给人家做好。当衣服被主人穿上合身时，捎来了整整三十元。也就是在这天晚上，姑姑亲手擀的长面，面条均匀细致筋道，汤里是色香味俱全。碗只捞一筷子面条进去，汤煎得哗哗响。醋是她自己酿的，香得让人开胃。

张文正刚吃一碗，姑姑把原来的汤倒掉，重新捞面条，重新浇汤。张文正吃得大汗淋漓。吃完抱住了她。她说，你不要离婚，这对你媳妇不公平。

我给你在我们单位不远处赁了间房子，这窑洞太潮，等收拾好就搬过去。

离你住那么近，人会说闲话，对你不好。再说，你妻子知道了，她会心里更难受。我做错了一步，再不能给她心里捅刀子。

住这么破的房子，比听闲话更让我难受。

我住这，心里踏实。

你咋这么固执？

走吧，寡妇门前是非多，再说你还有老婆孩子的，别伤了她们心。单位要是知道，你还咋工作？我会带着娃，好好生活的。只要勤快，总会过好的。

一天半夜，她做完衣服正要吹灯睡觉，忽然传来了几声敲门声，她警觉地问，谁？

妹子，给我开开门，我想跟你说说话。是一个陌生男人的声音。

有话明天说。

妹子，你开开门，我就跟你说几句话。门敲得更响了。

姑姑望了望四周，抓起门后的扫把，站在门后说，你走不走，再不走，我就喊人了。

妹子，你喊吧，谁不知道你是个破鞋，净爱跟野男人偷情。嘻嘻嘻，把门给哥开下嘛，哥给你钱。哥可会疼人哩，不信，你试试，真的，哥练了好手艺，最会伺候妹子了。啵，啵啵，妹子，啥声音，哥在亲你呢。

滚！姑姑说着，猛地打开门，朝男人身上就打，男人边跑边说，你不愿意就算了，打人干什么。

这时勇勇吓醒了，大哭起来，姑姑搬了桌子顶住门，抱起勇勇暗自垂泪。

又有一夜，窗外忽然扔进一块石头，姑姑冲出去时，人已经跑得没影了。

白天也有男人来，这个男人就是原来一直喜欢姑姑的郭局长。借口说是做衣服，来看姑姑。

他看到姑姑的穷日子，说，你跟我过吧，我一定会对你儿子好的。说着，放下一块布料、一捆麻花和一袋白面。

姑姑不说话。

你跟我结婚后，可以到县纸箱厂上班。

姑姑说，你是好人，我知道，可感情上的事，强求不来的。

以后有事可以找我。郭局长叹息着走了。

张文正有天碰上了郭局长，看他走远后，才进屋给姑姑说，跟我结婚吧，结婚后，这样的事就再也不会发生了。

姑姑摇摇头，说，我不会跟你结婚的，你是一个有家室的人。你要是真对我好，能不能带着娃娃到省城去做手术？你快看，娃有些不对劲。

张文正说，咋了，娃咋了，我心粗，没看到啥不对劲呀。

你摸一摸，娃牛牛上只有一个蛋蛋呀！

真的呀，医生给你说了没？

说了，说等娃长大一些再做手术。你说这是不是报应？都怪我一时没管住自己，人家生的娃娃都好好的，我怎么就生了这么个娃，我对不起娃。万一娃要是治不好，不就毁了他一生？

你放心，等娃大一些，咱就给娃治。

你不要给外人说。我名声已经坏了，别再带累了娃。

放心，我知道。你心里不要胡想。人生娃，有生六指的，有生兔唇的。前两天我听说南村的一个女人生的娃没有后脑勺，这可能都是娃在大人肚子里没吃好，没长全。或者大人病了，吃药把娃致残了。啥报应？不要瞎想了，过去的事别再提，以后日子还长着呢。

我跟你乱来了么！好后悔。人在做，老天爷在看，我后悔死了，你不知道，前两天在卫生院，人家是怎么骂我的。当时，要不是为娃，我一头就撞死在卫生院那个水泥墙上了。姑说着，低声哭起来。

玉墨，心放宽，老天治的是坏人，你心底那么善，走路都怕踩死一只蚂蚁，说话都怕伤了人。你婆婆对你不好，你都不记仇。还给你婆婆做鞋做衣服，心往大处想，咱娃只是没长好，可能与你当时的心情有关系。

趁勇勇还不懂事，咱赶紧给娃治治。我怕越长越大，娃知道了心里有负担。

我找人打听打听，怕这手术得到省城。

我到镇卫生院看了，医生说打了针就会好的。我买了好多针，又怕近处的人知道娃有缺陷，每次都往县医院去。治了半天，蛋蛋还是不下来。我做衣服存了些钱，咱们一起去，到省上给娃看病，行不？我一个人，心里慌得很，我不知道这么碎的娃，能不能受得了这罪？

我肯定去，这是我儿子。

你给家里怎么说？

你不要管。

手术做得很顺利，当看到儿子的命根子完整了，姑姑放声哭了。到商店买了一身衣服，给张文正说给你媳妇，我对不住她。

张文正接过衣服，很想告诉玉墨因为孩子的事，单位降了他一级工资，又给了一个行政处分，可他什么都没说。

清明节，姑姑又到刘书朋墓前烧了纸，说，书朋，你要是活着多好呀。你死了，我还得活人呀。这么长的日子咋过得完呢？

第七章

22

一晃三个哥哥都上学了。父亲肩上的担子更重了，除了地里的农活，每天还要到沟里去挑水，只要往炕上一躺，就困得睡着了。

正月一过，绿油油的麦苗蹿出地面半人高，上肥、除草，地里活更忙了。爹一进门，放下铁锨就找桶担水。这天在灶房发现少了一只木桶，就到叔叔家去找。家里的架子车、桶和牛都是跟叔叔家合用的。爹到叔叔家找了一圈，也没有发现另外一只桶的去向，倒惹得婶子很不高兴，说，都给你说了没有，你还找，怎么这么不信任人呢。我还能把桶吃了？

问妈，妈说也不知道。爹双脚踹在门槛上，自言自语道，这就奇怪了，难道桶自己长了腿飞走了？

这时，只听得门外一阵笑声，不一时大门口出现了二哥，双手紧抱木棒，后面是一桶水，再接着是大哥。

爹跑上前，一只手提着桶，边进灶房边说，谁让你们挑的，你们还小，压得个子都长不高了?!

大哥说，爹，我跟弟弟商量好了，以后家里挑水的事我们包了。

望着满头大汗的哥哥，再望水面盖着一大片桐树叶子的桶，妈说放这个干啥?

大哥说这样水就不会溢出来了。

以后你们到沟里，往里边走，小心掉到沟里。爹说着，擦完二哥头上的汗又摸摸二哥的肩膀，一时不知说什么好。

爹，我知道。沟里真好玩，水渠里的水流了很远很远，你说它流到哪儿去了? 山里还有许多洞，那是干什么的?

爹坐了下来，说，那是过去打仗时人躲身的地方，你们可不能进去。

直到两个人点头，爹才说，你们真的长大了。

因为儿子长大了，能帮自己干活，爹兴奋极了，蹴在地上，拿了片瓦片边磨镰刀边哼起了秦腔："老了老了实老了，十八年老了我王宝钏。"

正在这时，门外传来一阵吵架声。爹扔下手中的镰刀往出走，妈说，你上哪去，快吃饭了?

爹也不理她，自顾拉开大门，大步跨了出去。

叔在跟人吵架，脸被人抓烂了，一股股血往外冒着，滴到上身衣襟了，也不去擦。叔看爹出来了，像遇到了救兵，大声给爹说，哥，长顺这个嫖客日的，占了我的一分地不说，还骂我。看我今不把这个货打死，我就不姓王。

长顺是我邻居四妈的儿子，此时鼻孔里往外也流着血，被两个女人拉着。他挣脱其中一个，急着要往前打叔，叔手里挥着铁锨，说，你来呀，你老子打死了多少坏人哩，打死你，小葱拌豆腐，小菜一碟。

回去！回去！也不怕丢人现眼的。有理找大队呀！爹说着推了一把叔叔，又回头对长顺说你还是当儿的，儿子打老子，没家法！众人一听，都笑了。这时，长顺爹一瘸一拐地从家里出来了，边走边喊，长顺，你个驴马日的还不回来？长顺挣开众人的手，拉着婆娘就要回去，叔也抹抹鼻子上的血，小声骂了一句嫖客日的，还想欺负我。刚走了两步，长顺老婆忽然蹦得有一尺高，边跳边骂，绝死鬼，豁豁嘴，你绝死鬼再逞能也没儿子，生了两个赔钱货，断了香火。再能，反正你生不出儿子。

叔一下子转过身圆睁双眼，在众人还没来得及反应过来的时候，像饿了一天的老虎扑了上去，朝长顺老婆屁股就是一脚，说，我今儿也让你不全货了。

爹说放开，说着，走到叔跟前，给了叔一巴掌，叔却揪住长顺老婆头顶一缕头发，说，哥呀，我没脸见人了，你不让我打死这个卖×的，我就不活了，我是个男人呀，人没脸了还活着像人吗？说着，抱着头就往树上撞。

村人拉住了叔，叔喊叫着被人架着往家走，长顺老婆手捂着被叔叔揪下的头发，边哭边骂：绝死鬼，你有本事，把我活埋了，我才认定你是你妈生的。不要以为你哥当了队长，就无法无天，我才不怕你们哩。不要以为你让你女子把你叫爸，你就老鼠扮大象，成了城里人，撒泡尿照照，自己什么东西，真以为祖上烧香了？

叔气得想挣开众人的胳膊，却被大家拽得死死的，一跳一蹦说，你这个卖×的，再敢骂我一句，你等着，我总有一天，把你儿子的眼珠子抠出来，叫你还骂我。

长顺一听这话，忽的拾起叔刚扔下的铁锨，说，你这个王八蛋，敢动我儿子一指头，我就把你全家老小全收拾了。

长顺，常言道打人不打脸，咒人不咒短。这是你婆娘不对，你是她男人，管不了老婆，还叫什么男人？你还占地，地是什么，是咱庄户人的命根子。这是你不对。你骂我兄弟我可以不管，你骂我爹妈还想迫害女人娃娃，就不能怪我不客气了，明白吧。爹重重地咳嗽了一下，又说，都别拉，让打吧，打死一个，我还少分一份地。说完，双手操着袖筒回家了。

不知是因叔家的大门关了，还是长顺和长顺老婆闹累了，反正他们不一会儿，也就边骂边回家了。

吃过晌午饭，叔冲进我家窑门，扑通一声跪在地上，说，哥，你给我想想办法，我不能再没有儿了。你是队长，你认识的人多，你得想法子，不能让你兄弟一辈子让人瞧不起。一想起那个卖✕的骂我的话，我就恨不得把她两个儿子娃全杀了。

爹不说话。

叔说哥，你说话呀，人家骂你兄弟，就等于往你脸上撒尿哩。你得治他。给他派最重的活，分最烂的地，看他还嚣张不！

爹眼皮抬都没抬，半天才说，回去好好想办法生个儿子吧，你以为我这个队长想治谁就能治谁，生产队是我家的，还是大队是我家的？

哥，不想的招我都想了，年年正月十五晚，我都让闺女到咱村有儿子的娃娃家去偷牛犊馍，咋还没有生下儿子么。牛犊馍是将花馍做成以十二生肖为主的各种动物形状，元宵节晚上将这些面做成的老鼠、牛等动物置于灯前，俗称"看灯"，并告诫娃娃们要等过了农历二月二才能吃。新媳妇若要早生贵子，就要偷吃牛犊馍，并要躲到邻家待天明才回家，俗称"躲灯"。

爹吧嗒吧嗒地吸着旱烟不说话。

听说沟庙里的神可灵验了，哥，你给我嫂子说说，把月蓉带去求求神，我不能当绝死鬼，没有儿子不就没过活了嘛！

爹知道自己的话无意中刺伤了叔叔的自尊心，说，行。

沟庙里供着泥菩萨，求神的人很多。婶子和母亲去沟庙回来后，又跟叔去找全县闻名的雷神仙算了一卦，这一卦使得爹和叔叔打了平生第一架。

叔叔和婶子提着点心和布来到雷神仙家的时候，大门关得严严实实的，但院子里有火光。婶子说，雷神仙肯定在院子里跳大神。

婶子朝里瞧了瞧，说，快看，火好像熄了，烟不多了，差不了吧。

叔说，耐着性子等吧，老婆。我给你说些热乎事。

你闭上眼睛，就想想咱们小麦丰收了，咱们整天吃白馍，咥肉片。叔正说着，大门开了，叔忙把婶子拉到一边。

出来的是城里模样的人，后面跟着一个穿呢子大衣的女人，脖子上挂着明晃晃的金链子。再后面有个提着包的小伙子。雷神仙没有出来，雷神仙的老婆也没有出来。

叔叔和婶子进得院子，雷神仙老婆正在扫院，扫得黑沫四处飞。叔拿手扇了几下黑沫，陪着笑脸说，嫂子，雷哥在吧，我们是找他求事的。

婶子忙把提着的布和点心递上前去。雷神仙老婆说到外面等一会儿吧，他太累了。

叔叔赔着笑脸道，婶子我们等了半天。雷神仙老婆理也不理，仍然扫着地。

婶子拉了拉叔叔，往门外走。刚出门，大门哐的一声关上了。

他妈的，什么人，给你提着礼来了，倒好像我们是要饭的，等我儿

142

子当大官了，非收拾他们不可，看他们还不认老子，想当年老子可是见过大世面的。跨过省，逛遍成都城哩。

行了行了，小心人家听见。你以为见神容易呀！

叔吸完三锅烟时，大门终于开了，雷神仙老婆眼皮一抬，说，进来吧。

雷神仙穿着东一片黄布西一块黑布的长袍，戴一顶古戏上官人戴的黑乌纱帽，腰上还系着一个皮圈圈，很像戏上当官的系着的那种叫玉带的腰带，端坐八仙桌前，桌上供着一尊不男不女的像，叔叔想那许是大神。听完叔叔婶子的来意后，雷神仙闭着眼睛说把你俩生辰八字一一报来。叔报了，婶亦报了。

雷神仙睁开眼端详了一会儿，又闭着眼睛手指不停地掐了算，算了掐，最后嘴里又念念有词半天，瞧了瞧叔婶的手相，说，你们命中是有儿子的。

叔一听，就笑了，说，那当然。

雷神仙面无表情地说，不过，神说了，已经给你们送来了好几次，可是都被你们家的一个东西挡回去了。

啥东西？

神没说，神让你们想去。雷神仙说到这儿，站了起来，朝外面喊，送客！

叔和婶子走出门来，两人嘀咕了半天，也没有想出来。叔说会不会是嫌咱们礼轻，我看人家的柜子上放了好多布，还有钱呀！

咱能跟人家比吗？

神仙才不管这些。

婶子忽然好像明白了什么，说你等着，跑进屋，掏出十元钱，说，求大仙再给我们说清楚点。

雷神仙抬起眼皮，望了望钱，雷神仙的老婆接过钱，雷神仙这才开口道，回去在你们院里院外还有庄稼地前后都找一找，可能是树，或者是水渠、窑洞，看仔细些自然就知道了。

婶子说是我们的家吗？

有你们家的东西挡你们的道吗？

婶子千恩万谢地走出来，非常肯定地说，我知道了，我原来就告诉过你，你哥家那棵泡桐树挡了咱儿子来的道，泡桐树不就是光给咱招女子嘛。

雷神仙是这么说的？

水渠咱们家没有，窑洞也没有跟别人家连着，只有梧桐树了。

叔说这就难办了，泡桐树可是我哥最心爱的，他说儿子长大了，要给娶媳妇的。

你哥儿子要娶媳妇，挡了咱儿子的道。你哥的树重要，还是咱儿子重要？你还想让村里人骂你是绝死鬼？叔说，老天爷，咋给我出了这么个大难题，我哥为了保住这棵树，跟多少人都吵翻了。再说，那还是咱爹留下的。

我不管，反正我生不出儿子，让人骂的是你。你听听长顺家那个婊子骂人骂得多难听，我恨不得他们全家都死光。

你放心，有她哭的时候。

第二天一大早，长顺老婆站到村中，又是跳又是蹦地骂人。妈到麦场装了一筐麦草，回来发现长顺老婆脚边搁着一只死鸡。长顺老婆看了妈一眼，骂得更狠了：哪个王八蛋养的，敢毒我鸡，是他妈生的就出来把我也毒死。

骂了一早上，也没有人答话，只好回家做饭去了。

妈把这事说给爹听，爹说活该，一只鸡，还算便宜了她。

144

可当叔进来告诉爹他的杰作时，爹冷冷地说，你也就这么个本事。有本事，把你日子过好。你看人家，锨、镢头明光闪闪的，你家的都生锈了。你看你家的馍笼子，窟窿眼大的老鼠都能钻进去。你看人家的粪筐，编得都比你家馍笼密实。

哥，你这话说得让人不爱听。我可不想让我儿女将来还干农活，整天面朝黄土背朝天，农民种一辈子粮食还是农民。你看咱妹子，嫁到镇上多好。不做农活，人比咱日子过得还缠活。

那你就进城当工人去，当省长去，官路那么宽，又没人拦你。

叔甩门而去。

爹望着叔的背影，摇了摇头，说，不会走还想跑，看把你能的，你哥比你长十岁哩，还要你指教？你以为天上能给你掉金子，痴心妄想。

妈端着脸盆进来往土地上洒水，说，你说啥呢？他叔咋走了？

干你的活。

23

两天后，叔叫爹晌午到他家吃饭，这事爹没有料到。自从分家以后，叔第一次叫爹去他家吃饭。而且叔还买了散酒，还说要炒两菜。农村里不是逢年过节，一般是不会炒菜的。爹想了半天，也没有想明白兄弟此举的理由。妈说叫你去你就去，干脆把三个娃也带上，回来时再夹个肉馍，好长时间不吃肉了。爹说怎么能带娃去呢！

妈还要说什么，爹已经大步走了出去。

爹一进叔家的大门，婶子就笑着说，哥，快上炕坐。叔倒好了酒，一盘凉拌豆芽已端到了炕桌。爹脱鞋上炕，兄弟两人分蹴炕桌两端，叔先端了一杯酒，说，哥，来，下一盅。

爹一饮而尽。

叔自己也喝了一杯，说，哥，吃菜。

爹吃了一口豆芽，说，豆子泡得还没完全好。

是的，是的，哥，你知道月蓉心急，说没啥吃的，就调了一盘。

爹说你有什么事？直说吧。叔说哥，咱们好长时间没有说话了，你也知道我，平时能跟别人说，你老说我吹大话，我在你面前也不敢开口。今天咱兄弟俩说说知心话。哥，你说除了妹子，妹子比咱过得好，咱就不说她了。关键现在是我，我没有儿，在村里没法子活人。你说长顺那个卖×的婆娘骂我是绝死鬼，哥，我听着难受呀！我估计村里好多人都这么想，只是没说出来罢了。二女子幸亏没活下来，这第三个万一再生个女子，哥，我怕是让咱们村老老少少都欺负死了。

爹明白了叔的意思，不知如何安慰，想了一会儿，说，哥的娃就是你的。

哥，不一样呀，我自己可以这么说，可是旁人不行，旁人骂的是我，我没儿，日子就没盼头，生的闺女都是人家的人，大了，嫁出去，就是一盆水泼出去了，没法再要回来。儿子才是顶门柱呀。再说，你也知道，咱爹升天时，那股青烟，哥，我没儿怎么能行呢，咱家要出大人物哩。

哥能理解你的心情。

哥，你还记得当年国民党抓兵的事吧？说着，抹了抹豁唇。

当然记得了，我就是死了都忘不了兄弟你的恩情。

叔又喝了一杯说，哥，自从盘古开天辟地，就没有比血缘更亲的了，想当年，我为了哥，自己被抓去了。妹子为了我，把婆家的马卖了。哥，你就更不用说了，为了我，分家的时候，家里的东西随我挑。咱们家兄妹间的感情全村人没有不夸的，就是人常说的那话，叫什么

146

血浓于什么，我想想，对了，是水，血浓于水嘛！

爹不明白叔到底要说什么，桌子上又多了两盘菜，洋柿子炒鸡蛋，还有一盘尖椒炒肉丝，他特别想吃，可是他摸不清叔的意图，不敢轻易下筷。难道是他想要我儿子？爹快速地想着，在脑子里把三个哥排了一遍，给哪一个他都舍不得，三个虎头虎脑的，虽说费事，但真的很可爱。两个大的，已经能挑水，拾粪，小的刚会走路，已经能数到十了，周岁抓周，最让爹高兴的是他竟然抓墨斗，将来是木匠呀。自己原来答应过弟弟，现在不给怎么说得过去呢！

叔给爹又敬了一杯酒，抹了嘴唇一把，口水还是从豁口里漏了出来。叔再次抹了一把唇边说，哥，咱秦腔戏《周仁回府》里周仁献妻救嫂，《三国演义》里关云长千里送嫂，虽说是戏，可无风不起浪。你说是不是？

当然，兄弟，你是不是要你的侄儿中的一个，哥想了，过继你一个。

哥，不是那个意思，不是那个意思。我怎么能要侄儿呢！

爹一听这话，心就放宽了，抹了把头上的汗，说，你说，你需要哥做什么？只要哥能做到的，你尽管开口。

叔喝了一口酒，给哥碗里挟了一块肉，说，简单，哥，这事不算个啥事。雷神仙说了，你家的一棵树挡了我儿子出世的道，得伐掉。

爹倒吸了一口冷气，他脑子里立即闪现出院里的柿子树、窑前的枣树，还有门前的一排排楸树，个个都长得枝繁叶茂。能结果的，结果子；不结果的，春天开满了紫色的酒酒花，娃娃们老喝甜汁，好好的树挖掉多可惜。

可是谁让是自己的兄弟呢！兄弟开口了，他没话说。爹品了一口酒，吃了一口肉，说，行，你说砍哪棵咱就砍哪棵，哥答应你。

叔没想到爹这么痛快，说，哥，我就知道你为了兄弟什么都能舍得，门前我不砍，砍了失了咱两家的门面，雷神仙说了，就要你崖头后面的那棵泡桐树。

爹夹菜的手松了，筷子掉到了炕上，席子上马上溅起了一团油花。

这树挡住了你儿子进门？

人家雷神仙说了，这树是朝着我们家方向的，所以就光给我们家招女子了。

胡说八道。

真的，古语不是说家有梧桐树，不愁招不来金凤凰嘛。就这个理。

又胡说八道了，要按你这么说，我们家就光生女儿了？

哥，你又理解差了，你们家招的是金凤凰，那是指给我侄儿说的是媳妇，可是给我家，招来的就是姑娘了，一个又一个，哥呀，我两个姑娘了。

爹再次感到后背发凉，打了个寒噤。

哥，我知道那棵树对你重要，可是你的侄儿更重要呀！咱有儿了，就脊梁骨硬了，咱儿出息了，咱想买啥就能买啥！想吃啥，就能尽饱地吃。

爹跳下炕说，那树是爹留下的，长了五十多年了，怎么能动？

哥，树跟人比，啥轻啥重就不用我再说了。你再好好掂量掂量吧。

爹没有说话，双手背在后面就走出门去。

叔说，哥，你好好想想，趁早给我回句话，人家雷神仙说了，要尽快。

爹到家里把事一告诉妈，妈说这我可不答应，他们想得美，生不出儿子就打咱家主意，你告诉他们，没门儿。

爹说他要砍其他树都成，为啥偏偏要这棵树呢？

148

这棵泡桐树，除了能卖不少钱，还有一个重要的原因，这爹打死也不能告诉任何人，包括妈。

爷爷去世前一个星期，睡到半夜，突然把爹叫醒，说，爹最近老感觉身子沉，怕不行了，有今没明的，爹给你说句悄悄话。爹看爷神秘，说，爹，你说。爷关紧了门，吹了灯，说，咱崖头后面的那棵泡桐是宝贝，你千万不能动，你爷告诉我的，说，风水先生说了，这树要长一百年，才能动，是龙脉，动的那天，必定要选一个大日子，且须春天，百花盛开的时候，这样咱们子子孙孙就会有享不尽的荣华富贵。这树长在谁家，就旺谁家。

爹在跟叔分家的时候，放弃了崖头的一大片能卖钱的花椒树，唯一留下了这棵桐树，就是这个原因。

爹当然不能说这个原因，爹觉得必须让兄弟断了砍这棵树的念头。爹不想再跟叔当面说了，他怕自己一时心软，干脆借口到县里去给人家打短工，让妈去传达自己的意思。爹想自己不在，是没人敢动自己树的。爹第二天连早饭都没顾得上吃，就背着一袋干粮到县城去了，三舅在县运输公司守大门，给爹找了份搬运的活儿，一天两块钱。这事家里只有妈知道，他让她告诉叔，他到平凉去拉煤了，十天半月肯定回不来。平凉太远，叔叔总不至于为伐树的事儿跑到平凉找他吧。

24

叔听说爹不在，又知道了爹的意思后，跟婶子商量。婶子撇着嘴说你为了你哥连命都搭上了，可你哥心里只有自己家。雷神仙说了，三天之内伐掉，要不，再生十个，还是生不出个儿子。婶子这话是自己编的，她说不清是为了什么，反正她觉得自己没有儿子都是因为妈把自己命里的儿子生完了，还连自己命里的儿子也拐跑了。

叔没有说话。

婶子又说你哥是躲出去了，他谅你不敢动树，你怎么这么窝囊？我当时要不嫁给你，肯定生了一堆儿子。说着，往地上一坐，边捶腿砸胸边说，我怎么这么命苦呀，老天爷，你怎么就让我嫁了这么个又残废又窝囊的男人呀！高一声低一声，声声刺激着叔叔。

叔叔蹲在门槛上吸了一锅烟，起来拍了拍屁股上的土，其实没有多少土，他只是想以此引起婶子的注意，可是婶子仍又哭又叫，让他心里更乱。他说别哭了，我去找人，今晚半夜伐树。

婶子听了这话，想立即起来有些不合适，就又干哭了几声，看叔叔出门了，才起身去做饭。

泡桐树长在崖头后面的黄花菜地里，前面是光光的碾麦场，麦场下面就是我们家的窑洞，也就是说碾麦场就是我家的窑顶。只要农闲，爹总要拉着碡碡把场压得平平整整的，一则怕雨水渗进窑里，再则是为碾麦晒粮做准备。叔叔家的场不光，爹说了多次，叔叔也不管。当时村里流行着一句话：王老大家的场光得就像戏子的脸一样。当然是不是真的如此，反正村里人谁也没有摸过戏子的脸，但从此话可以看出我家的碾麦场是如何的平展。

叔叫的人不是本村的人。他当时确实叫了，可是村里人都觉得这样做不地道，给钱也没人干。叔最后叫了河滩的婶子的娘家人，而且告诉这些人哥哥是知道的，只是嫂嫂不知道，要大家注意不要搞得动静太大。

四个人，轮流掏坑挖树，直到树伐倒的时候，天已经快亮了，叔叔打发这些人快走。婶子拉着一个小伙子的手说，等下，我给我弟织了件毛衣。那人说你弟真是多亏了你了，你那个奶，不像当老人的。

我奶怎么了，是不是又打我弟了？

这倒没有，你弟虽说才十六岁，可长得比你奶还高，听说有次你奶拿着烧火棍打，被你弟一下子推得摔倒在地上，她从那以后就不敢再打你弟了。不过，你奶告诉了你叔，你叔前几天把你弟打得胳膊都折了。

婶子听着眼泪流个不停，说，你再说。

别说了，快让他们走，万一嫂子发现就完了。叔催着让他们走。婶子却不停地对那小伙说让我弟放假了就到我家来，把话一定要捎到。

妈早上起来扫院子时，发现一棵泡桐树倒放在门口，树上的叶子不少已经蔫了。觉着树眼熟，抄近路上到崖头，一看，肺都气炸了。黄花秆都趴在了地上，还没开苞的黄花踩得烂在了土里，而地中间的大桐树没了，空空的树洞里只有几片叶子。妈掉头就往叔叔家走，叔叔家大门锁着，一个人也找不着。

妈立即到县城找爹。爹一听，一屁股坐在地上，抱着头说，完了，咱家好运散了。

妈咒道：王八蛋，偷挖树，倒霉的事一件接一件，就像下雨落到他们头上，让他们倒霉一辈子。

走，回家！爹回到家里，并没有急着找叔，而是到雷神仙家把雷神仙祖宗八代都骂了一遍，雷神仙指天发誓说自己没有说过这话，两人你吵我辩，争了一上午，也不能使树再重新长上。最后雷神仙拿黄纸画了张符，让爹用红布包了，埋到树坑里。

爹终于等到叔了，爹一见叔朝脸就给了一巴掌，叔没有还手。爹想树已经砍了，反正不是我砍的，老天爷不会惩罚我的。

要是这时候叔不再说话，也就没后来的事了。可是婶子却说你凭什么打他，凭什么，他为了你，连命都不顾了，你太没良心了。三来，你哥眼里只有你妹子，根本就没有你，他凭什么打你，你太窝囊了。

妈说你们砍了树，还有理了？

叔叔这时候接口道，别说砍树，我要我哥的脑袋他也该给。

爹一听这话，胸中怒火冲天而起，道，三来，你来砍我脑袋吧。说着，头就往叔身上撞。叔大话说多了，也就不当真，没想到爹忽然冲过来了，身子一闪，爹头碰到了石头上，血瞬间就流了出来。妈一看到这情景，让哥哥们上阵，哥哥们吓得一个个都逃跑了。妈帮爹，婶帮叔，你打我一拳，我踢你一脚，一架下来爹和叔身上都挂了彩。

打架的结果是我们家跟叔叔家不来往了。爹头上缠着渗出血的布，还硬挺着爬起来把伸进我家墙内的叔叔家的核桃树枝条全锯了。叔做得更绝，把我们家通向崖顶的小路堵死了，因我们去崖顶时，必须经过他家门口。

爹发誓道谁再理老三谁就是猪。

叔则给村人说我没有那个哥。

姑姑在镇上碰到叔，问爹好不，让叔给我家带东西，叔拒绝带。让爹带，爹说那是个猪狗都不如的东西，我再不招他了。在双方据理相争的一面之词中，姑姑知道了她的两个哥哥深积内心的疙瘩，确信只有自己才能解开！

25

秋季，雨水密，姑姑带着六岁的儿子回娘家了。下雨，地里活没法干，村人就在家里搓玉米棒、缚笤帚、捻麻绳，也有人三五成群地打麻将、下棋。姑姑拉着儿子的手到家的时候，爹正在炕上搓玉米，忙抱过外甥，说，勇勇，快来坐。勇勇看爹一眼，一屁股坐到炕上，抓起一把又一把的玉米往炕上扔。姑姑说，他认生。不一会儿，他就跟哥哥们熟了，几个人跑到雨地里去玩水，好在，雨这时也小多了，爹给大哥交代，带好弟弟，路滑，别去沟边。

娃娃们一走，屋子一下子静了，姑说哥你们不能这样，我把三哥叫来。姑叫叔的时候，叔在睡觉，一看姑来了，忙起身让座。姑说，哥，到上头去，跟哥好好说说，你们别再闹别扭了，都多大岁数了，还像个娃娃。

叔说我不去，我做得没错。

姑说快些快些，把叔叔往我家拉，婶子挺着大肚子，说，她姑，你可得一碗水端平。姑不理她，只管扯着叔的胳膊往外走。

叔一进去，爹把头扭向窑后，叔也面向院子在门槛上杵着，姑叹了一声，一会儿叫这个哥，一会儿又叫那个哥，两个哥都应，可谁都不主动。姑又把叔拉到炕边坐下，说，好了，好了，我也不说废话了，哥，咱三个打牌。

爹说我们哪有牌？

叔说我们家也没有。

姑嫣然一笑，说，我就知道你们两个牛脾气。我带了长牌。说着，就朝院外喊：嫂子，嫂子！

几个回合下来，爹紧绷的脸松开了，叔也不再跟爹不说话了，你说我要做庄，他说你要加分。姑姑则像一个撒娇的小妹妹，一会儿看这个哥的牌，一会儿瞧那个哥的牌，动不动还用软绵绵的语气说，哥呀，饶了我吧，我可没带那么多的钱。

边说边打一下这个，又拍一下那个，哄得两个哥脸上笑开了花，连妈的情绪也受到了感染。她明白姑姑为什么让男人喜欢了，姑姑身上有一种让男人折服的东西，是什么，妈说不清楚，但是她知道，那是让人不再想到饥饿，不再想到家里干不完的活，织不完的布，推不完的磨。

想到的是花，是春天，是看戏时那种迷醉的神情。妈把这一切归结于那个画画的，画画的整天生活在戏台上，演员不就是这样的人嘛，一定是画画的教会姑姑的。同时，妈也知道即使有画画的教她，也还要有条件，那就是钱，家里活那么多，娃娃们要吃要穿的，别说打牌，连觉都睡不够，哪还有心思陪着男人磨牙耍嘴儿。

妈妈没有，婶子没有，远在舅舅家的妗子怕也不可能有，这样的女人必嫁到有钱人家，有钱有闲，还要有撩拨男人的本事，这，可不是一般女人能学会的。比如说话，这种女人的腔调是柔软的，是绵长的，是让男人欲罢不能的，而自己这一类的女人是粗野的，大嗓门，是那种被生活的重负压得喘不过气来的不男不女的人。

她望着姑姑那修长、指甲剪得整齐的手，再望望自己粗如树皮的手，恨不能藏进让人永远也看不到的地方去。还有姑姑的衣服，同样也不是什么好料子，是棉布，可腰是腰，胸是胸，特别那高挺的奶子让她都臊得抬不起头来。唉，这种女人，天生就是跟男人打一辈子仗的。

四人有说有笑地正打着牌，大门吭的一声打开了，接着就是四五个孩子浑身都是泥地冲了进来，先冲进来的是大哥，再接着是叔叔的女儿，最后是三哥拉着勇勇的手，二哥则不停地说你们快看，你们快看，勇勇脖子上挂着什么？

妈坐在炕前，首先看到，一看到一下子跳起来，说，快，你们这些娃娃，胡整什么呢。说着，扔下手中的牌，就要把勇勇身上的东西往下取，这时在炕上坐的人全都看到了，勇勇前胸挂着一只破了一个洞的女式格子布鞋。

谁挂的，说，你们。妈说着，让所有的小娃都排成一行，一一审问。

爹的表情更难看，跳下炕就打大哥，你干的好事！

154

大哥争辩道不是我挂的。

你是哥哥呀，眼看着人家欺侮你弟弟？爹说着，对勇勇说，告诉舅，谁挂的？舅打他去。

姑姑这时跳下炕，脸上好像什么事也没有发生似的，说，勇勇，来，把鞋子给妈妈。

妈妈，这是什么呀，他们为啥要叫我野种，几个人还给我脖子上挂破鞋子？

妈急了，紧张地望着爹，爹望了望叔，叔这时已经下了炕，说，这些王八蛋，我去收拾他们。

爹一把拉住了叔，这才发觉他们原来是不说话的，马上松开了。两人都紧张地盯着姑姑。

姑姑把鞋子扔到门外边，说，为啥要叫你那个什么呢，是因为你不是这个村子里的人，就像山上种着果子，不在自己家的院子里种着，大家就叫它野果子，对不对？

勇勇笑了，说，还有鞋子呢？他们骂我，还拿泥团打我，哥哥们都替我打他们呢！

这鞋子嘛，他们是想看勇勇是不是真的是不怕脏的好孩子，所以就考验你呢！他们学着解放军打仗嘛。事实证明咱们勇勇不怕脏，是个很勇敢的好孩子，对不对？

勇勇笑了，说，好了，玩去吧。娃娃们又跑着玩去了。

姑姑这才站起来，好像站不住了，双手扶住椅子，没有说话。

妈说娃娃长大了，总有一天要知道自己没爸，妹子，你要从长计议。

姑转过头来，眼睛里有泪水，说，我求你们一件事，不要让娃娃受伤害，我要让他健康地成长。说完，姑姑勉强笑了，说，哥，你们和好

155

吧，只要有你们支持我，我就能把勇勇带大，就能高高兴兴地活下去。说着，拉住了爹和叔的手，三双手紧紧地握在了一起。

爹说妹子你想哭就哭出来，别憋出病来，让哥也难受。说着自己倒先流下泪来。

叔也说玉墨，哥想着你哩。

所以咱兄妹心不能散了，哥心散了，妹子就没娘家了。姑说着，眼泪出来了，她掩饰道，来，哥，继续打牌，我要把你们追上去。只是姑姑的牌技这次不像刚才了，牌不错，是她的心乱了。爹和叔都知道姑姑的心思，也不点破，四人一直打到吃饭的时候。

26

姑姑一走，爹和叔还不主动说话。打牌时候可以说，那是局势所需，或者说是为了给妹妹一个面子。真坐下来思前想后，毕竟一娘所生，就是天大的事，咬咬牙，也是可以原谅对方的，想归想，但谁都不主动来和好。

爹想我是哥，错又不在我，不能去。叔则想我为你命几乎都没了，别说一棵树，就是要一个儿子都是应该的。当然两人也清楚，两兄弟生分了，就像一双筷子断了一根，怎么也没有一双筷子使着带劲。比如说过去，挑水时，叔根本不用跟爹或妈打招呼就直接进我家灶房担桶，发现灶房里有馒头就拿馒头，有萝卜就拿萝卜，无论爹和妈看见看不见，都不会说什么。叔也是，在地里干活，只要叔在，一定是干完了自己家的活，来帮爹干。两家地在一起挨着，院子只隔着一堵墙。你帮我收拾庄稼，我帮你扫院子。今天你地里忙，大小娃娃就往我家放，那是咱兄弟家呀。你做着饭忽然发现家里没火柴了，没盐了，进得对方家，嘴不张，胳膊肘儿里挟着的柴草、手里的碟儿就说出了要说的话，每每这时候，无论是婶子，或者是妈，她们都会接过对方的空碟子，倒上满满一碟盐。或者接过对方的一把柴草，把烧红的炭块夹进去……好着的时候，没觉得，不好的时候，才觉得两家和谐好处说不完尽。

大人闹别扭，也跟自家的娃娃叮咛别跟对方的娃娃耍。说了半天理由，娃娃们也像小鸡啄米似的不停地点头，可到玩的时候，早忘了。娃娃嘛，你能把他们怎么着？

不过，自从姑姑的说和，两家大人见面了，不再像过去那样横眉冷对了，也不再躲着走。虽然不说话，但总还是心照不宣地让着走。有时候，还会在对方需要的时候搭把手。一天，爹扛着晒干的一麻袋粮食吃力地往家走，忽感觉一阵轻松，回头一看，叔不知什么时候从身后托住了麻袋。还有一次，刚晒了一场麦子，天忽下暴雨，眼看粮食就要泡到水里，爹妈连装带用塑料布蒙，顾了这头，顾不了那头。这时妈看到叔叔、婶子，还有刚放学的堂姐都拿着扫把、塑料布跑来了。

但就这样，谁也不开口，男人有自尊，女人更好面子，一直到婶子生娃，不说话的僵局才打破了。

婶子又生了个女娃，叔叔一听堂姐说婶子生了女娃后，连家都没回，坐到崖后我家的黄花地里，望着已经被爹平整的树坑前发呆。

不吃不喝，坐了一天。婶子叫吃饭也不吃，爹让妈去叫，妈去，叔不理，仍然像木头一样坐着，双目呆呆的。

爹找到叔，也不说话，坐到叔跟前，他想我不能先开口，我没有错的。

叔忽然说我×雷神仙他先人。

爹无语。

雷神仙不是人，也非仙，是鬼，装神弄鬼祸害人。

爹仍不说话，只管望着平整的地，想着他的泡桐树，想着爷爷曾经说过的那个秘密。

哥，我要去把雷神仙的饭碗砸了。

爹这才起身，说，三来，回吧，你又不是过了今天就不过明天了，还有好多日子哩，我就不信老天爷不长眼，只要你心诚，儿子会有的。

哥，我给你赔树，我把家门前的两棵大杨树给你。

回吧。爹冷着脸说。

第八章

27

刘勇上学后，年年功课是班里一二名，这当然得益于姑姑的教育，再加上这娃天资聪明，老师讲的一学就会。

他从不问父亲的事。小时候他不懂，现在知道自己没爸爸，心里对妈妈生气。但是生一会儿气就不生了，妈妈是个好妈妈，一个人带着他，风里来雨里去。那么多的人喜欢妈妈，肯定有喜欢的道理。现在那个叫张文正的叔叔，妈妈几次不让他进门，他就来得少了，每次到镇上看见他，还是会给他许多好吃的。听人说，那是妈的一个追求者。他想不通妈为什么不跟他结婚，后来看到他带着一个比自己大几岁的小姐姐在吃东西，他就不再理他。

现在班里的娃娃还有人欺侮他，他不再像过去一样告诉妈妈了。他们打破了嘴，他把血擦干净；打痛了胳膊，揉揉就不疼了。他觉得妈妈要干的事太多，整天在缝纫机前忙着给人做衣服，一做就是半夜，眼睛疼得老流泪，还是不停地做着一件又一件。

他想着，刚一回街道，就碰上几个男娃，他们又是打他骂他，几个人拉着给他脖子上挂上破鞋，还说你不准取，直到我们看不到你为止。他就一直挂着破鞋子朝家走。刚开始是不敢，后来他为了赌气，不就是个破鞋子嘛，挂就挂吧。

虽然这么想，他还是决定等看不到他们的时候，取下鞋子。快到家门口了，他朝后望了望，后面没有那几个娃娃了，就取下鞋子狠狠踩了几脚，正要回家，发现了妈妈。

妈妈没有说话，一直远远地望着他。他跑上前去，抱住妈妈，使劲把眼泪憋了回去。

而这一幕，被一个推着自行车的女人看到了，这个女人从镇小学一直跟在刘勇身后，她穿着入时，一看就是公家人。

女人是三天后的一个傍晚，来到了门上写着"做成衣"的窑洞前。她穿着打扮，不像小镇上的女人。

还未进门，先听到一阵秦腔戏：

月光下把相公仔细观看

好一个奇男子英俊少年

通情达理读诗书万卷

为救我父打死帅府子可谓智勇双全

女人住了步，越听越觉得好听，一直等对方唱完，这才敲门。

姑姑一开门，女人说我是来让你做衣服的。

姑姑端出一把椅子，让女人坐。女人没有坐，而是把手中的布料往

160

姑姑手里一摊说，你看，这布能给我做件什么衣服。说着，眼睛却细细地打量着姑姑，好像要找出她要寻找的答案。她认得这个夺走她男人的女人，她恨过她，可知道这个女人被婆家赶出后，一个人住在这个破窑洞里，七八年了，从不缠着她男人离婚，她不恨她了，相反，还有了那么一种怜悯。

姑姑不认识女人，她拿布摸了半天，说，真是好布，我觉得做大衣挺好看。

女人说那你就做吧，说完这才坐下，打量着屋子。屋子就一间，用布一分为二，里面想必是床。外屋有锅碗瓢盆，靠墙摆着一张桌子，一个七八岁的男娃正趴在桌前做作业。靠门的是缝纫机。头上是一根绳子，上面挂着好几件已经做好的衣服，缝纫机上还有一件正在做的衣服。炕上还有几本书，她发现有一本磨卷了的书，拿起一看，是《红楼梦》，上面写着她丈夫的名字。

更让她吃惊的是墙上竟然挂着一幅画，她不用看，也知道是丈夫画的，是她最喜欢的一幅画：《雪后初晴图》。有一次，丈夫陪她逛商店，在一张书柜前站了好半天，她说喜欢就买吧，现在这书柜却放在另一个女人家里。屋子虽小，她能感觉四处都有丈夫的影子。她感觉浑身无力坐不住，便扶住柜子，又盯着男孩看起来。那眼睛，那嘴唇，一定有不少人在背后借此嘲弄过她。

你要什么式样？

你看着做！

姑姑望了望女人，又摸了摸布，说，要不，我给你做一件这种式样的，说着，拿起一件刚做好的长款大衣，说，你身条好，个子又高，穿这件肯定好看。

女人点了点头，说，行。说着，望了望姑姑说，你的活多不？我什么时候来拿？

姑姑说还可以。你明天就来拿吧。

明天？这么快。

姑姑说我一般都是这样接活的。说着，拿着尺子给女人量起来。正量着，勇勇说妈妈，我作文写完了，我给你念念，你听怎么样？

你一会儿念吧，妈忙着呢。姑姑想女人一量完，肯定就要走。女人却没有走，量完，女人手摸了摸勇勇的手说，小朋友你给阿姨念念你写的文章好不好？

勇勇看着妈妈，妈妈点了头，他便拿起本子大声读起来。

我的爸爸

我从来都没有见过爸爸。妈妈说爸爸在远方，有个妹妹需要他照顾。我认为妈妈在骗我，我想爸爸一定是去世了。可是妈妈说爸爸在，爸爸在很远的地方祝福着我，盼着我长大。妈妈从来不撒谎，我相信妈妈说的话。

爸爸对我来说，仍然是一个梦幻。我摸不着，我也见不到他，但我知道，在别的小孩打我的时候，爸爸在远方对我说，勇敢些，勇敢些。

在我写作业遇到了困难想偷懒的时候，爸爸好像就站在我面前，说，别怕，爸爸在。

在小镇人来人往的人流中，我不止一次地盼望着有人忽然说，我是你爸爸；在风雪迷漫中，在妈妈病着给我做饭洗衣的时候，我就渴望有人推门进来，说，我是你爸爸。当然，我还有一个小小的愿望，那就是在我下次生日的时候，有一个男人给我一份压岁钱，说，儿子，爸爸给你的。

爸爸，我知道，你肯定在这个世界上的某一个地方，一定有自己不能回家的理由，那么，爸爸，我等着你，等着你回来。你或者开汽车，或者在修铁路，或者就是在城市里开机床。无论你干什么，总有一天，你会回家的。

姑姑听完儿子的作文，说，写得不错，把你东西收拾好，进去睡吧。女人望了望姑姑，她发现姑姑脸上没有忧伤，没有哀怨，把自己的那块布叠得平平整整地放进一个布袋里，对女人说，扣子也是一件衣服很重要的部分，这衣服样子好看，扣子你要买得别致些，我建议你买珠灰色。

女人说，告诉你孩子，他爸爸会回来的。至于扣子什么的，你帮着买吧。她走出窑，外面已经黑了。居于庄稼地边的这个孤零零的窑洞，让她忽想到了王宝钏的寒窑，而她是她不幸生活的根源，这么一想，不禁打了一个寒战。

谢谢你。我送你。姑姑说着，拿起手电。

不用送了，孩子还在家呢。

没事，他习惯了，我经常晚上去接活送货。姑姑说着，打开手电，边照边小声说，注意脚下，那有个坑。女人张了张嘴，却没说出话来，只说回吧，你回吧。姑姑一直把她送到大路上，一直看着她骑上了自行车，才转身回家。

28

张文正好长时间再也没有到姑姑家去了，姑姑不让，姑姑说孩子大了，她是妈妈，是一个孩子心目中最好的妈妈。张文正痛苦了一阵子，就不再来了，他想一切都会慢慢过去的。他仍然不时地让人给姑姑送去勇勇的生活费，姑姑收下了，他的心里也好受了些。

这天又是周末，他从单位回到县上，天已经黑了，他一般都是这个时间回家的，这时候妻子已经准备好了饭，等着他回来。

妻子那次车祸后，老丈人把她从商店调到了县文化馆，管图书。上班离家近。当了图书资料员的妻子比当售货员时话少了些，脾气也好转了许多。可能是书读得多了一些吧。

他打开门，妻子已做好了饭，等着他。

两人吃完，妻子说，你不是要离婚嘛，我同意了，明天咱们办手续。

张文正惊异地望了望妻子，没有说话。

你现在就可以去看他们了，告诉她我的决定，顺便把我新做的衣服拿回来。

你去那儿了？

我去是做衣服的，她的手艺不错，活得比我艰难，我能留住你的人，也留不住你的心，好离好散吧。妻子说完，回了卧室。

张文正骑着自行车一路狂奔到姑姑的屋门前，他在外面站了一会儿，看到里面灯黑了，就又回到自己宿舍，这一夜他没有睡着。

第二天张文正跟妻子办完离婚手续出来，妻子说，咱们都解脱了，其实跟你过了这几年，我也不幸福。

我愿你生活得好好的。

当然，我好像还不至于没人要。

张文正还想给妻子说什么，妻子却没理他，快步走了，脸上露出了难得的笑容。这让张文正一时有些失落。他忽然感到自己其实并不了解妻子。

姑姑听到这个消息时，她说她必须把大衣亲自送到他妻子手中，她对不起她。张文正说，她是个好人，是我对不起她。事已至此，珍惜当下吧。说着，就要拉勇勇的手，勇勇挣开，说，我知道你是我爸，同学们指给我说了，但是我妈不让我认你。

张文正抱住儿子，感觉所有的幸福全涌上心头。

儿子九岁了，姑姑才跟自己喜欢的男人结了婚。张文正说把亲戚朋友叫来吃顿饭，热闹一下。姑姑说免了吧，把你的日常用品拿过来，叫我哥哥嫂子来吃顿饭就行了。

戏院已经给我分房子了，两大间。住戏院去，你已经是我妻子了。

姑姑一把拉住张文正的手说，这么说我可以整天听戏了？

张文正点点头，说当然，你还可以坐最好的位置，我要让你一辈子都听戏，看戏，就像生活在画中一样。

又到给去世的亲人送棉衣了。姑姑先一天晚上用纸剪了三身衣服，里面各夹一层压得平整的棉花，第二天先带着勇勇到公公的墓前给公公烧了棉衣，让勇勇说：爷爷，我给你送棉衣来了。回来时天黑了，又朝娘家方向的十字路口画了一个圆圈，跪在里面，点着纸棉袄，说，爹妈，天冷了，穿上棉衣好过冬。我总算跟我爱的人结婚了，你们保佑我吧。

姑姑搬家的时候，爹去了，叔叔也去了。其实姑姑的东西很少，说不要来了。爹说不行，等于是重新嫁我妹子呢，马虎不得。

叔叔从离家出门到现在，一路嘴就没停过。只要碰到认识不认识的人，无论人家问不问，他都会大声地说，我妹子结婚了，跟戏院的画师。今天我给搬家。

新房是姑姑亲手布置的。里面挂了张文正的一张牡丹画，床头贴了一幅张文正给少女时的她画的小画。张文正说，没想到你还保存着。姑姑打开木箱，衣服下面全是画，每张画都压得平平整整的，还蒙着塑料膜。

收拾完东西，姑姑说你陪我到集上走走，这是我多年的心愿。姑父放下手中的活，好，现在就走。

姑姑说不行，你到外面等我一下，我要好好地收拾一下。今天，我就不再是寡妇了，我要让全镇的人看看，我有喜欢的男人。

姑姑给刘勇穿上新衣服，刘勇却说我不出去，我要听戏院里的人讲故事。刘勇迷上了故事。

姑姑出门时，穿着一件大红色的修身大衣，头上还别了一朵粉色的绢花。姑姑说好看吗？

太漂亮了，这是你自己做的？小镇上没有女人敢穿这样的衣服。

姑姑说那我就当这第一个女人。说着姑姑挽住了张文正的手，张文正吓了一跳。姑姑说你不敢？张文正说我都死过一回了，还怕这个。说着，伸出了胳膊。

咱们到哪里？

姑姑说先走西街，然后走东街，最后从东街直走到西街，我要向全镇的人宣布，我是你的妻子。

张文正紧紧握住了她的手，说，夫人，走。

这天正是逢集的日子，姑姑慢慢地走，边走边给张文正指指点点。小镇不少人都认识姑姑，他们一看到姑姑和姑父这架势，都不敢再看。有女人一看，脸倒先红了，嘀咕半天，说我的妈呀，那奶头翘得真不要脸。

男人们的眼球却毫无顾忌地盯着姑姑看。张文正得意极了，他拉着姑姑的手更紧了。

姑姑走过婆婆家门口时，朝院子望了望，叹了一声，说，公公在世

166

的时候，门无论如何不可能脏成这样子。

听说你小姑子搬回来住了？

她丈夫把家输给别人了，除了回娘家，她还能去哪？

姑姑在门前伫立了片刻，说，我过家门时，好像看见了刘书朋，他在朝我笑，还有公公，他朝我不停地摆手。

张文正说他们看见你这么幸福，安息了。

姑姑的眼角湿了。

从西街往回走，姑姑紧紧偎依着姑父，有人给她打招呼，不管别人说什么，最后她都会说，我结婚了，有空到我家来玩。

姑姑是穿着高跟鞋走街的，这一趟下来，皮鞋跟儿都磨秃了一圈。一进门，往床上一栽，幸福地笑了。

第九章

29

　　姑姑被一阵秦腔戏吵醒了。她以为自己又在做梦，睁开眼，抬头朝四周望了望，两门对开的玻璃窗上挂着湖蓝色的窗帘，那是自己昨天新挂上去的。墙上挂着写着张文正夫妇结婚志禧的喜鹊登梅玻璃牌匾，那是戏院同事送的。又回头望了望身边熟睡的张文正，想起来自己有家了，而这个家，安在戏院里，安在公家人的院子里。从此，就像三哥说的，她已经成了真正的城里人，公家人的婆娘。姑姑再也不用住到那个四处露风的窑里拉风箱蒸馍了。如果不想做饭，食堂啥都有，馒头，面条，炒菜，随你挑。姑说真的？张文正自豪地说，当然了，你以后也不用再为烧炕没柴草发愁了，我们单位每月供应煤的，炉子里使用的蜂窝煤，买一大堆够烧一年的了。你跟了我，就成了公家人的家属，看病可以报销，娃娃将来长大了，就能安排工作。好处太多了，以后你就知道了。

姑姑满足地伸了个懒腰，倾听着外面的戏，心里跟着默默地唱。走到了窗前，想瞧瞧唱者到底长什么模样，她知道戏院著名的小生尚明晖这段唱腔在全省秦腔折子戏中得过大奖。手伸到门前了，又怕让对方察觉不再接着唱。便悄悄地倚在门后，边听边踩着步子：

耳听得谯楼上起了更点
田玉川在小舟好不为难
恨只恨卢世宽行事短见
害得我伤人命闯下祸端
……

一曲戏听完，姑姑感觉恍如隔世，这么说真的我每天就能在听戏中过光景？这么说我以后就能天天见到那些名戏子？姑想着，心里感到美滋滋的。

她坐到桌前，慢慢地梳好自己长长的黑发，开门出去的时候，外面已经空无一人，前面只有一个穿着蓝色运动服、留着长发的男人端着空脸盆远去的背影。水龙头下一团好闻的香皂沫，扑面而来。姑姑说这人真不讲卫生，应该清洗干净。说着，麻利地用清水冲了一遍。这公家人的日子就是不一样，不用到沟里去挑水，也不用费劲到井里搅水。龙头一开，清冽冽的水就哗哗地流了出来。姑姑爱惜地双手掬了一捧，喝了一口，感觉比井里水甜多了。她关上龙头，要进门的时候，听到水在滴答，就又扭头瞧了瞧，龙头一滴水都没有，她仍返身回去往紧地拧了拧，多喜人的水，浪费了多可惜。哥哥们说了，现在村里已经把沟里的水抽上来了，离家不远，一担水一分钱。

张文正醒来时，姑姑已经做好了早饭。吃饭的时候，姑父说，我今天要上班了，过几天就要唱全本戏《游龟山》了，还有一些布景没画完，你在家里待着。要是闷了，就到集市上转转。

姑说早上我听见有人在唱《藏舟》，真好听。

那当然，这是全本戏中人最爱听的段落，今天我就要去画这出戏里面的长江了，你知道吧，长江是咱全国最长的江，穿过好几个城市。江边有座山，叫龟山，这故事就发生在那。

这我不知道，只知道帅府公子卢世宽抢了打鱼老头的鱼，不给钱，还打死了打鱼老汉，县府公子田玉川路见不平，打死了卢世宽。逃的时候，躲到了一条船上。没想到这就是打鱼老汉的女儿胡凤莲的船，两人一见面就互相喜欢上了，私订终身，最后胡为父申冤，还田玉川清白，有情人结为良缘。

是呀，所有的古戏大体如此，不外是奸臣害忠良，公子落难小姐赠金。反正无论是什么，最后，终归是善有善报，恶有恶报，忠臣得到了重用，奸臣得到了惩罚。公子金榜题名，把凤冠递到了小姐面前，洞房花烛乐无边。

明知古戏里所有的故事大同小异，但我还是喜欢看戏，戏里的花园、小桥、亭子、楼阁，都是我没有见过的。秀才们一个个都那么有才，小姐一个个都柔情似水。他们过着跟咱们不一样的生活，特别是跟我在小村里过着不一样的生活，那故事，人听着，就着迷。

张文正笑了，说，好呀，只怕以后天天听戏，有你烦的时候，一会儿他们排练就开始了。说着，扬扬手，就上班了。

戏台子就在旁边，里面的排练听得真切，姑姑想出来看，怕影响人家工作，就坐到屋子里，把门开了一条缝儿，边做衣服边仔细听，却没有听见唱的声音，只听得锣鼓一会儿高一会儿低，姑姑不懂此道，听着

170

就没耐心了，便做起手头的活计来。

正坐着，忽听一阵碎步声，接着就是锣鼓一声高似一声，再然后就是一阵女声：爹爹！她立马跑到窗前，开了半天，才发现窗子插销坏了，随手拿起几件衣服，装作洗衣服，来到龙头前，不时朝前望去。戏台面对着大门，她看到的只是一点点，一会儿一个白影，一会儿又是蓝影。两个或白或蓝的影子不停地在台子上闪着。锣鼓也是一会儿高一会儿低，戏台上不时腾起一股尘土。

姑姑把所有的衣服洗完，也只看到一个穿着白衣的女人背影在戏台上一闪就没了，手里好像拿着一根棍子。原来这是胡凤莲呀！姑姑忘了拿衣服，悄悄循着戏台一角往台上瞧，一个漂亮的女演员跟前站着一个穿蓝色运动服的男人，两人都没有打脸子，一个腰系条白布，另一个腰系黑布，绕着舞台转着圈小跑。

快唱呀快唱呀，都急死我了。姑冷得直跺脚，再也没有听到他们的任何唱腔，两人仍是围着台子跑。二胡锣鼓一阵阵地响。她又泡了一盆衣服，放在水池里，回了家。

谁的衣服？谁的衣服？

一阵叫声催醒了姑姑，姑姑边往龙头前走，边说，我的，我的。声音却小得只能自己听见。

姑父回来的时候，她给姑父说了，姑父说，你这么爱看戏，以后有你看的，不过，排练的时候没啥意思，等真的演出那天，我让你坐在台上看。

我要在台下看，坐第一排。

行，行，行。

他们什么时候正式唱？

这个我也说不准，不过应该快了，我的任务只管布景。

什么时候我能看看你的布景？

这有什么好看的？

我就想看嘛！

姑父想了想，说晚上吧，等没人的时候，我带你去。

两点姑父上班了，姑姑正要做衣服，这时，有人敲门，来人是来拿衣服的，明天就要去相亲了，姑姑说只剩一只袖子，让他到镇上逛逛，一会儿就好。打发来人出去，姑姑坐到缝纫机前，拿着另一只袖子连接时，锣鼓又响了，这时，传出了女声，是《藏舟》，她边听边做起活来：

月光下把相公仔细观看

好一个奇男子英俊少年

他必然读诗书广有识见

能打死帅府子文武双全

仔细听，才发现原来自己把许多唱词都唱错了。姑姑听着，脚下和手下还动着。继续听：

怕只怕他嫌我出身贫贱

这件事我还是不好开言

眼看着到了三更三点

叫醒他与我父报仇申冤

我这里把相公一声呼唤

姑姑听完，眼睛一望布上，把领子跟袖子缝到一起了。强迫自己集中精力赶活。可接着就是男声唱：

月光下把渔家女仔细观看
这样人真叫我替她心酸

谁知缝纫机针眼扎重了针脚。

姑姑干脆放下衣服，想着听完吧，谁知道人家就是唱得没完没了，她想放弃，又怕以后再听不到。这时，来人回来了，看她衣服还没做好，很不高兴，姑姑赔着笑脸说，你没听到，刚才戏院里人唱的戏真好听，要不要我给你哼几句？来人说我不爱听戏，我只想要我的衣服，明天相亲要用。你得给我把衣服做好看，这布我花了很多钱的。

姑递给来人一根烟，说，马上好，马上好。来人这次不愿意出去了，她就安下心来，认认真真地做完。

她有些担心，怕对方看出她做衣服时的破绽，于是在做的时候，把做错的针脚悄悄剪掉了。对方穿在身上，说，好看，好看。

只有姑姑知道，这是她做的衣服里做得最不好的一件，少收了五角钱，理由是让人家久等了，喜得小伙子深深地看了她一眼，想握她的手，姑姑借给他取线头，巧妙地躲过了。

姑父一回到家里，姑姑就把她听记的唱词拿给姑父看，让姑父帮她订正。姑父笑着说，这有何难，我明天给他们要一份，不就得了？只是，你抄这，有啥意思？听戏，听听乐活乐活，不就完了？

怎么能听完就完了？你看看这几句，我越琢磨越有味，越喜欢。姑父接过姑姑拿的一本没了封面的剧本一看，只见是：

则为你如花美眷

173

似水流年

是答儿闲寻遍

在幽闺自怜

转过这芍药栏前

紧靠着湖山石边

和你把领扣儿松，衣带宽

袖梢儿揾着牙儿沾也

则待你忍耐温存一晌眠

是那处曾相见？

相看俨然

早难道好处相逢无一言

……

看来你的老师不少呀。姑父打趣中带着醋意，那咱现在就温存一晌眠。说着，就抱起了姑姑。

虽然姑父给姑姑借了不少剧本，可姑姑还是喜欢边听边记，一直到记完了，才对剧本。后来住到姑姑家，我发现她抄了有三本子的戏剧唱词，有昆曲的，京剧的，也有越剧的，有时她说起话来，也文气十足。

月底，姑父领回了工资，整整六十元，全部交给了姑姑。姑姑数了一遍，又数了一遍，说你每月都发这么多钱。姑父笑着说是的，你看每月还发粮票布票呢。

姑姑又把钱数了一遍，说，这公家人就是好呀，我两个哥干一年，都进不了几个钱。

你跟我过，幸福吧?! 姑靠在姑父的身上，说，我现在才知道我生活在镇上了。过去离戏院只有十几米远，可我感觉就像在天边，我在地下，一辈子都走不到跟前，没想到，现在如愿了。咱好好过日子，把勇勇培养好，就像戏里唱的，文武双全。对了，姑姑说着，拿出二十块钱说，给你女娃吧，她妈带着娃，日子过得也不宽松。昨晚我梦见那娃骂我了，半夜就醒了。

姑父沉吟了半天道，你心真好，都怪我。

姑姑说将心比心吧，说着，把二十元钱递给姑父。这举动让姑父心里很感动。其实，他留了十块钱，准备给自己的女儿的。这样想来，心里就惭愧，想着以后有什么事不能再瞒妻子了。就拿这钱给姑姑买了双高跟鞋，心里才踏实起来。只是姑姑没有问钱从哪来。他想她会不会已经猜到了自己的行为。或者姑姑心大，压根儿心就没往这方面想。无论她想没想，我只给了女儿十块钱，心里无愧。

<h1>30</h1>

姑姑一会儿问姑父他工作时干什么，一会儿又问姑父办公室里都有啥，姑父说了半天，感觉还是说不清，就把姑姑带到了自己的工作间。工作间是由一个高得望不到顶的仓库改成的。姑姑刚一进去，一眼就看见一幅长十二米、高八米的布景图挂在右边墙上，画上的房屋逼真，小桥流水充满立体感，让人忍不住驻足观看。再望四周，全是布景。因为是放在一起的，姑父小心地跟姑姑一幅幅抬出来，让她瞧。每拿一幅，姑姑都示意姑父不要说话，说，你让我猜猜，这是什么画，是哪个戏上用的。

姑父说你说吧。我看我给你讲了这么多年，你是不是脑子开窍了？

姑姑望着一幅画，这画上是一只上山的老虎，毛发蓬勃，威气盎然。姑姑说这是武将大帐里放的。

姑父说你再说说哪出戏放这？姑姑说是《三滴血》中，周天佑和李遇春从军时进大帐时放的。

姑父说错了错了，大帐一般要画帅旗，上面要写主帅的姓。

姑姑不服气地说，我就不信。所有的布景都不是千篇一律的。比如说武将就一定要挂帅旗，小姐一定就在后花园，秀才就是书房，那画多不新鲜。

姑父说你倒是给我说说新鲜的。姑姑说，比如说，武将家里用老虎固然好，但也可以画武器，画骏马、钢刀、弓箭。就像文官家里可以画牡丹，也可以画竹子，还可以用屏风挡景，反正不同的人就要画不一样的景，就像咱们村，虽然家家都住着窑，但里面布置都不一样。有些人家里中堂上放着关公，有些人敬着观音。还有的只敬药王。

姑父笑了，说，没错儿，配当我的老婆。你接着说。

姑姑受到了鼓励，兴致更高了，说还可以画云雾仙山、山村湖景，画金銮殿，画街道。比如说一些戏，可以把咱们的小镇画上去，卖豆腐脑的小贩，吃麻糖的小孩儿，赶集的老汉，还有做板板糖的，给人绣花的。人看了就更欢喜。戏上不认识的东西，就没人爱看。假的，人就会说那是骗人的。

姑父说你说的没错，可是没有这样的剧本，我也没法画。我不能想画什么就画什么，要根据人家台上唱什么来配布景。

姑姑说我只是顺嘴胡说哩。说着，又看。一幅幅全部看完。两人抬的胳膊都发酸了，姑父说，走吧。姑姑却说，我喜欢闻这颜料味儿，喜欢摸软软的笔毛。这才是我喜欢的生活。

姑父看姑姑真心喜欢，就给她讲戏剧布景与普通油画不同，要求画面真实，人物与景要紧密结合，让观众一看就能感受到整出剧的背景或者人物身处的环境。他说着，姑姑说，你别说，让我细细看。姑姑看到有古装戏，如《白蛇传》《杨门女将》等。

姑父说自己每接到一台戏都要花上一两天时间研究剧本，然后根据剧情需要来设计背景图，同时要考虑布景的颜色是否与演员服装相吻合，而且要能体现剧中人物之间的关系，很重要的一点是要考虑到舞台灯光照射后的实际效果，这也是姑父觉得最难的地方，需要发挥很强的空间想象能力。他所画的布景，真实感、立体感强，四五年内都不会褪色。

姑姑摸着一张张布景，说真好呀，我就是喜欢听这些我没有听到过的，看这些自己喜欢的东西。在刘家的日子，可没这些好东西。

刘家不是挺有钱的嘛。姑父酸酸地说。

我不喜欢，四处都是药味。没病的人闻久了，感觉自己都生病了。

姑父说这话我爱听，你是哄我高兴。这样，你在家没事儿干，我跟院长说说，让你干临时工，在后台帮着做些杂事。戏台上才是一个多彩的世界。到那儿，你就知道所有的戏是怎么回事了。

姑姑说好呀，我就是想到戏台子上瞧瞧。

一月后，姑姑如愿当了一名戏院的临时工，整天忙前忙后，她高兴地说这样的日子就像神仙过的。慢慢地看多了，隐隐一股失落感涌上心头。演员并不像她过去想象得那么漂亮，她看到女演员就是那个唱胡凤莲的左眼角上有块黑豆大的疤，而且在台下说话很冲，摆足了明星的架子。相反，那个男演员，就是穿蓝色运动服的演田玉川的那个演员，叫尚明晖。尚明晖在台下话少，基本上都是练台词。第一次见到他时，姑姑的心猛跳了一下，想怎么有这么帅的人。尚明晖望了姑姑一眼，好像就没有发现她这个人似的。姑姑想，也是，人家是大演员，你是一个临时工，人家怎么可能看见你。

姑姑的事不多，打扫台子，给演员、乐工烧水递烟，一月二十八

177

元，姑姑说不要钱，她也喜欢，一来二去，许多唱词都能倒背如流。有一次，尚明晖背台词的时候，忽然记不得了，姑姑悄悄提了一句，尚明晖马上就行云流水地一气唱完。尚明晖没想到一个打扫卫生的，竟有如此的心思。于是就不时地留意姑姑几眼，这一发现，心里不禁想道，怪不得张文正跟她好了那么多年，原来真是一个美人，怎么以前没发现。心里好感不觉增加了几分，有意无意总喜欢跟姑姑聊几句。姑姑感觉自己受到了重视，心情更加愉快，好日子总觉得过得飞快。

不觉间，麦黄了，一垛垛地摞在了自家的场院里，脱粒、晾晒，家家忙得有多少人手都不够使。醇香的麦粒一担担倒进了粮囤，农民们总算可以歇口气了。戏院为了让辛苦的农民热闹一阵子，遵从县剧团安排，精心准备了《游西湖》《游龟山》《辕门斩子》《龙凤呈祥》四个折子戏和《白蛇传》《桃李梅》两台全本戏，下到全县各村镇给群众演出。到河滩演出时，领导本来没有安排姑姑去，是她主动提出的，姑姑以为河滩就是刘书朋溺水那儿，她一心想去看看，只要一想到那个地方，她就想流泪，但还是想去。

结果让她失望的是这次演出在北塬的河滩里，虽然也有小河，但水几乎干了。好在，戏唱得好，对她也是一点安慰。一次演出前，山里人实诚，从树上摘了一筐鲜嫩嫩的水蜜桃，桃蒂上还有不少绿叶子。提到了演出队里。男的用手随便擦了擦，就放进口里。女人们，就讲究多了，用手绢擦了半天，然后一小口一小口地咬。味道新鲜而香甜，人们吃了一个又一个，不一会儿，筐就见底了。

谁知道锣鼓响了，吃多了桃子的杨凤莲忽然拉肚子不止，而戏马上开场。院长急得都要跳起来了，这时尚明晖忽然说我想起一个人来，她肯定没问题，他说的人就是姑姑。

院长想了想，也再没有合适的人选，说，那好吧，反正台词说错了，山里人也不一定能听得出来。当下就让人给姑姑打了脸子，穿了戏衣。姑姑说我连路都不知道怎么走，还能唱戏？尚明晖说没事儿，你感觉怎么走好看就怎么走。

姑姑想，幸亏自己过去留意过，就用小碎步拿着木桨上了场。一出场，马上就有喝彩声，姑姑吓得想自己是不是走错了，但是也顾不了那么多，就旁若无人地开口唱，结果，这一场下来，观众都说，那是谁谁谁，唱得挺好的。姑姑的名声大振。这一年，姑姑二十八岁。

以后逢着别的演员倒不开，姑姑就替场，结果姑姑迷上了唱戏，做着饭唱戏，扫着台子唱戏，也不主动提出跟姑父到街上走走了，也不想听姑父讲故事了。这让姑父不太高兴，说，你不用这么练的，演员都是吃青春饭的，再说你又没经过专业训练，只是个候补的。姑姑说管它是前补还是后补，反正他们让我唱我就唱，唱戏嘛，就是图着个心里舒坦。

唱戏也不能当日子过！

过日子嘛，有了唱戏才过着有滋味嘛。

姑父说不过姑姑，就转了话题。勇勇最近老是放学太晚才回家，你都不问他干什么去了。姑姑这才感觉自上班后，对儿子管得少了。着急地说勇勇怎么了？干啥坏事了？

我儿子能干什么坏事？我是说，你要关心他，知道他喜欢什么。姑父这一说，姑姑才发现儿子迷上了听书，每天放学后，动不动就跑到小镇书场上去听人说书，而且在本子上记了许多，说，妈我没想到，咱们这么个小地方，竟然很多英雄都是出在这儿。什么汉朝的柏树，唐朝的石碑。妈你知道不知道汉朝和唐朝？

姑姑想了想说，我不知道说得对不对，我只知道汉朝有个皇帝，叫什么不记得了，他喜欢上了一个叫卫子夫的女人。卫子夫的哥哥是个武将，挺能干的，帮这个皇帝坐稳了江山。

对，那个皇帝叫汉武帝，我们书上讲的，他特别有本事，文武双全。那你知道唐朝不，这块碑就是唐太宗李世民为阵亡将士立的。

知道，他有个才人叫武媚娘，戏上有她的故事，她后来喜欢上了李世民的儿子，最后成了女皇。那个秦腔戏名字就叫《女皇则天》。

妈，你说得很对，咱县上还有许多名胜古迹，不少都在县城里呢。那块唐碑上写的就是李世民带领将士大战浅水塬的经过。还有当年自卫团杀死过很多红头匪军，就在我舅舅村，妈你听过这故事吗？

姑姑发现儿子如此好学，说，星期天，妈不上班，带你回舅舅家，你两个舅舅可都是见过坏蛋的。

妈，听说舅舅家的沟里有许多地洞、防空洞都是过去打仗用的？

对呀，这个你二舅他清楚，还有我们村里年龄最大的九爷会告诉你的。他告诉我说，那时候跟红头打仗打得可厉害了。有个自卫团的战士就是你舅家村子的，他一只胳膊都没有了，还杀了几十个红头。

红头是谁？

红头是山里的土匪，经常到村里来抢东西。妈有一次亲眼见过，要不是你爸当时救我，妈现在可能都死了。

我爸那么勇敢？

当然了，你爸那时候长得精神，又会画画，还特别勇敢。不过，后来他告诉我，自己当时也吓得都记不起啥了，只知道豁出命地要保护我。

妈，那个时代多好呀，我要是赶上多好。

胡说，不打仗才好，好儿子，你赶上了好时代，好好念书，将来到省城，到北京，去干大事情。

我要当作家，我要写书，老师说我能当一个好作家的。

老师说你行，你肯定行，勇勇。姑姑说着，洗起了衣服。

妈，我来帮你。

不了，给妈念你写的作文，妈最爱听勇勇写的文章了。在午后金色的阳光中，姑姑坐在门前的小凳子上洗着衣服。勇勇坐在旁边，给姑姑念起来：

鹑觚，是我的家乡。这儿有一块碑，是唐代的，是唐太宗李世民大战浅水塬的时候，为纪念牺牲的将士修建的。还有一棵树，叫汉柏，三个成年男人双手都抱不过来……

31

姑姑这次回娘家，不在假日，而是叔叔的儿子满月。人逢喜事精神爽，叔叔当院摆了五桌酒席，还叫了两折戏。

刚下过雨，万物都是鲜亮的。院子里的菜畦里，辣椒结成了串，有不少红了，交头接耳地在叶子里闪着媚眼。水洗过的葫芦，又胖又大，旁边的黄花水汪汪的，惹得人老想把它摘下来。最让众人陶醉的还是那祖祖辈辈最爱听的秦腔戏，虽然是折子戏，也足够庄稼人看得忘记了吃喝：

一杯酒来正月正，朱元璋骑马下南京，保驾将军胡大海，鞭打采石常遇春。

二杯酒来龙抬头，殷纣王修下摘星楼，黄氏娘娘坠楼死，武成王父子反五关。

三杯酒来桃花红，白马银枪赵子龙，长坂坡前保幼主，万马军中称英雄。

四杯酒来菜花黄，钟五娘子去采桑，路遇齐王射猎转，桑园以内封昭阳。

五杯酒来五端阳，刘秀十二走南阳，马武姚琪双救驾，二十八宿闹昆阳。

六杯酒来烈日炎，山东转来赵玄郎，路遇女子曾结拜，跋涉千里送京娘。

……

叔叔端着酒在每张桌前敬。有人打趣：三来，今天这戏是你点的吧，是不是真生了个龙种，咋句句唱的都是皇上？

叔叔嘿嘿地笑着说，儿子娃嘛，唱些带劲的，给咱娃长长志气，将来撑咱门户的。

娃叫啥名字，抱出来我们瞧瞧，让雷神仙看看，将来是骑马的，还是牵马的？

娃小，招风，再大点，让他给你们磕头。叔笑着离开了桌子。

从儿子出生后，叔叔就一直想着起名字，先是起"军"。那时，农村人也学城里人给孩子起名字为单字。叔叔说，从他儿子起，要起一个亮堂堂的名字，名字，不是随便起的，能不能成大事，名字最关键。现在当解放军最吃香，就叫王军。满月这天，叔叔又改变了主意说，这名字不好，改名叫王龙，王是龙，龙是王。还问姑姑，他给儿子起的名好不好。

姑姑说，好是好，就是跟他哥哥们都不连。

叔叔手一摆，堂兄弟，不连没事。

后来，堂哥的作业本上的大名叫尚权。王尚权，名字跟大哥二哥连

182

上了，这也是叔叔给改名的。为了改名字，叔叔去找大队支书，支书很不高兴，说，是龙是凤，叫个狗屁人家也是龙是凤，天生不是龙凤，叫太子公主也没那个贵命，气得叔叔要不是求着支书，两人非打起来不可。当然这是后话，咱们继续飞回堂哥满月那天。

一向爱干净的叔叔，在儿子满月这天，被人追着往脸上抹锅灰，一点都不生气，还笑呵呵地把脸伸到人家面前说，抹！使劲抹！因为这是我们老家对人喜得贵子的祝福。他穿着新做的灰色中山装，喜滋滋地穿梭在满院小饭桌前，不停地说，大家多喝，多吃，尽饱地咥。面、肉，咱有。

酒席散了，勇勇缠着叔叔做手枪。叔叔脾气好，不像爹，小孩子都怕他，一见他，就大气不敢出。好脾气的叔叔只要闲了，就给娃娃们摘树枝编草帽、编蝈蝈笼。他的绝活是做链子手枪，里面装上火药，不但能发声，还能飘出股黑烟。有儿子了，叔叔心情更好，做了两支链子枪，给勇勇。勇勇一会儿拿着瞄树上的树叶，一会儿瞄站在晾衣服的铁丝上的麻雀。叔叔说，勇勇，想不想听故事呀？

勇勇当然拍手叫好了。

叔叔大摇大摆地坐在我家院子里的柿子树下，说，勇勇端水。勇勇小心地端着一大碗水，双手递给叔叔。

叔叔喝了一大口，晃着二郎腿说，舅舅的故事可多了，给你讲十天都讲不完。你想听哪方面的？

讲打仗的，我喜欢听打仗的。勇勇双手托着腮催着叔叔讲故事。

叔叔说你不知道，我用大刀砍死过十个敌人，他们在我几步远的时候，我就拿着大刀砍。他们一见我，就吓得像猫见了老鼠，纷纷夹着尾巴逃跑了。那时候我名气可大了。有一次，一个战友冒充我的名字，一声大喊，把一个班的敌人都吓跑了。

他们有枪吗？为什么不开枪？

来不及呀！

大哥说，那为什么他们当时不开枪呢，非要等到你砍他们的时候才开？坏蛋可不都是笨蛋，他们比狐狸还狡猾。

去去去，我在给勇勇讲故事呢。叔叔不耐烦地左手一挥，一边去。

大哥拉住勇勇的手说，走，不要信叔叔的，他胡说呢，上次就给我说的不是这样的，我爹说了，叔叔是个喂马的，是马夫。

叔叔不屑地说马夫也打仗呀，军号一吹，是人都想上。特别是仗打疯了，无论是连长还是团长，无论做饭的，还是喂马的，通通地拿着枪就开。你不打人人家就把你打死了。我是给领导牵马的，不假，可马不可能从空中飞过吧。马又没长翅膀，马长了翅膀还叫马吗？马既然长不了翅膀，就得有人拉着对不对。啥时都要跟着马。你叔叔我总共打死了十五个敌人，砍得那个血流得像下雨一样，遍地都是那个红呀，我一辈子都忘不了！

勇勇说舅舅，你不是刚才还说砍了十个敌人吗？

时间长了，我记得不太清楚了。叔叔说着，朝着大家道，将来，我要送我儿子去当兵，当大官，骑骏马，坐嘀嘀叫的小汽车，要让他将来把我接到城里去享福。我到西安城的大戏楼里一坐，耳朵上夹着纸烟，嘴里吃着点心，要点哪个名角就点哪个名角，她要不唱，立马让她背着铺盖走人。听够了，玩足了，我就到我的四川老部队去，我要看飞机、大炮，我要开着坦克跑它个百十公里。我要向他们介绍我的儿子。叔叔说着，抱起了儿子，亲了又亲，小娃哭了起来。这时大哥拉住勇勇的手，说，走，我带你到咱沟里去看地洞，过去在那打过仗，我进去十几次了，都找不着出口。我估计这出口说不上能连到平凉、西安。万一要打仗，部队哗的就从地洞里开过来了，给敌人来个措手不及。

他们俩跑出门的时候，爹说尚文，你把勇勇带好，勇勇没有走过山路，别下沟，别钻地洞。刚下过雨，那地方滑。

爹，我知道。说着，哥拉着勇勇跑出了门。

勇勇说，哥，快带我去看地洞，我最喜欢看打仗的电影了。

好，哥带你去。两人一溜烟就没影儿了。

这时候，姑姑则在中窑里给爹和叔叔们讲她登台唱戏的经历，脸上写满了幸福和满足。妈羡慕地说，妹子，你好好唱，说不上你就会出大名的，到时我们就可以沾你的光了。

姑姑说那当然，我要是有出头之日了，当然忘不了哥嫂。

正说着，大哥气喘未定地跑回来了，满脸苍白，说，爹，快，勇勇……

妈呀，是不是掉到地洞里了，给你说了多少次，你咋不听。爹随手给大哥就是一巴掌。

我们没去地洞，刚到村口，勇勇被一辆大卡车撞了。那车，不知为啥光跟着我们跑，我们跑到哪，它就追到哪，我们跑到了地里，它也追了进来，把一棵杨树都撞倒了。

爹背着勇勇就往医院跑，可是勇勇再也没能救过来。司机听说老婆生了第三个娃也是闺女，心里难受，喝多了酒。

公社医院一位头发花白的医生摸了一下浑身是血的勇勇的嘴唇，摇头说，娃没了，早没了。

姑姑一把抓住妈的手说，嫂子，你不是会给娃治病吗，艾条熏、放血、拔火罐，这次我不心疼了，全听你的，嫂子，走，咱回家治！

妈抱住姑说，回家，咱跟娃回家。

爹流着眼泪说，妹子，哥对不起你，从今天起尚文就是你的儿子了，要打要骂由着你。而且立马让他姓他姑父的姓。

185

姑姑哭得晕了过去。

姑姑抱着勇勇的遗体只管往家里走，姑父要抱，她打脱他的手，直抱着往屋里走。

姑父说不能进去的，娃没成年，又没在外面了，不能进家门。姑姑好像没有听见似的，一脚踢开了门。众人要跟着进去，她把门反锁上了。

爹着急地说，妹子，你想开点，你说你让尚文咋办我就咋办，你先开门！

你们回吧。姑姑说。

众人喊了半天，她也不开门。里面拉着窗帘，啥也看不清。叔叔说把玻璃砸了。张文正摇了摇头，说，她的性子我知道，听她的吧。

这一夜姑姑把自己关在了门里，众人在门外听了好一阵，里面静悄悄的，房间灯亮了一夜。天快亮时，门响了，众人慌忙跑进屋，姑姑披头散发，仍穿着昨天的衣服，有泥，也有血。她趿着鞋子，好像什么事也没有发生说，送勇勇走吧。众人发现勇勇穿着过年才穿的漂亮衣服在炕上安详地躺着，一时无措。

送勇勇走吧。姑姑又说了一句，姑父这才像醒悟过来似的，说，架子车已准备好了，爹拿着一张旧席片走到勇勇遗体前。按我老家风俗，娃娃夭折，只能卷个破席片在天未亮找块僻静地埋了。

哥，别用那个。姑说着，进屋拿了一块白床单，把遗体严严实实地包好后，才让抱着放在了铺着麦草的架子车上。姑父拉着车要走时，姑姑哭着说，把娃埋深些，不要拖拉机一犁地，把娃伤了。

一周后，姑父正坐在门槛上望着不吃不喝的姑姑发呆，背着铺盖的大哥尚文走了进来。尚文一进门就跪在了姑姑姑父面前。

尚文，你这是干啥？

姑，姑父，我给你们当儿子来了。

186

姑父拉起尚文说,天灾人祸免不了,老天爷让咱遭难了,咱还得好好活,是不。尚文,回去好好读书,农村娃娃,只有读书才能走出去呀!

尚文是姑姑骑着自行车带回家的。姑姑给爹说,再要提让尚文给她当儿子的事,就别怪她翻脸不认人。

32

又到冬天,渭北高原奇冷,人坐在烫屁股的热炕上,耳朵却像在野外,冰冷冰冷。晚上放在炕头一杯水,第二天起来全冻住了。

日色渐午,街上不知谁倒的水结成了厚厚一层冰,在远处明光闪闪。不逢集的小镇,没多少行人。几个小贩,缩着脑袋把手套在衣袖里躲在人家的房檐下,直跺脚。不远的摊位,孤零零地放着一些苹果柿饼核桃,几个玩耍的孩子,不时地偷望一下摊位上干瘪的水果,想随手拿几个,东张张西望望,一直不敢确定主人到底在不在,或者在哪儿,也就不敢轻易行动。

姑姑头脸收拾齐整来到镇中学,她已经让人叫过尚文了,让尚文搬到她家里住,尚文却迟迟没有来。她放心不下,吃过饭,信步来到学校。此时正是学生午后吃饭时间,大哥尚文左手提着装了一个高粱馍的白色塑料网兜,右手端着一缸子开水往宿舍走。

姑挡到前面说叫你几次了,怎么不到家里来?

大哥低着头说课紧。

两人走进宿舍,大哥掏出馍头,递给姑,姑说我吃过了。大哥说,姑,那我吃了。说着取出一个大口罐头瓶子,里面装着半瓶凉拌的青辣子。大哥旋开盖子,把馏得发软黑得发红的高粱馍一掰两半,夹进一层辣子，把馍捏紧，正要递到嘴里，姑实在看不下去了，鼻子一酸，把馍抢过来说，别吃了，走，到姑家去。天也冷了，学校咋能住？

姑，我就在学校住着，学习方便。说着，喝了口热水，说，这儿挺好。

姑姑环顾了一眼宿舍的四周，木窗上糊的报纸被风吹得在忽上忽下。露着麦秸的泥墙开裂了，风呼呼地吹了进来。宿舍里已经没有几个学生住了，只有两张木板床上的麦草上铺着褥子。靠近尚文的铺上，被子卷了个圆筒，筒口撑着，能钻进一个人，显然主人刚从里面爬出来。在筒子的跟前，放着一本《语文》书，还有一个黄色的麻纸本子，姑姑翻了翻，全是怪模怪样的圆图方块，她也搞不清楚。

姑姑看尚文仍然倔强地立着，不说话，就麻利地把被褥一卷往腰里一夹，拉着尚文就走。

姑姑家真干净，两间屋子，屋外搭一个棚子做饭。客厅有一张长沙发，饭桌。不大，却很有情调。窗台上放盆兰花，书架上有好几排书。他拿着翻了下，不少都是老师说过的，《红楼梦》《牡丹亭》《西厢记》。墙上贴着《群英会》《盗仙草》等表现戏曲故事的年画。还有手抄的剧本《玉堂春》《屠夫状元》《斩黄袍》等，在书架上放着，上面还有姑姑写的字。

屋中的铁炉里，炉火正旺。满屋飘浮着一股淡淡的香味。大哥铆足了劲闻闻，也没闻出什么味道，问姑姑，姑姑笑着说，你这娃娃，鼻子挺怪的，这屋里能有什么味道？敢情我给里面喷了香不成。说着把大哥的铺盖往靠着书柜的一张木床上放，大哥忙站起来，说，姑，我被子脏，可能有虱子，你让我回学校住吧，你家里也挤。

看你这娃说的，有姑住的，就有你住的。我知道咱村这几年连着干旱，地里没打多少收成。说着，把被子抱到外面的铁丝上，又说，我一

188

会儿烧水，把虱子烫死不就完了。别担心，姑从咱们村里嫁到镇上时，身上也有虱子。

村里很多人都到外村要饭去了，我爹把我四弟送人了，也不让我二弟念书了。哥说着，眼泪流出来了。

尚武学习那么好，你爹糊涂，我明天到你家去一趟。姑说着，把大哥的被子和褥子全拆了，蹲在木盆前洗起来。边洗边说，尚文，给姑念会儿书。

大哥望了望姑那姣好的面容，说，姑，我们同学都说你漂亮哩！都羡慕我有这么一个漂亮的又住镇上的姑姑。

姑笑了，手指把散落在眼前的头发挑开，说，姑才羡慕你们呢，念书多好。姑那时候想念书，你爷没有钱供呀！

姑，你为啥喜欢念书？喜欢看书？喜欢听书？大哥一连串的问题使姑笑得合不拢嘴，边笑边说，你真是个笨娃娃，念书多好呀，只有念了书，才能知道你所不知道的东西。比如说，我没有见过大海，可是书里有图呀，有关于大海的一些描写，我看着看着心里就有片海了。

姑，我就给你念一篇关于大海的文章吧：

我自少住在海滨，却没有看见海平如镜。这次出了吴淞口，一天的航程，一望无际尽是粼粼的微波。凉风习习，身如在冰上行。到过了高丽界，海水竟似湖光，蓝极绿极，凝成一片。斜阳的金光，长蛇般自天边直接到栏旁人立处。上自苍穹，下至船前的水，自浅红至于深翠，幻成几十色，一层层、一片片地漾开了来。……小朋友，恨我不能画，文字竟是世界上最无用的东西，写不出这空灵的妙景！

……

189

一望无际的微波，蓝极绿极，凝成一片，金光从天边直射在栏杆旁，自浅红至于深翠，幻成几十色，一层层、一片片地漾开了来。听着就美。姑说着，停下了手中的活计，说，尚文，给姑讲讲这文章好到哪了？

老师说，作家冰心抓住了大海的特点，一眼望不到边，大；一会儿蓝，一会儿绿，写出了海水在人的视野下的色泽。阳光下的海面，五彩缤纷，写出了大海的变幻多端。

姑姑这一辈子怕看不到大海了，你好好念书，将来看到了，给姑讲。

等我工作了，就带着姑姑和妈妈一起去看大海。

姑笑着说，好呀，姑等着有一天享我侄子的福。

姑进屋，从不闲着，又是拖地，又是抹桌。光扫床，一天不少于三次，人要进屋，必让在门外先把身上鞋上土掸干净。姑给大哥说，人出门，全身要干净。进屋，家也要收拾得齐齐整整的，这样才精神。

一下班，姑姑就麻利地挽袖做饭，大哥放学帮着姑姑拉风箱。大哥心急，风箱没拉长就往回收，姑姑蹲在他旁边给他讲，风箱要一下一下拉出来，再往回收，这样既省力又能把火苗扇得更旺。看着哥哥往灶膛里添柴火，又给他讲，柴要拨开，慢慢拨，火烧透了，又省柴，又无烟。

晚上烧了一大盆水，让大哥洗澡。大哥洗完，她又说，你看，指甲缝也要掏干净，耳背后，都要洗净，脱下的衣服，要放展，第二天穿得才齐整。哥有时下炕取东西，一急，把鞋后跟踩到了脚底下。这在家里是常事。

浑身洗得干干净净的大哥躺在床上，闻着满屋的清香味，瞧着对面门帘上姑那影影绰绰的身影，好像在看书，又好像在缝衣服。

第二天姑姑给大哥用一双旧鞋做了棉拖鞋，告诉大哥脱下的鞋子放正，穿时方便。从小事做起，生活不乱。

在姑姑家待了一天，大哥感觉好像自己忽然间就长大了。从那以后，大哥养成了讲卫生的好习惯，到部队后，生活有条理，管理部队井然，被一位领导看中，从小岛调到了大城市给他当秘书，怕是与姑姑当年的指教不无关系。

第二天，姑吃完早饭，骑着自行车到了我家。刚一进村就发现二哥赶着一群羊，背着一捆柴从沟里满头大汗地上来。姑一串眼泪就要掉下来，急忙擦了，接过了二哥身上的柴，说，你这娃娃，汗也不擦。

姑，我想念书，我真的想念书，你给我爹说说，让我去念书吧，一放学我就去放羊、砍柴，只要让我念书，啥活我都能干。说着，带了哭腔。

不要哭了，姑就是为这事来的。二哥破涕为笑，他知道家里许多事，只要姑姑出面，都会有让人欢喜的结局。

妈正在院子里合线绳。纺成的线团要合成粗线绳后才能织布。院子里钉了八根木桩，每个木桩上都插着缠满白线的木拐。妈远远握着八个线拐的线头，顺时针拉一圈，再逆时针拉一圈，手里的线拐合成的线绳既结实又均匀。

姑姑撑起自行车就帮母亲拉起线来，两人忙活完，妈就要从已经见底的白面瓦盆里舀白面。姑把舀出的面重新倒进瓦盆里，说嫂子，你还跟我客气啥，我问尚义了，你早上打了一锅高粱面搅团，我最爱吃了。三哥担着水进来，没好气地说搅团吃得屎都拉不下来，那不是人吃的，是猪食。

正在院里磨刀的爹脱下脚上的一只布鞋作势要打，你不吃，就滚！

姑拉住爹对三哥说，到姑车子上去取包，看姑给你带啥了。

肉，今天有肉吃了！哥提着猪肉跑进灶房，说，妈，今上午就做肉臊子，美美地咥一顿。

妈拿起肉，拦腰就是一半，说，尚义，给你叔家送去，说你姑一会儿去看他们。

我不给他们，他们吃肉都是关着门，我叔前两天我亲眼看到他买了羊腿，咋就不给咱点！

姑说嫂子，这次算了，我三哥家的娃少，日子比你们家好。

快送去！一家子人嘛。爹瞪着三哥，三哥很不情愿地提着一半肉走出门去。

高粱面搅团上，倒上咱自己做的老陈醋、蒜末，再放上一勺红红的油熟辣子，馋死人了。

让你整天吃，你就不想吃了。妈小声说。

姑笑着说，也是。爹进到厨房，从水瓮把冰凌挑出来放进碗里，舀了一马勺水就咕嘟咕嘟地喝起来，转眼间马勺见底。

哥，水凉，小心拉肚子了。

冬天里你哥娃娃都是这么喝的，你曾经也不是这么喝的，忘了？爹说着，畅快地打了个饱嗝。

吃完饭，姑边扫炕边说，哥，嫂子，尚武为啥不上学了？人家说了，三月放羊娃，误了一个秀才郎。还有这老三呢，也该上学了，我怎么看也没去学校。

好妹子，家里都揭不开锅了，你看哪有细面？就这高粱面也不到一斗了，今年收成又不好，只收了几斗麦，还得留着过年呢！

收成不好，也不能让娃不上学。哥，当睁眼瞎的苦头你还没吃够！

妹子，我想好了，我们砸锅卖铁也要供尚文，把他供到中学毕业，学好了将来到社会上谋个一官半职。学不好，也能到镇上做个小买卖，把咱经管着，哥也就知足了。爹吸着烟说。

哥，你该告诉我呢！我就是借钱也要供我侄儿上学。尚武念书多好。

妹子，不要说了，你一月就那么点钱，我们有地还好说，你们买什么都得花钱。尚武念书好，脑子也聪明，他已经小学毕业了，我想让他跟着我种地。尚义不爱念书，一到学校，就跟娃娃打架，我想也好，不念就不念了，你看跟师傅学的做的这个小椅子还像个样子吧。爹说着，拿着三哥做的一只小椅子递给姑，姑看了看，说，手艺不错。

老四呢？

送孝席村了，那家人过活好，两口子都奔四十了，也没生个一男半女。一听说咱家儿子多，就找人来问。还给家里背了半袋子白面。我就做主，把老四给人了。

哥，这么大的事也不告诉我一声，再穷也不能卖娃娃呀。

不是卖，妹子，让娃有个好的过活。再说这么多的儿子，将来还得娶媳妇，我累得趴下都供不起！妹子，回吧，我们还要到地里去呢。爹说着，扛起了锄头。

哥，尚文的事你不要管了，我已经接到我家里住了，你让尚武先在村里念书。哥，不识字就是瞎子，连茅厕都认不得，更别说干事了。

爹没有说话，只管往外走。妈坐在灶火里不停地用衣襟擦着眼泪，说，老四长得让人心疼得很，你看我的奶水现在还没有下去。姑望了妈一眼，妈的胸前湿了一大片。

姑掏出十块钱，说，哥，我给你说，得让尚武上学，现在形势好了，不上学，就是睁眼瞎。还有，把咱老四要回来，再穷也要养孩子，要不，你以后会后悔的。

妹子，把钱收起来，你回去吧。爹刚开大门，叔正好进门，把爹放在炕上的钱拿着塞进爹的口袋说，哥，我同意玉墨的意见，娃，一定要念书。我的战友当了大官的，都是有学问的。娃上学了，农活，我帮着你干。

爹把钱塞到姑姑手里，说，我家里事得我说了算，就这么定了。

哥，娃上学要紧呀。姑说话高了腔调。

爹不吭声，肩扛锄头出门了。叔说我那几个女娃娃小学没念完，我就不让上了，女子娃，将来是人家的人，能识几个字就行了。儿子勒紧裤带我要供着上学，上大学，当大官，让村里瞧不起我的人后悔。说着，提了桶就要走。

姑姑追上去，掏出五块钱给叔叔，说，把娃教育好，我听说尚权不安心上学，哥，你得管教他。

叔抹了抹嘴角伤口流出的口水，说，妹，钱拿回去，哥有钱。

拿着嘛。姑说着，把钱塞到叔叔的中山装里，叔叔摸了摸口袋，说，妹子，一会儿来家吃饭，你嫂子今天洗御面，你最爱吃的。

姑姑最爱吃的就是御面。婶子洗的御面最好吃了，她先一天晚上就把麦面搓洗后，将过滤淤积的面水摊擀成薄饼蒸熟，切条，加盐、醋、葱、蒜、姜、辣子，吃得我们涎水直流。

到叔叔家吃完饭，姑姑到了我家，爹妈又跟她说起了家事。

妹子，你已经把尚文管了，哥嫂都领情了，别再给你添负担了。

大嫂，尚武爱学习，脑子聪明，咱不能耽误了娃的前程。

妹子，你不要管，尚武在家里也是个劳力了，挣些工分，还能供他大哥念书。你哥身体现在也不好，整天晚上咳嗽，都咳出血了。妹子，回去吧，我这辈子都感激你哩。

姑随手翻着二哥放在炕上的课本，再看墙上写满的字，骑着自行车朝家里相反的路走，妈和爹提醒她，她说到邻村去办件事。

天快黑了，你听青蛙都叫了，早些回家。妈叮嘱道。

知道了，嫂子，回吧。

33

二哥第二天后晌，到沟里担水。每次他都要站到那永远也流个不停的泉水边想半天，怎么也不明白这里面的水从哪里来的，为啥流不尽？要是能流到家里该多好。让二哥没想到的是，几年以后，他的梦想成真，泉水真被抽水机抽到了塬上，我们再也不用下沟上坡去挑水了。而那时，他在遥远的高原部队，开着大解放正往西藏运物资呢。

二哥挑着一担水，汗津津地刚上到塬上的平地，一个人挡住了他的去路，抬头一瞧，是全村大人小孩都认识的给人算命的雷神仙，便叫了声伯伯。雷神仙望了望二哥，说，小伙子，你是二福家的老二？

二哥狐疑地点点头，担水就要走。

你放下桶，伯给你看看面相。

二哥说老师说这是封建迷信。

小娃娃家，给你说了你也不懂，快放下担子，你告诉我，你还想念书不？

二哥说当然想了。

雷神仙说那就听我的话，让我给你看一相。二哥这才放下担子，拭了拭头上的汗。雷神仙围着二哥转了一圈后，又盯着他脸上看了一会儿，吸了一口烟说，小伙子，你天庭饱满，方头大耳，面相不错。

二哥听得扑哧笑出了声。不要笑，笑了就不灵了。武娃子，往前走几步，伯再看看你步子飘不飘。

二哥想着体育课上老师讲的要求，便抬头挺胸，紧走了几步，望着这个奇怪的老头，看他还有什么话说。

昂首阔步，脚底生风。双目平视，神态自若。贵相贵相，将来至少当个县长不成问题。二哥一听，捂着肚子笑了，说，伯，我刚念完初小，我爹就不让我再上学了，还当什么县长？你啥时看县长挑水了？

你生辰八字是啥？

二哥摇摇头，雷神仙说让你爹天黑前来找我，要不，你们家就有大祸临门了，你看，你前额一道黑光，不祥呀，不祥呀。雷神仙背着手，摇着头走了。

二哥回来一给妈说，妈腿都成软的了，三步并作两步跑到菜地里叫爹。爹一勺一勺地浇着地，听到妈的喊声，说，喊什么喊！没见人忙着哩！这地再不浇，吃西北风都没。

妈抢过爹手中的葫芦瓢，把二哥说的话一五一十全告诉了爹，爹揉揉发酸的腰，没说话。妈皱着眉头说，咱不能全信，也不能不信。听长顺他妈说，她妹子生娃，没听雷神仙的话，好好的一个大胖儿子娃，没出月，睡了一觉，就没了。爹把衣服上的土掸了掸，说，那你把地浇完，我这就去。回来！妈说，能空着手到人家家里去？妈说着，把手里的筐小心地递到爹手里，说，路上小心些。八里路呢，天快黑了，爹跑得后背都湿了，才跑了一半路。

雷神仙看到爹满头大汗的样子，说，坐吧，你儿面相不错，可神色忧郁，近期有难，还是大难。

他伯，那你说咋办么？我求你了。爹说着，把手里的筐子轻轻搁在桌上。雷神仙叹了一声，把筐子重新放到爹脚边，难呀，我想了一路了，没办法解。这样，我再给娃占个卦。

我……他没来，行不行？爹一听，紧张得语无伦次了。

你替他抽支签。雷神仙说着，把一个插满小纸板的麦秆编的簍子递到爹手里。

爹抱着摇了摇，抖抖索索地抽了一支签，递给雷神仙。雷神仙看了半天，坐到桌边，一句话也不说。爹更紧张了，说，神仙咋了，都急死我了，你快说说。雷神仙吸着烟，爹擦擦头上的汗，端起水壶，倒了一杯水端给雷神仙。雷神仙喝了一口，说，签上更糟，情况很不好呀。

那咋办？神仙，你给解解难呀，娃把你叫伯呢。

雷神仙从抽斗里取出一张黄颜色的纸，在上面用毛笔写了半天，写完捻着没多少根的胡子说，你这个老二是个贵人，至少能当县长的，现在被蛇困了。照我这张纸上说的保你儿一生平安富贵。爹又把筐递给雷神仙，雷神仙摆手说，已经有人……话刚说到这儿，他老婆咳嗽着走进了屋，说，这鸡蛋真大呀。顺手把筐接了过去。雷神仙送爹出门时，说，已经给你解了，你得照着做。千万别把娃误了，说完递给爹一支火把，说，天黑了，路上小心些。

爹回到家，把纸掏出来赶紧让二哥读，字全是繁体字，竖着排的，好在二哥学习好，基本都认识：

寒门少年鸿鹄志

朝着东南吟诗忙

闻鸡起舞学不殆

龙登虎榜笏满床

说球个啥？爹望着二哥，心里七上八下的。

二哥看了半天，让我朝着东南走。

走到哪？

197

念着书，一辈子吃喝就不用愁了。爹不信二哥的话，第二天又把这首诗拿着找村里的小学老师，老师一看，就笑了，说，叔，让娃读书吧。

我家没钱呀！

想办法呗。老师说。

爹回家告诉妈，妈也着急，就到娘家去了一趟。舅舅说家里也很困难，给了一升玉米面。

爹说我没办法给我妹开口呀！妈说要不这样，让尚武去找一下她姑，娃娃去找，反正咱也不丢脸。

二哥刚走到村口，就看到迎面走来了姑姑，姑姑抱着一个孩子，那是我四哥。姑姑这次还带来了给二哥上学的钱。

爹让二哥给姑姑跪下，说你们念不好书，就自己称二两棉花把自己碰死算球了，反正我是没脸再见你姑了。

二哥没有说话，背着书包就跑了。

大哥发现姑姑家的缝纫机没有了，姑姑说，只要你兄弟俩能念好书，姑把家卖了都值。

大哥回到家里，在给堂姐们吹牛时，说自己住到姑姑家如何好，这话又被婶子听到了。婶子指着叔叔的鼻子骂道：你个窝囊废，你为你妹子打这个骂那个，你妹子却一心向着你哥。

叔一听这话就去找姑姑，姑姑又给了叔叔十块钱，说，三哥，不是我偏心，你得让娃娃学正事，好好念书。你跟哥两家的娃无论谁考上大学，我都会供到毕业。

叔说一言为定。

叔走回村里，发现一辆绿色吉普跟在他身后，他紧，车紧，他慢，车慢。叔心想他妈的王八蛋，不就是开辆车嘛，好像开了架飞机样那么嚣张。算了算了，让这个王八蛋过吧。说着，躲到路边走。车"吱"的一声，停了。叔又往前走，有人叫他的名字，他回头，发现一个穿军装的中年人朝他招手。

你是叫我吗？

大官模样的人说你不认识我了，我是给三连长当马夫的小罗呀！叔一看长得很胖的小罗现在穿着四个口袋的军装，惊喜地说，小罗，你当官了？

也不是当官，就是个团长吧。你家在哪，我送你回去。

这是叔第一次坐小车，他小心翼翼地把屁股移到车座上，坐下才发现自己破烂的衣服与这新崭崭的车太不相符了，不觉间难为情起来。

他很想让车开慢些，让他多坐一会儿，顶好到镇上、县城转一圈，让人知道他有个当大官的战友。可是家很快就到了，他一下车就喊爹，说哥，我战友来了，我坐我战友的小车回来的。

门口的车前，围了一大帮小孩子，叔让堂姐守着，不能让娃娃把车碰一下，说碰坏了，把你们的命全加上，都赔不起。

婶子和妈立即张罗着给大领导做饭，叔进到厨房里说，要做能拿得出手的，用细面。对了，我想想，现在时间来不及了，给烙油饼子，里面多放些油，放些葱花。然后走到我妈身边，说，嫂子，你来做，月蓉茶饭见不得人，不是把面烙焦了，就是浪费了炭。

婶子说留的细面是等着过年吃的，给他吃又能干什么，人家当人家的官，咱做咱的民。井水不犯河水。

叔望了望外面，低声说你目光短浅了吧，我跟他可是生死弟兄，只要咱对他好，他肯定就帮衬咱，现在人家是团长了，有专车坐。没面，就是借，也要把这顿饭给人家吃得排排场场的。嫂子，你说我说的对吧，人有粉要抹到脸上，有钱要花得听得到响声。

妈还没来得及应答，婶子就脸阴着说，还抹粉，连洗脸水都没人给你往回担。

爹在中窑里跟叔的战友拉呱，几个哥玩够了汽车一直瞧着大官，眼里全是羡慕。三哥想了半天，不知道如何称呼这个大官，他有许多问题要问他，他想了半天，说，解放军叔叔，你和我叔是不是打过很多坏蛋？

叔的战友笑着说，没有，没有，我们一个敌人也没有见过，你叔受伤是因为流弹，我们都是给领导牵马的马夫。大炮一响，我们就腿肚子发软，后来就逃跑。我们跑了很多路，最后解放军救了我们，问我们是在部队干还是回家，回家可以给路费。我跟你叔商量，你叔说我都伤成这样了，好在，还拣了条命。现在仗这么多，万一死了都没后代了。他要求走。我则想还是留在部队，至少比在农村好。

战友说的话，叔全听到了，婶子也听到了，婶子的脸就不好看了。战友吃了油饼，吃了炒鸡蛋，给叔留了地址，就走了。走时，婶子想他也许会带走一个娃娃，人家连提也没提。婶子又想也许会给娃娃们些钱，总不能空着手光来张嘴吃饭。结果白想了一场。晚上婶子给娃娃吃着剩了一张的饼子，说你这战友我认为是嘴客，就别指望了。

你又胡说了，我战友肯定会给我帮忙的。

会帮忙？我刚才让他把咱大闺女领去当兵，他咋说不行？

你这人目光短浅，现在他职务还低嘛，等咱儿子大了，他当的官就更大了，到时候我就去找他，我们是生死战友，这情分他会念的。

还生死战友？婶子不屑地说，整天给我吹，说你能的会打枪舞炮，是真英雄。却原来是个逃兵，连一个敌人都没打死过。你要是勇敢，就跟你战友一样当军官了。今儿起，不要再耍弄你的刀子了。虚头巴脑的把戏谁不会！要是吹牛能当饭吃，你吹也行。婶子说着，看都不看叔一眼。

叔并没当回事，跟母亲要了哥哥们念过的书，让大堂姐教堂哥念汉语拼音，堂哥嘴里念着"ａｏｅ"，手里却很快赢光了我手里的石子。倒是堂姐学什么像什么，叔却不以为然，说女子娃聪明没用，横竖都是别人家的人。我要让我儿子将来干大事，功成名就。你不知道朝里没人，多受人欺侮。日他妈，这交粮，你回娘家这几天，我跟哥交粮跑了两次，鸡叫头遍就拉着粮去排队，排了半天队，好不容易轮到咱了，第一次说麦没晒干，第二次说麦成色不足。一句话，咱上面没人，要是咱有人，只要是粮，无论干湿优劣，都是一等品。我要让我儿子当大官，让那些王八蛋再瞧不起人。叔又回头，对堂姐说，给你弟弟好好教，给我一天一百遍地念，我就不信他学不会。

你个死脑子，交粮咋不找她姑呢！她姑是公家人。

我们到乡粮站交粮的，她姑是戏院的，能管得上人家粮站的？

姆子撇撇嘴，说，你们弟兄俩都笨死了，就不想想漂亮女人是路路通通行证。

放你娘的狗屁！爹骂了姆子一句，背着手走了。

你哥呀，真是个柏木桶，提不醒，现在社会不是钱，就是权，还有一个，就是色。你妹子要是长得脸蛋不漂亮，能嫁到镇上，能嫁给公家人？听我的话，找你妹子。要不，你们跑十次，粮还交不上，不信，你就再去交粮，指定白跑一趟。

果然，三天后，爹和叔叔把拉回的四麻袋麦子，又拉到粮站，系麻袋的绳子都没解开，一下子就从不合格变成了一等品。姆子说，你说真是的，要是早知道不查，咱往里面掺些沙子，不就又能省些粮食。

却不知道，姑姑为让哥哥们顺利交粮，跟粮站干部喝酒，喝出了胃出血。

34

　　大哥高中毕业，上大学得推荐，爹提着酒去支书家，连大门都没叫得开。大哥又提出参军。爹说问你姑，你姑同意我就不拦着。妈说我十月怀胎生的儿子凭什么问别人？爹说，你个混账东西，妹子是外人吗？勇勇没时，咱给妹子咋说的？你个没良心的。

　　我儿子的事，别人管不得。妈话还没说完，爹就抽了妈一巴掌。

　　妈躺在炕上，面向窑里，就是不起来。爹只好做饭、烧炕。大哥跟二哥拿着火柴当棋下，每次都输。二哥说，哥，你别急，明天找姑去。爹听姑的。

　　第二天天还没亮，妈就起来了，扫院生火，不知怎么的，脸红扑扑的，爹的气色也不错，两人你给我夹菜，我给你夹菜，让我们兄妹几个都感觉他们怪怪的。妈解释说，因为大哥要去当兵了。爹则强调，他姑同意不同意还两说呢，让大哥吃完饭，赶紧到姑家征求她的意见。

　　大哥穿着新衣服，妈还把他的头发用水抹得黑亮亮的，让他提着从家里菜地摘的豆角和葫芦到镇上去看姑姑。妈送大哥走到村口，咬着他的耳朵说，你姑要是不同意，你就想办法说服她。你识文断字的，妈相信你能对付了她，她再能，也没正经念过书。

　　姑一听大哥要当兵，笑得眼睛都眯成一条线了，说农村娃娃，现在只有推荐上大学，咱家没有路子。去，当兵吧，勇勇那时候就想当兵。姑说着，眼圈红了。"好好干，我就不信，咱们王家只能祖祖辈辈在县里生活，到外面的世界去闯闯，给你爹你妈争口气，到部队活出个人样来。"

　　不久，姑父不敢再画亭台楼阁的佳人才子戏了，听说这是四旧，要

202

破除。姑父开始画红旗、画铁锤，只要来人，就赶紧把古戏里的布景藏起来，姑姑也是关起门来，才敢在家里给姑父唱段秦腔。她把这叫搞地下活动。

姑父最终没有撒手，画笔在他手里握了整整五十年，一直到他去世。

而姑姑却再也没了登台的机会，虽然她一直没有放弃过学戏。院里的演员开始排《智取威虎山》《沙家浜》《杜鹃山》样板戏。姑姑曾给姑父说我喜欢女人就是女人，那些整天身上背着枪四处杀敌的女人，怎么都没有娃娃、丈夫？说起话来假得没人信，而那些男人更像神，对这些女人都没有一点喜欢的意思，无论是柯湘，还是李铁梅，全是这样的。英雄也是人呀。姑父说现在不能乱说的。

姑姑不说了，姑父有一天却也忍受不了啦，说我看他们排了样板戏了，叫什么呀，一个字，假，故事假，人物假，表演假。满台的豪言壮语，空话连篇；满台的火冒三丈；满台的血雨腥风，你死我活；满台的惊涛骇浪，七斗八斗；满台的意料之中，情理之外。一个字，假。戏是什么，至少要让人喜欢看，古戏虽然也离现实生活远些，但演的大多数人还是平民阶层的，比如说那些穷秀才。要么是十年寒窗，金榜题名；要不就是壮怀激烈，精忠报国等。

我喜欢的就是那些戏上的爱情，小姐们一个个都那么多情，秀才们一个个都那么有才。

夫妻两人你说我说，说的全是秦腔古戏的好处。谁也不愿意再提现在的戏院。

姑父画的才子佳人的布景还是让红卫兵找到撕碎了，戏服也让剪了。最好笑的是，连县民乐剧团的名字也改成了红灯文工团。过去的对联：生旦净丑演绎世事沧桑，装你扮他诉尽人间悲欢。现改成：高举文化革命旗帜，弘扬红色样板戏曲。

姑姑再也不敢穿红衣服了，满大街全是红卫兵，红灯，红色的标语，红色的旗帜，红色的歌曲，红第一次让人感到害怕和恐惧。

再红的革命，对姑姑来说，都离自己很远，她给姑父说我一定要给你再生个儿子，你不能没有儿子的，姑父说我喜欢女儿，像你一样。果然，不久，三十五岁的姑姑生了她的第二个孩子，是个女娃，跟姑姑一样漂亮，起名诗雨。

在诗雨快满一岁的时候，姑姑跟姑父之间发生了一桩难以启齿的事。这事是母亲悄悄告诉爹的。说起来甚是荒唐。姑父因为跟几个同事喝酒，说现在的戏一点都不好看，被一个朋友反映到了上面，姑父停职关进了镇派出所一个房子里，整天抄毛主席语录。三个月，回到家里，其他没变化，只是让人难以启齿的是每次夫妻生活还没开始，就结束了，姑姑想着过一阵就好了，可是半年过去了，无论姑姑姑父怎么努力，都没有起色。姑姑回娘家时，满面愁容地告诉妈。

当时，是纯粹开玩笑引起的。妈手上摇着纺车，长一声短一声地叹着气说，我又怀娃了，妹子，能不能告诉嫂子，有什么办法，不要再生了，再生我都让娃娃折腾死了。姑给妈说有工具的，用了就不会生了。她下次会给母亲带来的。然后突然说嫂子，我羡慕你。说着，脸腾地红了。

妈刚开始没明白姑姑的意思，再往深处一想，就猜出个八九不离十了，说，你不是挺好的吗？姑姑看大人娃娃都睡了，悄悄给妈说了。因为天黑，妈看不清姑姑的脸，她想着姑姑一定是脸红了。因为她感到自己的脸发烫。农村妇女虽然有时候玩笑开得野，但妈跟姑姑，还是挺保守的，特别是男女之事，从来不探讨。因而当引出这个话题的时候，妈觉得姑姑真不幸。妈最后劝说道，反正娃也有了，有没有那事都能过日子的。又不是少面无油的。人家张文正对你好，你不能身在福中不知福。

姑姑却说嫂子，我才三十多呀，我不能就这么一直活守寡下去吧。我要是没有比较也就罢了，一直以为这事就是那么回事。可是有了比较，就知道他过去是多么好，现在是多么不称我心。嫂子，求你给我哥说说，他们是男人，他能不能带张文正到医院去瞧瞧。张文正好脸面，我当着他面也不好提。可是这事总这么拖着也不是个事。

妈说，你呀，真是过着好的日子还不知足。他姑父对你多好，真把你当个夜明珠一样稀罕，整天捧在手心里。你要什么，立马就给你买来。不像你哥，对我不是打就是骂。在这个家里，我只是个生娃的人，干活的人。家里家外啥事，从不听我的，有时候跟我说一声，有时候跟我说都不说。这些都罢了，他是男人嘛！最让我想不通的事，他几乎整天都不跟我说话，有了才开口。平常嘴包得像驴踢了，有时候我问得多了，他就会说，你烦不烦，咋话像尿水那么多。家里来了人，我跟人家话说多了，他也瞪眼。女人嘛，不说话不就成了哑巴。你看他姑父，瞅你那眼神我都眼热。你们好了这么多年了，他好像还跟爹在世时那样，整天说不完的话，你回家干活，他都不让你动手。你说，人跟人怎么能比呢？你还不知足。你哥要是像他姑父对你那样对我一天，我死了都值了。

嫂子，他对我好是好，可这事也是生活呀，又不是一天两天，还有多半辈子呢。咱先想办法，实在无法了，咱再说也行。姑说着，拉拉妈的胳膊。

妈说好了，我给你哥说说。你呀，心太贪，人活一辈子，不如意事总有七八九，你已经够好的了。那么多的男人捧着你。他姑父咱就不说了，你说说那个年轻轻就死了的刘书朋，为了你，连命都没了。妹子，你说，对男人该咋样子，我跟你哥结婚二十多年了，他怎么就像个石头似的，只有做那事的时候，还对我好些，裤子一提，就不认人了。

姑说我哥是属于那种现实中的男人，只想着过好日子，养好娃娃。

那你喜欢的那些男人就不是的？是从戏上跑下来的？

至少他们除了吃喝，还想些别的，所以我喜欢。

夜已深，姑嫂却半点睡意都没有。妈忽然坐起来，说，妹子，你说那事好吗？给你说实话，妹子，我怎么觉得就像受罪，巴望着别有这事。把人还累得得多吃几口饭。是不是，人跟人不一样？

妈的这席话说得一本正经，就像经常看戏看不懂，不停地问姑姑这是好人，还是坏人，他们为什么要这么做。姑认为有必要给嫂子普及知识了。

姑姑说好吧，不过，你可不要给我哥说，要不，我哥该骂我了。

妈说干脆你坐起来，我把灯点着，好好向你学习学习。说着，就要拿洋火。姑说，你千万不要点灯，要是在亮处，我就说不出来了。

妈问还这么神秘？

姑说你以为呢。

在黑暗中，姑也坐了起来，她穿着薄薄的一件紧身线衣，在月光下胸显得异常高挺。妈心里说，怪道呢，别说男人，我心里都喜欢呢。嘴上说快说吧。两人披着衣服靠在了卷成一团的被子上，姑姑说，无论是刘书朋还是张文正，都喜欢亲我，轻轻地亲我，我也喜欢亲他们。这在书上叫感情交流。

妈笑了，说，你哥说我是个木头，眼睛睁着像个木头。

要配合，要让他们高兴。他们可以做，你也可以做呀，嫂子，你不要太封建，都什么年代了，电影里都演了，还怕什么。

还有呢，你接着说。

206

他们啥地方都亲。

连脚都亲？

我的妈呀，那多寒碜人，你哥一上来，就像只狼，不管我愿意不愿意，就往进闯，鼓捣几下，就睡觉了，根本不顾你。好像刚才的一切都与他无关似的，该打就打，该骂就骂。

嫂子，这事两人要配合，要让他高兴，你听我给你慢慢说。

这事太新鲜了，母亲听得心惊肉跳，听得面红耳赤，原以为那么简单的事，竟然有那么多的学问。姑姑睡着了，母亲还没一点睡意，她想她是不是也该有另外一种生活了。

姑姑走了，却把妈平静的心生生搅乱了。昏暗的煤油灯下，哥哥们都睡着了，妈给二哥补裤子。二哥爱烂裤子，是因为上树掏麻雀。麻雀肉可好吃了，把它拍死后，全身裹上一层薄薄的青泥，用火烤熟，那香味大人都抵挡不住。农村人，能吃上肉不是逢年，也得过节。妈嘴里嘟囔道，你看，这裤裆又磨破了，布薄得像纸片，再烂就补丁摞补丁了。爹无语。妈低着头，一针一针地补着，补着，补着，突然就咯咯咯地笑起来。爹瞪着她说，天上掉钱了，还是把喜鹊它妈奶吃了？

妈边笑边把姑姑的难题告诉了爹，然后说，你妹子也真是，好像离了那事就活不成，都多大岁数了。要我说，还是闲的，要是像我，推磨，纺线，织布，哪还顾着想这些寒碜事。

爹说闭嘴。

妈躺在炕上了，并没有闭着嘴，还是捂着嘴轻轻地笑。笑得眼泪都出来了，才说，他姑是国家人，这国家人就娇气。这事，算屁大的事儿？咱村里不是有好几个男人在战场上死了的寡妇，丈夫走时，有些还不到二十岁，一辈子不都过来了。你说他姑又不是黄花大闺女，一个寡妇，又找了他姑父一个吃商品粮的，风刮不着，雨淋不着，人家为她，家都不要了，你说她还不知足？就为那事，不好好跟人过，那事，能当饭吃？

爹说你是站着说话不腰疼。我妹子可怜呀！嫁了丈夫，死了。生了儿子，也死了。好不容易这几年安宁了，你说丈夫又成这样了，你说我妹命苦不苦。她心眼那么好，为咱跟三来家可以说操碎了心，老天爷怎么不长眼，让她过几天好日子？

妈说，那倒也是，不过，我真的生娃生怕了。

爹说多子多福。说着，就爬到了妈身上，妈急于尝试姑姑说的经验，于是就手忙脚乱地比画着。她把这叫作比画，因为她不能清楚地知道自己这么做是否能给爹带来如姑姑所说的快乐。所以，手是笨拙的，是迟缓的，也是犹豫不决的。

爹马上就觉察了，干什么呢？在哪学的这些不中用的东西，放老实些！

她姑说，书上就是这么说的。

闭嘴！爹说着，一只大手一使劲就箍住了妈比画的双手。妈无论如何也没有想到，她的第一次因为好奇而探索的性经验，在爹的强横下，流产了。

妈心里说，没办法，人家是公家人，公家人有公家人的活法，咱农村人，也有农村人的活法。就像猫学大象走路，学死，也不像。

爹第二天就引着姑父到县医院去看病了。爹没有给姑父说是给他看病，只说自己身体不舒服，让姑父陪着他去看病。姑父一点儿也没有想到，一进医院的门，爹说给你看病，你那个地方咋了，是不是好日子过上了，就骄傲自满了，想偷工减料？

姑父明白爹的意思后，脸红脖子粗，转头就往回走。爹也不拦他，说，你回吧，你要是个男人你就好好看病，不是男人就回去。姑父住了步，嘴动了半天才发出声音说，哥，我没脸去呀！

那你就有脸让自己的老婆吃不饱！爹阴着脸，姑父就半天说不出话来。磨磨蹭蹭地跟在爹的后边，不停地说，哥，丢死人了，你说他咋不得其他病，要得这么个怪病呢。

爹也不理他，只管往前走。走一会儿，在前面等一会儿姑父，说，你咋说也打过仗，怎么像个娘们，不就是看个病嘛。

哥，那不一样。打仗我不怕，可这病多丢人呀！我要不回去，吃些偏方，兴许就能的，有人给我说过，我试试吧。别去医院了，这事千万不能，传出去，我还要在团里活人呢！要是有不安好心的男人知道我这样了，肯定就去勾引玉墨了。

又胡说了，你的心眼咋就长得这样小了？

哥，这病千万不能给人说，咱自家人知道了就罢了，要是外人知道了，我真没脸活了。看病，我跟你去。不过，你不要给医生说我叫啥，我想好了，用假名字。我还要戴口罩。对了，哥，你去给我买个口罩，我刚好上个茅房。姑父可怜巴巴地望着爹，爹说，好，我去买，你等着，可别走，你走了，我就不认你这妹夫了。

哥，我是那样的人嘛，我也想把病看好呢！姑父说着，像个可怜的娃娃样蹲在医院的门口上，笼着手，想着万一遇到熟人，该说什么。

一直等到爹回来，也没有碰到熟人。姑父戴上口罩，感到憋屈得很，就又把口罩取下来，想进诊室再戴上。刚走到那个叫男科的诊室，发现有个熟人在那边，本来已经轮到自己号了，赶紧跑进了卫生间。

爹把这一切都看在眼里，却没有责怪姑父，他像带着刚上学的小学生，走进了诊室。

第十章

35

吃完午饭，姑姑拿出一包中药，泡进药锅。片刻，满屋就闻着一股难闻的中药味。姑父望着窗外灰蒙蒙的天，"唉——"长长地叹息了一声才说，没用，吃的中药都能用架子车拉了。

三岁的诗雨一蹦一跳地从外面玩回来了，说，我爸怎么了？头疼还是胃不舒服。

姑父紧张地望了望姑姑，姑姑说你爸胃疼。诗雨你嘴里吃的啥？谁给的？

守大门的孙爷爷给的。

姑姑黑着脸，说，诗雨，妈给你说了多少次了，不能吃人家的东西！再说你是个女孩子，老吃人家的东西像什么话。要吃什么，你告诉妈，妈给你买！

诗雨不吭声，嘴也不敢动了。

姑父说娃娃还小嘛，大了自然就知道了。

诗雨一听到爸的话，马上大声地咀嚼起来，而且还挑衅似的把嘴里的水果糖咬得咯嘣咯嘣响。

吐出来，扔掉！下次我看见你这样，可不要怪我不客气。姑冷着脸。

姑父说你这是小题大做，我不是说过了，大了自然什么都懂了。

什么大了就知道了？三岁看到老。你不知道有个笑话。一个娃第一次拿了别人家一根针，给他妈，他妈说我娃真乖。这个娃娃受到妈妈的鼓励，见别人家的东西就往自己家里拿，结果最后成了一个大贼。在行刑的时候，他想见他妈一面。他妈以为儿子要给她说什么，结果他把他妈的奶头咬下来了，说，妈，我恨你，要是当时我拿了别人的针你让我送回去，我今天就不会没命了。

姑父说你说什么呢，诗雨又不是拿别人的东西，是别人给的。诗雨，出去玩吧，没事儿。

诗雨一走，姑姑就生气地说你不能在我教育娃娃的时候，去鼓励她，虽然这是小事，但是习惯成自然，将来大了，我们想管都管不了啦。

你说得太严重了，她不就是吃了一块糖嘛。我倒觉得你这么做，是借题发挥，你因为我有病，心里不舒服，故意拿娃娃撒气。

你，你怎么能这么说？姑姑气得话没有说完，端着药锅进了水房。姑父望着姑姑远去的背影，无精打采地倒在炕上。自己怎么就不行了，吃了那么多的药，怎么还不行。姑父感觉自己对不起姑姑。这样想着，立马起来，抢过姑姑手中的药锅，自己熬起来。边熬边说，我再不说了，不是人烦吗？

姑脸色渐渐好了。

姑父看着她的脸色，说，对不起，我没想到没让你过几天好日子，就成这样了，你还不到四十岁呀。姑父说着，又是砸胸又是捶腿。

你这么做也让我很不好受，姑说着，握了握姑父的手，说，会好起来的。真的，我们好不容易才过到了一起，老天爷肯定会让咱好好过的。姑说着，擦了擦眼睛。

要是好不了呢？吃了那么多的药，你给我说实话，万一我好不了，怎么办？

胡说了，不要再提这事了。姑姑说着，就下了炕。

不行，你给我说，要是好不了，你会不会去找别人？我看到别的男人盯着你看，心里就难受，就怕你有一天跟他们走了。姑父说着，拉住了姑姑的胳膊。

姑望了眼姑父说，会治好的。说完，挣开姑父的胳膊，走进了灶房。

她怎么就不给我保证呢？这只能说明她心里还是特别在意这事的。姑父想到这里，心里隐隐不快。只要我对她好，她就不会离开我的。姑父想着，立即下炕，端起面盆，准备和面包饺子。姑姑爱吃饺子。

36

姑姑到街上买菜，一眼就发现婆婆拄着拐在人群里艰难地挪动着，几根稀疏的白发耷拉在眼角，她也不管。她刚开始没明白婆婆在干什么，后来看到婆婆把一只破碗放到一个卖菜的摊主面前时，脸一下子红了。难道婆婆落到了这般田地？自从公公去世后，她再也没有到婆婆家去。一看到婆婆这个样子，她忙把婆婆带到家里去。婆婆吃完饭才哭着说，她没家了，女婿把房子输给一个赌博的人了，女儿又跟着女婿回了婆家。她在姑娘家住，今天女婿趁女儿不在，把她赶了出来。

书英怎么这么糊涂，妈你先不要急，我来想办法。

婆婆哭着说不怪书英的，她那丈夫不成器，除了耍钱，还玩女人。书英要不同意，就往死里打，整天浑身都是伤。我看着难受，就同意了。

姑说她也不去找大队，找镇上。

找了能怎么样？找了，事就闹大了。惹得丈夫不高兴，就肯定要离婚。离就离，找那样的人也没有啥好处。就是舍不得三个娃娃，你说娃娃离了爹，成什么样子。姑姑婆婆说着，眼泪又流出来了。

姑姑找到镇里有关部门，人家听完了她说的事后，说你先回去等我们调查清楚之后再说。

叔叔不安心种地，三天两头地叹气。这天镇上逢集，他到姑姑家，看姑姑对婆婆这么好，竟然还把婆婆带到家里，就说，她把你赶出门了，你还对她这么好？真是好了伤疤忘了疼。

姑说她是我婆婆呀，打仗的时候，她对我就像亲生的，我怎么也忘不了那些日子。

你呀，真是心太软。

婆婆给姑姑做饭洗衣，姑姑说还是有老人好呀，姑父刚开始反对，经姑姑一说，也就勉强同意了，说，她的房子要回了，就让她搬回去。

姑姑以为赌的是房子，结果派出所一调查，刘书英的丈夫给人家写的借条是一万，因为钱还不起，对方就要钱，房子是抵押。派出所说这就没办法管了。

姑姑焦急之中，来找爹和叔商量。

爹说算了，反正你已经跟他们没有关系了。

哥，话不能这么说，刘书朋是我丈夫，我是刘家的儿媳妇。

前夫。

不管是前夫还是后夫，反正他曾经是我丈夫，再说公公在世时对我又好，没有他的资助，我怕都活不下来。

叔说这房子也值不了那么多钱的，关键是位置好。门面房窗子一卸，生意就可以重新开张，卖药，卖百货，收农产品，肯定挣大钱。

你别扯得太远。爹不冷不热地说。

我不是胡说，哥，你想一想，我们把钱凑齐，把房子要回来，咱们全搬到镇上，跟老太太住到一起，肯定能过更如意的生活。

妈睁大眼睛，讥讽道，弟呀，你脑子可真好使。

爹没有说话，望着姑。

姑摇头道，这事做不得。

妹子，这事怎么做不得？咱给她养老送终，各取所需。

人家有女子呢，这不合适。

妹子，这对大家都有利，我们凑钱，肯定行。

这时有人找叔，说堂妹让人打了，叔并没有急着走，仍在看着姑，眼神里充满了祈求之色。

姑说三哥，你不能这个样子。你听娃哭得多委屈，你出去瞧瞧，我有话跟二哥说。叔双腿好像蝴蝶被蜡烛油粘住了脚，怎么也迈不动。

外面堂妹的哭声越来越大，叔边走边回头说，你们不要着急定，这事咱们得好好合计合计。

叔两步并做一步地跑出门，一看堂妹只是鼻子让人打得流血了，说，没事儿的，回家去。抱着堂妹刚进我家门口，就听到了姑的声音：哥，我公公给了我一根金条，我一直没舍得用，我想着现在到用的时候了。

叔叔眼睛亮了，却没再进屋，暗想妹子没有把我当家人，防着我呢。这么一想，心里就特不是个滋味。回家闷闷的，倚在被垛上，双手托着脖子窝，婶子问了两遍，终装不住了，坐起来一五一十地全说了。婶子一听，立马跳起来了，说，你笨呀，快去看他们怎么说，这事你一定要争取。咱们住到镇上娃娃们上学也方便，你也不用起早贪黑到镇上风里雨里摆地摊了。

我说了她也不听呀，她只听哥的。

你笨呀，你就说我们现在闹离婚呢，其实我也真不想跟你过了，一分钱都挣不来。婶婶说着，就把叔叔的被盖扔到没人住的偏窑里了。

婶子这样闹也不是一次两次了。叔叔没有理会，来到我家时，姑和爹不见了，妈说到县里去了。

这么说他们一定是问金条的事去了，叔叔担了一下午的粪，他一直瞧着看爹是否回来。天麻黑，爹回来了，手里攥着在路上捡的几根麦穗。叔连汗都没有顾得上擦，就坐到炕边说，哥，咱妹子有金条，多少个？

爹说三来，你咋是这么一个人嘛？那是咱妹子的，妹子家事，咱不插手。

哥，话不能这么说，玉墨是你妹子也是我妹子，啥事都不跟我说，你是哥，我也是哥呀。做事还背着我。想想这么多年，我对咱妹子多好，那一年，是我让把钱退了。月蓉整天嫌我穷，嚷着离婚……

行了，别提那陈芝麻烂谷子的事了，咱妹子的事让她自己拿主意。爹说着，不耐烦地挥了挥手，说，该忙啥就忙去，我也困了。

叔把门一摔，丢下一句话，我就不信她没有给你钱？白线缝黑布，这不明摆着把我没当亲哥看吗！

爹瞪着眼小声说三来你真是从钱眼里蹦出来的。

第二天一大早，叔叔赶到姑姑家时，姑姑没在家，叔叔一见到姑姑的婆婆正在洗衣服，马上把她拉起来，坐到炕上，自己笨拙地洗起来。

她哥，你看你，怎么能让你洗？你坐下，喝口水，我来洗。

姨，没事的，咱们是一家人么，你有啥事尽管给我说，我有的是气力。

正说着，姑姑满头大汗地回来了，看到叔在洗衣服，忙把他拉起来说，哥，你别洗了，哪能白衣服跟黑衣服放在一起洗。来，喝杯水。说着，自己坐在铁盆跟前，把白色衣服挑到另一个盆里，然后扭头对婆婆说，妈，房契我已拿回来了，等星期天，我回去好好收拾一下。

你们一家子都搬回来，跟妈一起住，妈给你带娃做饭，你好好上班。

妈，你就跟我在这住着，我看了，房子漏雨，我让人收拾一下，再说。

人家为啥就给了？

妈你别管。

叔抢先道：妹子，哥去收拾房子。

哥，你今天怎么没去做生意，快去吧，姑说着，扶着婆婆出门，说，妈，走，咱们出去晒晒太阳，今天日头好。

妹子，你去家看看，你嫂子嫌我穷，都跟我分开过了。叔在后面还在做着努力。

哥，回吧。

叔头一扭，说，我没你这个妹子！

姑没有理他，对婆婆说，妈，慢点儿，慢点儿，咱不急。

妈对不起你。妈知道你一定是花了钱的。

妈，你放心住吧，我过去就说过，我一定要给你和我爹养老的，我

216

爹我没机会了，你，我一定要照顾好，这样书朋在那边也放心。

婆婆一听这话，捂着嘴，眼泪却哗哗地流了下来，打湿了手背。

婆婆被女儿接回家没几天，就让人来叫姑姑回去。婆婆一见到姑姑，就拉着姑姑的手，边摇边说：天塌了呀，玉墨，叫妈怎么活呀！妈，对不起你呀。

姑姑再三询问，才知书英受不了丈夫的毒打，喝敌敌畏死了。姑姑不知如何劝婆婆，只不停地说，妈，你放心，有我呢。

在姑姑努力下，书英女婿只象征性地给了点钱。匆匆把人埋了，婆婆说算了，让死了的心安吧。钱是啥，是他娘的屁，放一炮，就没了。

过了两天，姑到集上买菜时，看到叔在街边地上铺了一张塑料布，上面放着几捆烤烟，此时正张罗着买主，看到她过来，拉下帽檐遮住脸，不理睬姑。姑本想扭头走过去，可还是蹲下身，说，你的烟叶怎么卖？

叔冷淡地说我这烟叶不卖给你。

姑望着叔，说三哥，一会儿到我家去吃饭。

叔说你认错人了，我怎么能是你城里人的哥呢。说着，扭头招呼别人了。

姑叹了一声，掏出十元钱放到叔的烟摊，要走，叔说，钱你拿走，这烟我不卖给你。

哥，一会儿你过来，你看你衣服那么脏，我给你洗洗。

嫌我脏，就离我远些，小心我脏了你们城里人。

姑一听这话，就生气，没再理叔，自己提着菜回家了。

听说叔跟婶子分开过了，爹说没想到三来这么没出息，竟然让老婆管得这么严！我得去找月蓉说说。男人还能让女人翻天了？

妈说你以为人都像我这样，老听你的话？又不是小娃娃过家家。

爹说过日子怎么能说过就过，说不过就不过？又不是三岁大的娃娃。

听说他叔有钱了，就让他叔进门，挣不到钱了，就又赶出了屋。

我兄弟啥事没见过，在村里也是个男人呀，怎么生生让老婆降住了。

爹快到叔叔门口了，又折了回来，对妈说算了，我一个男人家不想管这婆婆妈妈的事，你还是去给说说，你们女人家，话能说到一块儿去。这大伯哥跟兄弟媳妇说话，别扭得很。

妈一开腔，就被婶子顶了回来。母亲也是一个烈性子，二话没说，就回了家。说我以后才懒得管你们家这些破事呢。

叔是天黑了才进门的，婶子一看烟叶没卖掉，就关了自己屋里的门。叔给自己烧偏窑里炕时，爹看到了。爹坐到炕边，说三来，你不能这样受人欺侮，你嫂子要是这样无法无天，我就能卸了她的腿。男人，就要像个男人的样子，你还是走南闯北的人，怎么这么没出息，让个婆娘把你指拨得像三岁娃一样，叫你朝东你就不敢往西。国有国法，家有家规。正说着，婶子忽然推门进来，骂道，王二福，你能得很，你现在就卸我的腿吧，我把两条腿都给你送来了。

爹没想到婶子这时候进来，脸面有些挂不住，说，月蓉，两口子好好过日子，别让人看笑话了。

笑不笑，是笑我们家的，与你王二福有屁大的关系？

爹瞅了瞅叔，他希望叔能像个男人一样治住婶子。叔叔非但没有，让他想不到的是叔叔竟然停下手中的活计，掏出十块钱，说，今天卖的烟钱。婶子接过钱，说，别烧了，进屋。

叔脸上紧皱的眉头立即舒展了，说，好，不烧！不烧啦！

爹回来又生气又高兴地说总算又和好了。

218

妈说我今儿个把话放这儿，好两天没钱了，肯定又分开了。

果然，三天后，叔叔又在崖后撕麦草，妈说，你弟又给自己烧炕了。

爹说吃饭，饭还塞不住你的嘴。说着，瞪了妈一眼，妈就不再说话了。

其实，叔跟婶子并没分开过，他们是做着给我爹和姑姑他们看的，晚上俩人还在一起呢，这是堂妹吃着妈给的柿子说的。妈说，小娃娃不会编谎。这两口，唉！妈再没说后面的话，想必不中听。

37

大哥当兵第二年，村人田间门前都围在一起说要打仗了，解放军坦克大炮都运到北边了。妈跑到院子里边抹眼泪边望天，飞机不多，也有好几架，轰隆轰隆地飞过去了，妈一口咬定哥就在上面坐着，给家里来告别了。然后一会儿怪爹，一会儿又骂姑。爹虽不说话，但心里也很乱。妈在院子的土台上，插上香，香前放了一杯水。嘴不停嚅动着，说的是什么，谁也听不清。那些日子，我们家的灯虽然黑得最早，可是爹妈谁都没有睡着，一会儿爹说梦见哥腿断了，一会儿妈又说梦见哥没胳膊了。妈头上的白发就是在那一阵子开始有了。好在，没多久，哥就来信了，说自己在海边的一个城市当卫生员，他很想去打仗，可惜没机会。

大哥寄回了五十块钱，爹让给姑一半，妈不同意，爹一个大巴掌就抽在妈脸上，说，尚文是他姑带大的，你的良心让狗吃了?!

妈一屁股坐在地上，双手拍着地，哭着天叫着地。

可惜的是，家里再也没有一个人，上学的上学，上工的上工。只有老母猪，哼哼哈哈地走到妈跟前，一会儿用嘴亲亲脚，一会儿亲亲妈的腿。妈知道老母猪饿了，用手背抹了把眼泪，起来掸了掸屁股上的土，给猪去拌食了。

一直到吃饭，也没见爹回来，妈带着刚懂事的我到了姥姥家。一听说去姥姥家，我兴奋得跳得老高。除了害怕见到那个靠着炕边放的大棺材，到舅舅家是我向往的事，最主要的是有许多好吃的。

果然，姥姥一看我娘俩进门了，两只小脚就又当当当地不停了。

那个上面沾满了土的浅黄色大棺材还靠在炕边放着，我不敢往跟前走，姥姥拉着我的手，让我坐到炕上，给我递了一个苹果，我吃一口朝后望一眼，老担心那个棺材盖忽然会张开，把我装进去。

姥姥笑着说，我娃莫怕，莫怕，那是姥姥将来的屋子，睡在里面可暖和了。说着，拉起我的手让我摸，边摸边说，你看看，这木材是松木的，还有这棺材头上的花纹，刻得多俊气呀。

上面刻着男人女人的像，男人面祥眼大头戴乌纱帽，身穿红色蟒袍。女人蛾眉秀目头戴凤冠，身着大红袍，两人端坐椅上，他们周围有端杯的娃娃、装在盒子里的金元宝，还有一座座花园、宫殿，天上还有波浪般的云彩，跟戏台上差不多。

我正细细看着，一眼发现姥姥和妈不在屋子里了，再望望一头大一头小的棺材，撒腿就往屋外跑。

大太阳下，姥姥正坐在院子里抱着一个黄铜色的东西在擦，姥姥说，灵灵，猜姥姥给你做啥好吃的？我看三妗子在切肉，妈在洗粉条，说，反正是肉呗。

姥姥提着铜锅的耳朵放在地上，开始在中间的圆桶里放炭，说，咱们今天吃火锅，你三舅给咱买了羊肉，今天让我娃吃个饱。

这是我第一次见火锅，煮得喷香的肉肉菜菜围着圆桶咕嘟咕嘟地响

220

着，我、姥姥、妈、三妗子、二妗子和二舅、大舅一家，全都叫来了，还有表哥表姐们，他们也是第一次吃，我们抢着吃肉。吃得我撑得都弯不下腰了。

妈给姥姥洗头、捶腿，又帮着妗子拆被子，一刻都没歇着。姥姥呢，妈走到哪，她就迈着她的小脚当当当地跟到哪，不停地说，歇歇么，歇歇么，跟妈说说话么。

天快黑了，妈要回家，姥姥拉着她不松手，说，住一晚么，跟妈住一晚，妈有好多话要跟你说哩。

妈看已经穿上鞋的我，说，灵灵，要不，咱明天天一亮，就回去。

不，我不睡在姥姥家，我不睡那个棺材屋。我边喊边哭，妈拿着扫把朝我的屁股上就抽。我边往公路上跑，边说，我就是不睡在姥姥家那个大棺材屋里。

算了算了，回吧回吧，嫁出去的闺女泼出去的水。姥姥拿衣襟抹抹眼角，把一个大袋子提到妈手里，说，让你哥送送你。

妈，你别哭了，下次，下次我把家里安置好，陪你好好说说话。

回到家时，天已经黑透，家里并不像我妈一路念叨的乱了套，鸡上架，猪进圈，爹和三哥四哥已经躺在被窝里了。妈摸了摸炕，热乎乎的，显然已经烧过了，好像第一次找不到自己的活计，她上了炕，拿起一只鞋底纳起来。

四哥瞅瞅我，悄声说，你们去哪了？是不是去舅舅家了？

三哥经这一提醒，双眼不停地朝四周扫，发现妈进门一直提着的布兜挂在门背后，几步跑到跟前取了下来，放到炕上，四哥也凑到跟前。

爹，肉夹馍，一个，二个，三个，四个，爹，快起来吃肉夹馍，整整四个馍呢。有肉夹馍，妈怎么没给我吃呀。姥姥给了我们肉夹馍，妗子表哥他们会不会有意见？我听表哥说了，他们好多天也吃不到肉呢。

221

三哥四哥抢，妈说，馍凉了，明天妈给你们热了吃。

我们就尝一点点。三哥说着，从里面撕了一点肉，放到嘴里，边嚼边说，肉真香。妈又给四哥和我掰了一点，把另一半递给爹，说，我妈瞒着我嫂子给的，你尝尝。爹把头扭到了窑后面。

爹，你咋哭了？肉可香咧，不信，你尝尝。四哥说着，把分给自己的那一块让爹，爹说，你吃，爹不吃。

第二天早上，我们并没有吃肉夹馍，一直等到二哥放学回来，妈才让我们大家吃了肉夹馍，那滋味真香呀，到现在一想起那滋味，我眼前就浮现出一家子吃肉夹馍的情景：妈把热得软腾腾的三个半白面肉夹馍放在锅盖，我跟三哥四哥围着灶火，不停地说，妈，给我吃肉，妈，给我肉多的。妈用温柔的眼光看了我们一眼，好像故意延迟我们的幸福，迟迟不动手。她说等你哥他们干活回来吧。哥哥们回来了，我们一个个跳到炕上，围在盘子跟前，妈把肉夹馍切了大小相等的五块，每一块里面都有肉。她先给爹，然后给我，再给二哥、三哥、四哥。我跟哥哥们吃完了自己的一份，发现盘子里还有两块没有动。

一块是妈的，妈说她胃不舒服，不想吃肉，说着，把肉给了三哥，三哥一口就吃了一大半。爹还拿着自己的肉夹馍，好像舍不得吃似的，慢慢嚼着，吃了半天，好像还没有动。最后他抹抹嘴上的油，说，我也吃饱了，给你。说着，递给妈，被我抢到了手里。

给你妈。爹阴着脸，我一下子吓哭了。

最后妈还是把一半给我吃了。

那个秋季，一直在下雨。老天爷不下雨，村里人抬着猪到庙里去求雨。雨水多了，也发愁，把煤油倒进水里求老天爷，再不敢下了。还没晒干的粮食发霉了。窑漏水。院子被淹。这时，二舅骑着自行车跑来，说姥姥病了，让妈赶紧去。妈带着我又到了舅舅家。姥姥瘦多了，拉着妈妈的手，喉咙像拉风箱一样，呼呼呼，呼呼呼个不停，还夹杂着断断续续的呻吟声。舅舅们坐在炕边直抹泪。三舅说，妈一直念叨着你哩。

晚上，我拽着妈的胳膊叫她回家，妈说今天不回了，她要守着病重的姥姥，让我听话，要再闹，她就要打我屁股。

我看着那个大棺材，还是害怕。不过，姥姥嘴里发出的怪声音，比那大棺材还让我害怕。天一黑，我又嚷着要回家，这妈朝我屁股上狠狠抽了好几下，我哭着哭着就睡着了。醒来时，发现睡在大舅家的砖房里，没有大棺材，墙上贴着一张画，上面有一座大桥，上面跑着小车，中间也跑着车，是长长的车。表姐说，灵灵，这是武汉长江大桥，是咱们国家在长江上架的第一座铁路公路两用桥。我才不管它第一第二桥，哭着要找妈，表姐说，别哭了，奶奶要死了，你不要哭。你再哭，鬼就来捉你了。

我马上止住了哭声。

第二天，雨还在哗啦啦地下着，舅舅家院子里全是泥，全是人，还有姥姥的呻吟声，妈妈舅舅的叹息声。我们小孩子没地方玩，只能坐在炕上你打我一下，我拧你一把，好无聊。

大妗子跟一个女人说，可怜呀，人老了，真可怜呀，已经三天不吃不喝了。

那女人说，你给你掌柜说，我使个法，让阎王领走吧，这么受着疼也遭罪。

大妗子还没说话，大舅就揭帘而去。再回来，手里抱着白布、麻绳。

我看大妗子二妗子把纱布剪成布条，我知道那叫孝布，人死了，活着的人才把它缠到头上。我跑到姥姥屋，妈抱着姥姥，姥姥还在呼哧呼哧喘着气。妈一边给姥姥揉着胸说，妈，不怕，我在呢，咱不怕。我说

223

妈，姥姥还没死呢，妗子怎么就给我们准备白衣、孝布了？妈拿起扫把就往我身上抽。

姥姥艰难地伸出右手说，灵灵娃，来，往姥姥跟前来，让姥姥摸摸你的小手手，你再不让，姥姥就摸不着了。我才不到她跟前，我感觉她的脸黄黄的，好害怕。妈把我拽到姥姥跟前，把我的手放到姥姥手里。

姥姥看屋子只有我跟妈，把一个东西放到我手心里，说，装到口袋里，别让人看见。妈帮我装到贴心的肚兜里。那是一块钱。

姥姥又坚持了两天，才断了气。没了棺材的屋子，我不害怕了，可再也没姥姥了。姥姥躺在了姥爷的跟前，埋在了馒头样的土堆里，那儿四周全是坟堆，好害怕。

二哥高中毕业，跟家里闹着要去当兵。这年，大哥从部队来信了，说和平年代，在部队很有发展前途，吃得好，全是白面白米；穿得暖，有单衣，有冬衣，有棉袄、棉鞋、棉大衣。他最喜欢的是毛皮大头鞋，穿着既暖和又舒服。还有，房子里有暖气，住的是楼房。不但学武，还学文化。他已经入党了。最后说，让二哥也去当兵。

这是大哥写的最长的一封信，爹听二哥念完信，一句话：老二不能去当兵。

征兵最后一天了，爹还是不答应，把二哥关进了牛窑，门还锁了，他拿着钥匙。叔叔知道后，到地里找爹说情，叔说，考大学靠推荐咱没指望，只有当兵一条路，让娃去吧。

爹正牵着牛犁地，拿鞭子一挥，差一点打在叔叔脸上，只一句：我家是你当，还是我当？吃的粮少，管的事多。滚，离我远些。

二哥一听叔叔没说通爹，坐在牛窑里一会儿哭，一会儿喊，叔叔在牛窑门口吸完一锅旱烟，忽然拿起榔头砸锁，妈惊恐地说，老三，你干

224

啥，你哥的脾气你是知道的。

没事，嫂子，只要侄子有个好前程，我哥把我手腕扭断都值。

叔叔借了一辆自行车，带着二哥到了公社武装部，征兵的领导说不行了，迟了，二哥一听就瘫坐在地上。叔叔一把拉起二哥，说，快，给首长写大字，背书，讲《三国演义》。二哥一时急得说不出话来，叔叔拉着二哥到院子的龙头上冲了一下头，说，清醒清醒，娃，你快清醒清醒，最后一次机会了，你再抓不住，就跟叔一样修一辈子地球了。不知是二哥被水冲清醒了，还是急于想当兵，一口气背完了岳飞的《满江红》和诸葛亮的《出师表》。刚背完，叔叔说，再背《三国演义》，背刘备三顾茅庐访诸葛。二哥抹了一把脸上的汗，还要背，接兵的领导摆摆手说，算了，不用了。叔叔急得要给接兵的领导装一锅烟，接兵的领导一句话让他立即把掏烟的手松开了。领导说，这个兵我要了，快去领军装。

爹从沟里回家时，天已经黑透，爹到牛窑里，推了推门，门锁得紧紧的，便没说话。第二天哥哥随着新兵坐着大卡车去了省城，爹无意中听到村里跟他一起干活的长顺的一句恭喜，才知道老二参军了，回到家踢猪打鸡，扬言要把放走他儿子的叔叔拿绳绑了法办。他还没到叔叔家，叔叔倒先来了，手里拿着牛皮鞭子，像负荆请罪的廉颇，双手举鞭到头顶，跪到爹面前，说，哥，咱不能误了娃娃的前程，我后悔死从部队回来了。你打我吧。

爹接过鞭子，冲到院子，把柿子树狠狠地抽了十几下，然后说，老三你记着，我家老二有个三长两短，你得给我赔命。

二哥走后，他一木箱的书就成了我的，这是姑姑断断续续送给他的，上面还有姑姑写的感想，那字真娟秀。

诗雨从小在戏院里长大，一睁眼，听到的就是秦腔，后来慢慢懂事了，也能哼几句。没上学时，缠着姑姑要去看演员练戏，姑姑奈何不得，就带着去了。那天，正好院长在场跟演员们说戏，一看到诗雨眉眼俊俏，说喜欢唱戏不？七八岁的诗雨一点儿也不认生，说愿意，妈，我想学唱戏。

院长笑着说，会唱不，给我来几句？

诗雨学着古戏上的小姐，双手抱拳弯腰给院长道了个万福：好的，院长。地道的秦腔道白。

院长拉了把椅子坐下。

诗雨像个大人一样，整了整衣服，朝前走了一步：

月光下把相公仔细观看

好一个奇男子英俊少年

他必然读诗书广有识见

能打死帅府子文武双全

……

不错，不错，小小年纪就如此有天赋，将来肯定有出息。

谢谢，院长伯伯，我还会翻跟头、劈叉、甩水袖。我这就做给你看。诗雨说着，啪啪两下，双腿劈成了一条直线。起来，随手拿起两条绸带做水袖，一会儿单抛，一会儿交错扔，亦做得行云流水。

好苗子，你爸妈要是愿意让你学戏就送到县剧团少年班去。不过，学戏要吃苦的，并不是每个人都能学出名堂的。还有，要学就学到底，现在秦腔年轻娃娃喜欢的少，你可要有心理准备呀！

谢谢她伯伯。姑姑忙接口，只要她想学，我肯定不会拦她的。

回到家里，姑姑把此事给姑父一说，姑父并没有像她想象中那样高兴，说，我是怕呀，将来学不成戏，书也没有念成，那就把娃一辈子都害了。

她想学就学吧，人一辈子干一件自己喜欢干的事，多好！姑说着，又要拿药锅。

姑父说我来，我来，这药怕是没用的。说着，望着姑的脸色，看姑脸上并没有不耐烦，心里也就好受多了。

姑姑喜欢看尚明晖排练，虽然自己不能演戏了，还是喜欢看。一看到尚明晖，就感到心里欢喜。尚明晖对姑姑也比对其他人都好，姑姑想也许是他们一起唱过戏的缘故。人与人接触多了，自然也就增加了几分好感，比别人就多了那几分亲切。

直到有一天，姑姑才发现事情并不像她想象的那样。那天，戏已经排完了，大家都走了，姑姑在清理排练场。她以为化妆室没人了，不禁边哼边收拾：

兄弟窗前把书念

姐姐一旁把线穿

母亲机杼声不断

一家辛勤非等闲

天伦之乐乐无边

正唱着，忽觉后面有人，回头一看，是尚明晖。尚明晖说，我知道你爱唱戏，要不，咱们来唱一段《三滴血》，就周天佑和贾莲香的《打虎》这折，你会吧。

姑姑点点头，有人给自己配戏，她很想过把瘾，清了清嗓子唱道：

227

叫声相公小哥哥

空山寂静少人过

虎豹豺狼常出没

你不救我谁救我

你若走了我奈何

常言道救人出水火

胜似焚香念弥陀

尚明晖：哦！你把我哭得我也心软了！

你二老霎时无去向，

我的父不知在哪方；

你在一旁哭声放，

我在一旁痛肝肠；

前路茫茫各惆怅，

声声儿不住叫爹娘；

孤儿幼女相依傍，

同病相怜两情伤；

猿啼鹤唳山谷响，

我也觉得心惊慌。

如此，我就随你上山寻找你那二老爹娘也就是了！

姑姑：哦！如此走！

尚明晖：走！

姑姑：走啊！我随你缓步向前走，

尚明晖：（接唱）想起爹爹泪交流；

姑姑：（接唱）恐怕猛虎满山吼，

尚明晖：（接唱）想起狗官恨不休！

姑姑：（接唱）双腿疼痛难行走，

尚明晖：（接唱）只见日落西山头。

哎？你怎么走不动了？

姑姑：我双腿疼痛难以行走！

尚明晖：哎呀呀！这般时候你不挣扎前行，难道等着喂老虎
不成？

姑姑：我实在的走不动了么！

尚明晖：你走不动了我也没法，你就在此孤坐，我便去了！

姑姑：相公！

尚明晖：你撒手！

姑姑：相公！

尚明晖：哎呀！你撒手！

姑姑撒开尚明晖的手，尚明晖重新拉住，说，玉墨，你唱的虽比不上专业，但特动情。

你说好，我爱听。姑姑说着，脸一下子红了，把手又抽了出来。

一曲唱完，姑姑感到浑身舒坦。就在她出门的时候，尚明晖忽然说了一句话，这话让姑姑的心里咯噔了一下，尚明晖说，玉墨，我发现你嘴唇真好看，确如古人所说，唇如激丹。姑姑是天生的红唇，曾经有许多人都以为她是抹了口红，其实姑姑从来就没有。她倒是想来着，那也

229

就只是想想。

这是姑姑第一次听到"唇如激丹"这个陌生的词，虽然她不知道这话是啥意思，但是她想肯定是漂亮的意思。当时脸就红了，说，我先回去了，你出来的时候，把门锁好。

回到家里，姑父还在画画，看到她回来，悄声说，轻点，诗雨刚睡着。

姑姑都脱下衣服躺在炕上了，还感觉心在不停地跳。她迎着姑父伸过来的胳膊肘儿，把自己的头放上面，然后埋在他胸前，说，我问你，啥叫唇如激丹？

姑父低头望了望她，问，你怎么想到问这个词？

我今天看书看到的。

姑父说这是比喻女人的，证明这个女人有魅力，能够引起男人情欲的。这是书上说的，我说不太清楚。

姑姑感到自己心跳加快，没再说话。

姑父搂着她说，你就是这样的，我第一次见你的时候，你就唇如激丹，那时候就像青色的杏子，好看但不好吃。后来我觉得你像只水蜜桃，既好吃又好看。

又说好听的了！姑姑撒娇道，人家说女人没结婚时是金蛋蛋，结婚了就是银蛋蛋，生了娃娃就成了一钱不值的泥蛋蛋了。

胡说了，你要是泥蛋蛋，我能娶你？姑父说着，就翻身骑到了姑姑身上。

姑姑想要拦他，他说我感觉自己行了，真的，我感觉最近好多了，你不信，试试。姑父肯定地说着，就掀开了姑姑的衣服。

不知是唱戏唱的，还是姑父的抚摸，姑姑感到自己好久没有的激情奔涌而出，她满脸绯红，浑身像着了火。结果当她激情充溢时，姑父还没有进去，又泄了。就像刚在春天，一下子又回到了冬天，姑姑感到从来没有的一股绝望涌了上来。

姑父气得跳下床，抱起一堆中药出去要倒，姑姑挡住了他说，这事急不得，把药从姑父手里拿过来，放到桌子上，又把姑父推到床上，说，睡吧。给姑父盖好了被子，她端起盆走出屋。姑父说快些进来，外面天冷。姑姑并没有进来，而随着哗哗的水声，洗起了脸来。

都怪我呀，姑父想着，用被子把头蒙住了。

姑姑再见到尚明晖时，就浑身不自在，尽量躲着走。尚明晖却不理解她的意思，仍然给她不时递来火辣辣的眼神，她想只要她不理他，一切都很快会烟消云散的。虽然这么想，诗雨的事她第一个就想到了他，而且她相信他出的主意一定是自己愿意听的。可最终还是没去问，怪自己不该如此，让他产生误解，这等于自己玩火呢，姑姑想，自己是有家室的人，跟张文正经过多年风雨，不得胡想。

几天后，姑姑送诗雨到县剧团少年班学戏。姑父望着嘴里含着糖的诗雨说，这么小就住集体宿舍，听说练功可苦了。要劈腿，开叉，下腰，你行吗？你要是不愿意，咱就不去。

诗雨说我愿意，我要唱戏，我要挣很多钱，要到大城市里去生活。我要吃最好吃的东西，穿最漂亮的衣服。对了，妈，你看我穿的粉色的连衣裙漂亮不？

我女儿当然漂亮了，去了戏校要好好唱戏。专心去学戏，县上人多社会又复杂，你要留心点，跟好娃娃在一起，千万别跟那些坏娃娃学。等你学到真本事，一辈子吃喝就不用发愁了。姑姑说着，望着诗雨，又皱起了眉头，说，你怎么整天嘴里都塞着东西，取出来，都上学了，还这么个样子，像什么。

别说了，好像我们诗雨就一直在农村长大的？小镇再小也是镇，诗雨是个好娃娃，就能到县上去学坏？你不要吓娃娃了，赶紧走吧。

姑姑这才住了口，推起自行车，说，诗雨，上车，咱们走。

晚上下起了雨，姑姑的婆婆给姑姑送来她给诗雨做的棉衣，天黑路滑，一下子摔倒了，结果大腿骨折。婆婆出院后，姑姑住到了婆婆家，侍候婆婆。老人动不了，姑姑擦屎挖尿，连姑父都说你比她亲生的还好。天冷，老人肺部又感染，病情更加恶化。

姑姑两边跑，姑父说算了，你就到那边照顾吧，这边有我经管着。

婆婆让姑姑姑父搬回来住，姑姑说不用。

姑姑婆婆半年后去世，这半年来，姑姑除了上班，不离左右，人瘦多了，却更加漂亮。叔叔一听姑姑婆婆去世了，又来到姑姑家，说自己摆烟摊风吹雨淋的，哪怕要半间，遮遮风挡挡雨也满足了。

姑姑说三哥，咱人穷志不短，别想着人家的，这不是咱家的东西。婆婆留的遗言说，这房子是姑姑用自己的钱赎回来的，理应属于姑姑。姑姑却在婆婆去世后，当着众人的面，说房子她不要，要留给书英的孩子。第二天，就办了过户手续。

叔叔说世界上姑姑最傻，爹说住着人家的房心里不踏实，咱妹子做得对。

38

镇戏院经过精心排练和选拔，挑出《游西湖》整本和《藏舟》《五典坡》三个获奖剧目到省里汇报演出。姑是临时工，不可能去。姑父知道姑的心思，说，你要真的想去，我去找院长说说，诗雨不在家，我一个人吃食堂就行。

姑姑说行不？我只是临时工。

姑父说试试吧。姑父说着，提着两瓶鹌鹕酒来到了院长的宿舍。

院长一口回绝了姑父的请求，说，演员不少，一路吃吃喝喝花销太多，不要去了，而且像你这样的画师也是不能去的。酒拿回去吧，我知道玉墨想唱戏，现在没办法，年龄大，也没有专业地学过唱戏，不可能有什么发展。到省里去也是浪费名额。张文正，你在团里多年，是个老实人，不要搞这一套。再说到省里等于公费旅游，多少人都想去呢，我要是一碗水端不平，这院长可就不好当啰。给你说句真心话，镇上领导的亲戚想去，我没法子，只好让他演个校尉甲，举个枪棍什么的。你是老职工了，请理解。

姑父提着东西无精打采地从院长屋里出来。刚一开门，就看到戏院当红小生尚明晖站在门口，朝着他微笑。姑父对尚明晖不知怎么回事，总是不喜欢。尚明晖平时为人清高，跟姑父很少主动说话。姑父也不睬他。没想到，这天尚明晖忽然对他热情起来，姑父也就微笑着打了声招呼。

他怕尚明晖看到自己提的东西，把酒藏在身后，极快地离开了。

姑姑一看到姑父失意的样子，就猜出八九不离十了，宽慰道，其实我也没真的想去。随着日子的增长，姑姑发现她对姑父的感情不再像过去那样浓烈，而且有时候还无端地生出些厌烦。她骂自己怎么是这样的人。可是骂了还是管不住自己。而且这种情绪经常有意无意会表现在一些言行上。比如她不再想跟他做夫妻之间的事了，不想让他抚爱自己。药吃得张文正都吐血了，终不见效，也就听天由命了。姑姑知道张文正是个敏感的人，并不说破，装着什么事儿都没发生，但她内心越来越感到一种说不清的失望。她想起跟张文正刚在一起的日子，那时候多么美好！那时张文正是魅力十足，对她温柔有加，现在脾气越来越不好，疑心更重，她跟男人说句话，他都要疑半天。随着年龄的增长，工作的压

233

力，再加上还有一个女儿要抚养，他经常表现出对金钱的计较，对工作的埋怨，对同事的冷漠，穿衣邋遢不说，刷牙胡乱几下了事，脚三天两头都不愿洗。让姑姑很失望。

在这样的心境下，姑姑还发现了一个让她胆战心惊的事实，那就是她开始有意无意渴望见到尚明晖。我脑子里怎么还有这样的念头？真该死！她越自责，想见尚明晖的念头就越强烈。

演员们走的前一天晚上，张文正说要出去检查一下带的布景。张文正走后，姑姑忽然冒出一个念头，她要把刘书朋的照相机借给尚明晖，让他在省城里多照几张相片，既然她不能去，至少在照片上看看省城，也算了了心愿。相机拿出来，镜头还没擦完，她就觉得自己荒唐。把相机重新锁在箱子，刚把姑父的画笔洗干净，门响了，丈夫这么快就回来了？姑姑打开门，是尚明晖。这是尚明晖第一次到她家来，她不敢看他的眼睛，躲着他眼神，说，呀，是尚老师呀，张文正不在，你有事到画室找他。

叫什么尚老师，喊我名字就是。我找的是你，你这次去西安吧？

你说笑话了，院里那么多正式工都去不了，怎么会让我一个临时工去呢？姑姑说着，想找烟，翻了半天，也没找着。

你收拾好东西，明天五点到大门口集合，其他事就不要管了。

姑姑不相信自己的耳朵，问道，你说的是真的？怎么没人通知我？

我就是来告诉你这件事的，我已经跟院长说过了，我知道你想去的，我告诉他，你不去，我就不唱。他不会因为多一个人，就不让我唱了。我知道，他们离不了我，咱们院、县剧团，都离不了我。这你比我清楚。尚明晖说着，倚着门，晃荡着腿，微笑地看着姑。

你怎么不经我同意，就说这样的话？如果院长乱想，院里其他人胡说，你叫我以后怎么做人？姑姑生气地扭头坐到椅子上，说，你回去吧，我不去。

嗨嗨，你误会了。我有那么笨吗？尚明晖说着，把他长长的头发用手指梳了一下，说，院长跟我关系铁，我告诉他你办事心细，管服装，化妆，提词，样样在行，一人能顶三四个人用。到城里比不得在院里，环境陌生、头绪多，没有一个细心的人，很难保证不出乱子。过去就出过这样的问题，我都上场了，才发现帽子压扁了，袍子全是褶，哎呀呀，气得县委书记当时脸就绿了。他说到这里，看姑姑脸色舒展了，便手一拍，就这么定了，拉开门，却又回头说，我还说了一句话，院长立马就同意了，你猜我说了什么话？

姑姑抬起头，却没问什么话，复低下头。尚明晖快快地走了出去，仍不甘心地说，以后我再告诉你。

张文正一听说院长又同意姑姑去了，皱了一下眉头，半晌才说，我还没去过省城，好好玩。让姑姑多带些钱。姑姑说，我跟着他们一起吃的，一起住的，不用花钱。姑父还是让她带了二百块钱，那时候姑父的工资是七十元。

姑姑一直担心姑父问为什么院长就又同意了，可是姑父没有问，这让姑姑心里七上八下的。他没有想到，还是故意不问？难道天上能掉下馅饼。可是这事更不能问，姑姑想了一会儿，就不想了，她想着一定要让姑父欢喜一次，这一去好几天。

她做得细致而周到，虽然姑父的情形还跟过去一样，但终于心满意足地睡去了，这让姑姑心里好受了许多。她给姑父把换洗的衣服和吃的东西都准备好，躺下来，却一夜没有睡着，尚明晖的身影，始终在她脑际萦回。她真不想去，可她仍是抵挡不住省城的诱惑，第二天早早起来，第一个到了登车点，又是帮着清点人数，又是检查所带服装。院长对她赞许地笑笑，她的心又跳了起来，觉着人家笑得也别有深意，便满脸通红地说，谢谢院长让我去省城，此去我一定为大家服好务。

39

一切收拾停当，姑姑上到单位的大轿子车上，在最后一排坐了下来。她觉得自己是临时工，坐这儿最合适。演员们陆陆续续来了，杨凤莲一上来，就径自坐到了第一排，姑姑心想，幸亏自己有自知之明。尚明晖上车的时候，车上人并不多，好多座位还空着，杨凤莲一看到他，就挪到了里座，招手叫道，明晖，来，坐这儿。

尚明晖扫了眼车后，姑姑慌忙低下头。尚明晖说，我坐后面去，闻着汽油就晕。姑姑心里说老天，他千万不要坐到我这里。她这样想着，就往外坐了坐，她想让尚明晖明白自己的心思。然而尚明晖目不斜视，一直走到她跟前，说，往里挪挪。

姑姑尽量坐到车窗前的座位上，心想，这个可恶的尚明晖，你离我这么近让人说闲话了。尚明晖朝着她笑了笑，就跟旁边的人说起话来。

从镇到省城要翻两个大沟，上两座山，坐车要七八个小时，而且这条西兰公路，是陕甘宁必经之路，路上有不少货车，一队接一队。院长清点人数时，说，大家上车了，可以睡一觉，最快晚饭前才到。说完，朝姑姑和尚明晖望了一眼，坐到旁边位子上。姑姑想，院长一定胡思乱想了。我以后怎么做人？可是再换位子已经来不及，车上没空位了。

刚开始，大家还你说我笑，车行了两个多小时，渐渐没有了声音，不少人东倒西歪睡着了。院长发出的呼噜声最大，有人推一下，院长转了个身，又开始了第二轮的呼噜。

姑姑没有跟尚明晖主动说话，尚明晖也没有跟姑姑搭讪，大家都睡了，姑姑也想闭会儿眼，可是睡不着。想跟尚明晖说话，又怕车上人瞧想，便两眼望着窗外一座座的山，一片片暗淡的绿，猜省城会是什么样子，又想姑父中午饭不知吃了没有。

随着车的晃荡，尚明晖的身子不停地往她身上靠，刚开始她还躲，后来发现没有用，就不再躲。尚明晖穿一件雪白的确良短袖，银灰色的喇叭裤。胳膊上那隆起的肌肉，还有大腿根凸起的部位，姑姑看得心扑通扑通直跳。那腿紧挨着姑姑腿上，她好紧张，却不想挪开。两人就一直这么坐着。尚明晖闭着眼睛，可姑姑感觉他没有睡着，因为她放在外侧的手尚明晖悄悄握着，姑姑想松开，又想她这次能到省城，多亏了尚明晖，便由着他了。怕人发现，把自己随身带的包放在她跟尚明晖之间的位置上，这样，既挡了距离，又遮了人的目光。

尚明晖终于也睡着了，姑姑以为自己能松口气了，结果，手还是被紧紧抓着。人，一会儿靠在她身上，一会儿又靠在她肩上。她往外推推，刚推起来，一会儿又来了。像座山。姑姑出了一身的汗。

人多了，车密了，楼灯越来越亮。姑姑想到省城了吧。车里已经黑了许多，这时，一直没有说话的尚明晖醒来了，悄声说饿不饿，我带饼干了。

姑姑摇了摇头，尚明晖松开姑姑的手，姑姑以为自己会轻松，没想到竟然有些惆怅，感到手里忽然空荡荡的。她听到一阵纸的响声，回头一看，尚明晖拿出一个苹果，说，吃一个。姑姑不接，旁边一个人拿着显然也是尚明晖给的苹果，说，吃吧，到咸阳了，西安怕还有多半个小时呢。

姑姑只好拿起苹果，尚明晖说我这是第二次到省城来了，好玩的东西多得很，咱们一定要去玩玩，不去玩，就对不住美丽的省城。

姑姑吃不准他是给自己说话呢，还是跟旁边的人说话，就没有接口。

跟你说话呢！尚明晖大腿轻轻碰了碰姑姑的腿，姑姑感到一阵热流涌上心头。她朝四周飞快地望了眼，慌忙点了点头。

可能车里黑了，尚明晖的手这次大胆多了，又拉住了姑姑的手，而且还不停地轻轻抚摸着，姑姑怕旁边的人看到，就装着朝窗外看，用余光扫了右边的人，是否能看到自己这边，人们大多仍闭着眼，可能还在睡，心才跳得慢些了。

演出很是成功，姑姑在后台，看到舞台上风流倜傥的尚明晖摇扇迈步的样子，再想想在车上对自己的深情，心里既自豪又紧张，生怕他唱错了词，生怕他忽然发不出声。一句话，她比尚明晖更紧张。但尚明晖一下台，她又避着他，总是跟大家在一起，尚明晖递的眼神，她也不接。

三天演出结束，团长说大家可以在省城玩一天，第二天早上返回，要注意安全，不要丢了。他说西安有不少老朋友，他想带尚明晖去看看，说，都是戏剧界名流，尚明晖说，我不去了，跟在西安的同学已经约好了。

女同事相约着逛街了，姑姑一个人坐在招待所里，想着昨天吃晚饭时杨凤莲约尚明晖去玩的事，心里很不自在。接着又在心里骂自己，你管人家那事干什么，尚明晖俊朗有前程，姑娘喜欢是正常的。想出去玩，又怕走丢，便想就在门口转转。她从包里取出一条红色布拉吉连衣裙穿上，往镜子里一瞧，我的天，胸太高了，而且露出了小腿，多丢人。这是姑姑第一次穿裙子，裙子买了多半年，在小镇上她不敢穿，张文正也不让她穿，有伤风化，这次到省城，她瞒着张文正，悄悄带上了。

打量了片刻，想反正街上也没有多少人认识她，就拿着相机，出了门，刚下楼，就发现坐在沙发上的尚明晖站了起来，眼睛热得吓人。

你穿裙子真漂亮！他上下打量了她一番说。她脸瞬间红了，回头一看，对面站着一个漂亮的女人，跟自己一样穿着大红色连衣裙，衣服贴着腰身、大腿、胸脯和双臂，显得妩媚而撩人。正要躲开，才发现那是镜中的自己。

你在这干什么？

我在等你。

等我干什么？你快走吧，别让人看见，影响不好。姑姑说着，快步走出招待所。她没听见后面有脚步声，心里又一阵惆怅。来到大街上，看着来来往往的车流，她一时不知所措。一辆公交车刚停面前，她正要看站牌，尚明晖突然一把把她推上了车。

这是去哪儿？上到车上，她扶住把手，回头一瞧，尚明晖笑眯眯地看着她，便小声问。

跟我走就是，我给你说过，我要带你去好玩的地方。

你不怕——我……我已经出去了？姑姑说，感觉自己声调里带着颤音。

我一大早就在楼下等你了。

等我干什么？你不怕别人说闲话。姑姑说着，眼睛望着窗外的人流，望着高楼大厦，再想身后有个熟悉的人，不安的心里踏实了许多。

尚明晖带她来到兴庆公园，姑姑望着漂亮的大湖，还有船，说，你怎么知道我喜欢这儿？女人都是喜欢逛商店，买衣服呀吃零食什么的。

尚明晖望着她，说，我知道你的太多了，因为你跟别的女人不一样。还记着咱们一起唱《藏舟》吗？就在那时，我喜欢上了你。

姑姑感到自己的心跳加快了。

尚明晖说咱们划船去吧。一听水，姑姑就哆嗦，还没等她同意，尚明晖就去买票了。

姑姑上船时，船晃了一下，她吓得浑身是汗，她想起了水中挣扎的刘书朋，眼前恍惚起来，身子一晃，腰被后面的尚明晖一把揽住了。姑姑紧张得脸都发白了，一把推开了尚明晖，差一点把他推到了水里，尚明晖倒没介意，还笑着说，我掉下去，谁保护你？这水可是有好几米深的。姑不敢再动，静静地坐在船边。尚明晖把船划到湖中心，就任着船儿晃来荡去，自己只一眼不眨地望着姑姑。

姑姑说你看我干什么？

尚明晖说我想吃了你，说着，一把把姑姑揽在了怀里。青天白日，大庭广众之下，姑姑推他打他，尚明晖也不松手，笑着说，人家会以为我们是谈恋爱呢。

胡说什么，我有丈夫娃娃。你再这样，我就跳下去了。姑姑说着，挣开他站了起来，船跟着也晃了起来。尚明晖脸都吓白了，忙说，坐下坐下，水很深的，我保证不碰你了。姑姑还是慢慢移到船头，坐在了尚明晖对面。

我爱你，真的。尚明晖双手扶在头后，仰望着天上朵朵白云，喃喃自语，在大城市里，跟自己心爱的女人，划着船，说着话，过着浪漫而诗意的生活。这就是我的理想。要是永远这样，该多好。

姑姑扭头望着湖面，手伸进湖里说城里真好呀，这么美的湖，这么蓝的天。

你跟张文正生活得并不幸福，我从你这两年的脸色上看出来了。

姑姑盯着湖边说，你看这柳树不就是我家张文正画的布景上的那种吗？柳枝全往下垂，跟咱们那柳树不一样。我要给他多照些，让他画得更像。

尚明晖没有接她的话，却说，他老了，整天死气沉沉的，你是一个灵魂不安分的女人，你的满身都洋溢着激情，像火一样燃烧着自己。别看你装得一本正经，只有我能懂你。

姑姑不理他，拿着相机不停地咔嚓。尚明晖继续说，你现在喜欢他，只是一种责任，只是怕人家说你。你们刚结婚的时候，你偷听我唱戏，而且不止一次。那时候起，我就知道你是个啥成色的女人了。

你快看，水里有鱼，有金黄的，有黑白的，天，还有那条最大的，竟然是红白两色，你快看呀，它游过来了。我把水的波纹都照上了。

你还在门里一直偷听我的戏。

姑姑的心事被他说中了，她又不会撒谎，一时不知如何接口。不敢迎接对方的目光，便又望岸上来来往往的人。

现在我给你唱，给你一个人唱，好不好？

别，小心城里人听见笑话。

你终于接我话了。没事儿的，我这是弘扬咱们祖国的传统文化呢。尚明晖说着，瞧着姑姑，一点儿也不怕难为情，大声唱了起来：

> 月光下把渔女仔细观看
> 她那里哭啼啼泪湿粉面
> 渔家女遭灾难实实可怜
> 为救我她不怕官兵风险
> 讲出话就如同钢刀一般
> 渔家女她能有如此肝胆
> 真可算难得的女中英贤

姑姑紧张地望了望四周，以为会有人喝彩，却没有人理他们，船上情侣们在抱着亲吻，岸上一对中年夫妻好像在拌嘴，女人在前，脸色阴沉，男人在后面，抱着孩子，赔着笑脸。还有一帮小学生在草地上丢手绢，这让她想起了她的女儿诗雨。

我唱得不好吗？

好，比昨天晚上唱得还好。姑姑看尚明晖情绪低落，马上说。

想想你刚结婚的时候，那是多么饱满呀，就像只熟透了的桃子，饱满得汁都要流出来了。那时我不敢碰你，知道你过得很好，只远远地看着你，后来发现你一天比一天消瘦，脸色一天比一天暗淡，就知道你们的生活出了问题，而且是不小的问题，听说张文正那事不行了？是不是？

你看公园里风景多漂亮呀，绿的树，红的花，明澈的湖水，穿着漂亮的男男女女，神仙不过也就是这样的生活！

他肯定满足不了你，性是生活中最重要的部分。

姑姑脸腾地红了，心想，这人也够不要脸的了，骂也不是，接话也不是，便说，你快看那女人！

尚明晖循着姑姑的目光望去。一位少妇撑着粉色的小碎花伞从一丛红花间走过，穿着一件雪白的尖领短袖连衣裙，胳膊在阳光下闪烁着金光。姑姑说真漂亮呀，像天仙。

哪儿漂亮？

裙子呀，胳膊呀，还有胸！你看双乳翘挺，像两只鸟儿。

尚明晖说，你比她还美。

骗人！姑姑捂住了耳朵。又望着远去的白衣少妇，长长地叹息了一声，尚明晖问何故，她幽幽地说，不比不知道自己裙子样式有多土气，色调有多么俗气。

再好的裙子还得看谁穿，我就觉得全公园就你最漂亮，跟你在一起，我好自豪。

两人划完船，尚明晖说咱们去爬山。姑姑不想去，可又不敢一个人回去，边跟在后面气喘吁吁地爬上去，全城尽收眼底。尚明晖不停地给姑姑照相。最后，尚明晖说咱俩合一张吧，姑姑不同意。尚明晖叫住旁边一个游客，然后亲昵地搂住姑姑，姑姑要躲，对方却按了快门，给他们照了一张让姑姑脸红心跳的照片。

晚上尚明晖又带着姑姑在城楼上看夜景。姑姑不停地照夜景，说要给张文正和女儿看。

你能不能不提你那个不中用的丈夫？好像我不知道你是有丈夫的。尚明晖不高兴地说。姑姑一听这话心里很不高兴，是我丈夫我当然要提。想，尚明晖吃醋，证明心里有她，心里颇得意。又想反正明天就回家，回家了，这一切就都结束了。

返回的路上，尚明晖忽然说，我知道你喜欢我，咱们干脆找个地方住一晚。说着，朝一个小旅馆努努嘴，拉着姑姑就要进去。

姑姑感到自己的心跳再次加快，又感觉自己受到了侮辱，生气地说，你今天说了许多糊涂话，我不跟你计较。再这样，不要怪我翻脸不认人。

我爱你，爱了你好几年了，现在好不容易有机会了，答应我吧。尚明晖说着，一下子托住了姑姑的脸，要亲吻她。

你疯了？姑姑说着，抽了他一巴掌。尚明晖摸着脸，问，你不喜欢我？

姑姑加快了步子往前走着，边走边说，这是两码事。

什么叫两码事？你喜欢我，我喜欢你，咱们就做一些男女之间喜欢做的事，这有什么！

我跟你想的不一样，我喜欢你，就是爱听你唱戏，爱跟你逛公园，爱听你说话，其他的你连想都不要想。

你不是也喜欢张文正嘛，不也跟他没结婚之前就有关系了吗？

姑姑气得半天说不出话来，扭头就走，撞到一个人身上，忙不迭地再三道歉。

尚明晖追在后面仍说真的，我非常喜欢你，你只要愿意，就嫁给我。嫁给我，我会让你一辈子过得欢欢喜喜，快快乐乐的。

姑姑说：你再说这样的话，不要怪我不认识你了。说着，跳上了一辆正要开的车。

错了，错了，你坐反车了。尚明晖急得跟着车追，不一会儿，车就不见了。姑姑一点儿也不害怕，她想她是一个大活人，而且是一个识字的人，不会丢。

她看到车上有行进的路线，知道会到自己住的招待所。结果车上没几个人了，也没到地方。一问售票员，售票员面无表情地说，你坐反了。

姑姑下了车，并不急着回去。她看附近有家商店，进去给诗雨买了条白色连衣裙，给姑父买了件烟灰色开领毛衣，就从对面坐车，不一会儿就回了招待所。

一进门，正等在大厅里的尚明晖马上从沙发上站了起来，擦着满头大汗说，你总算回来了，急死我了，你回来了，我心就放下了。说着，递给姑姑一个纸袋，头也不回地上楼了。里面装着的是跟公园里见到的那个美丽的少妇一模一样的裙子。姑姑想起了在船上的情景，她无意中说的话，没想到尚明晖就记住了。

返回的路上，姑姑仍选了后排，坐到了老化妆师的旁边。

她既盼着尚明晖上来，又怕他上来。尚明晖是跟杨凤莲一起上车的，他还帮她提着行李。两人一上车，他就对杨凤莲说坐前面，视野开阔。

杨凤莲朝后看了看，说，你不是怕闻汽油吗？来，咱们去坐最后

244

一排。

　　好，尚明晖看都没看姑姑一眼，跟杨凤莲有说有笑地走过她身边。这一路，姑姑感觉时间太漫长了，虽然来时，也没跟尚明晖说话，可有他坐在身边，随着车的颠簸，身体偶然的接触，比说话还有意思。可现在，老化妆师身上散发出一股刺鼻的老年男人特有的那种体臭，还有那不停的呼噜声，让姑姑的心情坏到了极点。

　　后面的杨凤莲此时好像要成心跟她作对似的，跟尚明晖调情不断，一会儿打一下他的手，一会儿又递只香蕉。两人嘻嘻哈哈的样子，让姑姑心里难过死了，她真想站起来，提醒他们不要吵别人。可是她只是个临时工，怎么能说剧团两个台柱子呢？自己这么一站出来，人家又会怎么想？特别是院长。一看到院长，她就好紧张。

　　她闭上了眼睛，决定一回到家里，就把那张她跟尚明晖照的照片还有他给她的衣服还回去，以后谁也不认识谁。难道我不跟你进旅馆，你就去找别人，这样的人还算是个好男人吗？幸亏没犯糊涂。

第十一章

40

照片，姑姑是拿到县城去洗的。看到尚明晖搂着自己，紧张得连照相馆的人都看出了她的难为情。再想自从回来，尚明晖好像不再认识她，长长舒了口气。她原打算把照片还给尚明晖，又觉得这样无形中让自己低了三分。撕掉吧，又舍不得。想了半天，最后放进当姑娘时从家里带来的那只木箱子最底层。她把尚明晖给她的衣服又试了半天，真是太漂亮了，终舍不得还回去。

几天后，晚上吃饭时，平常不喝酒的张文正闷头喝了好几杯，醉意朦胧道，玉墨，你再给我生个儿子吧。没儿子，我心里空落落的。

我不想再生了，咱们有诗雨就行。姑姑以为张文正是随口说的，没往心里去。戏院里最近忙，姑姑经常看到尚明晖当着她的面跟杨凤莲打情骂俏。心想尚明晖一定是给自己送了衣服后又被拒绝，心不甘，才跟杨凤莲好了。这样也好，衣服还了，趁早了结所有纠葛，这么想着，便来到尚明晖的宿舍，发现里面灯亮着，她想也许杨凤莲在，想返回，又想早了断为好。这么一想，把门咚咚敲了两下，尚明晖看到她，她以为他会吃惊，结果他好像两人早就约好似的，淡淡地说，坐吧。

我给你还东西来了。说着把东西放到桌上，就要走。尚明晖胳膊一伸，堵住了门，她以为对方要跟她说什么，她心里一热，但是尚明晖的话却把她激怒了，他说少了一样东西。

姑姑脸色愈发难看，说，你说是钱吧，船票钱。现在我就给你，说着，就掏，才发现出门急，身上一分钱都没带。

尚明晖哈哈大笑，说，你把我想成什么人了？我说的是照片，咱俩的合影。

我撕了！姑姑说着扭身就要开门，尚明晖再次挡住了路，嬉皮笑脸地说你不会的。

为什么？姑姑躲开他浓重的呼吸声，又走不脱，只好坐到椅子上。

这就对了，咱们坐下慢慢说。我说不会，是因为你回来好几天了，才来给我退东西，这就证明你是因为某事而生气的。而我要告诉你，某事是本人精心策划的，就是想看看你吃醋的样子。还别说，你吃起醋的样子，让我心里麻酥酥的，恨不能一把搂在怀里。

尚明晖，你不要以为你让我去了一次省城，就胡说八道。我是有丈夫的人，欠你的人情，我会还的。

尚明晖在屋子里转了一圈，好像是下了决心似的说，离婚吧，嫁给我，玉墨。

你开玩笑，我一个临时工，又不年轻了，你当红小生，能看上我？杨凤莲又年轻又漂亮，你们男唱女和，志同道合。

尚明晖说，我是开玩笑的人吗？杨凤莲是比你年轻，可是整天脾气

247

大得要命，啥时都要以自己为中心，我可伺候不起。我反复想，你善解人意，情感细腻，关键是我们能谈得来，是我最合适的妻子。

姑姑站起来要走，对方左手一拦，右手一拉，姑姑就被他搂了个严严实实，说，答应我。

你这么闹我要喊人了！

喊吧，隔壁就是院长，你尽管喊。尚明晖说着，脸紧紧地贴在姑姑的脸上，姑姑发现她竟无力拒绝他，她喜欢这种让她心跳加快的动作，喜欢闻他身上那让她迷醉的味道。还有他手指带给她的那种她渴望的爱抚。他不同于刘书朋，也不同于张文正。一想起张文正，她马上清醒了，感觉自己好恶心，使出全身劲推开他，要开门。尚明晖又把衣服塞到她怀里，说，你明天上班的时候，穿上它，只穿一天，你答应了，我就放你走，以后再也不招惹你，我们各走各的道，好不好？

好，男子汉，说话算话，我答应你。姑姑走出门，心想，怪自己让尚明晖有了误会，她想明天说什么也把钱还给他，然后再不理他了。心惊肉跳地回到家里，姑父还没有回来，可是箱子的锁子被撬，里面的东西扔在了地上，那张她和尚明晖的合影不知去向。再联想到张文正这几天的神态，一下子恍然大悟。心神不定了片刻，又想其实他们不就是在省城结伴逛了逛吗？又没做什么对不起丈夫的事。便收拾床，坐在床上，等丈夫回来。

姑父是喝了酒回家的，一开门，姑姑就闻到他满身的酒气，她冷冷地说，你开我箱子了？

姑父不理她，一进屋就躺在了床上，姑姑要给他脱鞋，被蹬了一脚。姑姑本想不理，又想是自己不好，便拿了毛巾给张文正擦脸，边擦边说，洗洗，脱了睡吧。

姑父突然坐起来，眼睛直直地盯着姑姑，说，我要你给我生个儿子。

姑姑说我不想再生了，你先睡吧，等你酒醒后，再说。说着，要帮他脱衣服。

姑父一把推开她，说，滚开，我知道，知道你为啥不给我生儿子了。我知道你变心了，看不上我了，你嫌我不行了。

不就是一张照片吗？再说自己没做什么见不得人的事情。姑姑想到这里，便理直气壮地说，你胡说。

我胡说？是谁找院领导让你去了西安，你又跟谁逛公园了？你去西安，我就怀疑了，只是不敢相信。你出去听听，全院人都议论了，我却像傻子一样被蒙在鼓里。说着，从口袋里掏出照片，扔到了床上。吼着说，两人搂搂抱抱的，你还有什么话说？

姑姑自知理亏，说等你酒醒后我再回答你。

不行！你说不清，我就不让你睡觉。姑父说着，狠狠地把姑姑推搡到床头，木头床架把姑姑的额头咣的一下撞破了。

是有这么回事。姑姑抹了把手中的血，说。

姑父抓住她又把她往墙上撞，死死地掐住她的脖子，说，你们发生关系了吧。

姑姑扭过脸，说，没有。

没有？你还说没有？两人逛到半夜，怎么可能没有？张文正说着，狠狠扇了姑姑一巴掌。你是个婊子，婊子，算我瞎了眼，我怎么能找你这么一个贱货？我丢了老婆，舍了女儿，却找了一个可以随便跟人睡觉的婊子。我现在才想那个死了的勇勇可能都不是我儿子，你一个人能熬住那么长时间？骗你先人去吧，说着，又压在姑姑身上，朝她的脸上扇得手都酸了。边打边说，你现在给我说清楚，睡觉了没有？你交代了，我就不提过去了，给我生个儿子，我就权且当作走路撞上鬼了，不再计较。

姑姑抹了把嘴上的血，笑了，说，我告诉你，睡了，我们睡了一百次一千次，勇勇的确不是你儿子，我不会给你生儿子，这辈子我也不会。说着，跑了出去。

你给我回来！张文正喊着，却没有去追，他躺倒在床上，恶狠狠地说，贱人！死得远远的，才好哩。

姑姑一口气跑到尚明晖宿舍门口，灯仍然亮着，她想跟他真正地做一回夫妻，也算不枉虚名。可是到门口了，风一吹，脑子清醒了许多。本想在院子花园里坐会儿，一看到有人朝她看，只好捂着脸，又回家了。

第二天张文正酒醒，看到地上乱七八糟的东西已经收拾完了，没了花瓶的花插在一个杯子里，满脸是伤的姑姑躺在沙发上，才想起昨夜自己的行为。骂自己不该那样，便起身去做早饭。

姑姑一夜没有合眼，她不知道怎么办。昨晚想着今天回娘家，只有给哥哥们说说，心里才好受一些。可这事怎么好意思给哥哥说？再说自己难道就没有责任？自己要是不去西安，不就没这事了。吃早饭的时候，姑父说对不起，我喝多了。

姑姑没有说话，吃完饭想上班，在镜子里发现自己满脸的伤，觉得没法去上班，就又躺回沙发上。

姑父上班时，略带愧疚地说，你不用做饭，我回来做。

姑姑也不理他，只管躺着看书。看到林黛玉焚稿而死，她禁不住泪流满面。正在这时，咚咚咚有人敲门，姑姑并不理会，敲门声更响了，接着传来叔叔的声音，妹子，快开门，哥给你带新鲜菜来了。

一看姑脸上的伤，叔叔问原因，姑姑说晚上走路，撞到电线杆上了，哥你坐下喝杯茶，咱家种的菜长得真好，你看辣椒这么红，还有这洋柿子，又大又鲜亮，到市场买，得花一两块钱呢。

叔叔猜是张文正所为，说，妹子，你等着，哥替你收拾这个王八蛋。说着，抓起桌子上的一把剪子就往出走，姑姑紧跟在后面边追边喊，三哥，你别去，你别去！

叔叔来到舞台时，前台在排戏，便侧身走进后台。众人看他杀气腾腾的样子，吓了一跳。他恶狠狠地说，让那个画布景的姓张的王八蛋滚出来。众人好不容易劝住。姑姑抄近路到张文正画室，门锁着。姑姑回到家时，叔叔跟尚明晖已经站到门口了。她问尚明晖又跑来干什么，让他别添乱，赶紧走。

尚明晖说我要去找张文正，他凭什么打你，他要打人也是打我呀，是我喜欢你，怎么了，我们又没干什么。

正说着，张文正回来了，在大家还没有反应过来时，叔叔一把抓住他，劈头盖脸打起来。姑姑跟尚明晖无论怎么拉，张文正还是没有躲过一阵恶打。叔叔走时，说，你再打我的妹妹，小心你的狗命。

姑姑让尚明晖走，说夫妻吵架与他无关。尚明晖还要说什么，姑姑一把把他推出门，把门关了。

张文正摸着脸上的伤，仍不停地问姑姑，你跟尚明晖有没有那事？

姑姑没有说话，准备做饭。

张文正又说，你为啥那么倔呢，我都说了，你们有了那事，就算我走路让人打了，出门遇上小偷了。你为啥到死都不承认？

姑姑又问你是不是真的不相信我们之间没有事？

张文正点点头。姑姑说你是不是认为我一定要给你生个儿子？

张文正又点点头。

我要是生个闺女呢？

咱就再生。

251

姑姑不说话。

你不生就证明你心里有鬼。

姑姑不理他。吃完饭，姑姑刚拿起书，张文正又说，你跟他是不是有那事了？你就说真话嘛，说了我会原谅你的。

姑姑换上鞋，到街上一直转到集市上没几个人了，才回到家。张文正躺下了，她松了口气，蹑手蹑脚地洗完，刚躺下，张文正却腾地坐起来，问，你起来，给我老实交代，你们几次了？

姑姑气得抱着被子，睡在了沙发上。第二天她请了病假，回了娘家。待了半月不到，张文正来请了三次，保证自己再不提那事了，姑姑才跟着回了家。

终于消停。姑父不再提照片之事，姑姑也尽量避免跟尚明晖单独待在一起。日子好像回到了过去，夫妻俩下班后，一起在街上散步买菜，有时，吃饭还喝些小酒，夫妻生活虽不尽如人意，但双方都很努力。诗雨回家的次数也越来越多，说不完剧团的新鲜事。姑姑看着父女俩亲热的场面，尽力说服自己安心过日子。

有天晚上，一个女同事约姑姑去看电影。姑姑看完电影兴高采烈地回到院里，正好碰到一个男同事，那人一听说她去看的是《卖花姑娘》，便说电影如何好。两人在花园边说了一会儿话，被出来接她的张文正看到了，以为姑姑是跟男同事去看电影了，骗了他，两人回到家里，张文正抽了姑姑几巴掌，还把姑姑最喜欢的书烧了，说都是书把姑姑教坏了。

姑姑去捡火中的书，手被烫伤。她一字一顿地说，张文正，我告诉你三点：第一，我跟你结婚后，没有跟任何一个男人做过对不住你的事，包括尚明晖。第二，我不会再给你生儿子。第三，我要离婚，天亮就去。

你要离婚，跟那个姓尚的戏子结婚？

我跟谁与你无关，但是肯定跟你离婚。

那你就给我滚！现在就滚！

当天夜里，姑姑就开始了她人生的第三次搬家，搬到了戏院一间废弃的仓库里。仓库潮湿不说，还有老鼠。姑姑一点儿也不丧气，搬家的第二天，就穿上了尚明晖送给她的那件连衣裙，还有胸罩。尚明晖喜得一下班就到她屋里来了。闻着满屋刺鼻的味道，不停地说都是我害了你，我要跟你结婚。姑姑说我离婚与你无关，你好好唱戏吧。

姑父整天去找姑姑，姑姑刚开始还跟他说话，后来，连门都不开了。不久，姑姑听人说张文正去看他前妻了，还有人说，两口子要复婚。但张文正矢口否认，给我爹妈说他决不会同意离婚的。

那时，离婚很难，而且还由女方提出来，又是一个临时工，在戏院、小镇都传得沸沸扬扬。姑姑走在小镇的大街上，人们总在她身后指指点点，说，就是那个女人，结婚前就不正经，婚后听说把丈夫害死了，跟公公不清不白，又怀了野男人的娃。那男人为了她，老婆娃娃都不要了，跟她结了婚。人不能干遭罪的事，干多了就遭报应，生的娃好端端的，被车撞死了。现在又闹离婚，为啥呀？听说又看上了那个唱小生的尚明晖，对，就是长得特好看的那个唱田玉川的，比她年轻好几岁。你说她不就是咱们小镇上的潘金莲么？

姑姑没有理会人们的指指点点，照常上班下班，工作一丝不苟。

爹苦口婆心地劝姑姑，说，你都多大岁数了，再别折腾了，行吗？女子也大了，你一个临时工，跟张文正离婚了，这工作都可能丢了。再说那个小白脸，顶多也就是耍耍你！

姑姑一句话就把爹顶了回去，姑说，二哥，要是有人整天往你身上扣屎盆子，你还能跟她过下去不？我离了婚可能啥都没有了，但心里畅

253

快。二哥，你相信我跟尚明晖有事吗？

爹说，你不该跟他去省城，不该跟他照相。

我跟他出去玩玩就是作风不正经了？

妹子，咱这不是小地方嘛！男人都要顾脸面嘛，你就不能像你嫂子一样，安安稳稳地过日子，怎么就老折腾，哥一听你这些乱七八糟的事，头就大了。

哥，我的事你不要管。

爹的这次劝说一点儿也没起作用，又去找张文正，张文正说我不会跟她离婚的，我只要她一句改过的话，就一句，我就不明白一句话对她有那么难吗？做都做了，怎么就死不承认呢。

两人都认死理，爹无力解决，回到家不停地跟妈嘟囔，真是有福不享，太烧包了。要像咱家，娃这么多，要吃要穿，日子过得紧巴巴的，别说离婚，连吵架都怕吵得急了，肚子饿得快。

妈端着一碗黑红的高粱面疙瘩递给爹说，我就知道你妹妹那个人呀，死犟，总要把自己作死的。你该说的都说了，她不听就没办法了。咱现在要紧的，还是省粮，今年老天爷可能又不给咱下雨了，你看涝池里水都干了，淤泥裂了镰刀长的缝，日子难过。

我一会儿担水浇菜地。爹望望尘土飞扬的院子，望着干了一片的柿子叶，长长地叹息道。

41

渭北高原，一直被称为旱码头。老百姓靠天吃饭，连续三四年干旱是常事。这年干旱半年多，小麦歉收，担水点种大秋。人无粮，畜无料，全县人均夏粮仅十一公斤。母亲跟着村里的老太太去甘肃的崆峒山上求雨。

旱情使麦子严重减产，但全县人唱戏看戏的劲头却足足的！戏院白天晚上加班排戏，到各村镇演出了《铡美案》《周仁回府》《法门寺》《打镇台》《三娘教子》等大本戏和折子戏，把人看得如醉如痴，忘记了年馑带给人的忧伤。

七老八十的，常年多病的，凡是能动的，都被儿女用架子车拉着，坐着自行车的，男女老少，都跑来看戏了。

戏唱得火，无论白天多忙，晚上爹妈都要轮流去看戏，爹说看戏，是为了高兴。一想起有戏看，心里啥烦心事都抛到脑后了。

演戏的日子，姑姑最忙，她要给演员拿衣服，打扫场地，要帮着叫演员候场。她也想完整地坐在台下，认认真真地看完大家都说好的《桃李梅》，当然这是不可能的。她忙，还有一个人，比她还忙，那就是尚明晖。尚明晖现在更红，他不但唱《游龟山》《西厢记》中的折子戏，还唱全本的《桃李梅》《状元媒》《火焰驹》，唱文生，也扮武生。有天晚上，他让姑姑炒几个菜，说要请朋友们吃饭。这是他第一次把姑姑介绍给朋友。姑姑感觉尚明晖对自己是真心的，出去买了一大堆菜和吃的东西，从上午一直忙到晚上。结果来的只有一个人，而且是一个满头白发的老人，由院长领着来的。

吃饭的时候，姑姑没有上桌子坐，她在端菜的时候，才知道老者是省秦腔团的，来告诉他们尚明晖上次唱的《藏舟》获得了全省青年演员秦腔大赛一等奖，院长和尚明晖是感谢老者的，听说他是省里一个什么戏剧协会的主席。

老者走了，院长说你们俩怎么办？尚明晖说我要跟玉墨结婚。

姑姑说我还没离婚。

院长沉吟片刻说，你好好跟老张谈谈，能过就好好过，不能过就趁早打算，总拖着对谁都不好。

姑姑说我知道，院长，你放心。

院长走后，尚明晖告诉姑姑说，他想到县城去一趟，听说县剧团要调整干部了。说完，忽然又想起来似的说，你不是认识郭局长吗？他当了县长，哪天请他到家里来，吃个饭。

姑姑有些不悦，说郭县长过去认识，好多年都没有联系了。

那总比我熟悉吧。

尚明晖说咱们反正要成一家子了，我就是你丈夫了，对不对？这么个小事他总能办的吧，你只管把人叫来，其他的事就不要管了。

姑姑答应了。尚明晖说你啥时离婚？姑姑说再给我一个月，我要说服张文正。两人说着，尚明晖抱住她说，我今夜不走了。

那不行，你必须回去。

现在夜深了，反正也没人知道。

怎么没人知道，天地都在看着，花草也在瞧着。你喝多了，在沙发上躺会儿吧。

这又有什么区别，只要我待在这间屋子里，所有的事情都说不清了。

跟别人说不清我不管，只要我心里清楚自己没有干什么就行。

结果姑姑刚睡下，外面门就敲得震天动地。姑姑说这是谁呀？睡在沙发上的尚明晖脸色吓得苍白。姑姑说，怕什么，我跟丈夫已经分居了，你又是单身。

不行，我现在不是关键时候吗？再说你还没有离婚。

姑姑觉得他说话在理，穿好衣服，从里屋出来，说，别怕，我们又没做什么，我去开门。

外面是姑父的声音，开门，开门，再不开门，我就砸门了。

别，先别开门！尚明晖手忙脚乱地边穿衣边跑进里屋，说，我从后窗翻出去。

姑姑半天才说，好吧！

姑姑开了门，她没想到的是外面还有从县剧团回来的女儿。

姑父从外屋沙发上抓起尚明晖忘记带走的外套，说，让这王八蛋跑了，肯定是尚明晖。

姑姑说是谁不重要，重要的是我肯定跟你离婚。

诗雨说，王玉墨，从此，我不会再叫你妈了。

诗雨，诗雨！你听妈给你解释。

诗雨哭着跑了。

张文正满脸怒气地说，我在你哥的劝说下，今天专门把女儿叫回来，是想接你回家的，可没想到你还是做了让我和诗雨丢脸的事。离婚吧，我同意了，明天就离。

姑姑说离婚我同意，不过，我仍要告诉你，我跟他没有发生关系，他只是喝多了，在这休息。

你拿啥证明？一个喝醉了酒的人啥事没干就跑了？骗鬼吧。张文正讥讽道。

信不信由你。我是什么人，我自己清楚。我告诉你，跟你没离婚时，我肯定没有跟他做对不起你的事，那是对我的侮辱。

离婚！

姑姑说，离婚！

姑姑拖了一年的婚总算离了。而这时，张文正的前妻却突然间也结了婚，男方还在市里工作，众人都骂张文正活该。张文正人一下子消沉了许多，喝酒，不修边幅，姑姑去劝，都被他骂了出来。

姑姑离婚后，尚明晖多次提出结婚，说他离婚多年，特想有个家。

257

姑姑说，这样吧，你先把你的事办好，办完了，咱们再结婚。

尚明晖搂着姑姑，说，我会对你好一辈子的。姑姑说其实真跟张文正离婚了，并没有像过去那么高兴，她不知道为什么跟他走到了这一步。如果张文正信任她，她还会跟他过一辈子的。

是的，这是本质的问题。

因为有了性史，有了性经验，姑姑跟尚明晖真正做爱以后，她才发现她好久没有这样满足了。尚明晖说我早就跟你说过，你是个感情饱满的人，你对感情的需求太强烈了，张文正满足不了你。

姑姑打了他一下，说，我有过两个丈夫，只有你让我感觉到我是一个女人。是呀，尚明晖爱的方式有别于另外两个男子，如果说刘书朋是温柔式的，是老怕把她碰坏了，小心翼翼地，而张文正则是野性而粗犷。那么这个尚明晖，对她，则像过去的秀才对小姐一样，那是一种深深的爱恋，他有时候像西门庆，把那种纯生理的性事做得诗情画意。姑姑是从旧时代过来的，清楚农村人的迷信说法。比如女人的裤头洗了，绝不能晾在院子里，让充足的阳光照晒，男人不得从下面走过。一般农村妇女的裤头只能晾在背阳的牛圈边、柴窑里。为啥？脏！女人月经一直被男人视为脏事，月经来了，女人会对男人说，我有害事了，你离我远点。月经期的女人，不能进神庙，屁股不能坐到碾麦的碌碡上，不能进正要上梁的新房，因为这将预示着房倒，求神不灵。前边的两个丈夫虽然没有像农村男人那样封建，但也沿袭着世代风俗，总以自己的需求为第一。男人们总把女人给自己带来快乐的地方认为是脏，而尚明晖不是，尚明晖把它当作自己最珍爱的地方。他亲它，呵护它，比对姑姑的脸还疼爱，他每次都会细心地爱抚它，直到有了浓浓的爱液，才会做自己想要做的事，这让姑姑想到了那个叫西门庆的男人，虽然那个男人被人说得十分不堪。一个男人能在被众人都称为脏的地方，百般爱抚，姑

258

姑认为这是爱的最高体现。在这爱的雨露下，她决定为他做自己能做到的任何事。

夜深人静，她脑子里只想着尚明晖。尚明晖读起书来像梁山伯，背台词，简直过目不忘。仗义起来，又像田玉川。院里谁有难事，去找他，没有一件他不答应的。他孤傲冷漠，惹得许多女人为他要死要活的，他却一点儿也不轻浮，他不喜欢的，正眼都不瞧一眼。这无形中，又为他增添了几分魅力。

尚明晖告诉姑姑，最近院里要转一批正式工，他要为姑姑争取，姑姑替了 A 角替 B 角，还要管服装，打扫卫生，一个人干了好几个正式工人干的活，该转。姑姑心里咯噔了一下，当正式工是她多年的梦想，现在每月只有二十八块钱的工资。当了正式的，就多一倍呢。

尚明晖又说，县剧团已经有人来考核他了，竞争非常厉害，只是苦于没有认识的领导，说不上话。如果可能，请姑姑找找郭县长。姑姑本来偎依在他怀中的，一听这里，心里一凉，上次尚明晖说请郭县长吃饭，她借口人家忙，回了，这次说什么也不好再推了。又想她爱尚明晖，得帮他，这么一想，就答应为他去找郭县长。

42

姑姑到县政府大门口踟蹰半天，终于鼓足勇气迈进大门，一个端着大茶缸的老头喊住了她。老头听说她要找郭县长，朝她打量了半天，端着一个写着县政府的白瓷缸子喝了一口茶，吐掉几片叶子，才说，你叫啥，是哪个单位的，找郭县长啥事？

姑姑说我是他亲戚，叫王玉墨。

老头给郭县长打电话，结结巴巴地说县长，她说她叫王玉什么的……

姑姑轻声说玉墨。老头又把这名字在电话里重复了一下，姑姑才想起自己的名字可能也只有家里人才知道，于是一把抢过电话，说，郭县长，是我，我是鹁鸪镇刘掌柜家的……

她还没说完，郭县长在电话里笑了，说上来吧。

姑姑谢了老头，走进大楼里，却不知道往哪个房间走。正想着，有人出来了，那人提着一筐报纸，望了望姑姑，说，你找谁？

我找郭县长。

他知道不？

他让我进来的。

小伙子说好，那你跟着我走。小伙子来到二楼一间办公室门口，姑姑看了一下，门牌上写着：县长办公室。小伙子先进去，说了一会儿话，就出来让姑姑进去。

姑姑刚一进门，郭县长就从桌子身后的椅子上站了起来，笑着说，没想到你来了，贵客呀！说着，伸出手来。姑姑是第一次见这场面，紧张得手都出汗了，半天才把手伸出来。郭县长把她的手握了握，她也学着郭县长的样子轻轻地回应了一下。

郭县长让她坐到对面的沙发上，倒了一杯水，递给她，说，你们院最近忙不？

还可以。

你找我一定有事，说吧。郭县长表情和蔼，言语柔和地说。

我我我……姑姑却无论如何也说不出话来了，她忽然觉得自己在这儿是无法说出那句话的，她不清楚郭县长是否知道她已经离婚，还有离婚的真实原因。如果他不知道或者知道了会怎么看她这个人。

郭县长又笑了，说喝口水吧。忽然电话铃响，郭县长去接电话，姑

260

姑好像是下定了决心似的，从包里掏出几张尚明晖的演出剧照、简历和省报上登载的他的演出访谈，放到沙发上，朝郭县长点点头，就极快地走出了办公室。

出得县政府大门，她才感觉自己活过来了。正要擦额头的汗珠，看门的老头追上来喊住了她，半天才反应过来老头叫她回去接电话。

搞错了吧，谁会给我打电话？她半信半疑地走进传达室，拿起电话，刚喂了一声，郭县长的声音就传到她的耳朵里了。郭县长说你忘带东西了，下班后在剧团门口等我。

完了，郭县长肯定不会办的。她问老头现在几点了，几点县政府下班。老头说了时间，还有两个小时，她想到剧团去看一下女儿诗雨。自从她跟他爸爸离婚后，诗雨一直不理她。不理也是自己的女儿。她想着，给诗雨买了她最爱吃的油糕点心来到剧团。

诗雨不在，她在宿舍等，柜子里挂着不少新买的衣服，她哪来这么多钱？姑姑思忖着，朝床下一瞧，脸盆里放着一盆衣服，就蹲下洗起来。洗完衣服，又看着乱成一团的宿舍，手脚麻利地收拾起来，心想，这个姑娘可一点儿也不像自己爱整洁。收拾乱成一团的被子时，发现枕下放着一盒安全套，她慌忙放回原处。

她不知道自己是如何出来的，到县剧团大门口时，郭县长已站在那儿了，说，你怎么了？脸色这么难看。

没有吧，我去看了眼我女儿，不知道时间，可能跑得急了些。

进去看戏吧，今天唱的是《游西湖》。她想拒绝，又怕惹得郭县长不高兴，不给尚明晖办事，就硬着头皮点了点头。

她一直怕郭县长问一些关于她的事，对方却并不问。戏不是县剧团演员唱的，主演全是省里来的名角，唱得真好。当她看到李慧娘为了裴生变成鬼还要报仇时，眼泪擦了一遍又一遍。

她心想这是天意。难道郭县长已经知道了她的所有的事情，故意让她看这么一出戏？一直到戏唱完，她也没有想明白。剧场里人真多，灯一亮，当大家出来时，她想千万不要遇见熟人，她一个单身的女人倒罢了，而对郭县长影响不好。这么想着，就急走几步，故意跟郭县长拉开一段距离。

郭县长却追上来，跟她并排走，边走边说，这戏唱得好，咱们县剧团有这样的水平就好了。

她脱口而出：尚明晖唱得也很好，县长有空去看看。

郭县长望了她一眼，她慌忙低下头。郭县长说，尚明晖唱得不错，他好好干，会有前途的。

这么说他已经答应了，姑姑感激地说，谢谢你，我回去了。

对了，尚明晖的事，他咋不来？你们……

诗雨！诗雨！姑姑忽然大叫道。前面不远处的槐树下诗雨被一个小伙子揽着腰。姑姑又想起了那盒安全套，不禁失声叫道：诗雨！诗雨！妈有话跟你说。

诗雨一看到母亲跟郭县长在一起，心里原有的憎恨又增加了几分，她朝地上唾了一口，说，真贱！说完拉起那个小伙子扭头就跑。

诗雨！诗雨！姑姑急着追了好长一段路，直到不见影子了，她才住了步。郭县长说，别哭了，你吃了饭再走。

不了，不了，家里事多。姑姑说。

郭县长想了想，说，好，我叫车送你回去。

不用了。姑姑说着，抹了把眼泪，她刚一出县城，一辆小车就停到她旁边，车门打开了，一个年轻小伙子说你是王玉墨吧，郭县长让我送你。

刚到家里，尚明晖就来了。姑姑无精打采地把郭县长说的话都告诉

262

了尚明晖，尚明晖说谢谢你，现在是关键时候，咱们少见面为好。

姑姑说我知道。

姑姑把在女儿宿舍看到的东西给张文正说了，张文正摇摇头说，不会吧，那肯定是别人的东西，她们宿舍里住着好几个女孩子哩。

你好好劝劝她，她现在不听我的话。

我一会儿就去找她谈谈。咱俩复婚吧，给娃一个安定的家！张文正说完，看姑姑没有说话，就叹息了一声，走了。

不久，尚明晖调到了县剧团工作。姑姑想着他会提出结婚的。可是半年过去了，尚明晖非但没有，好像还有意疏远自己。也许是刚当上副团长，怕影响前程。两人遇到时，姑姑怕对他有影响，也不理他。

又是半年过去了，姑姑听说尚明晖跟杨凤莲好了。

难道他……姑姑不敢想。剧团里有个人结婚请喝酒，姑姑去了，她一眼发现尚明晖也在，就坐到他旁边的位子上。她以为尚明晖会主动跟她说话，说几句话也没什么，再说他已经当副团长了。尚明晖只跟镇领导说话，喜形于色。姑姑实在坐不住了，就笑着说尚明晖，你当了领导，眼睛里就只有领导，也不理我们这些跟你共过事的同事了。这话是半玩笑半当真说的，说的时候，姑姑明显带着情绪。尚明晖笑了笑，没吭声。

姑姑想她已经给尚明晖暗示了，他不能这样，要不是他，她怎么能离婚？她怎么能跟郭县长去看戏，惹得诗雨都不理她。她想尚明晖一定会来找她的，即使跟她不结婚，也会对她像过去一样好的。

树叶落光了，又到年根，大家都忙忙碌碌的。姑姑想，领导事更多，再等等。

又一个春天来到了。尚明晖也没有来找她，姑姑死了这份心，两人从此不再往来。姑姑终于想明白尚明晖找自己刚开始可能只是一种生理需求，后来又利用她，当上了领导。现在她对他已经没有用了，所以就不理她了。

我要去找郭县长，我要说这个人人品有多么坏。姑姑斗争了一夜，又想到尚明晖对她好的种种细节，他亲她的私处，他给她的欢乐。人呀，算我看错了吧，姑姑想，她仍然喜欢看尚明晖的戏，仍然盼着见到尚明晖，仍然渴望着他能来找她，哪怕就跟她喝杯茶，聊会儿天。

回到娘家，跟两个哥哥不知是怎么提起来的，反正说着东家，扯着西家，不知怎么就提起了尚明晖。爹说，妹子，好好过吧，这天下还是好人多，就算你走路撞上了墙。叔叔没有说话，只用一块布擦着他的刀，说，妹子，你要是有儿子就好了，把那个狗东西杀了。

妈说妹子，以后做事再不能不思后果了，不能再由着性子过活。听说他姑父现在还是一个人，挺想跟你复婚，你去给他递个软话，好好过日子。

姑姑摇了摇头，说，嫂子，我真跟他过不下去了，他说话我都不想答，你说咋过日子？

妹子，让雷神仙给你算算你的婚姻。

哥，你不要信那老家伙胡说。

爹说，我四个儿子，还有两个没娶媳妇，不像老三，人家三个姑娘，一个儿，日子过得赛地主。

叔笑得眼睛都没缝了，说，我这叫享的是后福。我大姑娘出嫁，我用彩礼盖了五间大瓦房。二姑娘出嫁后，我用彩礼供我儿子上大学，三姑娘嫁了，要我要带月蓉到西安去逛逛省城，把他娘的秦腔戏看个饱。

姑说我家诗雨戏听说唱得也不错，现在能唱配角了，团里上上下下都说将来是团柱子。

好呀，咱们后代将来一个比一个有出息，叔叔满怀信心地说。

姑姑周一一上班，就听戏院里人议论纷纷，说，尚明晖昨夜从县城回家的路上，让一个蒙面人拉到玉米地里，那人肯定是学过几招拳脚的，把尚明晖打得遍体鳞伤。

姑姑一听这话晚上来到娘家，问是不是叔叔干的，差点出人命，人家一定不会罢休的。

叔叔扬头大笑，王八蛋，我念他是一条人命，否则我要把他杀了喂狗。妹子，放心，你哥也就是给他个教训。他死不了的，也残废不了，你三哥是什么的干活？咱是当过兵的。那王八蛋说你迟迟不离婚，他等不住了，答应了杨凤莲。他们都领证了，才知道姑姑离了婚。他对不住姑姑，让她好好生活。

姑姑担心了好一阵，没啥事，也就放下心来。

年底，戏院里要转一批正式工，姑姑听说跟自己一起工作的人都转了，还是没她。姑姑想再去找县长，刚一有这念头，就心里骂起自己来。她没想到的是张文正却为自己的事找院长。他摆出姑姑的工龄，能力，还有姑姑的为人。院长说，这次本来已经考虑了，县剧团没有同意，我也不好再说什么。

姑姑去找尚明晖，还没开口，尚明晖说你让你哥再来打我一顿吧。姑一听到这个消息，就跑回家，把她跟尚明晖的那张照片烧了。

谁也想不到的是，团里把转正名单报上去后，被县里退了回来，听说有位领导说，王玉墨不是也够条件嘛。于是干了十八年临时工的姑姑，成了我们家除哥哥以外又一个国家正式工作人员，除了当替补，还唱些跑龙套的戏，一天忙得团团转。姑姑猜是郭县长，打电话表示感谢时，郭县长在电话里赞不绝口，你可别感激我，你干得好。

姑姑终于在镇戏院的家属楼上有了两间属于自己的房子，带卫生间和厨房，还有了让叔羡慕不已的一百多块钱的工资。叔说这是咱们家第一个在镇上工作的人。又不停地给自己的娃娃们说，要向你姑看齐，将来能到镇上工作。叔说咱们家好不容易有了个正式工，该庆贺一下。爹说算了，你没看到玉墨心里不好受吗？

院里人说，姑姑肯定是跟郭县长搞上了，姑姑知道这消息是谁说的，但并不理会。

只有姑姑自己知道，她的心里只有尚明晖一个人。无论她心里怎么恨他，她还是渴望见到他，只要望见他，她的心里就踏实，就莫名地心跳。

转正后，她又想去找尚明晖，到办公室门口，又返了回来。她知道他跟杨凤莲结婚比跟自己强。她不是雷锋，思想也不高尚，她希望自己后半生幸福，而这幸福只有尚明晖能给。她明白啥事都不能拧着来。跟张文正复婚，不可能，她已经不爱他了，对他只有亲情。对郭县长，这感情就像是兄妹。

这年年底，尚明晖跟已调到县剧团工作的杨凤莲结婚了。叔叔得知情况后，在尚明晖结婚那天，来到县剧团尚明晖的家。他想好了，一定要让人们知道尚明晖是个什么东西。他刚走到剧团门口，就发现了在县上办事的姑姑。叔叔大声地说，我要替你出气。

姑姑把叔叔拉到一边，让叔叔别管她的事。叔叔说，你这个人呀，心太善。

哥，我没办法，我爱上一个人，就知道自己已经没办法管得住自己了，由它去吧。无论怎么说，他对我曾经好过，不能不好了，就去算账，这不妥。

妹子，你往世上看，咱先从戏上瞧，全是痴情女子遇上负心的汉。王魁是个要饭的，敫桂英把他救了，他当了官，另娶新欢；陈世美当了官，娶了皇上的女子，不要老婆孩子了。你要想开些。

哥说得不对，还有好的，梁山伯永远喜欢的是祝英台，贾宝玉喜欢的是他的林妹妹，还有哥，我嫂子这么那么不好，你不是还顺着她？

妹子，你话说到这儿了，我就问你，你到底喜欢过谁？你不是一直说永远吗？你跟刘书朋定亲的时候，喜欢张文正。跟张文正结婚了，你又喜欢尚明晖。是你变了，还是张文正变了？你能给哥说明白不。哥也是男人，要是自己的老婆跟着别的男人去上省城，我心里肯定也难过，搞不好，也会杀了她。妹子，人做事，要思前想后，虽然哥知道你瞧不起我，哥是比较自私，但是在对你嫂子这方面，没说的，我说不喜欢别的女人那是假话，但是我知道什么是大，什么为小。我觉得你就不太明白这些，还整天抱着书看，怎么书越看越糊涂了？

姑没想到哥这么问自己，她想了半天说，我也不知道，真的，哥，要是知道，我也就不自责了。

妹子，既然说不清，就不要胡来，好好跟张文正过日子。张文正是公家人，对你好，你们又有了娃娃，你还胡思乱想啥？

哥，我知道，你回吧。对了，哥，听说你给大侄女说了一门亲。

对对对，有这么一回事，我正要给妹说呢，你看尚明晖这个王八蛋把哥都气糊涂了。亲事是查媒婆给说的，男方家在咱县东街，没妈，一个爹，小伙子在汽车站卖锅盔。

听说男方年纪大，个子又矮，还是个拖油瓶，这没了妈，老头肯定向着亲生儿呢。

叔一摆手，说，没事没事，自从那次到镇上你不让哥到你婆家住，我就想一定要把闺女嫁到县上，争口气，我就不信我没有咸鱼翻身的那天！对了，哥还得到女婿那去看看，订婚在八月十五，到时再叫妹子去男方家喝酒。

第十二章

43

可能是从小在磨房里哥哥们讲故事听多了，从懂事起，我就爱看书，爱听戏，爱把书里戏里的世界跟现实对照。村头人来人往的支书家，村中盖着五间大瓦房的明水家，我想象这两家就是书里戏里的相爷侯爷家，就是《红楼梦》里的荣国府宁国府。从我懂事到上中学前，我就一直没能迈进他们任何一家的高门槛。上三年级时，老师让用"渴望"造句，我造的是：我渴望有一天能到明水家的大瓦房做客。刚从外村调来的朱老师不明就里，让我站起来回答为什么要到明水家。我说明水家是村子里唯一盖着大瓦房的人家，他们家的门一直都关着呢，有一次我从门前路过，看到满院子开着大红的牡丹，老远闻着可香了。还有，明水的老婆穿着粉色的毛衣在摘花，她是我们村里女人中最漂亮的。村里漂亮的女人都爱到支书家去，可最漂亮的明水老婆却从来不去支书家，反倒是支书穿着新衣服和黑皮鞋老去明水家，却常常叫不开人家的大铁门。

听我说完，朱老师问同学们我说得好不好，有的同学回答说好，有的回答说不好，只有支书的女儿秀雅在身后踢了我一脚，说我污蔑她爹。

长得瘦高的朱老师让大家安静下来，然后说，灵灵同学这个句子造得好，讲得也好，具体说，她抓住了细节。青砖瓦房，粉色的毛衣，还有大红的牡丹，这是写作文最动人的地方。灵灵同学，很有写作的天赋。

一下课，秀雅就把我挡在教室门口，说，你再说我爹的坏话，我就告诉我爹不让你三哥到外面去干木匠活了。

那时三哥跟着师傅全县跑着做木活，三哥要是学不成手艺，肯定要把我打死，我脑子里一转，推开秀雅的手说，你怎么听不懂我说的话，我明明在表扬你爹呢，你爹经常走访村里的各家各户，送寒问暖，所以才成了公社表彰的优秀支书嘛。

秀雅笑了。

我趁机说我还有个渴望是天天到你们家去看电视，大尺寸的吧？

秀雅再次骄傲地说，对呀，十四寸的，还是彩色的，以后有好电视了，我叫你去看。

但是遗憾的是，我一直到上中学，无论是支书家，还是明水家，我一家都没去过。不是我不想去，而是根本不敢去。一走进这两家的大门，我就紧张，不，不只是我，村里很多人，包括我妈。每当家里来人，少盐或者缺白面，妈总要绕开还没出五服的明水家，而到离得更远的六爷家去借。我问原因，妈说，富人家会瞧不起咱们穷人的。

果然，家里遇到大小事，村里人都来帮忙时，这两家富人都不露面，但支书必定要请。

　　我最烦给猪打草、放羊了，可是慢慢地，妈不说，一放学，我立即就提着筐出门了，为啥呢？因为到地里要经过"荣国府"，我想看看明水漂亮的新媳妇穿什么衣服。虽然大部分时间她很少出门，虽然她家大门经常关闭着，但是他们家的柴草垛就在大门口，我经常会在傍晚家家烧炕时，提着筐到他家门口，盼着那个漂亮的身影出现，这样的概率极高。明水媳妇衣服真多，每次出来，穿的都是不一样的衣服，特别在夏天，她穿着粉色的、湖绿色的、紫罗兰色的的确良小翻领短袖特吸引我。几次，我含笑跟她打招呼，她冷冷地看我一眼，扭过头去，提着装了虚虚一筐的柴草走进家门。每次，看她撕麦草的样子很急人，麦草擦得结实，她撕时，好像很用力，可撕下的麦草还没盖满筐底，还弄得满身都是草屑，让我很心疼那的确良衬衣，于是自告奋勇跑上前去帮她撕。我撕下一大堆，她并不领情。让我伤自尊的是她看我撕了，反倒停下手，远远地看着我撕，还指手画脚地说，这边，这边，别撕得到处是麦草。我很气愤，但认为自己已经上小学五年级了，是个有文化的人，于是我说，我姑姑在镇上工作，也给我买了件的确良衬衣，我大哥二哥当的是解放军。说完，我夸张地掸掸全身，拍拍双手，丢下还没装满筐的麦草，扬长而去。

　　我认为打出姑姑和哥哥的牌子，足足打击了她农村一个小媳妇的嚣张气焰，出足了气，从此，她叫我，我再也不应声。

　　走了很远，我才回头看她，发现人早没了影子，我好失落。

　　三哥学木活走了，妈提着一篮子鸡蛋到村支书家去时，我是跟着去的。没去时，我想象了很多次支书家，想着他家肯定跟书上讲的一样。怎么说呢？对，一定是富丽堂皇。因为要到支书家去，我激动得一夜没有睡着，眼前全是金灿灿的宫殿，着绫罗绸缎的男人女人，可真到支书家，我跟妈刚走到院子，鸡蛋就被一个喂猪的胖女人收了，她说，支书不在家。女人没有穿我想象中的绫罗绸缎，穿着跟母亲一样，蓝裤子屁股上补着一块黑补丁。天蓝色玻璃门上开着一枝黄色的大花，在诡秘地诱惑着我，我出门时，一步三回头，想象房里一定藏着穿绫罗绸缎的佳人，而这个打着补丁的妇人是他们家的下人。

虽然妈说那就是支书的老婆，我却认为妈不知内情，即使是，一定是支书不喜欢的女人，支书喜欢的女人，一定藏在花布帘后面，穿着丝绸裙子，要么像林黛玉一样读着诗书，下着棋，说着每日家情思睡昏昏那样好听的话语。

大哥立功的喜报是公社领导敲锣打鼓一直送到家里的，我多么希望"荣国府"的人出来看，可是他们家的大门关得紧紧的，让我很不尽兴。

堂哥上小学后，年年考试不及格，老留级。叔叔拿着书，让堂哥跪在他的面前，不停地说，你说这念书有那么难吗？又不是拼刀子，不流血。你姐姐们念不进去，我也不生气，你是个儿子娃，怎么能念不进去呢？你爸我就是因为不识字，才在部队没发展。我要是识字，现在至少当了团长师长。

堂哥说我不爱念书，念书整天费脑子，只有笨蛋才这么干，我喜欢逮麻雀，逮了麻雀用泥糊了烤熟好吃；我爱去挖药材，挖药材能卖钱买好吃的。

叔气得说你就知道吃，吃，吃！能白吃一辈子吗？

堂哥分辩道我不是光知道吃，我每天在家里灌甘草水，再热的天，我都舍不得喝。同学要是谁想喝，喝一口，给一毛钱。再说班上好多娃娃都听我的，他们叫我司令，因为我脑子灵活。

你脑子灵活个屁，现在社会念不好书，就跟你老子一样还得修地球。叔生气归生气，但知道于事无补，把堂哥带到姑姑家，说，既然大哥二哥都在姑姑家里住过，那么有出息，那么他家的儿子也让姑姑好好管教管教。

姑姑看着堂哥写的字，说，哥，镇上是中学，你先让他把小学在咱们村念完。

叔叔当下吊了脸，说妹子，你哥对你好不好？你侄儿花不了你多少钱，吃的粮我供，你只管教育好他。

姑姑答应了，姑姑给堂哥说咱们一起学习。姑姑布置了作业，她一边看书去了，等到她转过头时，堂哥已脸盖着书睡着了。刚开始姑姑再三地说，后来就不说了。

堂哥勉强读完小学，考了两年初中没有考上。老师让堂哥退学。叔叔把堂哥带到学校，姑姑又是送烟又是送酒，终因堂哥学习太差，学校一点儿也不通融。叔叔的情绪坏到了极点。

这时，大哥又寄钱了，整整一百块。妈高兴地拿着汇款单不停地跟村人说，儿子寄钱回来了，爹则阴沉着脸，架不住鸡的东西。话虽如此说，心里还是挺高兴的，当下到县邮局取了钱，买了肉和一袋子面，把叔叔一家叫来吃了一顿臊子面。

妈说灵灵也上学了，剩下的钱该给娃买块布做件衣服。对了，我是家里最小的，也是唯一的一个女娃。

爹说你知道老大是谁的娃不？是谁供的？说着话，就到镇上看姑姑。

而这时，姑姑的屋子里还有一个人，是郭县长，不过，已经退休了。两人喝着茶，爹愣了一下，想退出去，已经来不及了。

郭县长看爹来了，就告辞了。爹拿出大哥寄的五十块钱，说，妹子，哥一直花你的钱，现在哥总算可以给妹子钱花了。

姑说真的，真的，哥，你总算苦出头来了。两人说着，都流下了眼泪。姑说，二哥，走，到街上给嫂子和灵灵买块布，做件衣服。钱我不要，我有工资。

不行，妹子，尚文尚武没有你，他们没有今天，拿着，这是哥的心意。

哥呀，你再这么说，妹子就生气了。爹仍坚持，姑姑想了想说，要不，咱们逛集去。

兄妹二人喜滋滋地来到商店，姑要给爹扯布，爹要给姑扯。最后还是爹说，要不这样，我给诗雨扯件，我前两天到县剧团见到了，听说都能唱主角了。

姑自豪地说是的，是的，是的，哥，能唱折子戏了，把那个《拾玉镯》上的孙玉姣演活了。

现在到你这儿来吧？

是她爸让来的。

他姑父身体还好吧？

还可以，一直想跟我复婚，让诗雨跟我说，我说再等等。

那个郭县长是不是还想跟你一搭过？

哥，你就不要操心这事。我下封信给尚文和尚武说，让寄张照片来，我要挂到家的墙上，我两个侄子多出息呀。

最后姑扯了件花布，爹回到家里，一打开给姑买的那块布姑又给装回来了。爹说，你看我妹子人多好。

妈拿着布，说，他姑人没说的，就是作风上，有些问题。

爹一拳就把妈打了个趔趄。

二哥在西藏当兵，来信说那儿海拔高，氧气少。人不能病，一病就不好治了，有时候还可能没命。他是汽车兵，当上了连长，一切都很

273

好。给家里寄了四十块钱，穿着绿衣服的邮递员骑着绿色的自行车把汇款单送到了家门口，大喊着让妈拿章子领钱。

正在门口做针线的婶子撇着嘴说，要不是他叔，你家老二别说提干，就是当兵也不可能。

妈在院子里骂婶子心眼儿小，容不得别人家日子好过。

婶子站到门口对骂。爹一回来，就把妈训了一顿，说，你现在是军官的妈，还这么没水平不是给儿子丢脸嘛！

妈坐在地上哭了半天，想想爹说得有理，就拍拍身上的土，又起来忙这忙那了。

叔这次不知怎么忽然有了胆量，竟然把婶子打了一顿，而且还领着婶子到我们家给爹妈赔礼。爹说这是什么话，三来，是咱们家的大功臣呢，掏出二哥寄的二十块钱给叔叔。妈急得连捅他胳膊，爹一把打掉她的手说，听着，没有他叔，老二还是农民。老二就是他叔的儿。

叔把钱仍放到炕上，说，哥，钱我不要，我只求你一件事，如果你还念尚武当兵有我的一份功劳，你就让我尚权去当兵吧，让他两个哥关照着，也当个军官，当军官就能整天吃白面，吃肉，也能寄钱回家。

爹说他们俩兄弟就是个小干部，怕不能让人当军官。不过，写信问问还是可以的。叔一听这话，当下就到镇上让姑姑给两个哥哥分别写信，姑起初不同意，说，尚权没读多少书，能当军官吗？叔立马就生了气，说，让你写你就写。叔又让堂姐把姑姑的信给他读了一遍又一遍，确信姑姑没有糊弄他，是按他的意思说的，他亲自到县上寄走。

因为家里没有信封，叔叔说他买了后直接寄走。姑姑说三哥，照着信封上的地址写就行。叔笑着说我带着尚权呢，他也是小学毕业生呀！

叔叔寄走了信，就是盼信。结果两封信第三天就回来了。叔高兴地拿着信，来找爹。爹纳闷地说，平时没有这么快的呀！

274

搞了半天，才知道信是堂哥把收信人的地址写成了寄信人的地址。

叔打了堂哥一顿，又重新花了一角六分钱，寄走了两封信。

二哥的信是先回的，说他们整天在学习，挺忙的。叔说的事是不行的，如果尚权想当兵，就正常当兵，只有在部队好好干，才有可能提干。

过了没多久，大哥的信也来了，信的内容跟二哥大体是一样的。

叔说肯定是妈跟两个哥说了，不给他们帮忙。爹一听这话，就喊道：滚，有你这么说话的吗？

堂哥走正常的征兵渠道，没有当上兵。当兵必须十八岁才可以。堂哥跟着叔叔干活，叔叔说十八岁睡一觉就到了。而我四哥这时也上中学了，他说叔，让我尚权哥上学吧，我在报纸上看了，部队不兴直接提干了，要考试。

堂哥坚决不上，堂哥说他一上课就头疼。

这年，三哥娶了亲，随着人们口袋里钱越来越多，家具都买时兴的，木匠活没法干了，只好跟着爹种地。村里年轻人只要娶了媳妇，过不了一年，就吵着跟父母分家。爹很得意，三哥听话，三嫂孝顺父母，于是总是百般照顾。只要哥哥们寄了钱，也一定要给三哥，让给嫂子买衣服。

堂哥一年后当了兵。姑是骑着自行车送他到县城，给了一百块钱。叔也高兴地东叮咛西嘱咐，叔说部队很苦的，爸知道，不受苦就不能成人上人，这话你要刻在心里，落实到行动上。

堂哥写信让家里给我大哥二哥说把他调到他们部队去，叔又给大哥二哥分别写信让他们帮忙。二哥很快来了信，说，叔，当兵当然要吃苦，我这儿是戈壁滩，十公里之外都没人烟，但不想让爹妈知道。在海岛当兵的大哥是一月后来的信，说他们小岛只有两个足球场大，没水没电，植物都难以存活。让告诉堂弟要学文化，部队现在提干部需要经军校培养，就是转志愿兵也要有技术。

叔认为自己的两个侄儿不帮忙，跟我们家也生分了。妈说不理我们才好呢，我们离了他们照样过。我还想他们家倒霉就是因为他把咱树伐倒了。

爹一把捂住妈的嘴，然后关上了门，说，你一说我想起来了，一会儿去拿些香和水果，在那儿献献。那是爹在天上保佑着咱们家呢！

叔找到了姑姑，姑姑说你不用管了，我写信骂他，他两个哥怎么能吃那苦，他就吃不了，他是皇上生的龙种还是大老板的公子？人没本事，还不吃苦。别理他。

当兵不到一年，堂哥忽然偷跑了回来，说部队四周荒凉得还不如我们的村子。叔问爹怎么办？爹不理他，他又去问姑姑。姑姑说当兵偷跑回来肯定要处分的。得回去。家里商量来商量去，最后姑姑把堂哥送到西安坐上火车，才返家。姑姑回来悄悄给爹说，哥，我三哥家的娃咋就不像你们家的，倍儿争气。我听老四的老师说，这娃学习好。听说以后要靠本事考大学了，咱老四行。

妈听得眉开眼笑，爹踢了妈一脚说，不要架不住鸡，八字还没一撇呢。他姑，老四在你那上学，你要经常敲打着。你哥你嫂斗大的字不识一个，娃就全靠你了。

堂哥转了志愿兵探亲回家，这次变了许多，说话也洋气了，不再说部队不好了，姑说这娃变了。堂哥是开大解放，给部队运送物资。谁料不久，就被部队通报批评了，说一次空车返回时，给地方一公司偷运了几次物资，挣了几百块钱，装在了自己的口袋里。

叔叔让大哥帮堂哥提干，大哥说堂哥不适合部队工作，也干不了长久。叔很不服气地说，我儿子怎么就当不了官？他给他的战友写了一封信，信很快就回了，战友说他已经退休了。

叔又免不了受婶子抢白半天。

叔听到这个消息，痛骂了一顿，说，怎么我就是这个命呀！老天爷，你行行好，可怜一下我吧，我要强了一辈子，让我的后代们有出头之日吧。说毕，又是插香，拜神，甚是忙碌。

这年，我跟堂妹被学校挑选参加公社举办的小学生数学竞赛，婶子看堂妹的衣服打了好几个补丁，拉着她到我家借我的花布衫准备去中学报到，正遇上到我家来借盐的长顺媳妇。长顺媳妇一听说，撇着嘴说，三来媳妇，你家三女子就是给人家灵灵当书童呢，不要太当回事。

婶子气得四下一望，抓起门背后的烧火棍就要抽她，被妈拦住了。

长顺媳妇躲在妈身后，大声说，三来媳妇，我跟你打赌，要是你家这个鼻涕都擦不干净的三女子能考上学，我姓名倒着写。做梦也不想想自己长了什么嘴脸！

婶子扔了烧火棍，一把把堂妹拉到长顺媳妇跟前说，三女子，你听见了吧，你要给咱家争口气，不要让那些目光短浅的人把咱下眼瞧。

堂妹一句话没说。长顺媳妇放声大笑，边笑边说，气不是说出来的，也不是说争就能争上的。

婶子非但没像往日那样气得跳着骂人，反倒哼了一声，走到长顺媳妇跟前，说，长顺媳妇，你说的打赌可算数？

当然算数。

那好，如果我女子考上了大学，我不把你姓名倒着写，我要让你给我女子从村头到村尾放鞭炮，一刻都不得停。

行，如果考不上呢？

行了，行了，考大学又不是像说话那么简单，都回去忙活去吧。妈说着推长顺媳妇，长顺媳妇不动，又拉婶子，婶子甩开妈的胳膊，走到

277

长顺媳妇跟前，几乎是脸对着她脸说，你说，考不上，咋办？

你趴在地上给我学三声狗叫。哈哈哈。后悔了吧，牛皮不是吹的，火车不是推的。长顺媳妇说。堂妹气得把借我的花布衫扔到炕上，扭头甩辫跑了。

好……婶子还没说完，院里广播响起了秦腔戏，王宝钏正在劝她爹她为啥不嫁状元郎：

> 姜子牙钓鱼渭河上，
>
> 孔夫子在陈绝过粮，
>
> 韩信讨食拜了将，
>
> 百里奚给人放过羊。
>
> 把这些名臣名将名儒名相一个一个人夸奖，
>
> 哪个中过状元郎？
>
> 老爹爹莫把穷人太小量，
>
> 多少贫贱作栋梁！

长顺媳妇听完，又是一阵大笑，说，真好，你敢不敢跟我也学王宝钏来个三击掌？

我不是被人吓着长大的，是吃粮长大的，你以为我不敢。

两个女人的巴掌击得啪啪响。妈说，当时都吵飞了院里正在吃食的麻雀。

又是秋季，淫雨绵绵。我跟堂妹要到公社中去复习。晚上庄稼地黑乎乎的，风一吹，高粱叶哗哗直响，各种怪声都有，还要穿过一片坟地。叔叔不放心我们去学校，到明水家借了辆自行车，一前一后带着我

278

跟堂妹到学校去复习。借了两次，明水媳妇就借口坐在前面的我把自行车上缠的绿色塑料皮蹭烂了，不借了，叔叔就说咱们走路去锻炼身体。

穿过坟地时，真害怕，到处明晃晃的，我说是不是鬼在打灯笼。叔叔说，不要怕。我跟堂妹一人一手拉着叔叔的衣服一角，闭着眼，听叔叔讲李逵如何打死四只老虎。感觉下了坡，我眼一睁，到大路上了，可是两边庄稼又在风中呼啦啦响，心又紧了，叔叔让我摸摸他腰上的刀，说，不怕，不怕，娃娃，有叔呢。

复习了三十天，我们参加了全公社数学竞赛，我得了第二名，堂妹名落孙山。长顺媳妇高兴得合不拢嘴，站在村头，跟一拨拨谝传的人说她专等着看婶子趴在地上学狗叫的好戏呢。

这年我跟堂妹考上了公社中学，姑姑给我俩一人买了一个花书包，婶子却不让堂妹上。叔叔说，你忘了你打赌的事，我女子要上，不但要上中学，还要上大学，让村里狗眼看人低的人，后悔一辈子。

婶子边纳着鞋底边说，那不就是句气话嘛。三女子十二三岁了，跟着我学针线茶饭，四五年就该找婆家了。

做人要言而有信，说出的话，就要做到，要不，以后咋有人信？再说，我就不信我女子考不上大学。叔叔把书包左看右看，好像看到了堂妹已走进了大学的校门，满脸都是喜悦。

姑说我哥说得对，娃娃们从小就要好好教育哩，大了你钻到肚子里说死也是白费口舌。我把诗雨娇惯得啥话也听不进去，现在跟我结了仇，也不理我。戏也不好好唱，说现在团里不景气，唱的戏没人看。一个从城里来的男人说是导演，要让她拍电影。拍电影能出大名。

叔叹息了一声说妹子我昨儿个听人说，诗雨不学好，跟着男人四处跑。整天打扮得不像个正经人家的娃娃。你当妈的，要管住！你识字，一定能有法子把她教育好。有次，我到县上看到她逛街，喊了半天，她打量了我一眼，啥话都没说就走了。这是她瞧不起我这个乡下人嘛！你说我还是她亲亲的舅舅呀！

姑没有再说话，默默骑上自行车，回家了。

堂哥给家里寄来五百块钱，还说两年后，他要回家盖楼，盖全村第一家二层楼，叔的腰杆腾地就挺起来了，经常口袋装着纸烟，却舍不得抽，逢上乡亲，才给对方一支，没有人时，还抽自己卷的烟。

叔不知是在哪听到关于树的传说，穿着堂哥寄给他的军大衣到我们家的桐树坑前上香。被妈看到了，妈说迟了，迟了，现在黄花菜都凉了。爹说，你再说，我踢你一脚，我恨不得我王家满门全是军官。

44

又遇干旱。庄稼叶子干得一摸就是一手碎渣，西瓜却丰收了，家家地头都搭起了草棚，支着方桌，上面放着一块块切开的西瓜，有人路过，瓜主不停地招呼道，吃瓜了，又甜又沙瓤的大西瓜，你吃了还想吃，不甜不要钱。

三哥种的四亩黄籽西瓜，比村人的晚熟，长得极其丰盛茂密，一个个墨绿色的西瓜从叶蔓里露出圆鼓鼓的大肚子，蔓上尖端，开着黄黄的花，特惹人爱。正当我们全家白天黑夜等待着好收成时，家里却出了一件大事。

那天，天很热，妈坐在大门口拣没有烧透的炭，忽看到两个穿公安衣服的人朝我家走来，心里就哆嗦，对在一边起粪的爹说，咱们没犯啥事呀？对了，他爹，会不会是老三媳妇肚子大了，人家来抓到公社卫生院去结扎？儿媳妇可不能去，这次听说是儿子呀！三哥生了两个闺女，还想生个儿子，现在村里计划生育抓得特紧。

爹一听，就往屋里跑，边跑边叫，尚义媳妇，快，藏到地窖去，公家人来了。三哥一听这话，立即拿着一把大锁子，说，爹，把大门锁上，把大门锁上，地窖里有老鼠。

爹哆哆嗦嗦就是锁不上门，只好边锁边说，我儿媳妇回娘家了，进去也白进去，不信，你就进去搜。

公安却不理爹，径直往叔叔家走，边走边问："徐月蓉家是这儿吧。"

爹一听心里的石头落了地，说，是，是。她可没怀娃。

一个公安大声喊道，徐月蓉，出来，我们有话要问你。

叔站在门口，双手拦住他们说，你们要干什么？有话跟我说。我老婆刚从娘家回来，她奶死了，头七还没过，在守孝，不信，你去看，她还没来得及把白鞋的孝布取掉。

另一个胖公安说你走开，别妨碍我们执行公务。说着，推开叔，叔拦着他说，不行，我是她丈夫，天塌下来我顶着。

你是顶不住的！请你让开，我们只跟当事人说话。

叔一听，感觉到问题严重了，腿一软，扑腾一下坐在了地上。杵在大门口吸了三袋旱烟，公安人还没出来。叔叔想，是不是婶子偷人家的东西了，或者是打人了。婶子脾气大，但也只跟自己发火呀！

公安一走，婶子只哭，不说话。叔叔说，你快告诉我。爹和妈都在旁边站着，也急着催问。婶子只是不停地抽泣，完了，我弟这次完了。

原来前两天婶子回娘家，看到奶奶把一袋新磨的白面送给了叔叔，就告诉了弟弟，弟弟说姐，你不要管了，我已经长大了。

婶子回来第二天，娘家就来人报丧，说她奶奶去世了。

你不要扯那么远，公安局现在找你弄球啥事么？爹不耐烦地说。

我叔叔告诉公安局，说我奶不是老死的，是让我弟掐死的。现在来

281

调查情况，我说我回家了，怎么知道。

叔紧张地看了婶子一眼，忽然高声说，人都埋了，还能咋？

听说要开棺验尸。

这不是丢人现眼嘛，人都死了，却要验尸？这是亏先人哩。人常说寡妇的门，老人的坟，都是敲不得动不得的。爹说着，看着婶子的手忽然哆嗦起来，厉声说，你奶怎么死的，你说实话。

我……婶子嘴哆嗦着半天说不出话来。叔叔说你吓成这个样子，证明这事是真的，是你弟弟做的吧？

婶子说我不知道，我不知道。边哭边叫道：我弟弟不能死呀，他还没娶媳妇，连一男半女都没留下。我愿意用我的命换他的。说着，就嚷着要到公安局去自首。

妈皱着眉头说你这人怎么这么糊涂，这么大的事公家人能听你的？

爹则一言不发，一屁股坐在炕上，吧嗒吧嗒抽起烟来。

婶子哭的声音更大了，边哭边喊：妈呀，我对不起你呀，没有照顾好我弟，我得拿我命去换他的，他受了那么多苦，不该让人家抓起来呀。

叔叔烦躁地说，行了，行了，别哭了，事已至此，怕什么。我现在就到你家去，得问清你弟弟是啥时干的，不能让公安局抢了先。

被爹挡住了。

公安局开棺验尸后，得出结论，婶子的奶奶的确是被人掐死的。

叔叔要去替罪，被爹骂了一顿，叔说我受伤了，月蓉不嫌弃，跟了我，我会报恩的。

有这么报恩的吗？公安局都是吃素的。爹气得脸发紫，说你这个人怎么这么没出息，也没原则，让老婆支使得叫你杀人你也杀？人命事能糊涂？

姑姑不知怎么知道的，气喘吁吁地赶到家时，天已经黑了，说，三哥，这不是能胡来的事，人家公安局能让你想干什么就干什么？把你能成的，好像你就是国家主席。再说这是人命案，不判个死刑也是无期。你真的就能去偿命？按我的想法，咱不如去找找人，找对咱有利的因素。嫂子弟弟为什么恨他奶，因为他奶对他不好，从小打他，打他姐，把东西老给儿子。还有这儿子却不养活自己的妈，找村里人作证，或许还会减刑。

这一席话提醒了大家，婶子让叔叔立即去找人。叔叔说我不识字，不行，妹子，还是你去吧。

姑姑到县里先找公安局，又找法院，跑得焦头烂额，终因证据不足，驳了回来。

叔叔还是要替小舅子坐牢。月蓉对我是一心一意的，我要去。婶子哭成个泪人儿，却并不挡叔。姑姑责怪婶子道，你这个女人，真是太自私了。

我给我妈说过，我要保护我弟的。婶子说着，又大哭起来。

那你怎么不替你弟去呀？姑说着，冷冷地望着婶子。

她当然不能去了，家里还有娃娃们呢！叔像一个真正的男人说，我走了，我死了，你照顾好咱的娃娃。

婶子抱着叔哭了起来，门口围了一大堆人在看热闹，交头窃窃私语。有人不停地朝叔竖着大拇指，说，人家王家老三，是真的英雄呀！你看对老婆多好！

叔第二天清晨，就到县里去了。结果还没到中午，就回来了，说公安局已经把婶子的弟弟关起来了。

妈告诉爹，爹不屑地说，共产党的天下，还能没有王法，由着性子办事？

婶子的弟弟被判了死刑。行刑那天，是腊月二十傍晚，风刮在脸上，像刀子割。婶子要去，叔叔说我一个人去就行了。爹说你逞什么能？说着，提着一瓶散酒，说，走，哥跟你一起去，我们是做行善的事，不用怕！

刑场在一个前不着村后不着店的荒滩上，周围站的全是警察。此时，天上刮着风，下着雪，雪片打在额头上，冰得很。

叔在刑场上看到小舅子被五花大绑着，脸白得吓人。一听到枪响，吓得一下子扑在爹的怀里，脚底下忽有一摊水。爹一看叔尿了裤子，叹了声，搂着叔的肩膀说，没事儿，有哥呢，我就说嘛，你还杀敌人，还敢替人偿命，都不想想，自己有没有这个胆？

哥，我是有这个胆量的，真的，只是很久没听到枪声了，胆就小了嘛。以后，我会给你证明的。

算了算了，天黑了，准备收尸吧。

叔站到爹的背后，闭着眼睛，爹也不再理会他，自己喝了一口酒，又把酒瓶子递给叔叔说，你不要睁眼，哥收拾好了，再让你看。爹拿着布盖了尸体，又装到麻袋里，然后说，没事儿了，睁开眼吧。

一直折腾到深夜，兄弟两人才回到家。妈不让爹上炕，说，快，到外面睡去。

爹说月蓉弟弟挺可怜的，你说人都死了，他那个混账叔叔还告什么告？再说他对他妈也不好，做儿的不给自己妈吃不给穿，还好意思让侄儿养着自己的妈，丢人。

去，出去睡，吓死我了。妈还是不依，爹只好出去，在院子里，望了半天雪花，到偏窑里睡了一觉，梦到身边全是人骨头。

45

诗雨好多天没回家。姑姑打电话,剧团领导说,诗雨请假一个月了,说父亲病了。姑姑把诗雨的同学都问遍了,也不知道诗雨去了哪里。

姑姑顶着烈日找到县剧团诗雨的好朋友明丽。经姑姑再三询问,明丽仍是不说,急得旁边她母亲作势要打她。姑姑确信一定有问题,便让明丽的母亲回避,明丽见母亲走了以后,又对姑姑说你得保证给诗雨说不是我说的。姑姑听着头就大了,咬着牙说,我不会的,明丽这才说,诗雨前阵跟一个自称是电影导演的广东男人拍电影去了,那人一眼就看上了诗雨,说诗雨天生就是演电影的。经常带诗雨到外面吃饭,给买衣服,还说要让诗雨当他导演的电影里的女主角。他们具体去哪了,她就不知道了。

姑姑回到镇上,把情况给张文正说了,两人合计半天,无计可施,姑准备回娘家时,张文正的一个熟人打电话来说,他刚从外面回来,听妻子说,诗雨今天来向她借钱了,说她没有找到爸爸妈妈,有急事需借三百元。

丢死人了……张文正话还没说完,姑姑抢过电话说,我一会儿就把钱给你送去,她还说什么了?可能诗雨急需钱,没找到我们。

她再没说什么。

姑父说估计人不会走得太远,去省里的长途车没了,搞不好还在县上呢,有可能在亲戚朋友家里。这么一提醒,姑姑决定回娘家看看。张文正刚开始不愿意去,看到姑姑推出了自行车,只好也跟着来了。

张文正骑车飞快,快到我家村口时,发现诗雨跟一个男人在桃树下搂着亲嘴。这一看,张文正就气不打一处来,拾起地上一根棍子就要打。

　　姑姑怕村人听见不好，稳住他们，都叫到我家，才看清跟诗雨在一起的人黑瘦，年龄足有四十多岁，看两人亲昵的神态，已超越了一般的男女关系。

　　无论姑姑和张文正问什么，男人都是一句话也不说。

　　诗雨对姑姑说你看你像个母亲的样子嘛，今天跟这个好，明天跟那个好，为了自己的幸福，就不管我的死活，我是死是活，你管不着。

　　姑一下子说不出话来了。诗雨看姑姑不说话了，以为自己胜利了。又说，我有你这个妈我感到丢人，我不会再叫你一声妈的，你不配。不配。

　　你怎么能跟你妈说这样的话呢？大人的事你不懂。

　　诗雨，咱们回家，我们好好谈谈，妈真的不是你想的那样。妈有许多事，是该告诉你了。姑说着，抽泣起来，别人不理解妈，妈不怪他们。你是妈一手拉扯大的，怎么能这样说妈呢！

　　不，我不会再回你那个家去了！就是在外面饿死，冻死，让人卖了，我都不会回去了。我嫌你的屋脏，那个唱戏的王八蛋男人，我都想杀了他。我嫌你贱。你听听剧团里人怎么说你，说你太可怜了，为了他离婚，为了他四处去求人让他当上了团长。他病了，你比照顾我还周到。可是他除了给你痛苦，给你伤害，或者偶尔像皇帝一样来召见你一次，你就激动得不知自己是谁了。而我，认识的这些男人，可能并不像你认识的那些男人，会唱戏，长得好看，但是他们给我钱，给我买衣服，总比你王玉墨强，这证明我在他们心目中有地位，他们肯为我花钱，不像你，贱得只由着别人欺负。

　　诗雨，你咋能这么说你妈？

　　你别拦她，让她把心里话全倒出来。

　　286

你是一个很贱的女人。

诗雨。姑想拉诗雨，诗雨却挣开了姑姑的手，坐到一边端起一杯水，旁若无人地喝了起来。

姑也坐了下来，说，诗雨，你还小，正是学本事的大好时光。

行了，行了，不要给我扯那些大道理了，反正咱们谁也说服不了谁，你们回吧，我要跟他到西安去拍电影，现在唱戏挣不到钱，没听说剧团要减员了吗？

坐在一边的张文正问那男人，说，你会跟她结婚吗？

我还没有想好，再说我还有老婆儿子。

这话气得张文正一下子跳起来，说，你个王八蛋，给我滚。说着，抽了男人一巴掌。

男人掉头就走，诗雨紧跟其后。

张文正抓住诗雨的后襟，一把推到墙角。

妈说不要打呀，不要打呀。

诗雨咬了一口张文正的胳膊，张文正疼得松开了手，诗雨转头就跑。

姑姑让张文正拦住，他一动不动。

姑姑跑出去找了半天，回来又推着自行车往外走，边走边对张文正说，快，去找人。

妈递给他们一只手电筒，他们找了半天，也没找到。

张文正无奈地摆了摆手说，大家都回吧，我没那个女儿。

姑姑一把推开张文正的手，哭着说都怪我，都怪我，现在怎么办呀？

半年过去了，姑姑仍然没有诗雨的消息，剧团团长打电话道，本来团里人就超编，要不是诗雨是名角，说什么也除名了。

可是人海茫茫，到哪去找呢？

姑父说，算了，不要再想那个讨债的了。怪我们命不好呀！

不久，诗雨给姑姑来信说她在省戏校学习，让姑姑给她打一千块钱，她边拍电影边学习，急需钱。姑姑寄了钱，张文正责怪姑姑半天，说诗雨的话不可信。

姑姑却相信诗雨，她写信叮嘱她，要跟团里搞好关系，即使真的在省城发展，人家也会到县剧团来考核，出商调函之类的，每一个环节都很关键。

过了一阵，诗雨又来信说省剧团准备在她学习结束后调她，但县剧团不放，让姑姑再给她寄一千块钱，她要找关系，从省里往下压。县剧团团长跟张文正关系不错，姑姑到团里，让团长支持诗雨，说省秦腔团对她挺重视的，为了孩子的前程，请放人。

团长看着姑姑半天才说，事到如今，我也不瞒你了，诗雨根本就没在省戏校学习，省剧团也从来没说过要调她。

姑姑说怎么会呢？我的女儿从小就诚实，你四处去打听，她唱戏好，也不会说假话，怎么会做出这样的事？团长，你不放人可以，却不能找这样的借口。说着，把诗雨的信拿出来，给团长看，还有穿着戏服的照片。

团长叹了一声，说，那也好，在省城发展好。我祝贺了。限她半月时间回来，要不县剧团就除名了。

姑姑认为是团长报复，让张文正带着礼物给团里说些好话，放人。张文正埋怨姑姑糊涂，不该如此轻信诗雨。姑姑赶紧给诗雨打电话，却又找不到人了。不久，诗雨被县剧团除名了。

姑姑得知这个消息，并没难过。有人劝她想开些，她对人家说：诗雨在省里唱戏呢，她说过，她要在全省唱红。不定哪天，她就会回来了，那时她就是省里的名演员了。

话虽如此说，心里毕竟虚，一个没有档案关系的人，省里能调她？

也许那个男人有本事。姑姑抱着一线希望，给诗雨写信，说了她被县剧团开除的事，让她在省城好好学习，没有退路了。

诗雨给张文正打电话说，爸你放心，我现在省里发展得很好，城里遍地都是钱，只要脑子活，我一定会给你争光的，现在，我已经开始拍电影了。

这年，我在镇中学上了初中，妈给我交了学费，让我住宿舍。学校条件好多了，宿舍也有了铁炉子，还有食堂。姑姑却说她不放心我住学校，硬是把我接到了她家住。我周末回家，妈总问我姑姑平时都干啥，出不出去，家里有男人来不？还盯着我的眼睛，怪神秘地说，知道不，到你姑家，就好好学习，女孩子，名声坏了，啥都没了。我知道妈的意思，拒绝回答。

天冷了，农活不多了，爹喜欢清静，坐在炕上，一句话都不说，脸黑着，我们说话的声音高了，他就瞪眼。天飘着大雪，村子都是白茫茫的一片。老人都盼着下雪，说麦苗等着盖被子呢。书上也说什么瑞雪兆丰年，我却害怕雪。路滑不怕，我怕的是白茫茫的原野，怎么感觉都像村里死了人一样，白天白地，那白惨惨的色调，好怕人。像夏天的晌午，人们都在家里，黄灿灿的麦地里藏着数不清的恐惧，好怕人哟。即便有铁蝉在叫，那也让你感觉它在提醒你快回家去。我把这想法告诉姑姑，她会想半天，才说，灵灵，你了不起，你真的了不起。我真的不知道自己了不起在哪，却觉得姑姑跟我见过的所有女人不一样，好神秘。

她不年轻了，还是爱打扮，还是爱看书，爱穿得漂漂亮亮地出去，给我说，她去看电影了，她去散步了，她去跳舞了。有时，做着活，看着书，会忽然发笑，会忽然不说话，会忽然坐在窗前，喃喃自语道，人生、光景什么的词，让我很是费解。

写作文，我着迷于漂亮的词语，对"似水年华""繁花似锦""锦衣玉食"，很是着迷。对姑姑常说的"光景"不屑一顾，总觉它遍身都散发着泥土气。

我做完作业，没事干，姑姑会让我跟她配戏。她说有时感觉活着也没意思，可是听着戏，唱着戏，虽然不顶饥饱，可心里舒畅。不知怎么的，锣鼓一响，烦心事就没了。她最爱跟我配《火焰驹》的《表花》一段，她唱黄桂英，让我演芸香。望着头发斑白却仍电话不断的她，说实话，我好嫉妒。小时，当别人说姑姑是个坏女人时，我曾为有这样的姑姑感觉丢人，年岁渐长，她给我买衣服，买吃的，我既恨她，又离不开她。我经常偷偷观察她。她高高的个子，丰满的身材，浑身散发着一股好闻的味道。走起路来，特别好看，连笑声，都那么迷人。我学她扭腰送胯地走路，学她说话时温润可人的声调。有次，回家时，我偷偷抹了她的口红，气得妈坚决要让我搬出姑姑家。

这不，姑姑又叫了。

　　快，芸香，锣鼓响了，上场

　　来了呀，小姐。

　　黄桂英：清风徐来增凉爽，为遣情思赏秋芳。花园里边眼界广，胜似那整日守闺房。

　　芸香：满园花儿齐开放，绿树荫浓细草长。你看那红似胭脂，白如雪霜

　　黄桂英：相辉映。

　　芸香：处处争妍、簇簇堆锦

　　黄桂英：暗生香。

290

芸香：这一旁碧玉生寒仙人掌，

黄桂英：那一旁娇容带醉秋海棠。

芸香：木槿花儿并蒂放，

黄桂英：白兰花一朵一朵赛琳琅。

芸香：这丛花儿无俗状，

黄桂英：它可与雪中寒梅、雨后晚菊比容光。

芸香：依我看姑娘比它还俊样，芙蓉出水胜淡妆。

黄桂英：你既然会说又会讲，我要把各样花儿问一场。啥花白啥花黄？啥花开得满园香？

芸香：玉簪白金簪黄，丹桂花开满园香。

黄桂英：什么花开火红样？什么花开在池塘？

芸香：石榴花开火红样，碧莲花开在池塘。

黄桂英：什么花开在架上？什么花开靠粉墙？

芸香：紫薇花开在架上，牵牛花开靠粉墙。

黄桂英：凌霄花开

芸香：高千丈。

黄桂英：蔷薇花开

芸香：泛霞光。

黄桂英：你虽把那样样花儿都对上，只可惜样样花儿少比方。

芸香：叫姑娘你莫忙，听我把样样花儿说比方。海棠姐紫薇郎，牡丹帐子芭蕉床，绣球枕头荷叶被，窈窕淑女梦才郎。

……

我一直不明白姑姑为什么喜欢这一段。高兴时，她会说，灵灵，咱们来一曲《表花》好不好？难过时，她也会说，灵灵，咱们来一曲

《表花》，好不好？

有一天唱完，我问姑，这段唱词是美，可花了整整十分钟，好像跟剧情没有多大关系。姑姑说，这词美呀，把每一种花的特点和色泽都写出来了，真想啥时把这些没见过的花，像木槿、玉簪、丹桂、碧莲、凌霄、紫薇、蔷薇、海棠，全看遍。我看了好多次秦腔《火焰驹》，迷的就是这段，你想想没有这唱词，就体现不出小姐黄桂英爱美钟情的内心。虽然不影响她在花园给遭难的未婚夫李彦贵赠金，但她就跟其他戏里的小姐一样，没了特点。你琢磨下，是不是这么个理？

姑姑，你为啥喜欢花呀草呀戏呀什么的？这些又当不得饭吃，当不得衣穿？

姑姑给我梳着头，她身上香香的味道让我闭上了眼睛，姑姑好像感觉到了，说，灵灵，你抬头朝窗外看，天空没云，是不是不好看？天上有云，没咱窗台上这盆指甲花衬，是不是特单调？咱小镇，有饭馆，有商店，有集市，如果没有戏院，你说，是不是也不美气？

对了，姑姑，我听人说你每天都到街上，是让男人看？

姑姑笑了，说，我也看他们呀，我看男人，看女人，看老人，看娃娃，看花看草，看着，看着，心里就不憋屈了。对了，灵灵，我好一阵没回去了，咱村里有什么新闻？

好像没啥好事。对了，三队的永安，就是老夸姑姑长得漂亮的那个粮站会计，他媳妇竟然跟他弟要结婚，永安不同意，他媳妇上吊了，他弟把永安捅了一刀子，现在还在医院里。你说永安长得好，还是工人，他媳妇咋就看不上他，死也要跟他弟结婚？他弟，农民，现在村里人都搬到新居去了，他还住着窑洞。一只眼睛还斜着，全村人都骂那媳妇死了活该。

姑半天没说话，我以为她没听，回头一看，姑流泪了。我说，姑，咋了？说着，要给她拭泪，姑拉着我的手擦着泪说，灵灵，世界上很多事，并不像你看到的那么简单。

后来，我在地区上了师范学校，发表了第一篇小说。老师让我给同学们讲写作感想。我蓦地想起了姑姑，想起她跟我配戏，想起了她说世界上很多事，并不像我们看到的那么简单。才发现，我能走上写作之路，与姑姑的这种潜移默化，是分不开的。

第十三章

46

四哥以全县第一名的成绩考上了大学，这是我们家继两位哥哥成为军官后的又一条爆炸性新闻。县里乡上道喜的人不断，惹得院子里的猪呀鸡呀也欢叫个不停。爹在妈再三催促下，别别扭扭地换上了出门的衣服，平常不穿袜子的他也穿上了雪白的袜子，跟黑色条绒松紧鞋一比，白的更白，黑的更黑。一天，送走客人，妈就催着四哥说快到镇上叫你姑，咱们中午吃长面，庆贺庆贺，顺便割两斤肉回来!

爹说，急啥，录取通知书来了再说。

正在这时，忽听到外面邮递员那个熟悉的笑声。快，肯定是咱儿寄钱来了。

爹说他弟兄俩不刚寄过吗?

可能是我通知书到了。四哥说着，就往外跑，还没出门，就看到姑姑推着车子喜滋滋地提着一大堆东西来了，人还没见，声音就传了进来：哥，嫂子，我来给你们道喜来了。

爹说你怎么知道的？我还让老四去给你说哩，要不是你，这大学生就成别人家的了。哈哈哈。一向严肃的爹笑得合不拢嘴。

这么大的事，我在小镇上能不知道？两天前，我在街上买了十个鸡蛋，老远就看着一堆人在百货商店大门口挤。我寻思莫不是布匹降价了，或者是商店又进点心了？就三步并作两步地往前赶。哥呀，远远地就看见大红纸上几个黄色的大字："高考录取光荣榜"。我心一下子就要蹦出来了，我知道我侄子今年考大学呀！我脚踮得再高，看到的也是一个个人头，就厚着脸皮提着鸡蛋筐朝人堆里挤，边挤边说，小心，鸡蛋脏了衣服。人堆果然留出一道空儿，我立马双手护筐往红榜处挤。旁边有个不好惹的主，黑着脸，喊，挤啥挤，急着跟男人上炕是不！说着，就要用手摸我的胸，我气得用胳膊肘捅了他一下，眼睛从下往上瞧，哥呀，你说我多傻，我从倒数一直看到半中腰，还没我侄子大名，浑身就没劲了，正要转身，有人说，快看，快看，尚仁，全县第一呀。我再仔细往大红榜上一瞧，哎哟哥呀，高兴死我了，我侄儿的名字单独写在第一行，那字比斗还大，哥呀，我兴冲冲地从人群里挤出来，边走边说，我侄子考上了，考第一名了。人们都看我，我还没发觉，快到家门了，才记起我的鸡蛋，十个鸡蛋全挤破了，我身上筐里手中全是鸡蛋汁，可我高兴呀，回到家，饭也没顾上吃，就想回家。可转眼又想，这么大的事，家里肯定知道了。于是我就给我侄子称了新棉花，缝了新被子，买了两身新衣服，买了两瓶西凤酒，割了两斤肉，买了一堆菜就跑家来了。刚到门口，又碰上了邮递员送来通知书。哥、嫂子，我一看，傻眼了，侄子考的是上海的大学。上海是啥地方你们知道吧，跟北京一样有名。蝴蝶牌手表、凤凰牌自行车，全是上海产的，大世界、百乐门、南京路、美琪大戏院、和平饭店、黄浦江……吃的玩的，应有尽有，说一天都说不完。我穿的这件上衣，也是上海产的。侄子，你咋这么能考呢？

姑姑咯咯地笑着把四哥拉着坐到她跟前，用手绢不停地扇着脸上的汗，高兴得嘴都合不住。

叔叔婶子推门而至。婶子一头短发抹得油光水滑，她未开言，脸上先递出一抹笑容来，妹子来了？几天不见了，怎么越发的精神，你看腰还是那么细，肤色还是那么嫩，这公家人就是不一样，对了，你这件水绿色的确良衬衣配上白裤子，真是越看越时髦。说着，殷勤地一会儿给姑姑端水，一会儿扇凉，好像在自家一样随意。姑姑把她推到椅子上，说，三哥三嫂，今晌午饭你们别做了，让娃娃们都到哥家来吃饭。咱们今天全家给尚仁好好庆贺一下，第一名，这要在古代，就是状元呀。我二哥二嫂有福气呀。婶子说好呀好呀，嘴上欢快，面上并不乐活。

妈舀了一脸盆冒尖的白面，让四哥到长顺家压面机压长面，再三说让长顺媳妇把面和筋道些，压薄，普细、两指宽各半。

妈、婶子在厨房忙活，姑、爹和叔在中窑里聊家常。婶子性急，手底下的活儿就干得粗糙，切的肉丁、豆腐丁、胡萝卜丁大的大，小的小。妈不好说她，在婶子倒油炒臊子时，看她端着油壶倒了一大摊，心疼极了，忙让婶子去拉风箱，自己端出烧热的油锅倒出一半油泼了干辣椒面，辣椒面瞬间浇透，散发着一股扑鼻的香味。

婶子马上明白妈的意思，鼻子抽了抽，说，嫂子，真会过日子，人家说了，你们家半斤油吃了一月还有一斤。

妈说过日子得细水长流。

凉拌黄瓜、油炸花生米，一盘炒鸡蛋，就让叔叔吃得不想吃长面了。

三哥，你咋吃得这么少，过去不是能吃两大碗面吗？

不知道最近咋了，自从麦子进囤后，饭量一天不如一天，人也瘦了不少。婶子接过叔叔吃不下的半碗饭，倒进自己碗里说。

姑说那快去看看。

天热，吃不下也正常。我的胃疼也是老毛病了，吃些止疼的药就好了。

酒喝到七成，面也吃光，酒足饭饱，徐徐地拉着话。爹靠在炕上的被垛上吸着旱烟，叔蹴在炕头，姑和妈分别坐在炕桌的对面，婶子坐在炕下的椅子上，时不时地望着酒瓶，姑姑就给她倒了一杯，婶子嘴上说着不能喝，略一让后，端起一杯，一饮而尽。姑姑说你还真能喝，再喝一杯。婶子几杯下肚，面目潮红，形态动人。

尚仁给咱王家争光了，来，尚仁，姑送你一块蝴蝶表，考上第一名不容易，那天在大红榜下，听说我是状元他姑，好多人眼热我，我比站在戏台上唱戏还荣光。

婶子大着舌头却不屑地说尚仁能考上大学还不是他两个哥帮忙的？朝里有人好做官。

四哥气得扭头就走。

叔张了张嘴，那张伤嘴不停地流着口水，他边吸溜着口水边说，这话说得也有些理儿。

姑姑用手绢扇着风，斜睨着说，听你两口子说这话就知道教育不出好娃。你都不想想，考大学，谁能做假？更何况咱两个侄儿是部队的，想帮都帮不上。你看看老四从小到大贴满墙的奖状，就知道这话不该说。

婶子晃晃悠悠地站起来说，他姑呀，我知道你是个能成人，全村全镇全县人都知道你，可是你能成顶啥用了？那么多的男人，围着你转，到头来，你还是一个人过，将来病倒在炕上了，怕都没人管。你教育的娃好，儿子，死了！女子好好的县剧团不待着，却跟野男人跑了，生不见人，死不见尸。把你王家的人脸都丢尽了。我们，老农民，不识字，教育不好娃，可我四个娃娃长得健健康康的，守着本分……

姑姑气得脸色灰白，要不是手扶住炕沿，差点晕倒。

你这婆娘怎么说话的？马尿喝多了是不是。叔说着，挥起巴掌就要打婶子，却并没有落下来，手在空中挥舞了一下，说，越说越不像话了，回去。

婶子身子一歪，一屁股坐到地上，边抹眼泪边哭诉，谁让她瞧不起咱们呢，她能比咱好几分？我憋屈几年了，今天就把心里想说的话全倒出来。说是你妹，连个旁人都不如，从来就没有对你好过。还有，狗日的三来，敢打我，还把你能成的想上天？你打呀，打呀，今天不把我打死，你就不是你妈生的。说着，拉着叔的手就朝自己脸上打。

叔扯住她的胳膊往家拖。

出我家门了，婶子嘴却没停住骂叔：三来，你要是你妈生的，你就打我一顿，打呀，打呀，我看你还敢打我，要不是我嫁给了你，你现在还打光棍呢。说着，喊着，周围没有一人劝她。连她最小的女儿，也就是我的堂妹，正坐在大门口看书，她戴着瓶底厚的眼镜，看了一眼哭闹的母亲，好像不认识似的，复低头读书。

婶子气不打一处来，指着堂妹又骂道，白天念书，夜里念书，考不上大学啥也不顶，把铺盖给我背回来，咱家没那命。

娃，好好念书，只要你想读，爸砸锅卖铁也要供到底，别说两年没考上，就是十年没考上，只要你想读，爸决不放弃。

三来，你心比天高，本来咱女子今年考中专，分数超了二十多分，比灵灵考得还好，上了中专，毕业出来国家就给安排工作，都怪你，非

298

要让女子上高中，考大学。要是考不上，成了老姑娘，不会做饭，不会针线，眼睛近视得跟个瞎子差不多，村里傻子都不会要，我看你后悔都来不及。

堂妹流着泪，咬着牙不说话。

娃，你不要听你妈胡说，她头发长，见识短，你好好念书，只要你有信心，爸一定要把你供上大学。

你妈才头发长，见识短！

叔叔举起手，却没打婶子，而是把自己身上的土掸干净，又拿起扫帚扫起院子里的落叶来。

日色渐黑，堂妹默默地从椅子上起身，放下书，走进厨房，点火做饭，被烟呛得咳嗽个不停。婶子睡在炕上不起来。叔叔走进灶房，把堂妹推出屋，让她好好复习功课，家里天塌下来都不要管。

放假后，回到家里，我发现家里来的人越来越多，自行车、摩托车，偶尔还有小汽车，在家门口停了好多。来的客人大多衣着光鲜，都提着油呀面呀点心什么的。村里的人好像也受到了来客的传染，到我家也来得勤了，妇人一进门就帮着妈蒸馒头，洗衣服，男人帮着爹不是劈柴，就是担粪。

是我家变富了吗？没呀，我家还住着原来的三孔旧窑洞，爹妈还是起早贪黑地种田做饭，我问爹，爹笑着不说话。问妈，妈也笑着无语。一直不走动的二舅妈最近也来得多了，她指指我家大门上的红牌牌，说，看，就是因为那个。我望了半天"光荣军属"，不明就里。

我们村里的富人明水和支书也隔三岔五地到我家来了，一会儿夸我家的猪真肥，一会儿又说爹妈会指教儿女，还带着乡里干部，给我们家大门上挂上了"英才之家"的光荣匾。这让我好不得意，这说明我们家的地位和他们并列。

明水退休了，不，确切地说，他根本就不是国家正式公职人员，是包工头，年岁大了，回到了家乡。他这次带着他漂亮的老婆拎着大包小包到我家来了，说是为他儿子当兵的事。明水漂亮的老婆，脸上有了密密的皱纹，一进门死劲地夸我两条辫子长得好，其实我的头发又软又稀。明水的老婆说她种的牡丹花可好看了，非让我到她家去拿花籽，我第一次进了我做梦都想进去的大门。进得门来，园里的花园并不是我想象中那么茂盛，跟我家菜园子差不多，只是菜边种了几株牡丹，长得稀稀疏疏的，我很是失望。五间青砖瓦房也不是我想象中的光鲜，墙面起皮，窗台跟我家一样摆满了烂抹布破瓶子杏干桃核。明水媳妇拉着我的手走进门里，给我又是递水果糖，又是递苹果，我两只眼睛不停地打量着屋里的摆设，电视是十四寸的，还没我家的大。屋子倒是干净，只是跟我家一样，屋后有粮囤，有掉了漆的饭桌。

同样，支书家我也去了。不知是什么原因，反正爹是被支书请到他家去吃了一顿香喷喷的白米饭的，盘子里炒了六个菜呢。菜盘里不像酒席上只在豆芽、胡萝卜、粉条上面盖着几片肉，而满满当当几乎一碟子里全是肉片，香极了。只要有好吃的，爹就带着我这个最小的娃娃去。他把我叫他的小尾巴。

除了大肉和软而白的馒头，还有酒呢，麻麻的辣辣的，听说是茅台，我喝了一杯，比妈酿的米酒难喝多了，可爹喝一口，夸半天，不停地说好酒，好酒就是劲大。

那个胖胖的女人的确是村支书的老婆，至于那个诱惑我的玻璃门的花色，当然已经掉色了，屋子里充满了支书孙子的屎尿味。支书赔着笑，支书老婆也赔着笑，极快地把孩子抱了出去，热情地让着坐，热情地劝着酒。走出村支书家，我真后悔，不该进来，要是留下美好的想象，该多好。没到家门口，爹就开始叹气了。我说爹，你好像没吃多少，菜很香呀！

爹皱着眉头说，吃了人家的嘴软呀。

那就不吃。

支书叫你去吃饭，你不去吃，支书会不高兴的。说得也是，同学叫我到她家去玩，如果我不去，人家会认为我不识抬举，会孤立我的。

随着家里客人越来越多，随着哥哥们带回来的淡绿色的翡翠宝塔、时兴的家具挂历、包装精美的水果糖、图案漂亮的毛衣、风雪帽……我在小伙伴眼里，也是半个城里人了。拾麦穗、偷摘苜蓿菜、捡地软、挖荠荠菜，我永远都是最后一个，每每向他们请教时，他们就说，灵灵，你不用学这些农村娃干的活，你咋样都会有好前程的，你跟我们不一样。为啥，因为你家出了两个军官，还有大学生，你肯定不会差的。

我上小学时成绩不错，上了初中后，数理化很是头疼。初二复读了一年，总算考上了个中专，也算走出了农门。村人不待见的堂妹却考上了北京的大学。很是丧气。姑姑却说，条条小道通大路，姑姑相信你，将来你持笔走天下。姑姑的鼓励，让我这样一个小镇的小学语文老师，凭着写作，考上了北京的作家班，又在北京安营扎寨。这是后话。

春去秋来，落叶纷纷，诗雨生不见人，死不见尸，这是姑姑的心病。没想到婶子的酒后真言，勾起了姑姑的伤心事，无论爹妈怎么想办法安慰，她也没了起初的快乐，红着一双眼睛回家了。

姑姑让大哥想办法找诗雨，说，你们熟人多，只是不要报警。大哥最终也没找到。姑姑哭了很长时间。

张文正忽然接到一个电话，电话里的人半天不说话，只能听到喘气声。说话呀，是死人吗？打电话不说话是吃多了吧。就在张文正骂着要

301

放电话时，声音出来了，是诗雨。诗雨说，爸，给我寄些钱，我没钱吃饭了。张文正一听，声音都变了，立即问她人在哪里。她说你不要管，给我五百块钱，把钱寄给省戏校的杨姣姣就行。张文正还没来得及问清楚她在哪，电话就挂了。张文正找到姑姑，姑姑跟爹和妈商量。爹生气地说别给，她没有钱了，自然就回来了。妈说还是给吧，自己身上掉下的肉呀！不给，万一生活没着落，跟坏人学坏了怎么办？

姑也同意给，说，这次一定要问清杨姣姣诗雨的去处。可是杨姣姣在电话里说她不知，都是诗雨跟她联系。

钱给了，又是半年没有音信了。姑相信，没有钱了，她自然会打电话。

姑哭得眼睛生疼，说，嫂子，你说诗雨都那么大的人了，怎么办？我生了个要饭的，我都没脸再给你提她了，你说她咋成这样子了？小时候，多可爱呀，戏唱得那么好。现在怎么就成这样子了？我想不通呀，是不是老天报应我？

儿女自有儿女福，由她去吧。你别多想，与你有啥关系嘛。

从不迷信的姑姑，第一次相信世界上是有报应一说的，她提着东西让妈带她到我们村沟里去敬神。妈刚开始不相信她的耳朵，姑说，我现在相信了，啥事都有报应，我抢了人家的丈夫，老天爷就把罪降到我勇勇身上，放到我诗雨身上，让他们死的死，走的走，咋不治我？人家好好的家，我拆散了，我对不起人家，做下了亏人的事。我要去赎罪，我要让老天爷原谅我，我再不干这些伤天害理的事了。

又胡说了。

妈带着姑下到沟庙。

沟在村后，像蛇般的小路，沟底下有一条不知流到哪里去的小溪，一年四季地流着。满沟除了杨柳树，还有庙。四五个庙，有文庙，有关老爷庙，还有娘娘庙，它们各司其职，寄托着全村人的希望。全县有不少这样的庙，然而不知什么原因，我们村里的庙最为出名。有女人不生娃了，会去求娘娘庙；想当官，去求关老爷庙。考大学，就求文庙。请人算卦，这是大多数男人的做法；去求神，是女人的做法。逢年过节，那庙里更是香火不断，供物无数。无论多冷的天，下多厚的雪，通向沟庙路上的雪，早早被人扫得光光的。其实庙里只是尊泥像，但在村人眼里，就是金身佛。有时两家吵架了，也要相拉着到这儿找神评理。当然是出神的日子。

所谓出神，就是神附在人体，由这人代表神说话。这些人我们都叫他小神。他们在村里的身份比村支书村主任还牛。

姑这次跟妈去的是娘娘庙。姑献的是一只猪头，姑说我错了，我再也不为男女之间的事伤筋动骨了，请娘娘惩治我，给我减寿让我害病都行，只要给我说清咋把我女子的跑病治好，告诉我她现在到底在哪。

神附体的人收了姑献的猪头后，慢声细气地说：在她该去的地方。

姑一听这话，站起就要挥拳砸神像，妈急忙拦住，姑抱起她献给神的猪头，边走边说，我本来就不信的，也就是想看看，果然如此，我信它干什么，它知道个屁，有猪肉咱好好吃，我才不信那些鬼把戏哩。

妈说你可不要胡说，说着，捂住了姑的嘴。

咱二妗子省吃俭用，敬了一辈子神，五十岁不到，你说窑好端端的，怎么说塌就塌了，神咋就不保佑她？

不要胡说，在神面前不得胡说，快，在地上唾两口。妈说着，不停地点香求神谅解姑的疯话。

47

哥哥们来的信妈找村里人读了好几遍，妈总觉得村里人心屈，把信里好消息没告诉她，非等着姑姑来念。

好多年过去了，我仍然忘不掉姑姑读信时那沉醉的样子。姑姑读哥哥们的来信，不是像堂姐一样，看半天读一句；也不像邻居高中生小明读信，像滚核桃，爹妈还没听清，信就读完了。姑姑读信前，会先小心地把手洗干净，然后自己先从头到尾看完，边看边笑，着急的妈直扯她的袖子。因为让姑姑读信时，大部分都是信来了好几封，内容妈已经记不清了，所以就更着急，总希望姑姑能读出别人给她读儿子信中的不同内容。

姑姑呢，可能因为是唱过戏，最明白观众的心思，于是读信就像演戏似的，处处卖关子，尽量吊足听众的胃口。一会儿嚷着口渴，让爹给她倒水；一会儿又说肩膀疼，让妈给她按摩肩膀。其实，哥哥们的家信，特别是给爹妈的信，真的没有太多的事，可就是一封平常的家信，姑姑也能读出众多的信息来。

大哥信中说，我现在成师职干部了，单位分了四间房，房子都很大，里面安着暖气，爹妈姑姑来了，都有住的地方，冬天在屋子里像春天一样暖和，家离公园很近，坐两站公交车就到了。

姑姑把这段读完后，会放下信，说哥哥家的菜园子除了种着农村人常见的小白菜、辣椒外，还种着月季、玫瑰，那些花有粉白、明黄、绯红，可漂亮了。公园里，有大湖，湖上人划着船。有草坪，男男女女坐在上面抱着亲嘴，老人打着太极拳，女人呢，甩着大红绸子扭秧歌。

妈听得入迷了，就问姑姑咋知道这么详细？姑姑笑着说，侄子们给我写信告诉我的呀。因为我写信不像你们让人代笔，每封信都老生常谈，说什么爹妈都好，收成也不错。你们安心工作，不要牵挂家里，家里一切都好。我会问他们在部队吃的啥？怎么工作的？最近是不是不顺心了，为啥字写得潦潦草草的？尚武好几月没给我来信了，我就写信详详细细地问他，他告诉我，单位调职时没有他，他一直想不开，干工作都没心思了。我就给他讲如何跟领导处关系，如何给自己创造机会。

爹不时地点着头，妈则不停地说，快说说，他哥几个还给你说啥了？

姑咯咯地笑着说，我读完信再告诉你们。

读哥哥的信，是姑姑的一大享受。给爹妈读哥哥的信，对姑姑来说，则是一种更自由的创造。她给父母讲述哥哥们的信时，有些是客观的，有些则是她主观的想象。她用看书读看电视得来的经验，来解读着她生活在远方的侄儿们的生活细节，甚至哥哥们职务又升到了哪种级别，肩上又增加了几个星星，她都清清楚楚。她活色生香的叙述，安慰了父母思儿的情思。

姑姑最近没来我家，是因为她又被尚明晖绊住了脚步。

尚明晖调到县剧团工作后，姑姑很少再见到他。那天，镇戏院新排古典戏《屠夫状元》，县里不少领导都来了。在众多的人群里，姑姑先是听到一阵熟悉的咳嗽声，心就跳得按捺不住了。尚明晖瘦了，眼眶深了，头顶的毛发稀了！姑曾经盼着他倒霉，盼着他当上副团长忽然因为什么事而下台；盼着他在台上唱着唱着忽然嗓子哑了……可是他副团长当得很好，戏唱得越来越好。她有过失望，有过不平。然而为什么好长时间不见他，真发现他瘦了，头顶秃了，心里竟隐隐发痛。

尚明晖是在台子上坐着，一招一式地给演员们说戏。姑姑在幕后收拾着刀刀枪枪的道具。身子来来回回地在后台走着，心却在幕前，哪怕一丁点声音，也瞒不过她的耳朵。

出出进进的张文正，一眼就看到了姑姑魂不守舍。心里一股酸劲涌上心头，没好气地说，看着手里的活，你把刀放在衣服堆里了，划烂了戏装要赔的。

姑姑取刀时，发现她把文官的乌纱帽也放进了戏服箱里，她没有望张文正，喃喃地问有诗雨的消息没？

张文正没有说话，扭头就走。

姑姑下班回到家里，满脑子全是尚明晖。饭也不想做，倒头就睡。这时，有人敲门，她听了听，这是一阵熟悉的敲门声，难道是他？如果是他，我要好好地骂他。姑姑想着，应了一声，果然是尚明晖。

等一会儿。

姑姑极快地把自己收拾了一下，然后又在镜前照了照，又是描眉，又是抹粉，收拾停当，才起身开门。

尚明晖一进门，就双手搂住了姑姑。姑姑说，门，门，门没关。

尚明晖仍然抱着姑姑，用背顶上了门，抱着姑姑就亲起来。

你把我当成什么人了，说不理我就不理我，即使碰见，好像也没有我这么个人似的，怎么现在一进门就像回到了家里一样随便，好像我是你老婆，想亲就亲，想抱就抱。这些话姑姑只能在心里说，她顾不上说话，尚明晖没有给她说话的时间。尚明晖抱着她就上了床，姑姑自己都不明白为什么曾经发誓再不理尚明晖，真到关键时，总是身不由己。

他们不用说到达了高潮。姑姑哭了，尚明晖只是望着姑姑，亲着姑姑的眼泪，并不说话。两人沉默了很久，尚明晖忽然说了句：我忘不了你，我怎么都忘不了你。

这句话无疑使姑姑得到了莫大的安慰。她说我也是，我也是。两人又抱在了一起。就在这时，门开了，竟然是一直没有出现的诗雨。

姑姑一把推开尚明晖，说，诗雨，你总算回来了。

诗雨望着姑姑，那是一双非常陌生而充满了严寒的眼睛，这眼神让姑姑不觉间感到浑身发抖。她一把拉住诗雨的手说，快坐下，吃饭了没，妈马上给你做。尚明晖瞟了诗雨一眼，赔着笑脸说，诗雨回来了？诗雨不理他，他朝姑姑使了个眼色，走出去带上了门。姑姑红着脸说，诗雨，你到哪儿去了，妈都急死了。你是不是有喜欢的人了？

诗雨坐在椅子上，看着电视，一句话不说。

姑姑问了半天，只说她在城里边上课，边拍电影，需要钱。给我两千，今天你干的这破鞋事，我就不告诉我爸。

你怎么说出这么难听的话来？我跟你爸已经离婚了。

你们的事我也懒得管，给钱。

姑姑找了半天，只凑够五百块钱，诗雨一把抢过去，跑了出去。

诗雨，你不要走，听妈妈说。姑姑追出去，满院都是来来往往的人，她也顾不得了，想上前去拉，诗雨甩开姑姑的胳膊，跑出大门，等姑姑追出去时，只看到一辆出租车的背影。

你就是个破鞋！破鞋！破鞋！姑姑躺在床上，诗雨的话一遍遍在耳边回响。为什么郭县长，我不愿意？张文正找我，我也不愿意？我是一个孤单的女人，一个独身女人，一个渴望爱和激情的女人，难道只要是男人，我就跟着上床？我五十多岁了，找个安身的地方这辈子就足了。哥说的没错，可是我为什么就不行呢？

张文正提出复婚，姑姑也不是没有动过这个念头，随着诗雨的长大，她希望给女儿一个安稳的家。可是为什么一看到张文正，她就烦。她受不了他的脚气，受不了他的猜疑，烦他睡觉打呼噜，烦他动不动就生气。可仔细想想，这又有什么过错，男人不都是这样吗？自己当初死心塌地地喜欢他，就该喜欢他的一切。

姑姑认为嫂子说的没错，自己是一个不切实际的人，不切实际的人，注定没有好命。于是她就想做一个切实际的人。于是她强迫自己对张文正好。

她忍了张文正的脚气，忍了他的脾气，可还是说服不了自己跟他复婚。

郭县长对她还是那么一如既往，可她还是不喜欢他。

而这一切，都是因为有了与尚明晖的比较。尚明晖唱的戏好听，尚明晖俊朗的脸，还有尚明晖永远都是为戏生活的方式，反正，姑姑真的说不清楚。她只是爱他，这就够了。至于他爱不爱自己，会不会给自己一个未来，会不会对自己只有性，她压根儿就不去想。反正只要一见他，她就感到昏暗的日子一下子亮堂起来，刚才还是寒冬腊月，转眼间就柳暗花明。这是婚后的张文正从未给予自己的。

你打算咋办？你年纪大了，还得有个伴儿，我看还是跟张文正复婚吧。妈说。

我一个人就这么过着挺好。

要是……要是张文正没有那病你还能跟他过不？

嫂子！姑姑长长地叫了一声，再也无话。只要有尚明晖的戏，姑姑无论在干什么，一定要到县上去看，边看边哭，也不管别人的指指点点。

第十四章

48

叔在高粱地里施肥，胃疼得实在坚持不了，就坐在地头歇歇再干。没食欲，以为是胃溃疡，吃了止疼药，仍坚持把秋收完，直到腹水多得走不成路，才同意住院。堂姐嫁到县城后，日子过得并不好，公爹偏向自己亲生的，不久，就分了家，堂姐跟丈夫开了家小杂货铺，日子渐有起色。一听说叔叔病了，夫妻俩急急找人让叔叔住了院，结果一查，是胃癌晚期。堂姐说先不要告诉老人，住着再说。

这年，我家也诸事不顺，刚提了副师的二哥，转业到地方，大哥从北京调到省城部队工作。三哥种的苹果眼看丰收了，结果又遇上了冰雹。

那些哥没有给办事的村人，就说三道四，说什么好花不常开，好景不常在。老天爷是公平的，咋能啥好事都让你们王家全占尽？

爹对回家的姑姑说，都怪三来，要是不挖桐树，咱家倒霉的事就不会一桩接一桩。尚文不在北京工作了，尚武也离开了部队。还有三来，怎么就得了那个病呢！

姑说哥，你又迷信了。你还记得那一年你不让尚武上学了，雷神仙算命的事吧。

爹说还是雷神仙算得好呀，幸亏听了他的话，要不，咱老二现在还不跟咱一样。

姑说，哥，我要是告诉你是我让雷神仙这么算的，你信不信？

爹瞪大了眼睛，说，胡说哩。雷神仙能听你的话？

真的，当时我给你说啥都没有用，只好找雷神仙，给了他钱，让他给尚武算卦，才骗了你让他上学。迷信不能信。雷神仙要是算得那么准，他早发了，现在还住窑洞？

胡说，啥都要信命。玉墨，你又不是不知道，咱们原来水塔边的十几户人家，死了十几个男人，全是青壮年，好好的，你说就得怪病，要么，走着走着，就掉到沟里了；走了多少年的沟路了，说掉就掉下去了，你说，这正常？最后，支书去找雷神仙，一瞧风水，才知道咱水塔修到人家龙王爷的龙脉上了，犯风水了。这不，水塔改地方了，人就平安了。

姑笑着说那是碰巧了。

你看哥给你说你还不信，你原来那个女婿为啥好好的就掉到河里去了？我也问神了，人家说你们命相不合。

姑说我侄儿的工作这是国家需要，咱的娃，工作干得好着呢，报纸电视上都有名，再说他们都升了，只是岗位不同罢了。至于我三哥的病，人吃五谷杂粮，怎么能没病没灾的？当下要紧的，咱凑些钱，给我三哥看病。

310

那病是无底洞！听说是胃癌，晚期了，转移到好多地方了，做了手术也白做。妈说。

胡说！我们要给三来治，我给老大老二打电话，让他们尽快寄钱回来。自己亲叔得病了，侄子能不管？爹说。

这话却被进门的叔叔听见了，自己原来得了绝症。叔坐到病床上，半天不说话。堂姐喂他吃饭时，他摇着头说，我的病治不好了，咱别治了。

爸，你不要这么说。堂姐说着，眼泪出来了。

我活也活过了，死就死吧，儿女成人了，也没啥牵挂的了。你过得挺好，爸放心。还有你弟，在新疆，虽说远些，也在城里娶了妻，生了子，成了城里人。我死了也能闭目了。爸这次到医院来，只有一个心愿。我就是去死，也想当个全货鬼，听人说到阴间，你不全货，会下地狱受罪的。

爸，你啥意思？

叔摸了摸自己流着涎水的嘴唇，说，你给医生打听打听，爸想把自己的这个伤口补一下，你看行不？

爸，你先躺下，我去问下医生。

堂姐怎么也没想到叔提出这么一个问题。跟医生一打听，手术倒是小手术，也就是进行下巴修复美容术，几千块钱的事。医生说，可能还能看到疤痕，必须多做几次。

堂姐回到家里，给姑姑、爹和婶子都说了。

爹说，你说这个三来整什么名堂，命都快没了，却搞这个花脚蚊子，把自己整得像个娘们，去找阎王爷报到又不是去相对象，真是脑子让病搞坏了。

婶子说我也想不通，都老了，还讲究这个，真是有钱没处花了。

311

姑说我去劝劝他，让他做胃部手术。姑姑的劝说没有奏效。叔叔非常坚决：我不能到那边还让人欺侮，我要当个全货人，妹子，哥只想当个全货人呀！一辈子在世上受了那么多人低眼瞧，到那边我可不想受气了。姑姑从病房出来，对堂姐说，了了你爸的心愿吧。

爹说妹子，三来是糊涂了，咱们得给他治病，现在走了，哥心里难受呀。

姑擦了擦眼泪，说，哥，我们每个人其实心里都有个结，我的结是男人，你的结是种地，我三哥的结是面子，我们成全他吧。先做下巴整容术，然后休息一段时间，等人有精神了，再做胃部手术，那是大手术。

叔的豁嘴修复手术做得很成功，虽然有些小疤痕，但远远看上去，下巴光光的，叔从医院里回来后，第一次出现在村里，转了两圈，逢人就说，我儿子寄的钱，给我做的下巴。叔又到镇戏院去看了一场秦腔戏《龙凤呈祥》，还让姑带他进了镇上最大的秦风饭馆美美地咥了一顿。

在饭馆吃饭的时候，叔说，妹子，我就不信我比你和哥差，真的我不信，尚权工资高，娶的媳妇也是城里人，生的娃也有了城里的户口。他说今年过年他要带着老婆娃娃回来接我去城里逛，我还没去过西安哩。

姑趁机劝道，哥，你快做手术，等你出院的时候，年也就到了，尚权就回来了。叔说是的，是的，妹子，你哥的日子总算有盼头了，跟人能平起平坐啦。叔哭了一会儿，又接着说，尚权说，他想做生意呢，国家现在政策放开了，做生意肯定能挣到钱的，我就不相信他什么都干不成。人总有一样东西，是自己能干成的，对了，你就给他这么写信，就说我说的，没本事就不要回来，让他爸在村人面前丢人。

叔回到家后，让婶子和妈一起到镇上去看戏，说自己累了，想早些睡觉。明天就到县医院做手术。还让婶子把娃娃都带上。婶子走了，叔又跟爹说了半天话，说得最多的是他儿子，他的过活。最后给爹说，哥，我最后悔的事就是把你家的树伐倒了，你别放心里去。我错了，糊涂了这一回。两人还喝了一会儿酒，叔就说自己累了，让爹回去睡觉。在爹走的时候，叔说，哥，明天一大早你就接我去医院，月蓉和娃娃在咱妹子家不回来了。

就在这天晚上，叔割腕自杀。叔在走之前，包了三个用红纸包的小包，一个上面写着歪歪扭扭的"徐"字，一个写的是"儿"，还有一个写的是"三女子学费"。他给婶子和堂妹红包里各放了五千元，让婶子必须供三女子上学，只要她想学，一定不得放弃。堂哥打开给他的包，没有一分钱，只有手绢上蘸着血写了一个斗大的字：兴。在这些东西跟前，放着那把沾着血的刀子，据识货的人说，那是一把纯正的军刀。

三嫂看到叔的样子，吓得缩到妈身后，说，妈，我说我怎么昨夜梦自己老牙掉了，原来家里老人要去世了。

婶子一听，哭的声音更大。

姑姑说，原来我三哥早就想好了，我怎么那么笨呀！

堂哥尚权第三天就回来了，他拿着手绢，跪在了叔的跟前，说，爸，儿没本事让你生前在人面前抬起头来，后悔得吐血都来不及了。不过，你放心，我会每天把"兴"这个字刻在心口上，不兴，不是你儿。

堂妹复读了两年后，终于考上了北京的大学。婶子坐在叔的墓前，边烧纸边说，三来，你听见了吗，咱女子考上了，考上了大学，北京的，你睁开眼看看呀！咱女子天天能骑着自行车逛天安门了。

至于跟婶子打赌的长顺媳妇，我们再也听不到她放的鞭炮了，她得知唯一的儿子在部队牺牲后，忽然就不会说话了，连丈夫长顺也认不出来了。而一直被人称为老虎的长顺，一夜间好像也变了个人，遇到大人小孩都低头哈腰的，还不停地说，我儿子，我儿子在那边，活得好着呢。当了官，住的衙门跟包公的一样大。听的人，有的摇头，有的就抱着长顺哭。

49

处理完叔的后事，爹一脚一个深窝踩着厚厚的积雪来到爷和奶的墓前，说，爹呀，你怎么不保佑我们呀，家里倒霉的事一件接一件，你倒是说话呀，咱们家怎么了？好不容易儿女成才了，才翻身没几天，怎么又接二连三地老出事？爹，你说说，是不是坟里进水了，还是嫌我们这么多年冷落了你跟我娘。说着，又是捶胸又是砸腿。去世多年的爷爷不可能回答爹的问话，爹拖着病体提着一箱牛奶和一桶花生油来到了雷神仙家。

雷神仙住的村子，不少住户都搬到公路边，盖起了贴着雪白瓷砖的平房或楼房，旧庄子上不是挖了种了豆子就是大门锁了，门口连只雀儿都很少见，雷神仙家就在这残垣断壁之间的一孔破窑里。

老伴去世后，儿子媳妇都到城里打工去了，雷神仙一个人住着，吃住都在一孔破窑里。一只生锈的铁锅搁在发黑的灶台上，旁边放着两只缺了口的碗。地上，放着一只沾着泥的白萝卜，几瓣紫皮蒜，旁边立着半蛇皮袋面粉。爹鼻子一酸，回头看躺在炕上的雷神仙，半天说不出话来。雷神仙已经很老了，但脑子还清醒。一看到爹，强挣扎着起来，说，你日子过得好了，还想着来看我，好人呀，好人。拉着爹的手不放。爹就以错对错地说，老哥，一直说来看你的，我家老三没了，我又病了。

老弟，你现在是只管享福的老太爷了，要好好活，儿女都出息了，

314

住上楼房了吧。咱们方圆百里，不，全县，你们家也是数一数二的。你活它个长命百岁。不要像我，病了躺在炕上也没人管！雷神仙说着，接过爹递给他的水，喝着喝着，呜呜地哭了。

两人说了半天话，爹走时，给他三百块钱，雷神仙哭着说，老弟，要不，我给你再算算，看你家还有什么好事？

爹紧紧握了握他的手，说，不用算了，不用算了，你好好养病。

雷神仙说，我明白了，你信不过我，那就把钱拿走。我算命也是瞎算的，要是有准头，我能过成现在这个穷样子？说着，怎么也要把钱塞到爹手里。

爹把钱强塞到他手里，说，老哥，我就是来看看你，拿钱买些药，好好养病。爹到雷神仙村里漂亮的新居前转了一圈，天黑前，才慢慢走回家。

爹病了，老说身子骨沉。有一天，说病得下不了炕了，忽然对妈说，我看见爹了，爹说，你怎么还不割麦？麦熟得都烂到地里了，遭罪哩。娃。

妈说老天爷，你咋又胡说了，是不是发烧把脑子烧糊涂了。妈摸摸爹的额头，的确有些烧，想着可能是昨天受凉了。叫医生打了针，吃了药。晚上，睡到半夜，爹忽的从黑乎乎的炕上爬起来，让妈去跟他一起收高粱，说，山上的高粱让麻雀吃空了。

妈拉开灯，说，你好好睡吧，别折腾了。她闭上眼，不一会儿睡着了，听到院子里有声音，醒来一看炕上爹不见了，立即披衣下炕，院子里冰天雪地，还下着雪，爹右手正使劲地往开拉着门上的关子，说，走，到地里去，我不能让老三种苹果，农民不种庄稼不就像牛不拉犁一样？叫不务正业。

妈使出浑身的劲还是拉不动，叫醒了间隔住着的三哥。爹一看到三哥，说，咱不种苹果，咱种地，行不行，祖宗。

三哥还要说种苹果的好处，妈制止了他，他很不情愿地点点头，把爹背进屋子。爹拉着三哥的手说，明天去割麦，快去把三把镰刀都磨快。

三哥望着窗外，说，爹，现在下雪哩，你看我身上的雪，你摸摸。说着，把爹的手放到自己的腿上，爹一摸三哥腿上的雪，笑道，老天爷给咱下雪了，麦苗不缺雨水了。

爹躺下不到五分钟，又说咱菜地该浇水了，天旱得这么严重。妈觉得爹是糊涂了，一定是爷昨天问候了。就在院外的桃树上，折下一根枝条，在爹的身上边拍边说：爹，你走吧，你儿想着你哩。你走吧，你孙子都有出息哩，都当大官了，我们忘不了你给我们带来的福气，逢年过节给你杀猪宰羊献你灵前，送钱送衣让你衣食无忧，你是不是没收到？没多久，爹就安静地睡着了，第二天清醒后，妈问晚上的事，他什么都不知道。过了几天，又糊涂了，这次妈请村里的神婆子，给爹身上驱鬼。姑姑坚决不相信，说，可能是用药量大了。妈说，咱们土法洋法都用。妈在姑姑给爹吃了药后，让神婆给爹驱鬼。神婆端了一碗水，拿四双蘸了水的筷子，在爹的身上四处乱洒，然后把筷子码齐竖着往水碗里站，筷子站不住，她让妈给些吃的，妈在碗里泡了几块白馍，神婆说鬼爷你现在吃饱了就走吧，我送你。一把筷子果然直直地站住了，神婆拿扫把往外一扫，筷子和水满地都是。神婆把碗筷放在我家大门口的角落里，说，鬼已经驱走了。

爹的病并没有见好，还是说胡话，一会儿说我不吃细面，给娃娃留着，我吃高粱面片子、荞麦面、玉米糊糊就行。一会儿又说你怎么能那么浪费粮食，今年雨又不下，这么浪费粮，接不上明年的粮，我看你拿啥填饱娃娃们的空肚子，你看看老四瘦得身上的骨头都看得清清楚楚。

妈说，你说你这老先人，大半夜的，谁浪费粮食了？眼睛闭上，睡觉！

爹刚闭上眼睛一会儿，忽又睁开道，鸡都叫了几遍了，你怎么还不起来纺线，娃娃没衣穿呀。

我放假回到家，妈撩起衣服前襟边拭泪边道，你说你爹糊涂了，怎么说的都是过去牵心的事？

家里人来人往，都说是看爹的。有妇人要到家里来给爹当免费保姆，说，妈一个人伺候爹太累了。我给妈说这是多好的事，妈说你不知道人人心里都有一本经的。果然不久就提出来了，让她当兵的儿子提干。还有男人非要给爹和妈当干儿子，要求是把远在外地的儿子调到省城西安。几十年都没有来往的七大姑八大姨也找上门来了，都亲热得了不得。有一个远房舅舅带着刚满十五岁的儿子跪在爹妈的脚下，说，如果不让他儿子当兵，就跪在地上不起来。

妈作难了，说公家的事自己不懂，儿子们更是联系不上。于是就有人拨通了大哥的电话，非让父母给大哥说。都是乡邻亲戚的，抬头不见低头见，妈只好给大哥说，公家的事妈不懂，你要是能办就给办了吧，现在农村人肚子是吃饱了，日子过得还是挺难缠的，年轻人不想在农村里待，老年人，种庄稼又挣不到钱。

好多人跑得多了，感到没有希望了，慢慢走动就少了。只有一个瘦高女人，经常来。她家在县城，听说丈夫是公家人，虽然退休了，还挣不少钱，每次来，都不空着手。四十多岁了，瘦瘦的脸上，满是笑容。年纪大了，声音却尖而脆，天生了这么一副独特的声音却很少开口。她来了什么也不说，不是端着盆子帮着妈洗衣服，就是跳上炕替爹全身按摩。刚开始，妈还把她当客看，给她做白面吃，来的次数多了，就把她当自家人看，跟我们一样吃高粱面，睡我们家的土炕，她一点儿不嫌

317

弃我家穷，还非要给爹妈当干女儿。爹妈不知怎么想的，他们有儿有女的，竟然同意了，干女儿一口一个爹、一个妈，叫得父母心里乐滋滋的，叫得我心里很憋气，恨不能朝她的瘦脸上抓一把。她却毫不识趣，一会儿夸我长得好看，一会儿又说我能考上学，脑子好聪明。我厌烦地朝她瞪一眼，独自走开。

终于干女儿到我家来了七八趟后，说出了她的难肠事，儿子在西藏当兵，老两口就这么一个儿，整天牵挂着，那么远，将来动不了了，身边连个端水的人都没有。说着，拿起手绢就不停地抹眼睛，边哭上身边抖，让人蛮同情的。

妈是个软性子，别人哭，她也就跟着哭，哭了一会儿说，你不要难过，要不，我给你兄弟说说，看能不能把你儿子调回来。

干女儿马上就跪在妈的膝前了。妈说到做到果然就再三地给大哥打电话，干女儿的儿子终于调回来了。

干女儿说等收完秋，地里没活了，她要叫辆小车，把父母接到县城的大饭店好好吃一顿，饭店的酥肉好吃得很，吃完还要带着爹妈到县剧团看秦腔戏呢。爹把这消息告诉了一个又一个来看他的人，他还答应要带着我和堂妹一起去看戏。中秋过了，高粱玉米都收了，她没有来。地里莲花白都没了，萝卜也藏进了地窖，霜冻了，干女儿还是没有来。

爹都不好意思出门见人了，婶子不知是故意气人，还是咋的，反正她来家里串门时，无意中会说这么一句，嫂子，你啥时去县上看戏，咱一搭走？

搞得爹心里烦烦的，让妈把门关上。后来妈真的关上了，爹又说怎么没有人看我了，把门打开。

一进腊月，我家来的人越来越多，不少都是坐着小汽车来，有县里领导，市里领导，还有一个平头，听说是省里的领导。爹精神一下大好，只要听到小车响，就会让妈给他把脸擦干净，换上新衣服，一个个地跟来人握手，每握一下手，都说：谢了，谢了。刚开始爹这么说，我听得别扭，农村人很少这么说话。他自己可能也觉得不舒服。后来，说得多了，自然就流利多了。

清醒了的爹有天坐在院门口，望着面前三孔窑洞说，咱们也要像村里人一样盖楼，你看那么多领导来了，现在家门口车没地儿停，人也进窑寒碜。

妈说他叔没了，头周年还没过呢，老辈人说了，不能动土。

盖房！盖房！我这一辈子就只这个念想，到雷神仙家去后，我就起念头了。儿女这么有出息，不盖房，人家会说我们是徒有虚名。

妈知道爹起了心，就不会改变，跟哥哥们一商量，决定依爹的意思，盖房！盖成小四合院式的平房。

破土时，爹病好像也轻了许多，不但能走，还能不时地给工匠递茶倒水，挖地基、买砖、做门，每一道工序他都让三哥给他一一汇报。他说，我还要住很长时间哩，一定要按我的想法来盖。

房子是按爹的想法盖的，上房五间，下房左右各六间，爹说要让他的儿孙们回家都有地方住。

房子盖起来了，散散味，计划年前就搬进去。这时爹病又重了。

爹去世的那一夜，妈在场。她半夜听到猫头鹰叫，立即把三哥叫醒，说，快给你爹剃头，把老衣穿上。我估摸你爹熬不过今夜了，你听猫头鹰叫了好几声。

妈你说啥哩，你看我爹好好的，今天还吃了一个白馍呢。

叫你干什么就快干什么。

三哥无奈地答应着，出门叫了两个老人，帮着给爹剃头穿衣，爹闭着眼，没有作声。不知是睡着了，还是假装着。三哥心里说爹不怪我，

319

我希望你长命百岁的。

给爹穿好寿衣，剃过头，爹忽然睁开眼，说，老三，答应爹，咱不种苹果树，好好种庄稼，只要有庄稼，就饿不着肚子。哥点头，爹说，走，咱住新房！说完，嘴咧了一声，下巴忽然歪倒在一边，妈说，快，你爹走了。

三哥叫来了村里的医生，医生说准备后事吧。

爹一直到去世，他也没有去过哥的果园。

爹的干女儿是安葬爹时，我见到了她，她哭的声音比我们亲儿女的还大，眼泪哗哗地满脸横流。她说爹病重怎么不告诉她，她一直没来是在给爹做鞋呢！说实话，那鞋做得很精致，可那鞋至今扔在我家的衣柜顶上，上面落了一层灰。

安置爹的后事时，声势很是浩大，小车排在了马路上，花圈摆满了整个院子，我们有专门负责打墓的，灶上的，招待客人的。

堂哥说，打墓的进展慢，因为没照顾好。

不是烟酒都给了么？

堂哥说，红公主、西凤酒在其他人家响当当的，可在咱家，厅局级干部好几个，规格也要上台阶，人家要抽红塔山喝茅台呢。

50

我在北京工作，五六年未回家，一眼发现了妈，她站在父亲没能住上的新房门口等着我。妈老了。回到屋，妈切土豆时，会忽然放下刀，到堂屋去转了一圈，却忘了自己去干什么。拉着风箱的胳膊也不如过去那样灵活，一下一下，很是沉重，活脱脱一个姥姥。我鼻子一酸，赶忙扭过头去。

堂哥尚权转业回到县上，工作安排在了乡农机站，虽然三个月才发一次工资，可总比当农民强，可是堂哥却说他不要安排工作，干什么心里有数。婶子一听这话，气得指着他鼻子骂道，你个龟儿子，好不容易干了国家的事，谁不想端铁饭碗，你却这山望着那山高，你这么胡整咋对得起你死去的爸呀！他到死还念着你夸下的二层楼呢。老天呀，我的命咋就这么苦，边说边捶着大腿哭，堂哥却听不进去，执意要辞职。

　　婶子来到镇上的姑家，抹着眼泪说，他姑，你给我出个主意吧。尚权这个不成器的，你说这公家的铁饭碗他都不端，他想上天呀？当兵当不好，让人戳着脊梁骨骂我。人家都以为他会抓着他两个哥的壮腿往前扑腾，怎么也能当个连长营长吧。可他就不识好歹，这不，回来好说还有正式的工作，现在你说这个二杆子，又要把铁饭碗摔了。人家的娃步步高升，他却路越走越窄，我这日子怎么过呀？女子上大学还要交学费呢。我还以为自从你哥没了，尚权懂事些了，你看当时他哭的那样，还有说的话，我还真以为后半生有指望了，原来只是他一时脑子发热。你哥要强了一辈子，大话说了一卡车，怎么老天就没有给他一个能让他长志气的儿女呢！

　　姑姑递给婶子一杯茶，劝道，嫂子，你不要急，我觉得尚权心里肯定有主意。等我问问他再说，我寻思他也不像过去那么办事没底了。

　　婶子前脚走，堂哥尚权后脚就来到了姑姑家。姑姑一看到尚权穿得西装革履，心里隐隐不快，但因心里有话要说，还是关切地说，回来了，进屋吧。

　　不等姑姑说话，尚权就坐在沙发上，一只腿架在另一只腿上，说：姑，我有一个计划，我不到农机站工作了，一月就挣那几个钱还不够塞牙缝。我要买断工龄，做生意，做大生意。

　　堂哥说着，怕姑姑不相信似的强调，真的，姑，我知道咱们家的人、村里人都瞧不起我，以为我不成器。大家说错了，那是我没选对工作。我一直就想做生意，我要让我们家跟我大爹家一样兴旺，让我爸在地下高兴地能笑出声来。

姑姑听着这话，眉头又皱了起来，说，你不要说空话了，给姑说说你具体想干什么吧。

堂哥站了起来，在屋子里转了转，回头对姑说，姑你知道，咱们这地方这几年种苹果的人多，你看我三哥苹果就卖得不错，一年少说也挣七八万。咱县是高原，海拔高、气候干燥、光照充足、昼夜温差明显等特点和优势，苹果含糖高，又易放。还有，咱们村附近已经发现了煤矿和石油、天然气……

姑姑不耐烦地说，行了，就说你想干什么。

堂哥坐到姑跟前，拉着姑的手说，姑，我要建一个全县最大的果库，把苹果低价收进来，然后高价卖出去。

姑姑听了淡淡地说，果库村里已经有很多了。

姑姑，你不知道，我要投资二十万元建一个能放一千吨苹果的果库，苹果从今年冬天一直放到明年五月份，拿出来，跟从树上摘下来的没多少差别。

姑姑冷笑一声，说你有这么多钱吗？二十万你以为张口就来，行了，听姑的话，回去好好到农机站上班，咱庄稼人还是务实的好。说着，站了起来。

堂哥没有走，仍在说姑，你放心，钱不是问题，我今天来跟你谈的是你能不能跟我大妈和我尚义哥说，把他家旧庄子那块地给我，我把这些地洞填平，在上面建库。到时我们按比例分成。

姑姑看了他一眼，说，你口气蛮大的嘛，投资二十万，万一赔了你拿什么还？你家刚盖了房，欠了一屁股债，你是家里唯一的儿子，应想

322

着先还账。

姑，我的这个项目已经跟很多人论证过了，就是贷款我也要办。姑，你是我的亲姑呀，你就给我大妈说说吧，我知道现在是我尚义哥拿事，但只要我大妈点头了，我尚义哥就会同意的。他现在有的是钱，我还会跟他联手的。不过，现在时机不成熟，他不相信我。再说姑，我是浪子回头呀，你一定要帮我。咱们王家的长辈就你理解我，你不帮我，侄儿怎么能完成我爸的心愿，让我家兴旺起来？

姑姑想了想说，其实这旧庄基地倒不是多大问题，关键是你大妈住了多半辈子，她心里过不去。别说她，我心里都过不去。那儿留下你爷爷，你奶奶，你大爹，你爸，这些我们没了的亲人的念想，怎么能说没有就没有呢。每次回去，我都要进去看一看。姑原来住的那个窑洞，现在还好好的，冬天住着比住瓦房暖和，夏天又凉快。

姑，社会在发展，旧的不走，新的不来，你就帮侄儿去实现自己的理想吧。

姑姑说我只能试试，不过，姑不戴有色眼镜瞧人，只要你走正道，姑肯定帮你。

姑姑刚一开口，妈就说这事办不成。姑前三皇后五帝地说了半天，妈仍然不同意。妈说三岁看到老，我不相信尚权能做生意，还那么大的生意。他呀，干啥成不了啥！

嫂子，你不要这么说，当时尚义决定种苹果的时候我哥不是反对嘛，现在社会发展了，而且尚权脑子从小就活，咱就帮他一次。反正生意做砸了，咱的地基还在，怕什么。我也听人说了，现在咱县已经准备开煤矿了，还有石油。他把地填平了，将来这地肯定有用处。我给尚权说了，亲兄弟，明算账，他要给你们一定的补偿，还要签合同。你就忍心让尚义每年起早贪黑种的苹果，因为没法放，低价卖出去？

你说的好像也有些道理，这样吧，他姑，你给尚义说，现在他当家。

姑姑说其实我心里也没底，毕竟尚权过去不争气，伤了大家的心，不过只要他有这个心，咱们做亲人的就该帮帮他。

三哥一听姑说完这话，说，姑，尚权这个主意我看行，听人说，他在外面朋友多，我支持他。建了果库，以后我的苹果就不怕放坏了。

堂哥整天不着家，婶子在家里烧香念佛，愿老天保佑堂哥能做成生意。

第十五章

51

姑姑晚上又做了噩梦，醒来左眼皮跳得半天停不下。梦里，诗雨浑身是血，脸瘦得能看见骨头，手抓着悬崖边，双腿在半空中挣扎着，不停地喊，妈，妈，快救我！我撑不住了。姑姑眼睛却怎么也睁不开，只好盲目地往前冲，可摸不清诗雨在哪儿。她不停地喊道：诗雨，你在哪，妈怎么看不见你？诗雨，你别急，妈这就来。姑使劲睁眼睛，眼前还是黑乎乎一片，喊，却发不出声。终于醒来，才发觉左手压到了心口，魇住了。看看表，凌晨两点，再也睡不着，心里只有一个念头，一定要找到诗雨。

不久前，镇戏院领导在会上通报县剧团发生的一件事：团里唱老生的女演员汤梅看剧团效益不好，停薪留职到省城去打工，半年跟家里没一点音信。原来汤梅喜欢上一个男人，两人在城里租了间铁皮房。无意中，汤梅发现男人瞒着她贩毒，吓得不得了。趁男人不在家，想逃跑回家，被男人发现。男人不动声色，在汤梅不知情时，悄悄让她吸上了毒。汤梅离不开毒品了，只好跟着男人去贩毒，前几天被公安局抓获。望着身瘦如柴的女儿，父母哭得人事不省。姑姑听不下去了，往外走，院里一个唱老旦的女人叫住了姑。

你家诗雨找到了吗？

姑姑最怕别人提起诗雨，只能咬着下嘴唇摇摇头。

我说你当妈的心咋跟石头样硬呢，自己身上掉的一块肉呀，几年没见，你们当父母的也不管不顾的，外面又那么乱。

到哪去找？

到哪去找，毛主席他老人家都说，世界上没有办不成的事，只有你想不到的。要是我姑娘，我就是上天入地也要把她找着。来人说着，摇了摇头走了。

人家说得对呀，我们不配做父母。姑姑感到心里的伤口重新被撕开，找到张文正，讨主意。

张文正没听完她的话，就说要去你自己去，反正我不去。

那是你的女儿呀！姑哭了。

我没有那样的女儿，她跑了的那天，就已经不是我的女儿了。有这样的女儿吗？你说，我们哪点对不住她。十月怀胎就不说了，从刚生下来，一会儿豌豆卡在了鼻孔里，一会儿又打翻了开水碗，烫伤了手，我半夜不睡往医院跑是常事。后来到剧团学戏，我们省吃俭用，把钱几乎都花到了她身上。希望她学好。每天我都想去看她。那时候粮食都是定量的，我们俩吃饭尽量省着，全尽着她。你说我们亏她么？她能是人生的吗？我看她是一只狼，一只专门喝父母血的狼。我工作了，就不给父母要一分钱。手里有了钱，心里也想着让他们花。出去晚了，怕爹妈担心，一定要早早回来，或者给家里捎个话。你说她能是咱儿女吗？出去一年半载的连个信都没有。话又说回来，她不配叫儿女，我们又怎么能叫父母？你说你，好好的日子不过，非要跟那个姓尚的王八蛋搅在一起，风流一下，莫要当真嘛。再说你要风流也行呀，不该不顾家，要不是你执意离婚，诗雨就不会走到现在这个地步！说到底，都怪你。

姑姑气得要走，被张文正一把拉住了。

这几年我反复想了几十遍，我想我应当了解你的，难道你就真的因为我不行了，就非跟着那个王八蛋？我给你都跪下好几次了，给你说了一百遍，只要不离婚，只要诗雨有个稳定的家，你跟他偷偷来往也行，就当我成人之美了，学雷锋了，你怎么还不知足呀！你说，难道我就那么让你讨厌吗？我们无论怎么说，是自由恋爱的，走过了那么艰难的岁月，我以为我们会像戏上唱的那样，白头到老，相伴终生。可是天怎么就不遂人的愿呢！

姑姑仍然不说话。

张文正吸了口气，说，我把要说的话都说完了。你告诉我，你心里咋想的，现在那个姓尚的跟你不联系了，你只想一个人过着？还是为他守着，等着他哪天突然像皇上一样宠幸你！给你雨露，给你阳光？

姑站了起来，说，我要找我女子去，我不能让她像野人一样，在外面漂着。刮风下雨，我老想她怎么样了，不知穿得是否暖和，吃得是否可口？我对不住她，没有教育好她，失职呀！我以为让她干自己喜欢干的事，就是对她最好的支持。我那几个侄儿我也是这么教育的呀！她喜欢穿好衣服，喜欢吃好吃的，我担心过，怕把她惯坏了，但我也希望自己的娃娃生活得舒舒服服的，我们只要有这个条件，就尽量满足她。我多希望她能成全我年轻的梦想，当个好演员，唱些好戏，有一个幸福的家庭。至于你说我跟尚明晖的事影响了她，那我就说不清楚了。我不知道爱情，我只是觉得跟你没法过了，心里过不去。即使没有尚明晖，也没法过下去。我天生就是喜欢新鲜的人，喜欢给我力量的男人，那种力量让我觉得活着有意思，有滋味，有盼头。我就是这么一个人，过去你给过我，刘书朋给过我，后来是尚明晖，现在没有了，但并不是说我就否定我的想法，我没有，一直到死，我都不会的。心里的事，不像干活，干完了就完了。不是的，心里的事，我说不清楚，也真的没法子去改变，我也不想委屈自己，也不想难为你。你有合适的再找一个吧，我对不住你。

可你都五十多了，还以为自己十七八。我听说你还跟男人有来往。也不知害臊。张文正嘲讽道。

所以这就是说你并不了解我，这种心态跟年龄没关系。人常说，江山易改，本性难移。我就是活到八十，也是这个样子。姑姑走时，把张文正的脏衣服拿走了，说明天我给你送回来。

张文正叹了口气，说：要找你就去找吧，无论找到找不到，你都好好回来。心尽了，就行了，为人父母，我们尽心了，凡事别太难为自己。我帮你照看门户，放心走吧，这一千块钱你拿着。

姑姑计划先到诗雨好朋友杨姣姣所在的省戏剧学校去找。她确信这一年来，诗雨的后勤保障，就在那。在省城，不认识人，又没钱，她靠什么生活？自从那晚诗雨走后，她跟张文正再也没有给过诗雨一分钱。不，说确切点，不是不给，她想给来着。毕竟是自己的亲生骨肉，在外面吃什么穿什么，是不是又找到别的男人？可是想给也找不着人呀。

姑姑一进省戏校门，眼泪就出来了。一群群的学生跑进走出，她期望能在这些人堆里找到自己的诗雨。那个跟自己一样长着一双大黑眼睛、形态迷人的女孩笑着向她一蹦一跳地跑来，双手捧着书，身上飘着女大学生才有的那种书卷气。人家杨姣姣跟她一起进的剧团，一起同台唱戏，某种程度上，还没诗雨唱得好，一直是 B 角。可是诗雨一除名，杨姣姣就成了县剧团的当家小旦，不久就被送到省戏校进修，重点培养。

学校不大，却秀气，有湖，有个小树林，还有一个开满了各色花儿的园子。园子中间，有一汪湖水，上面铺满了绿色的圆叶，叶中间开了粉色的花，她问身边一个照相的女孩，人家告诉她这叫睡莲。要不是姑姑心里有急事，她会仔细地瞧半天，这花多漂亮呀，要是张文正画下来，不定多喜人呢！

三三两两的学生，从姑姑身边走过，他们手拉着手，嘴里哼着戏。多好的孩子呀，父母知道不定心里有多高兴。人家的孩子都知道父母挣钱不容易，可自己的女儿却花着父母的钱一点儿也不心疼。

杨姣姣一见到姑姑，就说，姨，我知道诗雨住的地方，我带你去找。

好闺女，你告诉我地方就行了，我自己去找，别误了你的学习。

杨姣姣说，姨，看你这么心急，我就想到我去世的妈，我一定帮你找到她。不过，你不要告诉她说是我说的。她一直跟一个拍电影的广东人在一起，那人穷得叮当响，却不闲着，整天扛着摄像机拍城墙、拍街道，有时还拍我们学戏的场面，诗雨不知怎么就迷上了，甘心养着那人。

姑姑无奈地听着，摸摸口袋里在家就已经写好的寻人启事，她想无论如何，不能丢了这纸，这不是一般的纸，这是女儿，是活生生的女儿，不能让它被别人踩到脚下，不能让人撕碎。

诗雨住在市郊的一间民房里，地址杨姣姣写得极其详细。从她口中知道诗雨生活得还可以，屋子里有电视，有一张席梦思，还有一台录像机。知道女儿生活得还可以，做妈的心里稍稍放心了一些。不过，杨姣

329

姣说她们也多半年没有见面了。

诗雨变成什么样了？靠什么生活？跟那个人在一起生活是否幸福？他们会不会干一些违法的事？有同学说在诗雨的包里曾见过一支针管，我的天，会不会吸毒？还有，会不会去当小姐？就要见到女儿了，她不跟自己回家怎么办？由着她的性子？还是把她强拽回家？姑姑想了半天，没得答案，脑子只有一个念头，一定得让她回家。哪怕打断她的腿，让她老老实实待在家里，哪怕自己养活她，伺候她，只要每天见到她，也就安心了。公交车走了一路，整整三个小时，姑姑就是在这些思绪中过来的。

民房到了，是十几间简易铁皮房，楼上楼下两层，所有的门上都挂着彩色塑料纸做的门帘，她一扇一扇打量了个遍，也没找到女儿的蛛丝马迹。这时一位满头灰发的老太太端着洗脸盆走了出来，姑姑说明了来意。老太太问她是诗雨的什么人，她说是妈。老太太叹了一声，说，你来晚了，他们已经搬走了。

到哪去了？是不是跟一个四十多岁的广东男人？

老太太点了点头，说去其他什么地方了，我也不知道。

你再好好想想，我已经一年没见到她了。姑姑着急死了。

老太太想了想，说，要不，你问问隔壁那个姑娘，她兴许知道，诗雨只跟那个姑娘来往，姑娘姓朱，在一家食品厂上班，三班倒。

姑姑一听完，就要敲隔壁门，老太太说别着急，现在那姑娘还没下班呢，等一会儿吧。

老太太说着，在露天龙头下洗起衣服。姑姑手脚麻利地帮着干起来。

朱姑娘天黑了，才疲惫不堪地出现在铁皮屋前，只有一米五的身材远远地看着，像个孩子，惹人怜惜。听完姑姑的来意，懒洋洋地说进来吧。

姑姑看桌上有热水瓶，倒了一杯水，递给朱姑娘。朱姑娘接了，也不说二话，端起一口气就喝干了，然后抹抹嘴角说，你还是回去吧，不要找了。

姑姑的心提到了嗓子眼上，莫不是诗雨出什么事儿了？

朱姑娘只问姑姑吃饭了没有，姑姑说她不想吃饭。姑娘拿出两包方便面，放进碗里，倒了开水，合上盖子。然后才坐下来，说，那个男人不是个东西，老打她，我跟她说了好多次，让她走，她都不离开。我还在我们厂里给她介绍了活儿，她也不干，说自己不想那么累，反正没钱了会给你们要的。

他们每天都干什么？

男的好像没事儿干，整天在屋子里躺着，偶尔也出去，肩上都扛着摄像机，说是导演。反正没挣到钱。他们在这儿住的时候，满屋子堆满了剧本，有武打的，有秦腔戏的。诗雨跟我知心，有时候那个男人打了她，她就跑来找我。说她不想跟那个人了，可是那人说他会把她介绍给更多的导演的，她一定会出名的。

姑姑难过得无语。朱姑娘说，方便面好了，你先吃吧。我也饿得不行了，做方便面真不是人干的活儿。

姑姑一点儿胃口也没有，但她还是舍不得浪费面，就强打起精神吃起来。朱姑娘看来真饿了，大口大口吃完，说，我告诉她多少次，有工作多好，我要不是爹妈病了，才不想出来。她不听。做方便面累得直不起腰来，整天三班倒，常常是夜里十二点起来上班，一直上到第二天八点，干的活倒不累，就是摆汤料，但一直要眼盯着机器，一不小心，手就会夹进机器，成了残废。朱姑娘说着，眼睛里盈满了泪花。

331

姑姑吃完面，掏出五十元钱给小姑娘说，你拿着，给自己买些好吃的，不能整天吃方便面。

小姑娘不要，姑姑说拿着，你只要告诉我她住在哪，我就感激一辈子了。

小姑娘说她只告诉我这儿太偏僻，她还是想回到市里找工作。听说市里有机会，特别是火车站，汽车站，还有民工常待的地方。

虽然说的面广，姑姑心里至少有个大概的方向了，于是问她再说什么没有？有没有给你来过电话？

小姑娘说电话来过，号码当时的确记了，记在一张纸上了，我找找。

小姑娘翻了半天，纸倒是不少，但没有一张是写着电话号码的，姑姑感到一种绝望涌上心头。

正在这时，小姑娘在床底下找到了那张写着电话号码的报纸，姑姑一下子感到自己找到了希望。

立即打电话过去，对方说这是公用电话，离长途汽车站不远。

姑姑认真地看着外面的景色。她想到汽车站就好办了。话是这么说，可是怎么好办？她现在再不敢乐观了。

当姑姑好不容易找到那个有公用电话的书报亭时，天快黑了。她想先找个住的地方，然后每天就坐在这儿等，她相信女儿现在一定是需要钱，只要需要钱，她就会打电话。

两天过去了，书报亭前还是没有女儿，她把包里那些寻人启事拿出来，认真地贴到墙上、电杆上、趁人不备，还贴到公交车上。刚贴到一辆公交车牌子旁，就来了一个很年轻的警察，让她立即撕掉。

她说着，说着，不知怎么的双腿一软，就跪了下去。

警察就自己撕下来，扔到她脚下，还说：不要再贴，贴了要罚款。

332

她一屁股坐在了地上。

警察走了，一个老人悄悄告诉她，等天黑透了，警察下班了，再贴。

十一点，她又悄悄来到大街上贴起来，在汽车站附近的大街小巷贴了一百张后，她才拖着浑身酸疼的身子，回到了旅馆。

第二天眼睛一睁开，她就不停地打开门，东张西望，渴望有人来找她。一直没有人来。她再次来到电话亭前，发现她贴的寻人启事已经不知让谁全撕了。

一会儿我还要贴，直贴到找到女儿为止。她擦着满脸的泪水，给自己打气。

晚上房间门响了，她打开，来人说大姐你是不是要找你女儿，我知道她在哪。

这是一个中年男人。他一看见姑姑就说你女儿跟你一样漂亮。她脸红了，急问诗雨在哪。

不要着急，你先请我吃饭。

找到女儿了，当然要感谢人家，她点了两荤一素，还要了瓶啤酒。男人吃完，却并不急着说地方，只目不转睛地盯着她，说，你长得漂亮，真漂亮。

她估计上当了，于是就多了个心眼儿，说，我女儿其实长得并不像我。

男人愣了一下，说，差不多，差不多。

我女儿现在哪里，跟谁在一起？

男人说你跟我走吧，到地方就自然知道了。

她说你不说清楚，我怎么能跟你走呢？

男人说我不会骗你的，听你口音，你就是本地人，你的女儿说话跟你一模一样。

诗雨讲得了普通话，姑姑知道自己受骗了，很想骂男人，又怕吃亏，忍着心里的火，说，你走吧，你说的那人不是我女儿。

男人还想说什么，姑姑指了指不远处的警察，男人说好吧，可能真的是错了，我再帮你找。

这事以后，她吸取教训，再不敢轻信于人。

而这时，电话又响了，说是公安局的。她怕再受骗，说我没有报案呀。对方说我就是撕你寻人启事的那个警察，你过来认一下，这儿有个女孩子，很像你家的姑娘。

警察说的地方姑姑查了一下，果然是派出所。警察说我不能确定，反正人看得不是太清楚，你要坚强。

一句"坚强"让她心里像抽走了魂，她跟着进去，人全身盖着白布，她伏在上面大哭起来。

没想到多少次的梦，全灵验了。

警察说你先别哭，看了再说。

她这才揭开布，面目已经看不清了，全是伤。她又哭了起来。

警察又说她身上有什么明显记号吗？

她这才想起女儿背上有痣，三个，红红的痣，算命的人说，那是富贵命。

谢天谢地，不是女儿。

回家的路上，她感到希望重新涌上心头，女儿一定在某个地方等着她。

这时天桥口坐着一个人，是算命的。她是不信这些的，可是在走投无路之际，她还是走上前去，说了女儿的事，算命的让她告诉女儿的生辰八字，她说了，算命的说人在呢，就在不远处，你等着，她会从她该

334

来的地方来。

明知道这等于没说，她还是给了算命的十元钱，只是因为人家说女儿还在人世，让她心里又生希望。

姑姑每天在街上走走停停，停停走走。汽车站、电话亭、民工多的地方，她极力在这些地方寻找着女儿。

天快黑了，街上行人渐多，她怕看不到女儿，就上到过街天桥上，一会儿东一会儿西地望着人流车流，实在累得支撑不住了，走下了桥，再次来到书报亭前。

打电话的人很少，电话亭里人问她打不打电话，她摇摇头，对方阴着脸说那你快让开，别挡我的生意。

正当她离开的时候，忽然发现了一个女孩子，长得特像诗雨。她立即跑起来，走到跟前，她呆了，是她的诗雨，只是怀孕至少有六七个月了。

诗雨发现她后，冷冷地说，你怎么来了？

姑姑真想扇她一个巴掌，可是她尽量让自己口气平和，找你呀。

诗雨望着她，微笑着说，我这个样子你没有想到吧。

姑姑没有说话，更不想看女儿那高高的肚子，只任眼泪不停地往下淌。

诗雨说，我饿了。

钱都给你还账了。你数数，多少亲戚朋友你都借了个遍，你就不难为情。

诗雨却说了一句让姑姑恨不能打死她的话，你欠我的太多了，那些钱根本不算啥，再说，我知道你们会找我的，我就是上月球了，你们都会找上来。

再生气，饭还是要吃的。姑姑无奈地说，算了，算了，吃饭吧。她母女俩一前一后地进了饭馆，姑要了一盘鱼香肉丝，一碗米饭。

姑姑坐在诗雨对面。桌面让她看不到让她恶心的肚子，她强迫自己忘记它的存在。

你下一步怎么办？

混吧。

他呢？

走了。

你在哪住？

不远。

你打算把肚子里的这个东西怎么办？

我不知道。

你不知道怎么就让它有的？

姑姑气得语调高了八度，饭馆里的人都望着她，她难为情地低下了头，诗雨满不在乎地说我怎么知道，反正我也不知道它是怎么来的，更不知道把它怎么办。

姑姑知道这不是说话的地方，就沉默了。

到了女儿住的地方，发现那个男人的几件衣服还在，想必还会回来的。她无论如何也想不到女儿会成现在这个样子，这个样子怎么办？她一点儿也没有办法。只有问张文正。可是问前，必须先要问清女儿的打算。

女儿吃饱喝足，仰躺在床上，望着天花板半天，突然问，妈，我现在怎么办？

姑姑没想到女儿这么问，反问道你想怎么办？

诗雨忽然说，妈，我肯定是不能生下来。说着，忽然哭起来，那个王八蛋，竟然说娃不是他的，真是王八蛋，我恨不得杀了他，把他剁成肉泥。

姑姑沉默了半天，说，回家吧，把它做掉。

诗雨一下子坐起来，我也是这么想，当然得做掉。

姑姑给张文正拨通了电话，张文正听了半天，说，丢死人了。这样，外县有个他的朋友，儿子就在医院工作，让姑姑跟女儿到那儿，他马上就到。一定不要说他们跟诗雨到底是什么关系，只说是远房侄女就行了。

姑姑晚上提着大包小包来到张文正的朋友家，说，自己哥的小孩，哥嫂在外地，没办法，女孩子嘛，一定要想一切办法把病治好，将来的路还长着呢。

熟人说我知道，你放心吧，不过，病人年龄太小，要有思想准备。流产有危险，都七个月了，只能引产。

姑姑来到病房门口，张文正已经在那儿了，一句话也没有说，脸是瘦多了，姑姑让进去，张文正想了想，最后好像下决心似的说我不进去了，这是钱，多买些营养品，我还要回去上班呢。

姑姑看到张文正要走，拉住他说，你不能呀，看她一眼吧，好坏也是你的骨肉！

张文正冷冷地说那不是我生的，那不是，我生不出那样的混账东西。我走了，你自己爱怎么照顾她就怎么照顾她。说完，扭头就走。

诗雨一听引产，大哭起来。

姑姑恨不得把那个该死的广东人杀掉。

你不要怕，有妈在呢，天塌不下来，一切都会过去的，睡一觉，眼睛再睁开，啥事都没了。

结果手术的时候，诗雨疼得大哭起来，说自己以后不会结婚了，不怀孩子了，这痛苦让姑姑恨不得自己替她去受。

姑姑守在女儿病床跟前，哭着说以后你再不能这么跑了，要好好养病，病好了，看能否跟团里说说，继续唱戏。

诗雨说妈我错了，再不到城里去了。

经历了这么多，姑姑觉得这罪没有白受，她这次强迫自己相信诗雨说的话，于是就更尽心地照料。因为手术，诗雨是大出血。她毫不犹豫地说输自己的。她总觉得只要自己的血输进女儿的体内，她就会变好的。当一股股的血输进女儿的身体时，她感到欣慰极了。

在医院里，她们母女关系渐有好转。

诗雨有时候会很感激地说，妈，我对不起你，你是世界上对我最好的人。姑姑望了望门外，发现没有人，说，世界上哪个妈不爱自己的儿女。妈过去对你照顾不周，但那不是我的本意，你长大了，当了女人，当了妈，你就知道妈是多么难当了。说着，望着诗雨，她希望诗雨能接她的话，可是诗雨又无语了。

半月后，诗雨出院，姑姑把她接回了家。

刚开始，诗雨还跟姑姑说自己以后的打算。后来，除了做饭，诗雨跟姑姑一句话都不说，只在录像机上看带回来的一部接一部电影录像带，看得一把鼻涕一把泪的。一会儿学着电影里的人说话，一会儿又学着人家的样子做鬼脸。姑姑看得心里酸酸的。

看累了，诗雨走进自己屋子，坐在镜前发呆。姑姑假装进去取东西，发现诗雨看的是镜后面的照片，没错，是那个广东人。她装作啥也没看见，坐到女儿身边，闲聊起来。

姑姑有些话想了很久，她不知道什么时候说。现在话又到嘴边了，她终于决心把它说出来，说出来心里就没有事情了，于是递给诗雨一只削好的苹果，说，给妈说实话，那个人好在什么地方？

诗雨冷漠地望了姑姑一眼，没有说话。姑姑没有气馁，说，真的，妈一直在想这个问题，他是不是对你特别好？如果你确实喜欢他，我就让你跟他结婚。

我不会跟他结婚的。

那你为什么还要跟着他？

诗雨冷冷地望了眼姑姑，说，那你为什么要喜欢尚明晖？

姑姑一时说不出话来。

没话了，我去看电影了。诗雨说着，站了起来。

姑姑拉着女儿重新坐下，说，你想一想，你现在要钱就找我们，将来我们不在了，你怎么办？你也会有你自己的孩子的，你靠什么养活他？为了孩子，你也该学点本事，有了本事，你才能有个稳定的工作。

我知道了。说着，诗雨起身进了房间。

姑姑追到她门前，说，你学好，我们砸锅卖铁也要让你回到团里工作。

门哐的一声，关了。

姑姑想给迷路的诗雨指出一条可行的路，让她走到正道上。她白天想晚上想，想出了一系列办法来教育女儿。她怕女儿责怪她心里没有她，就把自己过去写的日记好像是无意中放在了女儿房间的抽斗里，那上面记着女儿的第一次笑声，第一次说话声，第一次走路，还有啥时打防疫针，啥时开学。她想让女儿知道，无论她在哪，做妈的都在牵挂着她。

为了让女儿有更多的伙伴，她给同事、朋友——打电话，让他们把自己的孩子带家里玩。还低三下四地让他们约女儿出去玩，为了让人家带着女儿去玩，自己预先交了在外面吃饭的钱。

对了，还买了很多书，有名人成才之路的人物传记，也有年轻人喜欢读的一些杂志，什么《读者文摘》《女友》《青年文摘》之类的。县邮局、新华书店书不少，她取舍了半天，才明白自己并不了解女儿的喜好，只好按自己的想法买了几本，悄悄放在女儿枕边。她仔细观察女儿除了唱唱歌，就是一遍遍地拿扑克在茶几上摆成一排排。她问这是干什么，女儿头也不抬，答，没事儿，瞎玩。

姑姑叫来张文正，说咱们一家子打扑克牌。诗雨说她不会打。

姑姑说你跟妈是对家，妈教你。

诗雨刚开始打的时候怯生生的，每出一张牌，都要看姑姑的脸色，姑姑鼓励说没事儿的，你看你爸还在偷看你的牌呢，他把你当对手了。

诗雨牌打对了，姑姑比自己出的牌还高兴。

姑姑做饭的时候，把诗雨叫进灶房，也不让她干活，只让陪着姑姑说话，讲城里，讲她在外面的经历。有时候，说高兴了，她会说，妈，外面并不好，但是大城市热闹，玩的多，好吃的也多。

按姑姑过去的脾气是要骂的，可是站在诗雨的角度，一想就理解了。我跟你一样，也想大城市好，北京，上海，好多城市都比省城还好，我在书上看到光那个大楼，就有四十五层，还有大海，草原，好玩的地方多着呢。可没钱，哪儿都去不了。

诗雨没有说话，帮她洗起了菜。

她说别动手，你的手都冻烂了，你在外面一定受苦了。

我给人洗过衣服，还哄过娃。

别胡跑了，我找你的时候看到你的同学已经有好几个因为人家戏唱得好，都被选送到省戏校去了，你要好好唱戏呀。

妈，灶膛里没煤了。

姑姑的话被女儿打断了，蹲下一看，可不是。添完煤，诗雨又去看录像了。带回来的录像带看完了，她又重新看。看着那些打打杀杀的片子，姑姑就头痛。

姑姑得知院里有一个大学毕业的男孩学习非常好，人也上进，在县文化馆工作，就专门提着东西到人家家里，希望男孩做女儿的朋友。男孩一见到长得漂亮的诗雨，表现得很热情。跟诗雨一会儿就聊得很开心。两人看电影、读书的样子，让姑姑心里压着的石头总算落了地。她想只要女儿的时间排得紧紧的，就不会再跑了，慢慢地有了朋友圈，就不会再想那个广东人。

姑姑设身处地替诗雨想了又想，把能想到的都想了，能做到的都做了，她想她付出的一切一定会有回报的。什么叫铁树开花，把女儿教育得再不胡跑了，这就是铁树开花。

诗雨心情好了，有说有笑的。有一天，还拿着零花钱，给姑姑买了双袜子，说，她发现姑姑穿的袜子补了好几块补丁，就给姑姑买了双。

姑姑手捧着女儿送的礼物，给妈打电话说，诗雨这次变好了，真的变好了，知道心疼人了。

诗雨变好了，姑姑放下心腾出精力，到县剧团找熟人，希望能让女儿继续回去上班。

张文正说你何必呢，她不是我们期望中的那种人。

难道像别的女孩子一样出去打工？或者把她嫁出去？姑姑生气地说，张文正不说话了。

姑姑认为她说服了张文正，又接着说，这次，我相信她一定会学好的。她给我保证，再也不跑了。她是咱们的女儿呀，你就再给她一次机会吧。

不是我不给，我倒认为就是咱们送她到县城，她才成了这个样子。要是在农村，她就不会。

胡说。

张文正在姑姑的眼泪和苦苦恳求中，答应再给女儿一次机会。

姑姑说这次血的教训总算让女儿长大了。

不过，张文正没有像她那样乐观，不准给她钱，没有钱，她是不会跑多远的，而且要密切注意动向。当然不是不信任她，主要是爱护她，还要从心底里爱她，相信她，这样才让她感到家里的温暖。

姑姑去商店给诗雨买需要的东西。回家发现诗雨不见了，脑子马上就蒙了，立即跑出去找，看大门的老头说诗雨跟一个四十多岁说广东话的人走了。姑姑感到天地都转了，她不知道她是怎么回的家。她想了好多遍，无论如何也想不通那个人身上有什么魅力让诗雨如此地不顾一切。难道这真的是新时代的《梁山伯与祝英台》，可是那个让诗雨整天跟父母跟同学借钱的男人是知书达理的秀才梁山伯吗？那个让女儿怀上自己的孩子，却跑得不知踪影的混账是为情化蝶的梁山伯吗？她自认为见过世面，却连一个女孩的心思都琢磨不透，而难过地号啕大哭起来。

忽然眼睛盯在了衣帽钩上，那里挂着诗雨新买的小包！诗雨为了让她给买，叫了无数的妈，她才给买的。诗雨走时，不会不背她的包。这样想着，她像遇到了救星，立即扑过去，打开，她的心一下子放下了。她给女儿新买的衣服，身份证都在。她抹了一把脸，直奔诗雨的房间，衣服，特别是新买的衣服都在，她的心彻底放了下来。

对呀，诗雨身上没几个钱，每天最多只给她五元吃早饭的钱。

吃晚饭的时候，诗雨回来了，好像没事儿似的，说她要买书，让姑姑给她二百元钱。

姑姑说好的。

诗雨进屋去了，好像有些紧张，不是碰倒了椅子就是撞响了门上的风铃。姑姑断定女儿心里有事，快步走进厨房。虽然人在厨房里，她的心仍不时地注意着诗雨屋里的一切动静。

诗雨屋子里的门悄悄开了，肯定是在瞧她干什么。姑姑极快地打开了水龙头，让水哗哗地流着。

门关上了，而且上了锁，像是打电话的声音。姑姑让水继续流着，只是下面接了脸盆，然后快步走进屋子，在门外偷听。

诗雨在电话里说她一会儿就到，在车站见，不见不散。

姑姑想了想，从床头柜里拿出一瓶药，快速地用瓶盖压烂，用纸包住，装进了口袋。悄声走出屋，把大门锁死，又挂上了防盗锁。然后悄悄在女儿的喝水杯子里倒了水，从口袋里掏出一包药，手虽然有些抖，她还是坚持倒进了杯子里。她想，她不会再让诗雨离开这个家的，只要她有一口气，诗雨就休想再跑掉。因为，她是她的女儿。年轻迷人的她，应该是在舞台上，当名角，让许多观众献花；应该在课堂，在教室里，学习知识，穿漂亮的衣服，迈着优雅的步子在校园散步、打球、吟诗，懂文学，懂音乐，懂得如何做一个完美而精致的女人。将来，嫁一个有知识有情趣的丈夫，生一个可爱的孩子。而决不是住地下旅馆，挺着大肚子，吃着方便面，被男人随意玩弄的可怜的女人，决不是一辈子也不知道女人为何物的女人，绝不，她绝不允许。

她是妈，妈，妈！

哪怕是死，女儿也要死在她这个做妈的家里！

可是姑姑却在诗雨要喝水的时候，一把打翻了诗雨手中的杯子。

诗雨还是走了。姑姑买的书，诗雨连塑料封皮都没打开。

姑姑到家，给妈哭了半天，说，嫂子，我怎么就这么命苦呀！

妈没说话，在一边做针线活的婶子接了一句，那不跟你一样吗？

妈推了婶子一把。哎呀妹子，我不是那意思。婶子忙解释。

姑姑摆摆手说，嫂子说的是，我想了一夜，好像有点理解诗雨了。

第十六章

52

初夏，在省城工作的大哥休假，想把妈、姑姑和婶子带到青岛去玩，婶子再三说不去，说自己头晕得厉害，怕把命丢在了城里。这话听得妈和姑姑两人都不舒服，妈说你不去就算了，怎么说起话来那么难听？

婶子说，你多心了不是，我说的是我自己。

本来挺好的事，反倒搞得大家都不高兴。

虽然如此说，三嫂送妈和姑姑去省城时，婶子挂着拐杖送到村口。她整了整被风吹散了的头发道，尚权说了，等我病好了，他带我去北京看三女子，看天安门。

看不到熟悉的村庄了，姑姑说，我月蓉嫂要强了一辈子，到老了也不说软和话。

一旁的三嫂说，怕是我婶子不好意思跟儿媳妇提，她得给人家带娃哩。

也是，月蓉嫂自从我哥没了后，连说话都看儿和媳妇的脸色，怪可怜的。姑说。

妈叹息一声，是呀，她心性高，又好面子。人老了，年轻人就不爱了，也不知咱老了，会是啥样子，别拖累了儿女。

我看着她一个人坐在自己屋里吃饭，心里难过得很。姑姑说。

一时，再也无话。

姑姑终于看到了她向往的海。

"一望无际的微波，蓝极绿极，凝成一片，金光从天边直射在栏杆旁，自浅红至于深翠，幻成几十色，一层层、一片片地漾开了来。"尚文，怎么大海没有那个作家笔下那么美，四周都是人，沙滩上、海面上，扔着不少塑料袋，海水既不是蓝的，也不是绿的，咋这么脏，人更多，像下饺子。姑姑站在向往了大半辈子的海边，喟叹不已。

所以人说，看景不如听景。大哥说。

随后他们又在西安城里住了一周，逛公园，看戏，姑姑再累，也不愿在宾馆歇着。一日他们到兴庆公园划船。船行湖中，姑姑忽然说，尚明晖那次就是在这里给我唱戏的。

妈看哥哥不停地拍照，悄悄对姑姑说你们那时就好上了？

姑望着远处的湖面说，我现在还记得很清楚，那天，天特别蓝，白云一会儿像绵羊，一会儿又像老虎来来回回地飘，把人的心就搅乱了。有个女人穿着雪白的连长裙，对了，就在湖心岛上的那棵紫薇树下坐着照相，一晃十多年过去了。树还在，人却没了。

妈还要说话，大哥转过头问，你们还想去什么地方？给我说。咱们明天到武则天墓去看看。姑说，尚明晖答应过我的，他曾说要带我去寒

345

窑，还说在城墙上看灯。

是不是王宝钏住的寒窑？妈一下子来了精神，却没注意姑姑眼中的潮湿。

姑姑说是的，看哥不解，告诉他那戏叫《五典坡》。相府小姐王宝钏在绣楼上抛绣球，王孙公子都争先恐后地去接，绣球偏偏打在了要饭的叫花子薛平贵的怀里。王宝钏那嫌贫爱富的爹当然不愿意了，把女儿赶出了家门。王宝钏就住到了寒窑里，一直住了十八年，直等到薛平贵当了西凉王才团圆。

姑姑一说，大哥来了兴致，三人坐车到寒窑。土窑洞、野山地，妈边看边说，跟我想象中的一样，你说相府的千金小姐呀，怎么能过这样的日子呢？

嫂子，我能想象出王宝钏这么多年是怎么过的。姑姑说着，一边摸着墙，来的人这么少，想必现在的年轻人都不知道！

晚上，大哥买了两张长安大戏院的全本《游龟山》，说他是托了战友费了很大劲才买到的，著名秦腔艺术家肖若兰和尹良俗上阵。

姑姑说我知道，肖若兰唱了好多戏，扮演的角色有名的是《火焰驹》中的李彦荣妻子、《三滴血》中的李晚春，尹良俗还唱了《三滴血》中的李遇春、周天佑。

就是唱双胞胎的那个？

对了，嫂子，就是的。

一走进金碧辉煌的剧院，妈就感觉眼睛顾不上看，戏一开场，姑姑不停地抹眼泪，妈说，咋了，想那个谁了？

姑姑说，我想我三哥了，他梦想坐在省城的大戏楼里看一场全本的秦腔戏。

老三可怜呀，没想到他活得那么硬气。

从戏院出来，姑姑感觉心跳加快，原以为走路急的，快到哥哥家了，还是不适，到医院一检查，原来姑姑心脏过速。

出医院后，姑姑急着要回去，说心脏病是说不准的，说不上我哪天睡着了就再也醒不来了。姑姑说的没错，人老了，时日难料，三舅几分钟前还在崖头摞麦草哩，脚一滑，从崖顶掉了下去，满院皆血。

妈说，我其实也害怕，万一倒在城里，就得被火烧了，穿不上我自己做的寿衣，也躺不进棺材里了。听说村里的三妈儿子要接到城里，说，行，你把我棺材也拉上，万一我回不来了，就埋到任何地方。你不知道，我听尚文说，城里人死了，都要用火烧的，烧成灰装到盒子里，放在一个陌生的地方，心慌死了。

姑姑说我死时，真想跟咱爹一样，变成一股烟，然后自由地想到哪里就飞到哪里。嫂子，我哥没的时候，是什么地方先凉的？

妈望着姑，说，脸上。

那我哥也上天堂了。

妈说你不是不信这些吗？

现在我有些信了，人心里有个念想总归好些，我这几天老是梦见爹，梦见刘书朋，梦见我哥，所以我想是不是也该走了，有时候，我好像能听到他们在那边叫我呢。

妈说又胡说了，你比我小好多呢，梦见他们是你想他们了。你哥去世快过三周年了，咱们这次出来，吃了从来没吃过的，看了从来没见过的，也是活够了人，外面再好，还是没家舒心。

妈，你跟我姑都别回去了，你不是不放心家里的门吗？叫尚义两口子住到你房里，我爹回来家里也有人。大哥说。

妈说不行呀，前两天你表哥给我打电话，说，他每年回去都住你舅你妗子屋。梦到你去世的舅说，你们住这，我住哪？

347

在妈和姑姑的坚持下，她们回到了家里。婶子拿着姑姑买给堂哥娃娃的衣服玩具，看一下，摸一下，不停地说，好，好得很。姑姑鼻子一酸，掏出给婶子买的她一直想要的紫红色羽绒服，帮她穿在身上，真是，大小胖瘦，特合体。

妈说，她肯定第二天就会穿着到村里转去了。

妈的话搁在平常，没错，可这次却失灵了，婶子一直到去世都没有穿那件羽绒服，那衣服穿在堂哥媳妇身上了。再冷的天，婶子都穿着堂哥给她买的一件灰色棉袄，虽然不是她喜欢的颜色。一次不小心，炉上的火星把袖子烧了一个洞，她重新用毛线织了袖子，人要不细看，还真看不出来。

在省城姑姑又到诗雨原来住的地方去找，这次，不但诗雨没找到，连那朱姑娘都不在了。听说杨姣姣毕业后跟一个上海人到南方去了。朱姑娘，嫁了一个得了小儿麻痹症的男人，终于在省城有了家，解决了户口问题。

53

一场几十年不遇的大雪，使小镇一片惨白，街道静悄悄的，连狗好像都被冻得不叫了。就在这天晚上，诗雨却回家了。姑姑正在灯下看书，一阵敲门声响了起来。姑姑问是谁，对方不应答，姑姑又问了一声，还是没有声音。姑姑知道不会是尚明晖，不会是郭县长，当然更不会是每天抬头不见低头见的前夫张文正，他们不会深夜来的。姑姑抓起放在门后的拖把，打开了门。

站在门前的是抱着孩子的诗雨。

姑姑又气又恨，可小娃帽上的积雪使她平息了心中的恼火，平静地说，快进来。

诗雨把睡着的娃娃放到床上，这是一个女孩，估计也就出生四五十天。长得挺漂亮，鼻子眼睛，特像诗雨。诗雨脱掉大衣，说，有啥吃的？

姑姑连忙说我给你做，我给你做。

诗雨把一碗挂面吃完，端着空碗说，还有吗？姑姑拿手绢抹了把眼泪，又端了一碗。她有很多话要问诗雨，她相信女儿也会告诉她这几年发生的所有事情。可是当她一切收拾停当，走进屋的时候，诗雨搂着娃娃睡着了。

这娃肯定是女儿的，那么她的父亲是谁？女儿这次回来想干什么？她有许多话想问，可是女儿睡得很香，她不忍心叫她。第二天天刚麻亮，她起床，发现娃娃在，诗雨不见了。

孩子醒来，大哭不止，姑姑冲了奶粉，吃饱了的娃娃睡着了，立即打电话找张文正来商量。

快，扔到野地去，不能留这个野种！张文正在电话里说自己正在工作，没时间过来。

她也是个命呀！

那也不能要，你要是年轻，还可以带着，现在快六十了，再说剧团不少人都下岗了，工资三个月发不出，我们退休费那么少。还能带着这个累赘？真是丢人呀，老天爷，我张文正到底亏谁了，怎么生了这么个不争气的！还把野种抱回来，丢我的人。张文正说着又骂诗雨。

姑姑二话没说，抱着娃娃来到了我家。

婶子自从叔叔去世，忽然像失去了倚靠，性子变弱了不说，忽然间不再说儿媳妇不好的话，跟妈和姑相处，也变得分外客气，说话不再像过去那么直接，办事也格外谨慎。她抱着娃娃看了半天，只说，娃多可怜呀，你看，那么小，眼睛怎么就水花花的，看着怪让人心疼的。

说养容易，嘴一张，就出来了，可玉墨，你养着这么个不清不白的娃娃，给外人咋说？咱再往远地说，娃长大了，没爹没妈的，不受人欺负？你说是不是，月蓉？妈说着，扯扯婶子的衣襟。

婶子说，就是的，就是的，这事不成。

姑姑揉了把眼睛说，嫂子，我哥要是活着，肯定会同意我的做法的，一条命呀。我不知怎么的，就想起了勇勇。可能是报应。我决定了，提前退休，抚养她。姑姑坐了一会儿就走了。

姑姑在集市上买了一只奶羊，她每天挤羊奶喂娃娃。

看着她起早贪黑地照顾着娃娃，我说，姑，你后悔养这娃娃不？

姑姑说，啥都不想，只希望把她抚养大，教她读书，教她唱戏，我过去只想着自己的幸福，把诗雨送到戏校后，对她管得太少。特别是我跟你姑父的离婚，对诗雨伤害很大。我要把这娃娃当成诗雨来养，也算一种弥补。我给她已经想好了名字，就叫勇勇。

转眼间勇勇会说话了，会走路了，会叫姑姑姥姥了。

小镇当然少不了闲话，姑姑仍跟当年别人说她一样，不理不睬。她常说，人只要认准了想做的事，就不要理睬别人的闲话。人得为自己活着。

姑姑除了带好勇勇外，心里老记挂着堂哥尚权的果库，只要有空，就到果库来看看，每次都只有一句话，尚权，姑是给你当担保人的，姑相信自己不会看错人的。

尚权说姑，你就放心吧。

54

早春二月，云彩转瞬一个样，有时红，有时黄，有时像条河，有时又是彩带，变着花样在我们头顶飞过来，飘过去。

我们兄妹围坐在院子里，第一次发现故乡竟然也很美。

姑，给咱们唱一段秦腔吧。

姑姑笑着说，好多年不唱了，我来唱首咱这的民歌吧：

> 正月里采花无花采，陈杏元小姐上重台，陆棋他把良心坏，恩爱夫妻两分开。二月里采花白如雪，王宝钏飘彩在大街，她的父一见心不爱，三击掌赶出女裙钗。三月里桃杏满山岗，秦雪梅吊孝痛悲哀，商洛城名扬四海，秦雪梅受罪理应该。四月里蜜蜂忙又忙，机房里受苦王三娘，打断机梭把子教，双官诰命把名扬。五月里来麦梢黄，磨房里受苦李三娘，刘知远彬州吃粮饷，参军一去不还乡……

姑姑唱着哽咽了，妈怕她伤心，说，时间过得真快，玉墨，今年你五十几了？咋嗓子还像当女子时一样脆。

嫂子，我过几天就六十了。姑姑抹着眼角的泪笑着，可她一点也看不出像六十岁的人，身材还是那么苗条，皮肤还是那么白。

六六大顺，咱给姑过六十岁大寿，好不好？大哥提议道。

大哥，咱在县城摆几桌。堂哥尚权说，我的果库年底就可收回本了，我妹也大学毕业了，又在乡里当了干部，咱们喜事逢双。

姑姑摆摆手说，我多半时候都生活在镇上，咱们就不到县城去过寿了。就在小镇，这儿的一切我熟，也亲切。咱请人不吃不喝，请看戏，就在这戏院里，全镇的人在这儿都能装得下。唱它整整一天的大秦腔，把咱的日子唱得火火红红的，把咱心情唱得高高兴兴的。尚权刚做事，用钱的地方多着呢，不要胡花钱。还有你们，有钱也不要乱花，花到最值当的地方。

姑，没有你，我什么也干不了。

好好干，为你爸完成心愿。他要强了一辈子，总想站到人面前，你给他争足气了。姑姑说着，擦了擦眼泪，又说，这几天我老是梦见你爸，梦见你二爹，梦见你大伯，还有你爷你奶。你们猜你爷咋说，你爷说，闺女，爹想听秦腔戏哩。

姑你放心，你过寿，咱就请县剧团给咱好好唱一天。三哥说。

姑这辈子虽说儿子死得早，女子又不成器，但姑尽力了，多亏了侄子侄女，让姑活着还有念想，姑现在死了也心甘了。心不甘，一辈子就得受苦。

就在这一天的午后，院子里只有我跟姑姑时，在我一再追问下，姑姑给我讲了她跟刘书朋、跟张文正、跟尚明晖的爱情故事。姑姑双手压在屁股底下，坐在椅子上，有时讲得笑容满面，有时讲得吞吞吐吐。我知道，姑姑怕我们小辈人笑话。

提起刘书朋，姑姑两眼都是泪，拿出刘书朋给她照的照片，姑姑倚在树下，站在水里，抬头望云，跟三四十年代的明星没啥差别。

可惜当时，我不会照相，要是留下他的照片就好了。

如果他活着，你的人生又是另外一回事了。

姑姑笑笑。说到张文正时，她满口都是内疚。提到尚明晖时，我以为姑姑要骂他，姑姑却相反，声音小了，六十岁的人了，却露出了跟年龄很不相称的害羞来，说，尚明晖唱的戏女人都爱听，争着看，你不知道，他一出来，全场都尖叫一片。他年轻时那扮相真俊，穿一袭长袍，手握纸扇，那洒脱劲，我到死都忘不了。

尚明晖的戏我跟着姑姑看过好多次，有时我们到县城，有时跑到其他公社，有时刚下过雪，有时热得衣服都湿透了，可姑姑一声叫，我立马坐到了她车子后面。姑姑只看戏，从不到后台，看完就骑着车子带我回家。

戏台好像魔术师，把普通的尚明晖一下子就变成了我心目中的田玉川、杨宗宝，可一脱戏装，我感觉他除了五官端正，个子高而瘦，有些玉树临风，并不吸引人，相反一双眼睛冷漠逼人，厚而小的嘴唇，倔强而固执，实在看不出有何种魅力来。某种程度上，还不如随和的张文正招人喜欢。张文正说话笑眯眯的，举止谦和有加，妈老夸他个不停。爹也不时地说，他姑呀，真是吃了迷魂药，这么好的男人就瞧不上。看来情人眼里出西施，确是真理。

我看姑姑拿着一本莫泊桑的《俊友》在读，便说，尚明晖好像那个乔治·杜·洛华，靠漂亮的脸蛋走天下，听说后来跟一个领导的老婆好，差点调到了省剧团，因男女事发，被人告发，才没去成。

他不是那种人，我了解他。他不是。姑姑说着，站了起来，望着灿灿的落日，闭着眼睛，忽然说，灵灵，春天的阳光真好呀，我闭上眼，满眼都是金光。我以为姑姑故意岔开话题，不想再谈隐私了，正要接话，姑姑却睁开眼睛，重新坐到椅子上，说，即便当年我不找郭县长，他也会当上团长的，他那个人身上有股霸气，总让你不得不照着他说的去做。不像你姑父张文正，啥时都问你这样做行不行？那样行不行？一点都没主见。姑姑说着，低下头，揉搓了几下双手，声音低了半分贝，又说，年轻时，剧院里有很多女人喜欢他，他都不动心。我们下乡演出时，我亲眼看到有不少年轻姑娘给他送鞋子，送鞋垫，他都不理睬，大家给他起了个外号叫冷面小生。你说的那事，一定是因他唱戏在省里得

353

了很多大奖，有人嫉妒他，往他头上扣屎盆子。什么领导老婆，全是胡说，肯定是胡说。灵灵呀，你不知道，院里恨他的人太多了，有男人，有女人。男人，因自己喜欢的女人喜欢他而恨他。女人，是得不到他而恨他。我就给你这么说吧，只要有他戏，我心都要跳到嗓子眼上，守着他要穿的戏服，盯着乐师化妆师。否则有人会故意藏了他的扇子，有人会让乐师拉错胡琴。有一次，他的秀才帽翅的一角就被人生生折断了。我跟他在一起，总有听不完的欢喜话，不像跟你张文正姑父在一起，总是东家买电视机了，西家婆媳打架了，听得我都睡着了。尚明晖呢，他特别会讲笑话。他给我讲县剧团唱武生的任志敏爱喝酒，喝多了能翻一百个跟斗。不喝酒，翻三个还得做好几次。给我讲唱小生的白苹，到省上演出，把省里一个大官的女子迷得场场戏都要嫁，约到饭店吃了一顿饭，才知喜欢的原来是个女子。还说唱周仁的查小东，摇官帽把台下的观众心都提到嗓子眼上了，生怕把帽翅摇断了。有次，他说着，我忽然打断了他的话，说，你知道吗？我眼中的戏子只是一个人，他问，谁？我说就是你呀。

姑姑说着，忽然间抽泣起来。我从来没见过她哭，也不知道她为何而哭，问原因，她却摇头，坚决不说，只不停地擦眼泪。

此时，夕阳已经落到了院墙上，院子里冷飕飕的。毕竟还是早春。我递给姑姑一杯水，让她进屋。

进屋后我想开电视，姑姑摆摆手，拉着我坐到她旁边。好半天，她才脸色缓和了，我小心翼翼地问，姑姑，你们啥时彻底分手的，啥原因？

姑姑望了一眼渐黑的院子，半天才说，八年前，就是你上师范时，是我不想再跟他偷偷摸摸了，不是因他妻子再三来骂我，而是我答应了诗雨。我做到了，诗雨却还是不回家。那时我几乎都疯了，我心里全是

354

他，只要有他的戏，我跑多远，都去看，可我从不去找他，我给诗雨答应了的。他找过我几次，我都把他关在了门外，可屋内的我，比他还难受。灵灵呀，等你真正爱上了一个人，你就知道爱而不得时，比死还难受。

咱县就这么大个地方，你们后来就再也没见过？

他从那以后生了气，再也不理我。人多时，不理我，我以为他怕闲话，后来有一次，我跟他单独在一起，近得我能闻到他喘气声，他也不跟我说一句话。我就下决心，再也不理他了，无论我怎么想他，他再打电话写信，我都不理。最近的一次，是五年前，宣布我退休命令大会，我在人群里盼着能见到他，好几年过去了，他也老了吧？正想着，我忽然发现他就坐在我前排，中间只隔着一条走道。我那个心呀，就怦怦地跳个不停。那时快中秋了，我还穿着短裙，可我身上全是汗，全是的，我的手都是汗津津的。以至于领导让我讲话，我都没听见，我心里只有他。我盼着他转过头来，让我看看他的眼睛。

姑姑说着，双手揉搓了一下脸，害羞地笑了。

后来呢？

这时，他的钢笔忽然掉到了地上，就在我脚下，我很想捡，可是想起这么多年的委屈，我硬是装作没看见，就是不理。结果我后排一个同事悄悄说，玉墨，是不是你笔？我赶紧给她摆摆手。

有意思的是我左边的同事，也看到了，他拾起笔，走到尚明晖身后，问笔是不是他的，尚明晖扭过头来谢谢时，发现了我，他笑着给我点点头，我也点点头，没说话。那就是我们彻底分手后，唯一的一次见面。那天，窗外落霞灿烂极了，起先像火苗，一缕缕的，中间是烟灰的天幕，后来就变成了断断续续的几条金练，再然后天就成灰黄色，最后就乌黑乌黑了。我心里流泪了。因为在那么美丽的落日下，我发现他头

355

发白了许多，而我也老了，再也没有勇气去跟他好了。那时，我好后悔，不该跟他赌多年的气，也许，也许他有别的想法呢，至少我该听听他说了些什么。

看来你还是真的爱他。

姑姑抬起迷蒙的眼睛，半天才说，我都不知道我是爱那个舞台上的尚明晖，还是爱那个跟我说情话的尚明晖，或者我只是爱那些个锣鼓喧天、载歌载舞的让我心跳加快的日子？

鸡叫三遍了，可看着姑姑那明亮有神的眼睛，我一点儿也不累，我感觉眼睛湿湿的，我也曾经有段这样的爱，只是被轻易放弃了。我拭了下眼睛，说，姑姑，你继续说，我还想听。姑姑说睡会儿吧。我还没睡着，她又来了一句，听说尚明晖病了，那个死东西，能得什么病？身体一向很好呀。

姑，你恨他吗？

姑姑笑了，说，恨也罢，爱也罢，这么大岁数了，我从不后悔。姑有时就想呀，同样是女人，诗雨不理解姑，姑不怪她。只要她在外面好好过，姑就放心了。你大了，也要爱人，有一天会理解姑的，世界上啥事都可以靠自己努力，只有爱，只有身体，由不得自己呀。可能年岁大了，我经常做梦，老是梦到你书朋姑父，就在想呀，他是不是来叫我了？

我明天给诗雨打电话，前阵她给我打电话了。

她也给我打了，说她过得挺好，说她想勇勇了，她总算长大了，懂事了。夜深了，睡吧。

姑姑大概把自己的心事终于讲出来了，睡得很香，我却睡不着，除了要给被我误解的男友打电话叫他到我家，还有一个念头忽然冒了出来，这不就是一次机会吗！

县秦腔团近年境况更差，前两年跟镇戏院合并后，排的秦腔剧，没多少人看，除了逢年过节，到镇上来演出外，只有谁家老人过寿等红白喜事，才请唱几出，且大都不化妆，不穿戏衣。不穿戏衣，就少了戏的魅力，观众就更寥寥，现在家家都有电视，谁还愿花钱跑戏院来看戏？

整个院子静悄悄的，演出海报上贴着一张张大小不一的纸，有办戏剧班的招生通知，有排练通知。

当我说明来意，办公室一位年轻的姑娘立即把我带着去团长办公室。团长年近四十，一听大喜，说，行，没问题，现在虽说秦腔不景气，但我们团里还是有几个在省上得了很多奖的名演员，都二十出头，你们随便挑。你姑你姑父都是咱自己单位的人，除了给演员们管饭，我们就当作一次义务演出。说着，打开电脑，让我挑演员。

姑姑列的演员名单中没有尚明晖，恋爱中的我，已经能理解姑姑的爱情了，自作主张把他加了上去。团长皱着眉头说，其他的人都好说，只是这个尚明晖老先生脾气古怪，我们请他出山好几次了，他都一口拒绝。自从他从副团长位置退下来后，就再也没有演出过。

我说请团长想想办法。

团长把桌面轻轻地敲了一下，说，你看这样好不？他实在不出山，我们再多加一出大戏，分文不收，我们好长时间也没有演出了。演员没戏唱，就像地里没了庄稼，心里那个慌，三天都说不完。

为了使一对曾经的恋人解开多年心结，我决定亲自去瞧瞧这个让姑姑牵挂一生的尚明晖老成了什么样子，并要说服他跟姑姑和解。据说尚明晖跟老伴杨凤莲一直感情不好，吵闹多年。五年前，杨凤莲跟着小儿子到西安去了。

我听姑姑说尚明晖爱喝西凤酒，买了两瓶，又买了两条金丝猴烟，

357

来到尚明晖家。他家住在县城南街的一个小巷里，这是县剧团的家属院，很好找。当我敲门的时候，是他儿媳妇开的门，三十岁出头，对人和气。得知我的来意后，悄悄说老头子多年不唱了，过去那么干净的人，现在连澡都不愿洗了。在家里洗，怕感冒。到外面洗，又说自己太丑，不想见人。老说他要死了，不活了，我们整天听得多了，这只耳朵进，那只耳朵出，除了看病，从不下楼。他有个怪癖，就是整天照镜子，他的枕头底下放着一面镜子，整天能照七八次。最近感冒发烧，刚挂完水。尚明晖的儿媳妇说了半天，最后说我先进去给他说说，如果他不愿意见你，请理解。

我心里琢磨如果不见我怎么办？尚明晖的儿媳妇一出来，就朝我笑了笑，有门，我立即站起来就要进去。

尚明晖的儿媳忙拦住我，说，再坐十分钟，老头子说十分钟后见你。他可能要收拾一下自己，老头，爱美着呢。你进去坐椅子，不要碰他的床，他喜净，有洁癖，有次孩子在他床上坐了会儿，他大发脾气。

我点点头。十分钟后，尚明晖的儿媳妇把我领进了尚明晖的屋子。这间房子朝南，窗帘两层，一层是厚厚的淡绿色的天鹅绒布，这层是拉开的，外面一层白色的轻纱，在风中来回摆动着，不时露出窗外影影绰绰的一棵桂花树。

我坐到靠近窗子的一把红木椅上，打量了一眼倚在床头的尚明晖，即便病着，发丝一丝也不乱，而且让我闻到的不是一股常年躺在病床上的老年人身上特有的那种气味，而是清新的，甚至还有股兰花淡淡的香味。

我不禁喜欢上了这个爱清洁的老头。即便是急就章，也体现了他的爱美之心。

尚明晖看了我一眼，没有说话。我想名人都这样，我必须找话题。

从小看戏，对秦腔我还算了解一些，望着满墙的剧照，试着向尚明晖请教：尚老，第一张是不是你扮演的梁山伯？中间的那个是《藏舟》中的田玉川？

尚明晖机械地点点头，没有像我见过的那些过时的演员只要提到他成名作时那种欣喜，警觉地打量了我半天，态度极其冷淡，对我的问话要么点头，要么嘴里只发出一个字：嗯。

老头这样的不配合，使我热乎乎的心一下掉进了冰窟窿里，于是就开门见山：我姑姑过寿，想请您唱出戏，她是你多年忠实的粉丝。

尚明晖说我多年都不唱了，你看现在病得都下不了床，这样子，没法上舞台。

我知道他没有大病，便说，我姑姑喜欢了一辈子你的戏，如果身体能行，还是希望尚老能成全老人的心愿。

尚明晖摆摆手，说真的身体不行了，说着，看了一下墙上的表，头往被子垛上一依，闭上了眼睛。

我知道那是送客，便站了起来。他没有挽留的意思。在我出门时，他好像才从往事中醒过来似的忽然问，你家在哪个村，我看你怎么有些面熟？

我说是香野地村后，他低下头，半天没说话。我趁热打铁，我姑姑过寿，我想请您去，她最爱听的就是你唱的《藏舟》，整天给我说，我也想请尚老唱戏，我们家很多人都是你的戏迷。我爹在世时，只要是你的戏，无论哪唱，都要去看。他不会骑自行车，有一天晚上你在杨家河唱戏，他来回走了四十里路，脚都磨出血泡了。我说的是实话，只是爹当时不是走路多，是当时穿了新鞋，夹脚。

尚明晖没有说话，朝里摆了摆手，我以为他要让我坐下，就重新坐到椅子上。他手在床上拍了拍，原来是他让我坐到床上，坐到他跟前。

359

你是玉墨的侄女？

我装作不知内情，平静地问道，尚老认识我姑姑？

你姑姑过六十大寿？她让你来叫我？

我点点头说是。其实请他我没告诉姑姑。

她真的让你来请我一个过气的老演员？一个谁都不待见的病恹恹的脏老头。

当然了，姑姑让我一定要请您去。否则就不让我回家了。我说完，停顿半刻，我以为他会说什么，他却没有说话，又望着墙上的镜框，半天才说，你把中间的那个给我拿下来。

镜框挂得并不高，我手一伸，就取了下来。

小心小心，别掉下来。

尚明晖双手接过镜框，小心翼翼地搁在腿上。我猜想肯定有土，想掏纸擦，才发现手上干干净净的，镜面也干干净净的，窗外几缕阳光，映在镜面，如团火焰，不停地闪躲着。

尚明晖戴上老花镜，说，你看她多漂亮。他指着其中的一名女演员说。

我一细瞧，这才发现那是年轻的姑姑，她着一身白衣，正与身着一身青衣的尚明晖执手相望。两人四目相对，深情款款。

这是你们在哪唱的？

下乡时为农民唱的。尚明晖微笑着说。

尚老，我记事时，姑姑最爱唱：小鸟哀唱声不断，它好像与人诉屈冤。是何人将你们双双拆散，看起来我与你同病相怜……

回去告诉你姑，我真想去给她助兴，可老了，身体不行了，动不了啦！尚明晖突然打断了我的话。

也许是说错了。我有些后悔，嘴张了张，想解释。他却不停地摆

360

手，让我走，我只好走出了屋。他儿媳妇说你不要见怪，他一直就是这样的，很少说话。心情好时，就唱戏，专门唱那个《周仁回府》，什么冷凄凄、怒冲冲、咕哝哝、眼睁睁、闷悠悠、阴森森、哗啦啦，听得人毛发悚然。

我说没事儿，老人的脾气，娃娃的脸，一天三变，能理解。

55

本想给姑姑一个惊喜，事没办成，我也不好意思再提。

姑姑生日一大早，演员们很早就在镇戏院后台化妆。看戏的人真不少，除了我们请的所有亲戚朋友，还有许多赶集的人，也跟着进来了。我想给戏院守门的大爷说，不让不认识的人进来。姑摆摆手说，人家能来，是咱的面子，人多了热闹。虽然秦腔不景气，看戏的除了老人，还有不少年轻人，嘻嘻哈哈地你打我一拳，我回你一把。姑姑在台下摆椅子，张文正、郭县长也在旁边不时指指点点着。姑姑一见到我，微微一笑，说，你一会儿照相。

姑，我专门请了录像的人。

灵灵，你照相，用我那台老相机。

姑，我不会用。

很好用，你看这是调光圈，这是调景深，姑姑说，对你们读书人来说，一点都不难学。张文正跟人抬着布景，有些油彩还没干。我悄悄说，真羡慕姑姑，现在哪有这么痴情的男人。

六十岁的姑姑像个小女孩一样在我脸上弹了一下。我说我去请尚明晖了，他刚做完手术，不是他不想来。

叫他干什么？走，看戏去。姑姑拉着我的手，说，灵灵，你的男友来了吗，让姑瞧瞧。

他去订饭店了，完事马上过来。

灵灵，让姑姑猜猜，你会找个什么样的小伙子？姑姑说着，望着远方，若有所思地说，总归要爱，无论是你爱他，还是他爱你，总归要有爱，一定记住了。

我拉着姑姑的手，笑着说，谢谢姑，那天晚上你已经教会我了。

戏，十点正式开唱。九点，戏院已经积满了人，姑姑穿了一身大红色的薄夹旗袍。妈说妹子穿多些，毕竟刚开春，天还是冷飕飕的。

大哥把他给姑姑新买的羊毛大衣拿来披在她身上。

戏台前边放了十把靠背椅子，全是一色儿的红天鹅绒坐垫。后面坐满了观众，有坐在架子车上的老人，有骑在自行车上的年轻人，挤不到前面的少年干脆就骑到了墙头。跑来跑去玩的小孩子，大人呼、小孩叫，好不热闹。戏院两边挤满了卖豆腐脑、油糕、麻花、水果的小贩，他们不停地叫着喊着：豆腐脑，豆腐脑，鲜嫩嫩滑润润的豆腐脑！麻花，脆生生的麻花哟，吃了一个，还想再来一个。话是这么说，可现在能吃的东西太多了，麻花、豆腐脑之类的怕也只有远方的游子还能想起。

姑姑说，人真多呀，想当年唱秦腔戏的时候就是这样子，这么多的人这几年还是第一次看到。我心里说这次又不是摊派要门票，当然来的人多了。

戏开场前，团长把姑姑请到了台子上，把一幅游龙戏凤的缎被面披到姑姑身上，朝台下的观众说，玉墨是一个热爱秦腔事业的老同志，为秦腔的发展尽了自己最大的贡献，今天就是她出资为父老乡亲唱戏，我们上午先唱五个折子戏，下午唱全戏《五典坡》。现在请她讲几句，大家欢迎！姑姑拍拍他的肩说，有那么神乎吗，我只是想听听戏，我的姑娘都不爱唱戏了，我还能做什么贡献？我没啥讲的，听戏！

正在这时，有人叫道，妈呀？那老头是不是尚明晖？对呀，对呀，尚明晖来了，就是那个唱小生唱出了省的著名演员尚明晖来了。一个年老的女人说。

听说年轻时俊得赛过杨宗保，没想到现在也老成苦瓜瓢子了，走路都得让人扶着了。这时，还敢来，倒还是讲情义的。又有一个年轻的声音说。

人们交头接耳地议论着，自觉地给他让出一条道来，尚明晖被他的儿子扶着来到戏台前，团长快步迎上前去，扶他坐到前排。

姑姑，尚明晖来了。我一转头，发现姑姑正在跟妈说话，一看到尚明晖，仍然不停地跟妈说话，妈已经没心思听了，直直地看着尚明晖走过来，一时不知说什么好。

姑姑手扶住椅背，平静地对我说，他是病人，让他坐到台上顶篷下，那儿挡风。

我刚要领他上去，尚明晖径自坐到姑姑旁边的空椅子上，跟任何人都不说话，只把自己的呢子大衣往身上披了披，目视台上。张文正一看到尚明晖，扫视了周围人一眼，发现众人果真在看他，就气不打一处来，恨恨地朝尚明晖旁边的地上啐了一口，转身离去。

姑姑站了起来，就要往外走。我拉住她，悄悄说是我请的，让她给我个面子。然后我微笑着说尚老，谢谢你能接受姑姑的邀请。我拉着姑姑坐到他旁边，妈瞪了我一眼，我装作没看见。他俩谁也不看谁，尚明晖盯着台上，却不停地咳嗽起来。他儿子一会儿给他喝水，一会儿给他系围巾，他都烦躁地说，你到一边去吧。姑姑则不停地跟旁边的妈和婶子说话，可我看到她伏在椅把上的手哆嗦着，说话也语无伦次：嫂子，你说这个戏呀，是很好很好的，讲的是个什么呢，讲的是……讲的好像

363

是恋爱之类的吧。

玉墨你说错了，这戏明明讲的是包公不讲亲情断案子的嘛？婶婶在一边打断了姑姑的话。

姑姑尴尬地笑笑，悄悄对我说，去，把你哥哥给我的那件军大衣拿来，在家里的柜子里。

我把大衣给姑姑时，她拿右眼瞄了一下尚明晖。我要给尚明晖披到身上时，他说我闻不惯羊毛。

姑姑白了他一眼，小声说我知道，那大衣是棉的，暖和。尚明晖睃了姑姑一眼，没再说话，披上了军大衣。

我没想到这一对老冤家竟然就是这么结束了他们将近二十年的恩怨，我以为姑姑会重提多年前的是是非非，她却一字儿也没提。我以为尚明晖会解释他为什么当年忽然不理姑姑了，他们都超出了我的想象。两人就像农村一对来串门的老人，来了，就来了。不，连他们都不如，竟然连寒暄闲聊都没有。但我发现姑姑时不时会笑出声来，不停地跟旁边的人说话，就是不跟尚明晖说话。是因为台子上的戏，还是因为身旁的人？不得而知。

两出折子戏快唱完时，尚明晖忽然站起来，双肩把大衣一抖，大衣掉到椅子上，大声说，玉墨，走，咱俩唱一曲《藏舟》！

姑姑一惊，扭头望他。尚明晖说走呀，姑姑坐着没动，这时台子上拉二胡的团长站起来了，说下面我们有请我县老表演艺术家尚明晖老先生跟今天的老寿星王玉墨女士同台演出，大家掌声有请！

妈极快地看了姑姑一眼，眼神是制止的。

啪啪啪！啪啪啪！啪啪啪啪啪！台上台下响起了一波一波的掌声。

姑，去吧！我可想听你唱戏了。我把姑姑从椅子上拉了起来。

多少年我都不唱了，词都记不准了。姑说着，朝四周看了一眼。尚明晖说，你不会忘记词的，我了解你。说着，不顾众人的眼神，一把握住了姑姑的手。姑姑站了起来，台下再次响起了热烈的掌声。姑姑几乎是被尚明晖硬拽着离开了座位，尚明晖走路蹒跚，姑姑竟不顾众人的眼神扶着他，走向了后台。

为了给姑姑他们留出化妆的时间，一个漂亮的女演员唱了一折《拾玉镯》。

妈说她姑不知还能唱不？这么多年了。还有那个尚明晖，身体那么差，能撑得住吗？

张文正不知何时坐到了姑姑坐过的椅子上，长长地叹息了一声说唱错了也没关系，反正都是本乡本土的人，今天只是想让她高兴高兴，只没想到跟那个老流氓唱，倒胃口，真他妈的倒胃口，他怎么就阴魂不散？我盼着他下不了台才好呢。

坐在妈后面的二妗子说，妹子，你得挡住呀，你儿女都有头有脸的，这么做有失风化。是不是？她说着，捅捅坐在架子车上的二舅。二舅七十多岁了，一直是二妗子照顾着。就像姑说的，世界上只有爱情是最说不清的，随着年纪增大，二妗子跟二舅两人说不清关系怎么就好了，二舅瘫在炕上多年，身上干干净净的，众人都夸二妗子照顾得好。

妈没接话，却给二舅拉了拉腿上的被子，说，哥，你冷不冷？

婶子站了起来，焦急地说，郭县长，你官最大，你挡住他们胡来。

已经退休的郭县长闭着眼，双手卷在袖筒里，半天才答非所问，尚明晖唱戏还是不错的，他当副团长，我是说了话的。

去，帮你姑姑去，她年纪也大了，那些戏装还有化妆挺烦琐的。妈说。

我走到后台，站在后台外面的团长朝我示意，揭起后台幕布的一角，我看到已经化妆好的尚明晖在给姑姑化妆。尚明晖戴着老花镜，手

365

颤抖个不停，姑姑却满脸都是微笑。

怎么不让化妆师化？我问。

团长说，你呀，真是个小孩子。去，别打扰他们。

我都二十二了，咋还小？我又朝里望去。尚明晖在给姑姑穿戏装，姑姑则像小女孩一样，一动不动任他摆布。

他们小声说着话，姑姑眼睛里有泪，尚明晖的眼泪串子也吊得老长。他们说了些什么，我听得不太真切。只听到尚明晖说我对不起你，真的对不起你，都怪当时年轻，怪自己太要面子，怕对自己事业有影响，伤了你，也害了我一辈子，我跟老伴打了一辈子架。

姑姑哭着，点着头，不停地说，你给我的东西我都好好地放着，裙子、胸罩，还有那瓶香水，我都舍不得用。

终于一切收拾停当，尚明晖扶着姑姑站了起来。锣鼓响了，姑姑已经扮成了民女胡凤莲，身穿一袭白衣，让我第一次看到了妈给我讲过的姑姑当年的风采。

姑姑回头望了一眼尚明晖，身着一身短打蓝衣的尚明晖朝着她点了点头。要不是我亲眼所见，我绝对不会想到六十岁的姑姑竟然迈着像小姑娘似的小碎步踩着鼓声上了台。

我急着跑下台，想仔细看姑姑的表演。这才想起姑姑说要照相。忙挤进人群，才发现张文正已经拿着相机给姑姑照起来。

郭县长不停地鼓着掌，双脚也不停地打着拍子。妈则双眼一眨不眨地望着说，一穿戏装，你姑姑好像变了一个人。

这时尚明晖上场了，戏装一穿，活脱脱一个青年公子，与刚才简直判若两人。他先唱：

月光下把渔女仔细观看

她那里哭啼啼泪湿粉面
渔家女遭灾难实实可怜
为救我她不怕官兵风险
讲出话就如同钢刀一般

姑姑接口唱道：

月光下把相公仔细观看
好一个奇男子英俊少年
他必然读诗书广有识见
能打死帅府子文武双全
……

　　还没唱完，台下掌声一片，妈不停地说，你姑的嗓音真年轻。我则想这两个配合得多好呀。他们刚才一定在后台说了多年的积怨，前嫌尽消，重归于好。愿他们就像这出戏一样，有情人终成眷属。

　　戏要演完了，就在田玉川下船的时候，胡凤莲握住了他的手。我看到这一幕，想起了尚明晖家里的那张照片，极快地用相机拍下了这难忘的一幕。

　　两人快唱完时，我跟后面的一个熟人打了声招呼，准备去后台接姑姑时，人们交头接耳地互问："怎么了，怎么了？"

　　我扭头朝台上望去，田玉川紧紧抱着胡凤莲，忽然叫道，玉墨，玉墨，我对不起你呀。

　　妈说怎么搞的，这个尚明晖昏了头，咋叫错名字了，你说台后的人干啥吃的，快，快拉幕呀！台下有人开始喝倒彩，还有人往台上扔果皮、石子，团长急得蹦到了台上，边拉幕布边说，对不起，演员病了，我们加场，我们一定加场。

不对，怕是你姑心脏病犯了。张文正说着，跑向后台。妈边跑边回头跟我说，快去拿药，速效救心丸。

姑姑因为突发心肌梗塞，倒在了戏台上。众人慌成一团，只有郭县长倒很镇静，说，快送玉墨到医院！

张文正抓住在一旁呆若木鸡的尚明晖的衣领朝脸就给了两巴掌，尚明晖一趔趄坐到了地上，朝扑向张文正的儿子说，别打你叔，是爸不对，扶我起来，咱回家！咱对不住人家！咱对不住人家呀！呜呜呜……说着，放声大哭起来。有人相帮着扶起了尚明晖。

我爸还病着，昨天才刚输完液。他儿子扶着尚明晖边走边说。我家里人乱成一团，没有一个人顾得上理他们。他们踩着果皮、纸屑，慢慢地走出戏院。

哥哥们正在隔墙的镇政府跟书记喝茶，一听说姑姑没了，大哥端着的杯子掉在了地上，茶水烫伤了脚。二哥跑到医院，求医生道，请救活我姑姑，救活，一定要救活我姑姑。

你收拾一下你姑姑的东西吧，看有什么要让她带走的，全给带上，书少不了的。张文正揉搓着头上的白发哽咽着说，你跟你姑最贴心，明白她的心思。

我放上了姑姑喜欢的《红楼梦》，放上了她心爱的剧照。只有那只已经发旧的木箱子，我却犹豫了。箱子搁在一张桌上，红漆已经掉光了，上面一尘不染。姑姑枕头底下，压着一个棕色皮日记本，上面写了一页，仅四个字：心跳加快。不知说的是自己的病，还是心绪，不得而知。其他本子不见了，据我所知，不下十几本，想必在这个她心爱的箱子里。可能是因为主人刚取了东西，忘了锁，锁子还挂在上面。张文正看箱子没锁，急着让我打开，说，该烧的东西都烧掉，留下还是祸害。他说此话时，语气怨怼，脸上却是泪。我说放着吧，等诗雨回来处理吧。张文正一把掀开箱子，说，里面放着十几个本子呢，我亲眼见她在这些本子上成半夜地写，咱们看看她都写了啥，不合适的得烧掉。我把他的手轻轻拨开，合上箱子，锁了，说，日记是姑姑不愿向外界说的话语，我们还是尊重她的心愿吧。

姑姑走了。灵牌须儿子端着，姑姑没有儿子，诗雨仍然联系不上，大哥端着灵牌，二哥打着引路灵幡，三哥端着姑姑的遗像（四哥出国讲学了），小镇兴起的第一辆"人生末班车"载着姑姑的灵柩，堂哥尚权和我、堂姐、堂妹护卫在车四周，我们绕着小镇转了一大圈。

有人偷偷地为姑姑流泪，是与她相好或者惦记着她的男人；有人嘀嘀咕咕，说活该，风流总要遭报应的，是曾嫉恨她的女人。

尚明晖来送行，我们没人招呼他，他一个人在墓地唱了一遍又一遍《张天佑吊孝》《宝玉哭灵》，深沉哀婉，慷慨激越，这让我第一次真正领略到了什么叫秦腔，秦腔不是唱出来的，是用全身心的力气吼出来的。在这欢声和悲音交融中，我们送姑姑到了世界的那一边。

虽是春天了，天寒地冻，麦苗还趴在地里。

姑姑去世后，妈一下子变得又啰唆又胆小，一会儿给哥说，要给她做棺材，一会儿又说要做寿衣。我看到妈戴着老花镜给自己缝寿衣，就一把抢过来说，别缝，别缝。说着，眼泪哗哗地流下来了。

妈重新拿起来，边缝边说，老早准备好了，省得到时手忙脚乱。再说，人老了，年轻人都不爱。

三哥三嫂常年在外面忙果园，妈想在县城买房子，她悄悄告诉我，她手里有三十万块钱，她让堂姐在县城里帮她看套房子，说跟堂姐家买在一起，和婶子做个伴。哥哥们叫她跟他们到城里生活，她说，住不惯，也怕到外面没了回不来。

谁也没想到，两个月后，妈忽然腿疼得彻夜睡不着，到省医院一查，已无法治疗。让我难过的是妈得病后，我刚调到北京工作，回家时，妈已经肺部感染，一句话都说不出，护士从喉咙里抽出的都是一管管的脓血。她把我拉到她病床前，嘴在不停地动，我却一个字都听不清。

去世的前一天，妈精神大好，还能说出一两个词，我们把她存的钱全拿出来，想让她做个安排。她却笑着把钥匙重新装到自己口袋里，还不时摸摸。第二天半夜，忽然去世。留下我们逢年过节给她的三十万，我们不知如何处理。

56

又到过年时。二哥全家从西部高原出发，大哥从省城出发，四哥从南方登机，我从北京出发，我们目标都是：回家。哦，家。回家过年。每个游子心中的念想。无论外面多么苦，家，是要回的。无论怎么挤，怎么累，必须大包小包，坐飞机挤火车追长途汽车。回家过年！必须的。这是咱中国特色。

在车上我做了两个梦：梦一，我在睡觉，三哥说妈病了，很重。我急着边穿衣服，边问在哪家医院。三哥看着一边睡觉的爹说，妈不让告诉你和哥，怕影响你们的工作。梦二，我回家了，家左侧土壕里长着闪着银光的白杨，右边是结满红果的花椒林，年轻的妈一头黑发挎着竹筐站在椅子上摘花椒。而我头顶，是一片紫云色的喇叭花，老远闻着，一股甜香。那是通向家大门的一排楸树，是爷爷栽的。

醒来，我眼前一片迷茫，流出的泪，刚擦完，又有流出。母亲已去世。开着红果的花椒林，邻居已挖掉，盖起了楼房。窑洞推平了，上面种着豌豆。

公路边的家银色的太阳灶早早就向我招手，可到门前了，一股悲凉却涌上我的心头。静，太静了。写东西时，我喜欢静。赏景时，我喜欢静。可回老家，我可不喜欢这样的锦衣夜行。

锦衣夜行，在我看来是此地无银三百两。既不想见人，又何必着锦衣？夜行一定有迫不得已的理由，怕见仇人？或者怕丢官职？衣锦还乡当然要大白天，最好春光明媚，行人不断。

家门口当然也要人声鼎沸，没人看的锦衣，不是白穿了嘛。从带什么礼物，到着什么衣服配何样鞋袜，都经过再三取舍的。衣锦当然要还乡。还乡就是给父母长脸，给乡人展示。可现在，已到了腊月二十八，昔日此时，门前车马喧闹，今日门庭冷落，除了门楣上那个红牌黑字的"光荣军属"的牌子，一切都充满了寂寥、落寞。往年可不是这样的，门前早就小车多得都停在了马路上，人声吵得邻居都有意见。这些都不关键，关键高堂在上。

我推开黑漆铁门，当院坐着我的四个哥哥。

爹妈不在了，年就没啥过的了。二哥长叹。

我们兄妹几个坐在堂屋的大厅，看着相片中的爹妈半天说不出话来。

年，还得好好过，要不，村里人会笑话的。三哥吸了一口烟，又说，日子就是过给别人看的，这不，人无论在外面干多大的事，过年，都急着回家。比谁家的对联写得好，比谁家放的炮最响，比谁家年货盘得最齐整。

大哥，你是长子，你说今年咱们家年怎么过？四哥问。

过年过的是心情，爹妈没了，姑姑没了，叔叔没了，这年过得让人都提不起劲头。我说。

四哥看大家沉默了，又说，我认为三哥说得有道理，亲人没了，我们的娃娃正在成长，一个个都干得很不错。有博士、有研究生，有从事医学的，有搞科研的，也有当连长的。分布在全国大江南北。我们要过一个快乐祥和的年，难得聚在一起，好好过年给娃娃长长志气。佳佳提了中尉，元元的男友提了科室主任，震震参加了工作，都得祝贺。要我说，爹妈不在了，可在天堂看着咱们呢，这年比往年还要过得热闹。烟花要放，社火要请，贴对联，放响炮，一项都不能少。去世的亲人要请回家，灶王、龙王、六畜，都要敬，保佑我们风调雨顺，五谷丰登，身体健康，合家平安。

老三老四说得对，爹妈不在了，咱们年也要过得好好的，让他们看着高兴。大哥一拍板，此事就定了。

我和嫂子们负责打扫卫生。在柴草间，我发现了妈妈在世时一直用着的柜子，锁已经没了，我扫掉上面落的不知是鸡屎还是鸟屎，擦掉积了好几层的尘土，打开来，有几件妈的旧衣裳，有好多本我曾经心爱的书，最上面放着《包法利夫人》，扉页写着：王玉墨，一九八三年中秋购于野香地新华书店。最后一页，有我稚嫩的几个字，包法利夫人＝姑姑。

你干啥呢？快出来，那柜子你哥要扔，虽说旧了，可我总想妈的东西没多少了，得有个念想，新房又是大衣柜，又是组合家具，沙发，没地方放这老古董，只好搁这儿。三嫂说着，把满身都是灰的我拉了出来。

老家平时一般一天两顿饭。只有大年三十，是三顿。这第三顿饭，从早上就开始酝酿了。这一天的早饭和午饭，都是草草而就，随便垫垫肚子，重头戏都放在了晚饭。鸡叫头遍，妈就起来蒸馒头，要蒸一大锅一大锅雪白的馒头，须够吃到正月十五。中午，从不做饭的爹也系上了围裙，坐在院子当中，切起了肉臊子。我不记得父亲为什么要干这活，又是从哪一年开始的。反正每年三十中午，理了发的爹就坐在院子里切肉臊子。为什么说理发呢？爹理发也是大年三十这天，也是在院子里，妈给他烧一大盆水，然后请长顺爹过来给爹理发，不，应叫剃头。我每次看，都很害怕，剃刀在阳光下明晃晃的，在爹的头皮上刷刷刷地走着，让我心惊肉跳。长顺爹水平很高，可一说笑话，就忘记了手中的活，剃刀嘴的一声割破了爹的头皮，一抹血哗哗地冒了出来，长顺爹惊叫一声，说，唉呀呀，我的个天，怎么老把式失手了？爹说没事没事，你尽管剃。我说，爹疼不疼？爹说一点都不疼，说着，抓起地上一把细土抹到伤口上。那时，我小，想不通爹为啥就不疼呢，我手小刀一割，疼得就唤妈喊爹的，可他竟然一点也不痛，还不停地说，你尽管剃。难道爹的头皮是铁做的，可我拿手指头摁摁爹的头皮，也是肉做的呀。爹是因为过年要剃头，还是因为切肉臊子要剃头？我不得而知，反正从小我就喜欢爹拿着刀一块块地切肉臊子。在我学做饭时，我最不喜欢的就是切肉了。肉油腻腻的不说，且沾皮带骨，根本切不开。而切肉臊子更见功夫。肉臊子要切成丁，大小一致，还要肥瘦均匀。肉臊子用油和辣椒面五香粉炒，做成熟肉臊，搁在大盆里，盖上盖，能吃一年。每次吃，都挖一勺子。我实在馋时，妈会给我多挖一勺，埋进面条里，或夹进馒头里，那滋味，现在想来好吃得很。妈蒸完馒头，就开始煮肉。满院都是香喷喷的。煮的是猪大腿、猪头什么的。大年三十晚上，我们一般吃的是凉盘肉，大人们喝的是家酿的米酒。这时常年不跟我们在一起吃饭的妈也坐到炕上，大家吃凉肉，啃骨头，喝肉汤。然后爹给我们发压岁钱，一毛五角不等，按年纪大小分发。

我们不会蒸馒头，到县城买了两面袋机器做的馒头。怕做饭麻烦，请了县里饭店的大厨来做年饭。大厨背着炒勺骑着摩托车往我们家一停，村里人就跑来看了。请大厨一般只有过红白喜事才请的，过年没人请。

看热闹的人看天黑了，就开始往家走，边走边交头接耳，眼睛里都是艳羡。

我跟哥哥们听得心里美滋滋的，我们要的不就是这个效果嘛。不知在天堂的父母看到会怎么想？

大厨把肩上长方形蓝布厨具包一搁，就开始当院盘锅灶。他的手艺真是利落，十几块土砖，和着泥，不一会儿就搭成了灶，不久，火苗就开始啪啪地燃起来。他切菜、炒肉、烧汤，一丝不乱。孩子们在院里跑出跑进，鞭炮响起来了，红红的对联也贴在了大门两边。

年夜饭吃得比任何一夜都丰盛。我们住着爹妈在世时张罗给我们盖的大房子，可是再也没了他们在世时的热闹。城里长大的孩子对放炮没兴趣，三三两两地玩着电脑，谈着世界毁灭的预言。

二哥坐在椅子上，双腿分开，双手交叉搁在肚皮上，远远看去，好像托着他的胖肚子。过去曾经漂亮的双眼皮，也有了皱纹。他说，听说你要写一本书，写什么？

我说文章的核就是因为有哥哥们带了好头，这个家族才彻底实现了二代从农村到城市的战略大转移，所以，讴歌二位兄长戎马半生是一方面，更重要的是你们以身作则，树立家风是另一个重要的内容。

四哥说，这个主意好，要写父母，叔叔，对了，还有姑姑。一定要写好姑姑，没有姑姑，就没有我们今天。对了，关于老家，给你提供点资料：秦朝时，咱这里塬大地平，气候宜人，景色秀丽，又是大西北的咽喉要道。秦始皇派太子扶苏和大将蒙恬率兵到此筑城。一日，扶苏和蒙恬心中高兴，即取来酒器祭祀，以期待民富国强，天下太平。正祭之际，忽一只红色鸟飞落瓴上，后经查证，此鸟叫鹑鸟。据《山海经》记载，鹑鸟就是红色凤凰。鹑鸟飞落瓴口，扶苏十分高兴，于是，便给这个地方赐名"鹑瓴"，但那时鹑瓴塬只是边关重镇。

唐朝时，李世民大战浅水塬，发现自己最疼爱的太子爱上了自己最宠爱的妃子，一气之下，下令将那女子活埋鹑瓴。行刑的人被那女人美艳吸引，又得知那女人怀有身孕，不忍下手，叫她趁天黑远走他乡，隐姓埋名，从此，鹑瓴塬香野地村有了一户与别家不同的人家。这家人闭口不提来历，只说自己是江南人氏，家乡遇灾，只好来北方谋生了。

鹑瓴塬的旧址就在我家香野地跟姑姑家的小镇之间。姑姑的墓，哥哥们听从了阴阳师的算法，就在鹑瓴塬的旧址上。

那天晚上，我们和婶子全家聊得很开心，一直到半夜，让他们都别走了，睡会儿，反正房子多的是。说到房子，又要感谢爹的远见。那时，我们兄妹除了三哥在老家，其他都到城里生活工作，爹却提出盖房子，我们都不同意，说我们又不经常回去，盖那么多房子干啥？

干啥？你们回家就有住的了呀。

现在，睡在热热的宽大的炕上，想着地下的父母，我心里酸酸的。热闹可以制造，可是远去的亲人，再也回不来了。我确凿无疑地听到从上房西屋传出沉重却舒缓的呻吟声，且不止一声。这是妈的房间。我不由得战栗。走出屋子站到院子里，我顿时意识到，这沉重却舒缓的声唤，是从我记忆深处发出来的。

我忽然发现我原来伤感家里昔日繁华不在的感觉慢慢消散，原来它们并没有失去，亲人与我，如普鲁斯特之于玛德琳蛋糕，无论我们的事业是成功还是失败，是辉煌还是黯淡，它们都在，在时光里，闪烁着金光，等待着我去挖掘。好在，我着手做了。好在，往事还没有随风而逝。

大年初二，我老家是闺女回门的日子，往年这时，姑姑都会给我们带着好吃的东西回家。这时，门外忽然一阵熟悉的声音响起。

姑姑，这不是姑姑的声音吗？我们兄妹跑出屋，是诗雨。她是大年三十那天从省城回来的，说她拍了一部全国刚公映的电影，虽然一句话都没说，但替一个名演员露了后背，总算有了开端。这次她在家又是打扫卫生，又帮着做饭。张文正姑父说，这次怕不走了。农历二月二那天，一个电话，又让她背着包出发了，她说剧组这次让她演女二号。

她走时，跟我住了一晚，说了一宿的话。

你对我妈的一生怎么看？

姑姑么，我喜欢，一生都爱美，做着自己，活得自在。说句真话，我有时真想做她那样的女人，只是不知自己有没有那样的勇气。

灵灵，你发现没，我跟我妈，其实是同类人。我昨晚在家看了她十几本日记，还有她拍的尚明晖许多剧照，知道她追求爱没错，有些记述我看得眼泪直流，可就是说服不了自己去理解她这么多年的不易。她同样也不理解我。我们在这个世界都很孤单。能给最大帮助的人，总是站在对立面。我会拍更多电影，挣更多钱。到时，我要接我爸和勇勇到城里去生活，住高楼，上最好的学校。我过不惯小镇死气沉沉的日子，也不愿再唱没几个观众爱听的老戏……这些都罢了，最重要的是，不能拍电影。不能干自己喜欢的事，还不如死了。

此后，诗雨再也没有回来，有人说在城里看到她了，她在一家夜总会上班；有人说，她进监狱了，把一个男人杀了。还有人说，她演了一部电影，是主角，还在国外拿了奖。拍的电影名《我与母亲》，一对彼此爱的母女，最终却没和解。可惜，我没看到。

新世纪快到了，村人都住上了平房，有些人还住上了楼房，堂哥尚权的果库年收入二十多万，他不但盖了全村最漂亮的三层楼，还开上了小轿车，婶子经常坐着小车看亲戚。她坐到小车上，把窗子打开，逢人就说，我到县城看我大闺女去了，你们要捎啥不？或说我二闺女不是在乡政府当干部么，叫我到她那住几天。说着，咯咯地笑着，人好像也年轻了许多。

村里有人撇嘴，说王老三家的刚过了几天好日子就不知道自己当时要饭的情景了。也有说，风水轮流转，王家老二家，听说三个儿子也升不上去了，红火终有头，没想到老三家儿女又把福气续上了，儿子成了大老板。大女子家在县城，油茶生意火得很，光门面房就五间。碎女子大学毕业不愿留到北京，考试考进了乡政府，听说还要竞选乡长呢，看来这女娃子脑子灵光，在家门口工作，比在北京更实用。三来要是活着，不定高兴成什么样了，他不是天天盼着这样的出头之日。唉，还是人家王家祖坟风水好，冒着青烟罩后代。

堂哥听了喜滋滋的，他想给叔叔用青砖箍墓，还要立全村最高的碑子。婶子坚决不同意，说不要花那没用的钱。堂哥说，我爸活着没有住上瓦房，我要让他在那边过得扬眉吐气。果真在墓前树了碑，立了两个石狮子在坟前守着。墓前种了两棵松树。婶说你爸要强了一辈子，现在心里该踏实了。这可是咱们全村最好的墓。

三哥也想给爹妈修墓，说要比叔叔的还气派。

大哥说别赶风，爹不像叔，他喜静。昨晚我梦见爹手里拿着一个苹果，一看就是三弟种的那种小红富士水晶苹果，翻来覆去盯着看。要不是我醒了，就知道他到底吃了没。都怪咱家挂在中堂的大摆钟，当当当地叫，把我吵醒了。

爹生前不让三哥种苹果树，他说，农村人，种地是本分。却没想到，现在我们鹑觚塬走在全省前列的就是苹果，红富士、秦冠、黄元帅，一车皮一车皮的苹果销往全国，甚至俄罗斯、新加坡。世事无常，有几人能看透？就像看人，常言三岁看到老，老话也不全对。这是姑姑生前常说的。她不愧是我们家里的哲学家。

村里，人越来越少；外出打工的年轻人有的发了财，给家里盖起了小洋楼，有的断了胳膊少了腿，还有的命丧异地，回到故土的只是一捧骨灰。悲喜过了，人们仍然有悲有喜地过着光景，今天这家给儿子娶亲，明儿那家闺女出嫁。花开叶凋，割了麦子，种秋。秋收了，种麦。周而复始，年年岁岁。小镇变化很大，戏院子还有，逢集的时候，人们还是会来赶集。逢年过节，或者红白喜事，总有人家请县剧团助兴，只是演员不一定都唱秦腔戏了，他们也会唱流行歌曲，遇到红事，就唱今天是个好日子，开心的锣鼓响起来。妹妹坐船头，哥哥岸上走……遇到白事，就唱送战友踏征程，默默无语两行泪。至于唱什么歌，这要看点歌人的喜好，反正农村近几年，即便白事，也大多按喜丧办，唱悲音或欢腔，主人也不在意。一曲接一曲地唱，点一首歌十块钱。团长说了，文化需求，就是要充分满足劳动人民无限丰富的精神生活。戏台两边的对联也变了：不大地方，可家可国可天下；寻常人物，能文能武能神仙。

勇勇小小年纪，就迷上了唱戏，还唱得有模有样，八岁进了县剧团。她不像一般演员，只要给钱，什么都唱，她只唱秦腔，唱的最出名的就是《游龟山》里的《藏舟》。人们说真是，不是一家人，不进一家门。反正她身上总流着她们家族那种女人的血，那是种什么女人呢，男人眼馋，女人妒忌，离不开，又欢喜不起来。勇勇只要上台，台下就坐满了观众。在这些观众里，有一个特别的观众，一看就不是本地人，长得帅气，穿着随便，但在这随便之中，却又透出些丝丝缕缕的讲究来。听说他是省城美院来我们黄土塬上采风的青年画家，老爱给勇勇画像。

　　每每这时，我就想起了多年前，爷爷升天时，姑姑在窑里跟戏班里的画师耍欢喜，心就莫来由地慌起来。

后　记

写这篇小说起因是雷诺阿的一幅画——《坐着的裸女》。他明快响亮的暖色调子，以传统的手法，含情脉脉地描摹了青年女性那柔润而又富有弹性的皮肤和丰满的身躯。一下子挥之不去，我忽然想写一个女性，一个风情而绰约的女人。

我有个出了五服的姑姑，听妈说，她年轻时可漂亮了。我无从见过她年轻时的美丽，只见过她年老时的样子，那是我见过的最美的农村老太太。她头顶白布蓝边手绢，后面两边别在耳后，穿一件月白色斜襟外套，黑色绸裤，裤脚紧绑，走起路来，三寸金莲好像在水中漂着，她嫁了一个在镇上开照相馆的青年。于是姑姑的形象就落到了纸上。

随后我的思路越来越清晰，我想出了一家子，想出了一个小村，一个小镇。

这篇小说我想用指尖、用灵魂去触摸我的故乡。用微史视角展现乡亲的婚丧嫁娶，头疼脑热，展现他们柴米油盐、鸡零狗碎的生活常态。

一些古老的物件或者民风，在现代化的历程中渐渐淡薄，甚至遗失，我想凭着我的记忆记载下来，比如女人纺线织布、推磨制酒，小孩子滚铁环、跳方格等等。写到此，我感觉好像又回到了过去，回到了那个给我欢乐而温暖的时光里。

知识让我不迷信，而从小的经历，使我对家乡发生的神秘之事，总是解释不清楚，而且有时还半信半疑。

爹去世多年了，我经常梦见他健康地活着，有一阵几乎夜夜梦到。其实，我对爹感情不是太深。小时候，妈跟哥哥们晚上去推磨，我在爹跟前，看到他那张从不笑的脸就吓得大哭不止，爹就掐我的屁股作为惩罚。我宁愿大冬天跟妈和哥哥们待在一起，坐在冰冷的磨房里的凳子上，不停地打盹，哪怕睡在面柜上，我都不愿跟爹待在热乎乎的炕上。也许是爹打过我，也许是哥哥们在推磨的时候讲的故事吸引了我，或者是怕爹从来没有微笑过的脸？爹身体一向很好，八十三岁时摔了一跤，骨盆骨折，瘫到炕上，妈一个人照顾着，我们兄妹五个，都在外面工作无法回家。望着妈一天天地消瘦，听着爹不停地呻吟，我有时候自私地希望爹能结束这场痛苦。我知道我这种想法很不孝，很对不起爹。爹走了，我甚至为此庆幸，我想他在那边一定不再疼痛了。爹走的时候，我没有像村里其他的女人一样放声大哭，我学不来那种表演性质的连哭带唱。

我经常想，多次梦见爹，是不是他在怪我：我去世的时候，你为啥不哭，我是你爹呀，我把你养大成人，为啥我死了，你不哭？所以爹经常要到我的梦里来，提醒着我的无情，给我讲他如何在困难的岁月里把我们兄妹拉扯大。在我的梦境里，爹不是在割麦子，就是在拉土。永远穿着浑身沾满了黄土的大裆裤子。不说话，只在地里不停地忙碌着。我把梦告诉了妈，妈说你给你爹烧些纸吧，他牵挂你哩，你是他的老生女嘛！你小时候，他是真的疼你，经常让你骑在他脖上去外村里看戏。这种事我不记得了，只记得每次他出工回来，肩上总背着一大筐草。他把大门一关，把草摊到当院，里面总会滚出我爱吃的苹果或桃子。我拿着就吃，妈说给你爹吃一口，我说不。妈说你再不给你爹吃，下次他就不给你往回带了。我就给爹，让他只能咬一口。他阴着脸说，拿走！往远地走。双手往铡刀下送草，看都不看我一眼。夜深人静，我来到大街的十字路口，学着村里人的样子，先对着家乡的方向，画一个圆，边烧大小不等的纸钱，边给爹说，爹，我给你送钱来了，你不要舍不得花，不要再像过去给你钱，你都装在内衣口袋里。一刀纸钱烧了，可爹仍经常在梦中找我。

家乡的秦腔戏，就是我的瘾。戏院唱戏的时候，我会去。我喜欢那份热闹，那份来自农家殷实的欢喜。

亲人们常说的方言，随着年岁增大，我越琢磨越喜欢。比如"光景"这个词，过去只觉得它土得掉渣，随着年岁增长，越琢磨越感觉回味无穷。当我用方言读出，感觉好像摸到了亲人生活的肌理。

记不得谁说的：中国当代小说有一个普遍的问题，写得太紧张集中，目的过于简单直接。好的小说应该像森林，有层次，有灌木和杂草，有小兽和昆虫，它们构成生动的细部，这才能气韵充足。还有人说：小说家的伟大在于他会用长久的时间来雕琢这个世界中一切无关紧要的事物，那可能是一张沙发的色彩，光线进入房间的浓淡，甚至就是放在茶几上的那个咖啡杯。

写此小说时，我枕边一直放着托马斯·沃尔夫的长篇小说《天使，望故乡》。它调动了我全身感觉系统的记忆，铺排了往事的声音、气味、颜色、口感和力度，以其具体的生动性唤起事物的气味、声响、色彩、形状和触觉。

我希望我的小说能记下家里院子里斑驳的树影、田野的气息、槐花的香味、中午小村的宁静辽远……

拉拉杂杂说了这么多，只是想说在我心目中，农村生活不像一些小说写的那样是田园牧歌，也不像一些作家笔下那么落后贫穷，好像人间地狱。所谓的农村，就是跟城里人一样，有快乐，有酸涩，也有令人向往的亲情般的小村情谊。小至一个家庭，大到一所村庄，村人只要一出来，就代表着一种亲情，一种家族式的联盟，这是我由衷喜欢，而城市鲜有的。我小时，家家都不锁门，人在场院里干活，你需要筐子扁担什么的，开门即拿。谁家有难，几乎全村出动。

法国导演阿涅士瓦尔达的纪录片《脸庞，村庄》，随意得好似个人日记，但在瓦尔达和 JR 不动声色的温柔里，呈现的每一张脸庞背后都有一段故事。当一张张毫无特点的脸庞被放大，张贴在村落一隅，人就不再是淹没在群体中的微小分子，而变成了一个个具有艺术性的独立个体。看似散乱而游移，但最终都归于对普通人个体精神价值和点滴情感的闪耀式展现，这样的立意让它充满了动情而伟大的力量。只是我不知道我这个家乡的拾遗者，合格否？

二〇一八年十月九日定稿